我们正常人，讨厌谁通常会讨厌一辈子。

喜欢人，应该也是。

——冯简

鹅翔

Eshang

帘重 ———

著

深圳出版社

图书在版编目（CIP）数据

鹅掌 / 帘重著. -- 深圳：深圳出版社, 2023.11
ISBN 978-7-5507-3898-0

Ⅰ. ①鹅… Ⅱ. ①帘… Ⅲ. ①长篇小说 – 中国 – 当代
Ⅳ. ①I247.5

中国国家版本馆CIP数据核字(2023)第180943号

鹅掌
E ZHANG

出 品 人　聂雄前
责任编辑　简　洁　韩海彬
责任校对　万妮霞
责任技编　郑　欢

选题策划　他系力二工作室
装帧设计　他系力二工作室
插图绘制　花　溪　阿　满

出版发行　深圳出版社
地　　址　深圳市彩田南路海天综合大厦 (518033)
网　　址　www.htph.com.cn
订购电话　0755-83460239 (邮购、团购)
印　　刷　湖南天闻新华印务有限公司
开　　本　880mm×1230mm　1/32
印　　张　11.5
字　　数　386 千
版　　次　2023 年 11 月第 1 版
印　　次　2023 年 11 月第 1 次
定　　价　45.00 元

Contents

目　录

第 一 章
故 人

Chapters 01

宛云倚在阳台上抽烟。

鲜红蔻丹，鲜红娇唇，鲜红烟头，霜白礼服，灯光洒在她亚麻色的头发上，亮闪闪，煞是明艳动人。

何泷推门走过来，把女儿从栏杆上拉开，嗔怪道："把衣服都弄脏了！"

宛云不在意地笑。

大小姐多年来养成的习惯，参加舞会结束后，当晚的礼服直接送入二手商店，下次再订新款，所谓衣不过二。规矩沿袭二十五年，如今破例。

宛云此刻的衣衫，依旧精致，依旧是高级定制，但若有眼毒的圈内人，立刻能看出短衫领口微斜，精致蕾丝是圆形花，为上一季度的设计。

何泷打量完女儿的旧裙，面色不由得变了变。

这场金融危机的损失，越来越严重。李家本就半壁风雨飘摇，现下更是元气大伤。家大业大，不至于立刻喝西北风，吃穿用度却竭力紧缩，收藏的名车悄悄卖了好几辆，各家都在收紧钱袋子。

俗话说，由俭入奢易，由奢入俭难。家族成员为钱，已经连续闹了好几次。

何泷是李家后娶的媳妇，说得难听点，是填房。平时吃穿用度和李家人一样，但到危急时刻，区别立刻显现。

她没有家族基金补贴，靠着那点股票和投资的收入，立时拮据。宛云体贴继母，把自己的基金分给她，不然此刻又怎能甘愿着旧衫？

何泷心里也不好受，拉着宛云的手，心疼而自豪地端详她。

宛云并非何泷亲生，何泷却真心把她当女儿亲手养大。李家的三朵金花，何泷在表面上对宛今和宛灵态度一样亲切，背过去却嗤之以鼻。世界上的女孩数宛云最好，样貌到脾性都万里挑一。

何泷年轻时也是出名的美人，顺利套牢李老爷子嫁入豪门，但宛云的容貌，只用"漂亮"这词都像亏待她。要是亲生的女儿该有多好。何泷很遗憾，随后自己一笑。

"妈总看我做什么？"宛云任何泷上下打量。

宛云自小是圈里出名的美人，对别人那种艳羡、赞叹、惊奇、放肆的眼光已司空见惯，难以产生自豪或反感的情绪。

"怎么，长得美还不让妈看了？"何泷佯怒。

宛云把烟熄了，轻轻笑："今儿可是宛今订婚，她才是主角，我们下去看看她和妹夫。"

听到"妹夫"二字，何泷却沉下脸来，冷哼了声。

宛云知她有心结，哄她道："生的哪门子气？"

"妹夫"说的是李家的上门结亲对象，准备今晚和宛今订婚的冯简。

"暴发户一个，"何泷冷笑评价新女婿，"也就趁着我们落难的时候，觍着脸找大户攀亲，偏偏被选中。"

"人看起来不错。"宛云回忆上次见面时对那男人的印象，隐隐觉得对方有些眼熟，又想不起来，"看起来挺稳重。"

何泷刻薄道："不稳重行吗？听说父母双亡，从小吃百家饭长大，大学都没上完，自己创业开公司。混来混去的，也算混出点小小成就。"

宛云只微笑。

这话显然是故意踩低了冯简。能让李家高薪挖角、承诺入股才能打动他来接管自家企业的人物，以及他一手创办的宏森自动在如今圈子里响当当的名声——冯简不仅仅是"小有成就"可以概括的。

越来越多的企业对冯简青眼相加，实际上，李家对能否争取冯简加入管理层仍心存疑惑不安，不然也不会放低身段，主动提出要联姻巩固合作关系。

何泷疑惑道："他为什么独独挑了宛今？"

李家三个女儿当中，宛云容貌最美，宛灵头脑最精明，宛今岁数最小也最平淡无奇。前两者优势明显，偏偏冯简做了第三个选择。

宛云向来是何泷的心尖尖，那臭小子若是看上了宛云，何泷定要亲自将这门亲事搅黄。不料，这位冯简连看也没看宛云，直接就选宛今。她松口气之余，又生出另一种郁闷，气冯简不识货。

宛云知她心意，好笑道："要是对他很好奇，待会儿我去帮你问今今好了。"

何泷看她一眼，笑道："算了，那小子要说非云儿你不娶，我才该犯愁。至于宛今……冯简这人我观察过，实在非良偶。啧，眼神过于犀利，少年时吃苦太多，这样的人，长大后即使得志，也是过于和往事计较的性格，也不知宛今那懦弱性子能不能压得住——"

她边说边挽着宛云往外走，没几步，她的脸色骤然尴尬起来。

当事人正在门口，淡淡地看着她们，也不知道把方才那话听到多少。

怎么说也是表面上的丈母娘，何泷面露尴尬，仍笑笑对他说："冯——"

"来取外套，借过。"冯简面无表情地打断何泷，半点都不给何泷面子，朝着宛云一点头，目光却根本不往那处扫，擦着两人的肩堪堪走进房间。

何泷不由得色变，但她背后说闲话到底心虚，调整表情后，挽着女儿仪态万方地离去。

下楼时，何泷还是爆发了。

"嚣张！"她因为缩紧开销的事，这几天已经心气不顺，但受自家人的气和受外人的气又是两回事，她怒极反笑，"真以为成了李家的快婿就眼高于顶了？有钱没地位，还不是想攀高枝，沦落到替咱家打工的货色。"

宛云却看着何泷道："妈，你的披肩呢？"

何泷才发现方才把披肩放到了沙发背上。她迁怒女儿："方才不想着提醒我。"

宛云不以为意："临走前想着拿吧。"

"这怎么行？上衣颜色太亮，和鞋子不搭配，就指望那浅色披肩替我压住它——云云你上去帮我拿回来，快快！"

何泷怕回到二楼重遇冯简尴尬，几番催促宛云。

宛云到底还是拗不过母亲。她对冯简没有偏见，但他之前的冷硬态度也给她留下了深刻印象。因此重新进房间前，特意敲敲门。

屋内没人。

想必是冯简取完外套，先行离开了。

宛云在屋里转一圈，母亲的披肩仍不见踪影。她俯身朝沙发缝看去，果然，披肩掉到了贴着墙的沙发座后面。她试着挪开沙发，可惜沙发实在太沉，没动分毫。她收着裙摆蹲下，沿着沙发和墙的那点缝隙，伸长手臂去摸索。

正为难间，门轻轻一响，又有人走进来。

"突然把你叫过来，对不起……"与此同时，一个女声响起，嗓音细细的。

宛今是家里最小的女儿，今年才十八岁。她相貌不及大姐，精明不及二姐，但性格温和，笑的时候纯真安静。宛云和宛灵称她为家里的小天使。

小天使克制着紧张，努力像大人一样说话："我看你很忙……"

"没关系。"一个低沉的男声接腔，正是冯简。他随着宛今进屋，扫了眼房间，见无人，低头看着宛今，道，"有什么事现在可以说。"

宛云暗暗皱眉。这对未婚夫妻正找没人的地方说体己话，却偏偏让自己碰到。她不是热衷听墙脚的人，想站起来，又听到宛今开口："我知道这么问很傻，但关乎终身大事，我实在……"犹豫片刻，终究还是开口，带着疑惑，"冯先生，你……你为什么要娶我？"

好问题。实际上，这是李家所有人想问冯简又不敢问的。宛云以为唯一知道这个问题答案的宛今，此刻正在疑惑地向冯简求证。

"比起两位姐姐，我并不是……"宛今显然正在想措辞，最后索性直言不讳，"我以为你会选宛灵姐姐，她自商学院毕业，以后必然掌管李家企业。实际上，我觉得宛灵姐姐才是你的事业良伴，你为什么要选我？"

虽说"两位姐姐"，但没提到宛云的名字。

暗地里，人人都觉得李家大小姐只跟"美貌"沾边，大家又默认冯简这种务实的男人对虚有其表的"花瓶"不感兴趣。

冯简却否认。

"我们之前见过。"他脸上露出回忆的表情，道，"十年前，我曾经在'锦绣'当服务员，和三小姐有一面之缘。"

宛今和暗处的宛云都一愣。

"锦绣"，专门供富家小姐和太太消遣的地方，提供素斋，教授插花、茶道、书法、棋艺、仪态，经常承办各种茶会和聚餐。

宛今怀疑地看着冯简，欲言又止。不知是惊奇于冯简曾经当过那里的"下人"，还是惊奇于他对自己有印象。十年前，她还是跟在两位姐姐身后的黯淡丑小鸭。

"一次举办茶会，我去送汤羹，失手把碗和热汤砸到自己身上。当时三小姐你把手绢递给我，让我擦拭。"冯简言简意赅，说到曾经的落魄并不尴尬，"因为这点善意，我十年来非常感激三小姐。而如今，能让我为婚姻做出选择，就依着这点私心，选了宛今小姐为对象。我觉得你应是好相处的人。"

"都是十年前的事情……"

冯简微微一笑："当时你才八岁，还没我肩膀高。"

宛今咬着唇："你就是因为这个？"下一秒，却打心眼里接受了，她仰头朝冯简甜蜜地笑，"原来是这样！谢谢你告诉我这件事！谢谢你记得我，我以后……会努力做你的好妻子！"

冯简被她过于满意的表情和声音弄得一愣，"嗯"了声。

宛云弯起嘴角。能把建立在利益上的婚姻说得那么甜蜜和如意，大概只有家里这位天使般的小妹妹了吧。宛云猜过，冯简选择宛今，只是因为妹妹性格好，不似宛灵处事过于有锋芒，不料居然有这段前事——也算是缘分。如果他到现在还记得妹妹十年前的举手之劳，证明此人知恩。也许这男人并不像外界传的那样理智无情和过于计较得失。

宛今似乎已经完全接受自己的婚姻，她低着头，轻轻对冯简说："以后，请你多多指教。"

冯简显然不知道说什么好，便继续用那种平静的声音敷衍："我会对你好的。"

宛今低下头："其实，我现在的身高大概已经能到你肩膀……"

冯简站在原地好一会儿，终于勉强理解，眼前的少女正散发着邀请自己去拥抱她的信号。他显然没什么柔情蜜意，也没有被女孩主动表白的经验，面对这种亲近，不自在起来。他微微皱起眉，有些抗拒，迟疑片刻，还是走上前去，动作僵硬地拥住女孩。

然后，他视线接触上另一双极其美丽的眼睛。

宛云原本的位置是紧紧贴着墙，沙发将她的身躯隐藏得极好，无人能看到她在房内——只要冯简不再走上前一步，去拥抱宛今。

此刻，身高优势使冯简居高临下地看着听墙脚的自己，宛云眼睁睁地看着冯简的脸色由震惊转恼怒转思索，最终又恢复如常。

何泷对他的评语是什么来着？好像是记仇。宛云迎着他黑色无光的眸子，有些头疼。

冯简从她藏身的角落里收回目光。他虚虚把手搭在宛今的胳膊上，随即松开，若无其事道："你母亲正在找你。"

宛今低头看着脚尖，轻声道："你不和我一起下去？"

冯简只说："有事处理。"目光冷冷向宛云躲避的位置一瞥。

宛今离去，冯简随手把房间门反锁住，停顿片刻后才沉着脸回头，不由得一愣。

宛云已经从藏身处走出来，她做的第一件事依旧是费力地去摸披肩。手臂长度有限，她只好转头求助道："冯先生，麻烦你帮我把沙发挪一挪，我的披肩掉到后面去了。"

冯简看了宛云一会儿，嘴角微微一抿。他轻易地推开沙发，伸长手臂准备把披肩捡起来。

宛云嘴里客气道："多谢妹夫。"眼睛却看到冯简因为依旧弯着腰，单手撑着沙发背借力时手腕处露出的一道红色的疤痕。疤痕被名贵的手表遮住，但随着冯简的动作，便顺着袖口的滑落而展露人前。

冯简回头触到她好奇的视线。他目光变了变，直起身来，利落地把袖口撩开，让她能看仔细。那道疤痕从手腕处一直延伸到手肘，疤痕有巴掌大小，表面不平，似乎是多年前留下的印记。

应该是烫伤吧。宛云不太了解，也只再看了一眼，收回目光，礼貌道："男人在外打拼，总会受一些伤。"

冯简起先还面无表情地看着宛云，似乎等待她发表高见。听闻此言，却不由得愣住。

她再温和道："幸好冯先生功成名就，也算对得起曾经拥有过的疼痛。这便足够。"

冯简眉头更皱，各种不得其意。

宛云也不希望他得其意。最好，冯简认为她是莫名其妙之人，别和她计较。

冯简下意识地按了按额角，一张口，却问了一句和刚才的乌龙完全不相干的话题："敢问李大小姐，十年前，你多少岁？"

换宛云一愣。

冯简替她回答："如果没记错，十年前，李大小姐和令妹现在一般大，也是十八岁？"

宛云恍惚。

的确，已然十年。年华像风雨中的树叶，掉下来落到她面前。

宛云想着自己的十八岁。当时她还是高中少女，脸鲜嫩得能掐出水来，富有春韭般的感情，也拥有那么多热烈地去爱别人的时间——看看现在，只觉得往事如烟。

冯简没有继续给宛云思索的时间，他意有所指："可惜，十年过去，李大小姐还是没有任何改变。"

宛云不由得为他口气里的轻视皱眉，但对上他那双更加充满讽刺的眸子时，突然心头一跳。

等等，等等。

有什么事情不对头。

十年前，冯简说他曾经在"锦绣"工作，还有方才说的烫伤。

十年前，李家大小姐李宛云在城中的锦绣会所举办她十八岁的成人宴。

外人看起来花团锦簇的东西、摆设，实际没那么有趣。宛云穿着比自己腰围小两号的洋装，百无聊赖地摆弄头顶的钻石头冠，还被远处的何泷狠狠瞪了一眼。

插花师表演的时间太长，宛云一边想着晚上的约会，一边频频地瞥着表，思索怎么才能正大光明地逃离。

正在这时，服务员为每人端来例汤，汤水滚烫。宛云心一动，起了个主意。她趁对方来到身边，快速地伸出手臂，用手肘狠狠地撞向他。这样，汤水就能全部洒到自己的身上，她也就能借着换衣服的理由借机离开。

如意算盘却坏在对方以迅雷不及掩耳之势拉开宛云，生生地让那一锅滚烫汤水和铁壶落在他身上。

宛云异常吃惊，她抬头对上服务员极其苍白的脸。只记得他眸子很深，自己的脸映在对方瞳孔里，也在定定而惶恐地回望自己。

宛云性格疏懒，向来不肯记人。朋友、亲人都嘲笑她有资深脸盲症，然而今天，她却莫名觉得冯简脸熟。

那名帮她挡汤水的年轻服务员，是十年前的冯简？

她睁大眼睛，目光再落回冯简的手臂。这就是他当时烫伤落下的伤吗？那天一片混乱，众人当然最关心当天的公主。有人把宛云拉走，检查她是否有伤。宛云想着向对方道歉，但随后又发生了很多事情，她便把这件事彻底地抛之脑后了。

不料那服务员原是冯简！居然是冯简！

十年河东，十年河西。

冯简早认出她，怪不得他之前对她和母亲的态度如此。与当时自己的冷漠和任性相比，宛今递过手帕的举动，在冯简看来应该是无比体贴。

迎着冯简十年后投来的漠然目光，宛云略微尴尬，不由得苦笑。她想这男人不至于小气地翻旧账，但是，他肯定是鄙夷她行事如十年前一般毫无长进的。

被讨厌也是应该的。十年前，以一己之私坏他人之行的少女就是自己。而迟来的那句"对不起"，在此时也不会被接受。

既然如此，暂且不说吧。

宛云不肯多话，她带着歉意朝冯简点点头，忽视了那毒针似的目光，取了他手上的披肩，转身推门离开。

大厅里，何泷正在和同行的贵妇聊天。对方说到新出的珠宝，说到新来的美容师打的肉毒杆菌，再邀她同去体验。

何泷听了，恨不得以身代试，偏偏囊中羞涩，只一味微笑。快撑不下去时，看到女儿下来。

宛云道："妈，以后对冯简好些。"

何泷不解，然而宛云不愿多谈。

李家老爷子还在的时候，何泷一半心思用在丈夫身上，一半心思用在宛云身上。等老爷子死了，何泷基本指望宛云才能活，这么多年，宛云的初潮、初吻、初恋乃至初夜，何泷都知道得清清楚楚。

宛云是散漫性子，通常经不起再三询问便全盘托出，但这次她口风紧得很，只露出些烦恼的神情。过会儿烦了，索性挣开母亲的手，朝宛灵走去。

何泷和二女儿相处不好，不好走上前，只能继续和客人聊天。

宛灵问："她怎么你了？"

宛云没说话，过了会儿道："还记得十年前，我在'锦绣'的成人仪式吗？"

宛灵想了想："当然。自从你穿那身红色小礼服惊艳全场后，只要谁家女儿举办成人仪式，都要身着红装，成为惯例。"

"那天我碰到一名服务员，害人家失手洒了汤……"

小小的事故，已经发生十年，宛灵早已经不记得。想了一会儿，她才道："好像有那么一档子事。"

"那名服务员后来怎么样了？"

宛灵摇头："我怎么知道。"又道，"出了错，小了被扣工资，大了嘛，大概会被会所开除。'锦绣'不是普通的地方，服务员得手脚麻利，怎么能烫伤客人？"

十年前，服务员的工作对冯简想必十分重要，他却因为自己无缘无故吃了苦头。

宛云越发愧疚，抚着额角，微微黯然。得想个方法补偿才好，希望宛今嫁过去后，能对冯简说些她的好话。到底是一家人，不该弄得这么僵。

李家决定在今晚的宴会上公布冯简和宛今订婚的消息。

这次的订婚宣告李家三千金里的小妹妹名花有主，除此之外，李氏会首次公开企业的营业状况以及冯简公司未来的走向。传媒圈、金融界的宾客云集，李家还请来专门的摄像师来记录这个盛况。

差十分钟到晚八点，大家渐渐地聚集。请来的电台主持为活跃气氛，采访每个人对男主角和女主角的印象。

话筒在众人手里被传来传去，客套话和恭维话自然层出不穷。

"咦，丈母娘怎么不评价新女婿？"

众人找了一圈，何泷不在人群当中。直到有人眼尖，发现何泷和冯简在外面说话。

何泷年过四十，身材仍然保持得极好。冯简个子不低，略微低着头，站在她旁边，谈笑间似乎其乐融融。

主持人笑言："是不是丈母娘在教育新女婿了？帮女儿确定领导地位？"

之前的气氛已经很热烈，有好事的人带着话筒，蹑手蹑脚地走向两人，就要偷听。

宛云从始至终只捧着杯酒，做座上宾。

今晚的主角不是她，犯不着应酬，但不停有人跟她搭话，她有时候回应，有时候不理，脑海里莫名地回荡着和冯简的对话。

已经十年了吗？

人人都说时间是治愈一切的良药——起码表面上应该如此，就像冯简手腕上的烫伤。但如果一切真已经痊愈，为什么他还要特意戴着表遮掩？

宛云再抿一口酒，很讨厌自己如少女般多愁善感。她今年已经二十八岁了，但她在长辈里得宠，又加上厉害的继母一心护着她，因此没人催她的终身大事。她依旧稳坐圈子里头号美女的位置，但"第一美人"的美称能拥有多久？她不在乎这些虚名，只是失去了似乎还是会遗憾。

思绪就这么有一搭没一搭乱飘，听到何泷的声音突兀地传来，很清晰。

"冯先生什么意思？"

宛云抬起头。之前拿着话筒的人已经走到何泷和冯简近处，何泷显然是压着气："都要成为一家人了，请冯先生把话说得更明白些。"

显然，何泷和冯简之间没有远观起来那么温情。大厅里骤然安静，人人都竖起耳朵。

"我说得很清楚。"冯简的语调淡淡的，仿佛不曾察觉何泷口吻里的不快，"婚前，我会一次性把足够礼金付给李家。宛今出嫁后的生活全由我负责。"顿了顿，道，"除此之外，其余人的吃穿用度，和我再无关系。简单来说，我不希望有外人借由我妻子的名义伸手到企业里要钱。"

李氏仗着家族企业吃饭，早习惯公私不分。因为两年的金融危机，过了点紧缩日子，暗地里指望冯简娶了宛今后，能对妻子娘家伸出援手。冯简和宛今的婚姻就建立在这个基础之上，招个入赘女婿当赚钱苦力，好供李家人继续吃喝玩乐。

这算盘打得真好。不料冯简在正式订婚前就先把规矩抛出来，言明以后和李家公私分明。话说得直白、难听，显得李家此刻是卖女求荣。

在场的客人当着主人的面不好说什么，李家几个长辈脸色铁青，宛灵神色变幻莫测，宛今紧张地低下头。

何浣也咬牙切齿。即使冯简给了李家丰厚礼金，那钱七拐八拐地到自己手里也所剩不多。但是，何浣也是"翻身当主人"出来的，对锱铢必较的同类厌恶得很，此刻只觉得冯简其人可厌，其态可耻——典型暴发户出身的东西！不识趣的玩意儿！若不是知道这场婚姻对李家上下都有益，何浣恨不得将各种尖酸刻薄的词都对冯简用上。她现下压着怒火，只强笑："这话说的！你和宛今两口子把自己的生活过好，已经是李家至大安慰，怎么又扯到钱财这等俗物上来？"

冯简颔首："一家人不说两家话，但丑话说在前面，互相知道彼此底线在哪儿比较好。"他迎着何浣的讽刺目光，淡淡地说，"这话原是不该和丈母娘你说的。"

这话听在何浣耳里，就是明晃晃讥讽她在李氏家族没地位。然而她是什么人？豪门家族磨炼出来的填房夫人，早就喜怒不形于色。

何浣眼角处僵硬，仍然笑道："冯先生可真厉害，见人只说三分话，怪不得我家女儿也说你不是简单人物。"

冯简闻言后顿了顿，唇边不由得露出笑意："哦？你家宛云大小姐这么说的？"

何浣其实在借宛今讽刺冯简，不料冯简说起了宛云。她刚想不耐烦道"我家云云哪里知道你这等无名之徒"，瞬时想起什么，试探道："冯先生和宛云是相识的？"

冯简"呵呵"两声，没有否认。

何浣察言观色，内心迅速把冯简之前对宛云的冷漠态度，挑选宛今做妻子的行为以及宛云欲言又止的嘱咐联系在一起，在脑海里拼凑出了一个极其戏剧的"真相"——冯简不会曾经是宛云众多的裙下客之一吧？

"我家云云能说什么？但是，噢，对了，我家云云是曾特意嘱咐过我，让我对你好些。这可奇了，冯先生如此出众的人物，哪需要我这等妇人再特意维护?"何泷笑得很温和,她终于找到了突破口,拼命地挖苦,"反而是我家云云,自小就被家里人娇宠惯了,眼高于顶,过于傲气。若是曾经因为儿女情长的事情得罪过冯先生,我反而要替她向冯先生讨个人情,请冯先生大人有大量,莫要因为和宛云的往事转而迁怒李家,此刻又要说什么让宛今和李家断绝关系的话——啧,倒真是太见外,太小肚鸡肠!"

冯简也是一愣。他听懂何泷话中的意思后,挑眉笑道:"原来我入主李家企业,还有这一切,都是为了羞辱你家宛云大小姐?我对你家大小姐执迷不悟,因此连娶妻都想和她沾边?"

宛云认为冯简这句话是彻头彻尾的反问句,表示他刚才说的这种情况完全不可能发生,但为什么在场的人都扭过头来直直地看她?

宛今整张脸都煞白。宛今旁边站着她的好友虹影,一个脾气暴躁的富家女。十八岁的少女早耐不住性子,拉着宛今气冲冲朝着宛云走过来。未等宛云开口,虹影便轻声冷笑:"李宛云,你可真担得起'好姐姐'这称号!"

宛云的太阳穴有些疼,她确定除了今天之外,自己和冯简绝无瓜葛。而冯简想表达的意思也是如此,但他只是、只是……太不会说话。

"无稽之谈,冯先生在开玩笑。"宛云道。

虹影冷嘲:"是啊,云姐姐和冯先生都那么熟了,自然听得出他对哪些人讲三分话,对哪些人讲十分话。"

宛云只当没听见,对宛今说:"我和冯先生没有什么。"

虹影早看她不顺眼,再次讥讽:"的确,还没有什么,要是真有什么,姐姐你早就……"

宛云神色不动,淡淡看虹影一眼,虹影剩下的话就堵在了嘴边。

宛今的声音低低的:"姐姐,你很早就认识冯简?"

宛云迎着妹妹受伤的眼神,头疼之外又觉得口中发苦。她并不擅长在大庭广众之下解释:"今今啊……"

宛今退后一步,曾经有个男人走过来把她当成大人,温和地对她说见过自己八岁的样子,拥抱过她。十八岁少女对缘分的理解仅限于此,但……冯简曾经认识姐姐?

宛今直直地盯着宛云。她是冷漠、安静、优雅的,灯光旖旎下,一张标准的美人脸,秀眉微微上挑,精致的侧脸轮廓,并不给人特别柔弱的印象。

冯简是因为被这样的姐姐拒绝，退而求其次想娶自己？

宛今已经信了三分，眼泪猛地涌出来，愤怒失望，提高声音："姐姐，妈妈和冯简……刚才说的是真的吗？"

宛灵走过来："我瞧着冯简不是那意思，就算他先认识宛云……"

"我不认识冯简。"宛云郑重且清晰地说，"今日之前，从未和他有任何瓜葛。冯先生也不认识我。"

宛今眼中依旧有泪光闪烁，但脸色和缓些了。宛云向来说话算数，小姑娘终于任宛云轻轻拉住自己的手。

"那为什么……"她疑惑道。

"误会而已，待会儿他们会来给你解释。"宛云安抚妹妹。

然而外面的何泷和冯简这时已经被惊动，他们回头看到大厅的情况，双双色变，匆忙走进来。

何泷只觉得流年不利，咬牙替她和冯简开脱："我还在和冯先生开玩笑，这里怎么就……"

宛灵沉下脸，直接对冯简说："冯先生，你是要当我妹夫的人，是要对我妹妹一生负责的男人！但我现在问你句话，你得老实回答我。在今天之前，你认识我姐吗？"

冯简犹豫了。他不习惯对女人说谎，尤其面对未婚妻那双含着泪，充满委屈的小鹿眼睛，只觉得汗毛倒竖。

一阵长久的沉默后，冯简点头承认："之前虽然认识李大小姐——"在众人异样的目光中，他继续解释，"但是……"

宛云只觉得她掌中的小手瞬时僵硬，还来不及向妹妹解释，她的脸被人用力一扇，不由得向后退了一步，正好撞到冯简的胸前。

"李宛云，你撒谎！"虹影尖叫。

"虹影！"有人碰了何泷最心爱的女儿，她登时色变，厉声对动手打人的虹影喝道，把她往后重重一推。

冯简下意识地扶稳踉跄的宛云，也皱眉说："怎么回事？"

两人目光在电光石火间恰好对上，都是五味杂陈。

宛云又是恼怒又是犯愁，这男人怎么就那么没有眼力见儿？冯简却不耐烦地想：这位高贵冷艳的李大小姐到底在背后向自己妹妹和母亲说了什么坏话？

真是史上最大麻烦!

下一秒,冯简松开搀扶她的手,宛云站直身体,两人各自心思不定。然而两人之前深深对望的一幕在外人眼里便是眉目传情,不清不楚。

"今今,你看,这就是你的好姐姐!"虹影叫道,"你看!他俩还拉拉扯扯!"

宛今的眼泪当场坠下。

此刻,商业联姻已经撕下它温情脉脉的面纱,露出狰狞与丑陋。这是宛今这辈子第一次当焦点,却是当这种焦点。

吃惊、受伤、难堪、不知所措。

她匆忙抹下腮边的眼泪,拉着虹影的手跑出大厅。

李家昨晚的误会,比起十年前宛云生日发生的小骚乱有过之而无不及。

不出所料,第二天,各大媒体扔出的新闻标题是"豪门姐妹双双夺夫""商业新秀不为人知的故事""妹妹泪洒订婚场""老牌豪门陷入窘境""婚前协议引出的血案"等,添油加醋地形容了一番。即使是最保守的经济媒体,报道完李家幺女悔婚的消息后,也隐晦地提到宛云和冯简的旧事。

何浼放下杂志,在餐厅扫了一眼,问宛灵:"宛今在哪里?"

宛灵道:"虹影帮宛今订了去伦敦的机票,飞机已经起飞好几个小时。"

何浼面色一变。

李氏股票连续下跌,外界各种舆论不断,银行开始对李家苛刻查账,家里的私人飞机都没用。如此四面楚歌,宛今还当自己是家里的大小姐,居然飞去国外度假?

何浼压着气:"长途飞行十几个小时,她到了伦敦岂不是更累?"

宛灵也对宛今的行为略有不满,但此刻维护起了妹妹:"母亲,宛今……"

何浼沉着脸:"待会儿和我一起去公司!想想怎么向家里人解释这事!"随后离开餐桌,根本不理她。

宛灵在餐桌上握紧了刀叉,垂眸间,正好看到何浼之前放下的八卦杂志。封面照片是宛今狼狈逃跑的样子。少女听闻长姐和未婚夫有染,脸上全是难以置信。往后翻一页,打了宛云一掌的虹影也在其中,媒体极力渲染她越俎代庖的暴力举动,甚至把虹影高中的成绩都翻了出来,连番讥讽这个豪门大小姐自小就毫无家教,只会依靠武力行事。

宛云身为主角之一，也被刊登了照片。在这个百口莫辩的场景里，宛云只要露出任何惊奇或委屈的表情，都显得庸俗可悲。幸好她没有。她穿着薄裙，在众人莫测的眼光下清冷地站在大厅，没有表情，只眸子里略有疑惑，神情似洞察，似厌烦，似无奈——旁人看了照片，只会不由自主地想：啊，谁把这佳人拉入如此尴尬境地？

宛灵扔下杂志，微微露出冷笑。

这照片选得好，隐隐拉动舆论导向，踩低原本的苦主宛今，让人怜惜宛云。城中媒体向来尖酸刻薄，热衷丑化名流。不知为何，宛云向来是他们的宠儿，多加爱护，甚少打击，其他人没有这待遇。

宛云同样被昨晚的风波闹得一宿没睡，很早就醒了，在花园里修剪花木。

清晨的空气里有泥土和植物的清新气息，素白的灌木花星星点点地藏在大片叶子里，要伸长园艺剪刀才能捉住多余枝条，同时还要防止竹叶上的清露滴到发间。

宛云正全神贯注，听到自家门口有用人用对讲机说："先生，不好意思，您找谁？"

冯简显然没料到，李家的家宅如此之大——看到草坪后，居然还要驾驶五公里才能靠近别墅。

这半山景色极好，不知在闹市中怎么开辟出来的。

他降下车窗，刚要说话，一人自不远处葱葱灌木中站起身。白衣青影，身后是已经亮得彻底的蓝天，加上非常好的相貌，似林间仙子。

两人目光相触，对方习惯性地先眯起眼睛，让人退下，亲自走过来替他打开升降铁门。冯简只好缓缓地把车开进来，再怀着一种无可奈何的心情下车："李大小姐。"

"冯先生，早上好。"宛云也点头。

话音落地后，一时间都沉默了。原本就全无交情，昨晚的误会又在两人间平添了几分尴尬。

幸好冯简此刻也不多加寒暄，他直接切入正题："我昨晚打宛今电话，她没有接。所以我来到这里找她，宛今在吗？"

宛云道："你是怎么打听到她住这里的？"

冯简一愣。

"这里的确曾经是李宅，但上个月，别墅就已经准备抛售，妈妈和宛今、宛灵早就搬回城中的公寓，暂时留我一人收拾旧物。"

冯简回过神来："宛今现在已经不住这儿？方便透露下她现在的地址吗？"

看这架势是势必要找到人了。宛云苦笑，她刚刚从何泷那里知道，妹妹昨晚飞去了英国。

"今今现在不在家，"她言简意赅，"我把另一个电话留给你，你打去找她。"

冯简依言在手机里输入号码，立时察觉："这好像不是国内的号？"

"酒店的号码，"宛云算了下航班时间，"你过三个小时后再打。"

冯简盯着那一连串的数字，立马猜到宛今已经落跑。以他的性格、年龄、阅历，根本不足以去体谅一个少女的心情，只觉得这种行为非常莫名其妙："怎么去了国外？昨晚的误会不是已经解释清楚了？"

宛云轻描淡写："既然是误会，总要耐心解决，不是每个人都有我脸皮那么厚，"她又说，"我家在伦敦市内有四套住所，但她恐怕会住酒店。我让人把所有地址抄下来给你，也许你想……"在冯简再度像看神经病的目光下，宛云无奈住了口。

冯简的意思非常明确，他不可能为了一个明明可以电话解决的小误会放下手头的工作，亲自追去英国——拜托，又不是好莱坞电影。他虽然对昨晚的乌龙感到抱歉，更想依着承诺"对宛今好"，但如果妻子想从他这里索取更多关注，恕他不奉陪。

宛云看了冯简一眼，沉吟不语。昨晚宛今跑出大堂，冯简要是想追，早就立刻追上，解释误会，但他被媒体和银行高层一围住，也就没有坚持。比起未婚妻那里的误会，冯简显然觉得向银行和李家声明"即使娶了宛今并不代表我乐意做李家只会赚钱的冤大头"这事更为重要。

后来还是宛云推开大惊小怪的何泷，追出去向妹妹说清楚了。

冯简余光瞥到有人已经追出去，立马顺势放下他不解风情的心。在他看来，这只是无聊联姻中出现的不大不小的震荡，甚至昨夜回家，冯大总裁也是宴会后唯一睡足了八个钟头的主角。

那晚，宛今站在别墅外苦等冯简。这是她少有的任性，只希望未婚夫给一个回应能让自己下得了台。可惜他迟迟不出现，到最后连关心电话都没有，反而是宛云陪着她。

宛今又气又恨，对姐姐越疑，就对未婚夫越气。她不常做主角，懵懵懂懂答应了为家族出力而订婚，订婚仪式又出了风波。到底是少女，对即将到来的婚约产生抵抗，又惧怕第二天媒体说出什么难听的话，索性拜托虹影偷偷订了深夜机票，逃一般离城。

事情发展至此，不能说冯简薄情寡义，但他肯定不是个关心别人想法的男人。各个细节显示，冯简选择联姻，完全出于商业利益考虑，并不如宛今那样在乎这婚姻，也不在乎宛今本人。他之前嘴里说的"念旧恩"，大概只是安慰宛今的借口。

宛云思忖，这男人大概只会做任何他认为该做或想做的事情，内心恩怨分明，绝不会"滴水之恩涌泉相报"，是典型的商人。而且，如此自私自利之人，也是非常不适合组成家庭的人。

冯简见宛云盯着他，不知她正在心中苛刻评价自己，也皱眉打量回去。

晨光熹微，照在对方眼下，她细腻似瓷的脸上，黑眼圈无法被忽视。冯简后知后觉，他面对的是这场误会里的另一主角。宛云昨晚遭遇的堪称无妄之灾。

沉默片刻，他道："昨晚——"

宛云淡淡截断冯简的话："昨晚的事，由我再出头解释只会火上浇油，只能你与今今共同解决和面对。今今还小，性格单纯，烦请冯先生以后多让着她些。"

冯简想客气地解释几句，比如他昨晚说的话也有不妥之处，比如他有些抱歉把宛云牵扯进来，再顺便一笔勾销十年前的旧账——他并没有特别在乎手上的伤疤……但此刻宛云摆出过于平和的长姐表情，再打着她母亲般的"官腔"来教育他，显然是不想再和他有瓜葛。

眼前的大小姐美则美矣，可惜冯简没有那么闲，不打算费一点心思转变她对自己的印象。沉默片刻，他深觉和眼前的人再无话可说，索性点点头告别。

但他转身上车后，宛云又想起来什么，走过来叩车窗。

"冯先生，"她的目光透过玻璃看着冯简的手腕处，轻轻道，"非常对不起，十年前烫伤你的事情。"

冯简皱眉再望她一眼。宛云此刻打扮得如寻常花农，像模像样地佩戴袖套和帽子，只露了一张雪白精致的脸在外面，单手拿着剪刀的样子有些滑稽，和昨晚的盛装名媛判若两人。

没变的依旧是她泰然自若到轻慢的态度。道歉的语气和昨晚她请求他移开沙发时别无二致——礼貌、客气、生疏，没有居高临下之态，但骨子里却怠慢至极，根本不在意道歉的后续和对方的心情。

别人是否原谅她，是否记得她，是否喜欢她，诸如此类，对宛云来讲从不是什么大不了的事情。

宛云道完歉后便不再多言，指点："冯先生从这里倒车后，按原路返回即可，前方在修游泳池的管道……"

没说完，她不由得一怔。冯简已不耐烦地升起车窗开车离去，把她没说完的话全部隔绝到窗外。

这已经是这男人第三次忽视自己，还真是记仇。

宛云静静地站着看他的车远去，颇有几分无奈，随后继续走回灌木中修剪花木。

半山拐角处，冯简依旧面无表情地开车。和十年前一样，他实在是很不喜欢这位李大小姐——李宛云。

李家人难得在节假日和分红日外聚在一起，愁的却是另外一件事。

昨晚的风波一见报，之前因联姻消息而稍有涨势的李氏股票迅速跌落，且这跌落还在持续。

三叔坐在桌前阴阳怪气："不过是小误会，冯简不都解释清楚了？还害得云云无辜被打了一巴掌！宛今一个人跑去伦敦，还是让虹影订的票！弄得圈里人尽皆知，留下我们一家子替她收拾这残局！当自己是小姑娘？"

二姑更加刻薄："若不是她姓李，那冯简肯娶她？此刻她倒儿女情长起来，以为冯简对她是真爱？心性不稳定，怎么能当个好妻子？"

宛灵微微蹙起眉，在场没人同情宛今，且都充满怨气。

"方才我接到电话，马来西亚的子公司让赶紧派个主事的过去，说那边的赵董突然辞职，公司上下一团糟！媒体马上就知道这事了，不知又会怎么胡写！"何泷转头对宛灵说，"事发紧急，灵灵你飞去看一看？"

宛灵为难："我不是董事会的投票成员，目前的权限不够，何况明日不得不参加审计。"

李家人别的不行，吃喝玩乐个个是翘楚，最后养得一群游手好闲的中老年纨绔，也就何泷能拿点主意。但何泷到底是后嫁进门的夫人，说话分量不大，众人只在需要出苦力时想着她。

何泷心里鄙夷，故意问："怎么办？我也不知如何是好。"

三叔沉默片刻："让宛今赶紧订票回来！不管怎样，婚礼必须举行！"他欣慰地点头，"若是冯简和宛今结了婚，这事可以派冯简去。"

何泷欲言又止。老三是嫌冯简昨晚说的话还不够难听？她讥嘲地想，幸亏宛今走了，就她那没主见又娇气的性子，夹在那样的丈夫和这样的家庭里，怕是会更惨。

三叔见都不说话，有些急躁："怎么？"

宛灵抬起眼："家里还打算让今今嫁给冯简？现在宛今出国的消息已经走漏，媒体报道的话都很难听……"

二姑细心地整理着手套处的貂毛："我们待会儿向媒体发出通稿，解释昨晚都是误会——"

"没人关心昨晚是不是误会。"宛灵冷静地打断。

一屋子人面面相觑。

联姻本是企业间扩大利益的手段，讲究共进共退，对男女双方的基本要求是夫妻情感无须真挚，但必须稳定——甚至只需维持表面的稳定。

李家当初对冯简出乎意料地选宛今做妻子是比较满意的。年轻一辈里，宛云早就放弃经营权，是闲云野鹤；宛灵野心大，心机深；宛今年纪小，耳根软，想必以后会向着娘家，易于掌控。谁知昨晚闹了那么一出，宛今立马显示出"年纪小"的优势，撂挑子跑了。原本对李家和冯简联姻有期待的股东和银行，此刻都在观望，目前放出的口风都是不信任这桩婚姻。

"现下流言满天飞，即使宛今和冯简立刻结婚，那些财团在确信他们婚姻稳固前，只会袖手旁观——但咱家经不起等待。"宛灵道，"宛今还是太小，我们不要逼她。"

"说得倒轻松，我们不逼她，就会有人逼咱家。资金还好说，如今不借机把冯简拉下水，谁来管公司这些事？"三叔顿了顿，突然假笑道，"灵灵，你不会又要游说我们把全部经营权和股权转到你家名下吧？"

何泷不动声色地看了眼二女儿。

宛灵精明，十几岁就参与经营，若让她掌权，李氏企业也许能起死回生。但比起挽救企业，李家需要的是第二个何泷——一个打工人。他们宁愿大权外放，确保自己的舒适生活才是关键，因此才一直打联姻的主意。恐怕昨日宛灵也是故意放妹妹走的，只要妹妹和冯简结不成婚，宛灵就能借机向家族讨要更大的权力。

二姑转头对何泷柔声道："您看我李家的女儿，在您手下一个两个的倒真有出息！"

宛灵微笑接下话来："我有没有出息还不知道，但不会比冯简做得差。"她又看着何泷，"即使做错了，也有妈妈帮我。"隐隐有逼权和拉拢继母的意思。

何泷笑而不语，她才不搅浑水。

三叔气结。这可了得？何泷和三个女儿那边已经占了企业最大的股权，若再让宛灵掌权，家里哪里还有他们的立足之地？

坐在旁边一直沉默不语的大伯终于放下把玩的雪茄："我赞成联姻。"

宛灵回过头对大伯露出微笑："阿伯，我不是已经解释过，宛今的情况并不适合——"

"宛今是不大适合这联姻。"大伯慢悠悠地说道，"但昨日的主角可不是只有宛今一人。"

话毕，宛灵还没反应过来，何泷却微微色变。

"宛今和冯简的婚姻的确已经走入僵局，那索性换人，让宛云嫁过去如何？风波本就因她和冯简之间的旧事而起，我们不妨顺水推舟。这样外人都以为冯简对宛云一往情深，如今我们把宛云嫁过去，外人不会怀疑这婚姻不稳固，冯简也能立刻入主李氏。"大伯抬起下巴，微微笑道，"这样一来，两全其美。"

功亏一篑，宛灵的脸色已经不好看。

何泷面如寒霜，她一字一顿道："让宛云嫁？想都别想。"

李家以一种过分客气的语调，请冯简尽快到李氏企业的办公楼来一趟。

走进办公楼，冯简略微思索一番，也许他不应该在娶到宛今前就先和李家划清界限。但不如此，也没其他办法。

李家人都是只求别人为其卖命的吸血鬼。他父母双亡，唯一的叔叔也死了十来年，没那么多心思去供养野生父母。虽然和宛今相处不多，他也不大能指望妻子彻底和娘家决裂，站在自己这边。

无论如何，宛今显然比她满脸精明的二姐和另一个怪女人，不知道好到哪里去了。也许应该去英国追宛今回来？

冯简按了按太阳穴，还没结婚就开始花钱，婚姻真是人生最大的坟墓。

走进李氏企业过分华丽的会议室，冯简看了眼四周，明知故问："宛今没在？"

李家人一愣，没料到冯简不知道宛今去了英国。随后，他们才想到冯简的确不应该知道。

三叔尴尬地笑，朝何泷使眼色。

何泷说："冯先生还问宛今？我还想为这事埋怨冯先生——昨日听闻您要她和我们这些家人了断关系，我家小女儿异常伤心，因此独自飞去伦敦散心。"

冯简心中冷笑，道："发生了这等误会？我现在就给宛今打个电话解释清楚。"

何泷语塞。她不敢让冯简给宛今打电话，万一在气头上的宛今一口拒绝了这桩婚事，李家会顺势把宛云推给冯简。她的脸色非常不好，想，冯简这臭小子简直是虚伪到卑鄙。

三叔咳嗽一声，和颜悦色："我们刚想解释昨晚的事。宛今明知昨晚是误会，居然还为难冯先生和自己的姐姐，现下又出国散心，我家对她极为不满，更不知道在她身上继续我们期待的那种婚姻关系是否恰当。说到底，宛今年龄还是太小……"

冯简顺口替他接下去："是要解除婚约？"

三叔和冯简没有过接触，不太适应冯简的说话风格。他沉默片刻才道："我的意思是，宛今不是联姻的恰当人选，但我们李家又不是只有她一个女孩……"

冯简知晓他们没放弃这婚姻，内心其实也松了口气。李家虽然衰败了一些，但能传承到第四代，在上流社会的圈子里仍是响当当的世家大族。以冯简的身份娶他家女儿，仍属"高攀"。冯简警告李家人在他结婚后别把自己当成钱包，嘴上说得强硬，其实内心早做好了被敲一大笔竹杠的准备。

这话先不提。宛今远走，李家的口气显然是想把另一个女儿塞给自己，会是谁？

冯简若有所悟地看了眼宛灵，李家唯一在场的女儿。

接触到他的视线，对方垂眸。

很好。冯简淡淡地想，宛今不行，宛灵可以接受。她不如她妹妹天真，也不如姐姐有惊人的美貌……冯简回忆着和精明能干的女人共事的经历，暗想，大家井水不犯河水也就是了。

宛灵当他的妻子，他应该也能适应得很好。至于宛今，他以后会补偿。

像是浏览一份不怎么有意思的报表，冯简在迅速评估完新"妻子"后，完全接受了现实。比起利益，那些儿女情长无足轻重，当下还是应该尽快和李家女儿结婚，谁知道以后又会出什么变故。

冯简向来做事果断，他颔首："我没什么意见，自然愿意娶——"

这时，门被敲了敲，随后打开了。宛云有些惊奇地看着李家人和中间站着的冯简，微微一笑，径直走进来。

何泷猛地站起来："宛云，你怎么来了？"

宛云说："姑姑不是说找我有要事商议？"

何泷一怔，气得手抖。她回头死死盯着目光游移的小姑子，语气冷硬道："你把云云叫过来干什么？她早放弃经营权，这些腌臜事如今倒想着来找她！"

二姑低声说："宛今能嫁，宛云就不能？她不也是李家人？按照老规矩，也应该大姐先出阁。"

何泷一时情急，也顾不得得罪小姑子了："屁话！"

至于冯简，从宛云一走进来就呆住了。内心涌上的不好预感让他捏了一把冷汗，然而又不太能相信这预感会成真。

不至于吧……李氏企业经营情况到底有多差？

偏偏旁边的闹剧还在上演，三叔按住要发火的二姑，亲切地招呼道："云云来了。"又假笑道，"你是见过冯先生的，我正好想问你，你认为冯先生这人怎么样？"

这么突兀，实在太直白。

宛云没立刻回答，先扫了屋内人一眼。她有一双黑白分明的秋水眸，除了面色铁青的何泷和自我安慰的冯简两人以外，大家都不由自主地避开她的目光。

何泷已经抛开她在乎的风度，拼命向宛云示意："云云，你有什么说什么。"她冷笑，看谁真敢逼宛云结婚！

宛云淡淡地说："冯先生年轻有为，罕见的是果断冷静，又很识时务，是我非常佩服的人物。"

除了之前的两人，在场的人都露出如释重负的表情。三叔乐滋滋道："我家是最公正的家庭，云云不乐意，我决不勉强——所以我问一句，这等人物，云云觉得是否堪为良婿？"

宛云笑道："我相信，妹妹和冯先生会白首到老。"

何泷笑了声，有点得意。

三叔叹了口气："宛今和冯先生的婚约恐怕要取消。"

宛云听后面无表情，片刻后看着冯简道："冯先生又向我家提了什么新的财务条件？不妨也说来让我听听。"

冯简抽动嘴角，算是冷笑，不屑回答。

三叔很尴尬："和冯先生无关，是宛今不适合这桩婚姻。"剩下的话，怎么也说不出口。

宛云只是安静。进门后，何泷难看的脸色，宛灵若有所思的样子，就已经让她猜到几分。闲人当久了，她面对家里的任何荒唐事时都能做到云淡风轻。

如果这是归宿，她已经逃避十年。

三叔在宛云面前依旧踌躇，最后是二姑等不及，单刀直入道："云云，你愿不愿意嫁给冯先生？"

冯简和何泷的脸色顿时都变得像死人一样苍白。

冯简比任何人都不能接受这个事实，他也一定不知道，自己此刻满脸的厌恶和抗拒的神情。

房间里静得连一根针掉下都能听见。

傍晚五点半，婚姻登记处距离下班还有半小时，里面依旧熙熙攘攘的。

在旁等待登记的男人签名字时，眼睛不自觉地往宛云身上瞟。他旁边的女孩勃然色变，起身离去。男人居然过了一会儿才发现未来的妻子不在身边，慌忙起身去追。

冯简迫不得已地享受着众人羡慕嫉妒恨的目光。

几小时前，何泷不等宛云回答，就坚决表态支持宛灵掌权，反对宛云出嫁。但宛灵却犹豫了，她不似何泷，光脚的不怕穿鞋的。商学院才毕业一年，大权在手前她不想和家族长辈彻底翻脸。继母对自己不闻不问，涉及宛云才支持自己。她性格向来谨慎，不确定继母这种摇摆能帮自己到什么程度，犹豫着没有表态。

李家其他长辈却一致认为，让宛云嫁给冯简这招简直太妙。宛云性格好，又不是宛今那种没主见的性格好；宛云识时务，又不是宛灵那种野心勃勃的识时务。何况宛云受长辈宠爱多年，她出嫁后，不会对娘家的经济情况不闻不问。

再说何泷不喜欢冯简，宛云却是她的宠儿。如果宛云嫁给冯简，何泷为了女儿生活好过，必然会在公事上全力帮助冯简。娘家向来是闺女的依靠，何泷也会全面维护李家利益，不让冯简在李家过于霸道——这样互相制衡的关系，李家人非常乐于见到。

各种心思都落在一人身上，众人只等待宛云答应或不答应——当然，她必须答应。大伯、三叔、二姑纷纷向宛云灌输"家族最重要""共同利益最重要""婚姻不会约束你"的思想。

何泷恨得眼珠子都红了，再也不掩饰对冯简的瞧不起。宛灵则借机提出冯简可以娶姐姐，但必须签婚前协议，限制冯简入主李氏企业的时间和购买股份的额度。

混乱中，没人关心另一位主角的想法。

冯简内心快怄死了。尽管人人都默认冯简不喜欢娶一个花瓶，但不知为何，所有人也默认，宛云如果嫁给冯简，那就是一枝大大的国色天香牡丹插入一团排泄物里。

三叔在争执间隙问他："冯先生，十年前的小事，你怎么还能记得那么清楚？想必那时就对我家宛云印象深刻？"

冯简听到自己干巴巴地说："印象的确深刻。"

二姑再启发他："印象如此深刻，那必然是早就情根深种。你和宛云结婚以后，不仅仅因为婚姻的关系，也会对宛云、对她家人极好的吧？"

冯简再从嗓子眼里挤出话来："理所应当。"

何泷若有所思，终于细细地打量冯简。他身材高大，面目端正，可称英俊。但李家惯来出顶尖的俊男美女，冯简那点姿容与李家人比起来又只能算普通。宛云的性子委实太寡淡了，堪称不近人间烟火。但女人嘛，年纪大了自然是需要陪伴的，总待在乌烟瘴气的李家算怎么回事？索性借机把宛云下嫁了也好，冯简绝不是拈花惹草的花花公子。何况他与李家有利益拴着，不怕他对宛云不好。若是冯简敬她、爱她，让她过上好日子，那自然也是可以的。

何泷这般想着，态度就软化些，却又不放心，再问冯简："宛云曾经拿热汤泼过你，你不恨她？"

冯简沉默片刻，摇头说："小事而已。反而我当初被会所辞退，随后能到大学听课打工，旁听了不少知识，四年后创立了宏森。"

大伯挑眉说："在碰到宛云前，你怎么没想过去大学听课打工？"

冯简一愣，不解其意。

三叔接到哥哥的眼色，也明白过来："所以，你是被宛云激励的？"

冯简奇道："什么？"

三叔啧啧感叹，笑道："没想到你少年时就开始为女人发愤图强，必然是当初爱宛云爱到极致了，自知当时的身份配不上宛云，因此才想着努力——十年前，你大概只在梦中想可以娶我家宛云吧？十年后冯先生靠着自己奋斗，出人头地，最终达成宏愿。"

冯简发现李家人从何泷、宛云到这位长辈，说话都有一个毛病，表面冠冕堂皇的，一细品就是怎么想怎么怪。对于他们的解释，他同样深觉无话可说。

冯简的沉默被当成默认，让正在说服何泷和宛云的李家人都一愣。

何泷的心情有些复杂。昨日的猜测果然靠谱，冯简没机会和宛云有什么情史，但她家云云那天仙般的相貌，还不是让这穷小子为了靠近她奋斗了十年？这样的人，倒是可以嫁。

她沉着脸："你若是喜欢我家云云，那当初为何选的人是宛今？如果你现在娶了云云，打算怎么向宛今交代？"

冯简不知道联姻为什么在自己身上就那么难，只好含糊答："宛今才十八……我原本打算结婚后供她继续读大学，如今若是与她结不成婚，这钱我还是会继续出的。"

何泷点点头，接着问："你当初想娶宛今和现在想娶宛云，这两种感情有何不同？"

冯简微微勾了唇角："我现在娶宛云，只有一种心情。"

这句话的讽刺意味，正常人都听得出来吧？冯简一边转着笔，一边淡淡想。

但显然，李家人个个都是疯子。不然，此刻他身边也不会坐着那双沉静眼睛的主人。

　　冯简觉得李家人和何沈问他的问题，他一个都没答好，他从宛云进来后就有点晕。老实说，冯简对于要娶的女人变成宛云这件事，没有进入状态。他完全不介意娶宛今，也不介意退而求其次娶宛灵，但是……

　　工作人员几次提醒后，他才回过神，随手把登记文件递给宛云。

　　对方没伸手，冯简不由得皱眉看着她。

　　这女人明明也是争论的焦点，但从始至终都没有表态。就连她被迫和他一起来到婚姻登记所，都没有听到她反对。

　　当然，也没有表示许可就是了。

　　大家都是被逼的，宛云估计也不乐意嫁。冯简深深望了眼面前的人，想，只要宛云不同意，李家人应该没人能逼得了她——虽然她看上去如此柔弱。但她依旧什么都没说，还跟着自己坐到这里。

　　现在，宛云终于开口了。她静静地问："都到了这里，我想问冯先生一句话，希望你照实说。如果我不嫁给你，你能否继续入主李氏企业？"

　　听她说出"不嫁"两个字，冯简下意识松了口气。沉默许久，他也不介意坦诚相告："我认为，李氏的资金链困境只是暂时的。换句话说，宏森需要成熟产业链和稳定的技术人员支持，李氏有多需要宏森，宏森就有多需要李氏。"

　　这话说出去，宛云还没什么表情，冯简暗暗地松了口气。他怎么早想不到这层？实际上，宛云、宛今、宛灵，任何女人都不需要嫁给他。

　　此时，冯简才发现，问题不光出在别人身上，自己也是极不适合婚姻的男人。他从小家境不好，相当长的时间都是受冷落的。他吃了太多苦中苦，现在只想抓紧时间创建一番事业——至于感情，那是他根本不屑尝试的无聊东西。

　　冯简在工作上连续气走了几个风投大佬后，最后才撞上衰落的李家。李家顺势说要联姻，冯简也毫不犹豫地答应。娶个所谓"在酒会上带得出去""可以和别人有话说"的互补型妻子不是坏事。这妻子最好出身名门，能提高他的社会地位，但最好也不要太"名门"，如果太大小姐脾气，也会惹自己不快。

　　宛今曾经是最好的选择，年纪小，性格也柔顺，送出国念书就完事了；宛灵虽然差强人意，好在能辅助事业；可眼前这位……冯简皱眉看了眼对面的女人。宛云极美，难能可贵的是没有散发任何娇媚之气。但冯简不吃这套，他以商人的直觉加上十年前的回忆，粗浅判断这位花瓶小姐似乎是不太好打发的人物。商人的处事原则是，所有麻烦事都应该在最初做好风险规避。

比起联姻，不如用其他手段和李家建立商业契约，大家也好聚好散。想清楚这点，冯简觉得不再需要委屈自己。

"你不需要嫁给我。"他简洁道，"多谢李大小姐提醒，我们的婚约取消。公私分明才是对的，至于我入主李氏企业的细节，我会向你的亲人讨论。今天把你牵扯进来，不好意思。"

"冯先生这话是后悔了？"宛云淡淡地问，若有所思，"后悔现在娶的是我，还是后悔没娶到宛今？"

一旦确定商业联姻无意义，冯简连敷衍眼前人都懒得继续，只假笑说："你们李家的所有人，在我眼中都毫无分别。"

宛云听后不生气，微微一笑。

冯简看到那笑容，立刻移开目光，他咳嗽一声："我的意思是，我配不上李家小姐。"

宛云说："我懂冯先生的意思。"

这女人似笑非笑的表情真是刺眼。冯简皱眉，松了松领带，他认为已经把所有事情讲清楚了。他朝宛云点点头，准备怀着轻松的心情去处理之前昏了头才会签署的苛刻的婚前协议。

因此，冯简根本没看见，背后的宛云拾起揉成一团的协议书，在眼前的婚姻登记文件上完整签完她的名字。她对工作人员说："证件都已经齐全，应该还要宣誓吧？最后一步就可以免了，请直接办理结婚手续。"

何泷原本坐在外面的房车里等待，但心里七上八下，坐立不安，索性下车走到门口。

对于让宛云嫁给冯简这个决定，何泷的内心依旧犹豫。

商业联姻，地位和财富是有保障，但感情基础到底不稳固。何泷想着冯简一张嘴能戗得人说不出话的嘴脸，滴水不漏的性格，看向宛云时冷淡得像碗凉水的表情——越想越心惊，越想越后悔。

这男人哪里是喜欢宛云了？

何泷暗中恼恨李家人起哄，也恨自己利欲熏心。正跺脚时，冯简大步从大厅出来。那臭小子嘴角微翘，心情显然是极好的。何泷敛起脸上的表情，心思绕了三个弯，静静地在原地等待。

看到何泷，冯简停住脚步，随后点点头再朝她走来。

冯简也许外貌并不是最出众的，也许缺乏与生俱来的贵气雍容，但这个男人目前所取得的所有，都是靠他脚踏实地得来的。任何人只要和冯简接触久些，都能感觉出这个男人绝非池中物。

冯简最初能给见人颇多且眼界甚高的何泷留下深刻印象，原因无他：嘴贱——没什么特大资本还敢甩脸子给倒插门的丈母娘一家看。

"云云呢？"何泷板着脸。

她经历了风风雨雨，但第一次做丈母娘，不知道怎么把握对女婿说话的度，说话语气依旧僵硬："你是男人，走路快，怎么不知道等人？"

冯简不快地挑眉，对眼前的贵妇依旧没什么好感。

下午，何泷亲自逼他签下和宛云的婚前协议——不管谁提出离婚，宛云都能带走冯简的大部分财产。

想到这里，冯简简直后怕。幸亏他反应过来，不然奋斗了十年，还真是替李家大小姐打工！

何泷见冯简不答，又从他眼中看到不屑，也猜到了原因。

她矗起细细的眉刚要刻薄一番，又想到冯简已经和宛云领了证，便换了态度："婚前协议的某些条款，婚后还是可以商议改动些的。之前签署的那些，你也知道，只是为了让别的长辈安心。"

冯简目前谁的心都不需要在乎，就想痛快地宣告婚约作废。但有了昨日的教训，他决定先找到个隐蔽处再谈。

"李夫人……"

何泷板起脸："怎么现在还叫李夫人？"

冯简面无表情："李夫人，借一步说话。"

何泷觉得冯简太不识趣了，她沉下脸："冯先生——"

有人走过来，轻轻搂了一下何泷的腰，再自然而然地挽住冯简的手臂。

"妈妈又不高兴什么？"宛云轻声道，再转头对冯简说，"还要照相，冯先生要再过来一下。"

冯简第一个反应自然就是没反应过来。他刚想皱眉甩开，转念一想，宛云也许希望由她首先向家人公布取消婚约的消息，便任宛云把自己拉到一边。

何泷在他们身后转怒为喜："云云，你俩互相称呼还那么客气。"

冯简僵硬而不自然地任宛云拽着他来到照相处，随后挣开："够了吧，李小姐？你可以先去和你母亲与家族通信，随后把过失尽量推到我身上。"

宛云把他推到布景前："先照结婚照，人家马上下班。"

冯简退后一步，皱眉道："什么照？"

宛云静静地看着他："刚刚冯先生先走了，其实，我还想再问你一个问题。冯先生有钟情到非她不娶的女人吗？"

冯简蹙眉："什么？"

这意思，大概是没有了。

宛云便换了个角度："或者说，你有过曾经喜欢到非她不娶的人吗？"

冯简简洁道："我的私事和李大小姐你无关。"

宛云叹口气："冯先生曾经有希望和谁在一起长久生活的想法吗？我看过你的资料，这二十年来，你好像一直都是单身一人。"

冯简愣住。有那么一个瞬间，很短的几秒，他想起早亡的父母，没钱医治而死在医院走廊的叔叔，早期一起做生意却卷走全部创业资金的兄弟，三更半夜从地下室被房东赶出来睡在天桥下的自己……他孤独的时间太久，已经丧失需要陪伴和被人安慰的想法，与其说是对苦难妥协，不如说是自我保护。再说，银货两讫的东西更公平，他宁愿花费心思在这方面，至于陪伴——哼！

冯简转过头，他只平淡道："没有，我自己很有乐趣。我的以前和以后，都不需要任何人陪伴。"

宛云目光微动，只是不语。

闪光灯一晃，摄影师抓住他们谈话的间隙，借机拍了照片。

工作人员迅速把冯简和宛云照好的照片粘在证件上，盖上钢印："祝两位百年好合。"她笑眯眯地送来祝福，希望这对夫妻迅速滚蛋。

迅速荣升为有妇之夫的人显然没有反应过来。

宛云伸手接过证件，低头盯着照片。照片上的冯简显得出人意料的英俊。她不确定在回答问题的时候，他的表情是否有失落划过。

"你的表情挺呆的，"宛云用手指戳了戳照片上冯简的脸，还算比较满意，"但，人这一辈子总要呆一次。"

冯简留意到她手里的证件，心中有不祥的预感："这是什么？"

宛云抬起头，露出笑容："我们的结婚证。"

十几秒之内，冯简脸色微僵，瞳孔收缩。

"从法律层面，我们是各自的合法配偶。"宛云思索道，"我之前没做过别人的妻子，在这方面没有经验，只能竭尽全力做好。"

冯简瞪着她十几秒，劈手抢过结婚证。

自己的照片，平生第一次和另一个女人并排坐着。现实里，宛云离他的距离没那么近，但照片上，两人的距离近到有些依偎的感觉。

冯简直勾勾地盯着照片一分钟之久。他觉得，不仅仅是整个宇宙被缩小，而且，整个宇宙都变得安静了。

宛云淡淡地解释："我刚才在冯先生扔下的婚姻登记文件上签字了，我会和你结婚。"

冯简霍地抬头，难以置信地看着宛云依旧云淡风轻的脸："开什么玩笑？！"

她依旧是平淡的模样："我从不开这种玩笑。"

冯简倒抽了一口凉气："你签……我之前对你说的话，你是没听明白，还是没听懂？"

宛云温和道："冯先生说得很清楚，也很明白。"

冯简低头，再看着结婚证上的名字，直接拒绝道："到底怎么回事？我从未想过娶你！"

宛云微微皱眉："为什么？"

在冯简没反应过来的瞬间，她解释道："冯先生之前的话，我理解的意思是无论娶我或者娶宛今，对你并没什么本质区别。既然冯先生现在没心爱之人，娶妻只是想和李家人沾边，那为什么不能考虑娶我？"

冯简直瞪目结舌。他捏着结婚证，转头问工作人员："怎么离婚？"

"根据之前签署的婚前协议，如果冯先生想和我离婚，目前的一半家产都会是我的，而你剩下的另一半家产，也将成为我的精神补偿费。"宛云镇定地提醒，"冯先生如此傲慢，从昨日到现在，先讥嘲我家人，又气走我妹妹，和我结婚又随即反悔——即使我不在乎这事，但我相信，李家的长辈应该会很乐意支持我打这一场离婚的官司。当然，双方打官司的律师费，也需要你垫付。"

这大概是冯简听过宛云说的最长的一段话。过于震惊后，他冷静下来，眯着眼睛盯着宛云。

宛云慢慢道："结婚后，我会对你好的。"

冯简还在脑中高速思索，是怎么被眼前的蛇蝎美女陷害落入阴谋诡计的，一时没反应过来。

宛云继续道："其他的事情……你以后可以随便利用我。我不会发表意见。"

冯简又干巴巴地说："啊？"

宛云已经用一种"懂了吗"的表情看着他。

冯简不懂。手中足有千斤重的结婚证压得他喘不过气来，前一秒还能摆脱李家，后一秒就已结婚，冯简完全没法冷静。

他冷冷道："李宛云，如果因为家族企业所以想设计嫁给我，我早对你讲过，你嫁不嫁我，我冯简该做的事情都不会因为你有丝毫的改变！你要是自大到想影响我，别白费心机！"

宛云点头："你刚才提过的公私分明，我是很赞成的。"

冯简沉默片刻。

"所以，发什么疯要和我结婚？不是为钱，为什么要嫁我？想替家人出气？因为我最初选的是宛今，你想在我这里证明自己很有魅力？就像你没脑子的家人，认为所有男人都该爱你？"他脸色铁青，"多个妻子我有什么不乐意的？但整件事，我是男人，没有吃亏的地方，而你就把一生这么随便地搭进去？"

宛云摇头："我没有随便选人。"

冯简彻底被激怒："没有？"他冷笑道，"李大小姐不会想说你因为十年前的事感到歉疚，要以身相报？那你太瞧得起我，也太瞧得起你自己了！"

宛云勾起嘴角："我选冯先生，是因为，冯先生要求很低。"

冯简皱眉："什么？"

"冯先生似乎只介意妻子的家世，而我——"顿了顿，宛云没有表情地继续，"我能嫁给任何人。"

依旧不懂的冯简忍了许久，再深吸一口气："你能不能好好说人话？你怎样关我什么事？"他强压着气，慢慢说，"李小姐，你现在要是有什么难处，可以跟我单独说。要是有人逼你……"

宛云抬眸盯着他："我不想做的事情，没有人能逼我。"

冯简冷笑："巧了，我也一样。"

她摇头："冯先生这点做不到。"

冯简张嘴，反驳不得，许久都没感到如此胸闷，他只好再次冷笑："你真以为我对这事没办法？"

宛云感兴趣地看着他。

冯简发现的确没有任何办法。混迹商场多年，他习惯预判局势，并不忌惮面对最坏的情况。但此刻，冯简的脑子高速运转，却绝望地发现没有找到什么对策能解决眼前的棘手情况。

他退后一步。

宛云略微好奇："冯先生，除了十年前，我们还见过面吗？"

冯简沉默片刻："没有，从来没有！"

"冯先生是我见过的人里，唯一一个特别怕我的人。"

冯简一句话都说不出来。

能不怕吗？面对李家最美也是最疯的人，冯简仍然处在半麻木的状态中。眼前的女人仍然面色平静地站在对面，像是对任何事情都无还击之力般柔软。

宛云等了片刻，安慰道："和我结婚没那么可怕。我现在去找妈妈，你冷静一下再过来找我吧。"

冯简回去后，做了一晚上的噩梦。

产品滞销、投资失败、股东撤资、债主上门，自己一无所有，再度过上有上顿没下顿的生活……从睡梦中醒来，他出了一身冷汗。

空空的床头柜上，摆着两个紫红色戒盒。按照惯例，订婚戒指由女方家庭出，那是李家给冯简的老式戒指，男戒 0.2 克拉，女戒 1.5 克拉——如果不出意外，他现在应该给宛今戴上；如果出了意外，冯简应该退回钻戒。

但现在的情况……

冯简下意识地往床的那侧看去——当然没有人。

宛云昨晚回家就发烧了，何泷和李家人在门外大惊小怪地把她接走。那女人执意和他结婚，莫非是脑子烧坏了？

冯简觉得李宛云的思维架构很有问题。

十年前，服务员冯简从医院出来，徒步五站路往回走。盛夏港岛，柏油马路上也蒸腾着炎热气息。

他还没有吃饭，心不在焉地把工装甩到背上。

富家大小姐的家人还算不错，事后还能想着给他一笔钱去治烫伤。手臂处刚刚抹了药，凉飕飕的，仍然不太好受。会所的工作肯定是保不住了，若是别的客人也就罢了，但李家是"锦绣"的大户。即使李家不追究，经理肯定要给那外表厉害的夫人一个交代，估计结完本月工资就会让自己走人。

其实，他不一定非要"牺牲"自己的。冯简看得清楚，那大小姐是故意打翻他手中的托盘的，纯粹是自找麻烦。

尊贵的寿星大小姐一定没想过，发生这种情况，不管他是否冲上去，这事必然是旁边的服务员有错。有些人的存在，是为了帮助另一些人生活得更好。

冯简对阶级观一直嗤之以鼻，但这不妨碍他认为温室里的花就应该待在温室里。于是他挡在了那位小姐面前。一手揽住她时，对方纤细的腰就在他掌中。

双目交接，她的眼神中有些反应不及的抱歉。冯简有些意外，但除了退后一步，他没有多想。

当时涌到脑中的想法是，这工作算是没了。今天的晚饭大概还能在这里解决，但明天怎么办？马上开学，欠下的大学学费仍然差一大半，以后是继续到夜市摆摊赚点零花还是去花费积蓄听课……

大小姐已经被拉走，周围的人明明没看清楚当时的状况，却都在指责他。

冯简冷笑，忽略手臂上的疼痛，先拾起被打翻的锅盆。

"没事吧？"一个稚嫩的声音在旁边好奇地说，"我有手绢，你要不要擦一擦？"和他说话的是一个小女孩。冯简蹲着，对方坐在椅子上，递来手绢的姿势居高临下。

根据经验，烫伤一般需要过会儿才能感觉到疼痛。在疼痛被延迟的瞬间，冯简因为陌生人的善意而感动，但同时，内心传来一股极致的热意，仿佛那热汤泼在心上。

因为客人的无聊而把过失归咎于服务员的事情，不会是第一次。如果想继续干下去，就必须学会不以为意。但只是因为没有钱，没有身份，所以只能强行忍受不公平的事情，软弱地接受别人的好意,乖乖地把命运交给那些"更高级"的人主宰？自己这一辈子就如此？

小女孩的手尴尬地停在半空，冯简回过神来，朝她飞快地点点头，随后收好餐具再退下。临走前，他深深地看了一眼富丽堂皇的大厅。

总有一日，自己会再来，但不是以服务员的身份。

冯简走回会馆时已经是半夜。他做了个决定，心情愉快，决定主动去找经理说明。

路过植物茂盛而路灯幽暗的花园，有人正靠在墙边吸烟。

少女身着红裙，烟头微亮，脸却看不清。走过时，冯简才看清楚她其实没有靠着墙，而是靠着垃圾桶，姿态却是好看的。

冯简斜眼看到她手里把玩的 Zippo 打火机，心想，可能是迷路的客人。

就当临走行一善好了。他停下脚步，颇有职业素质地问："需要帮忙吗？"

对方仿佛为他的停留感到惊奇，随后把烟头熄灭，站直身体："不好意思。"夜晚异常动听的女声，如同风铃轻摇，她客气地说，"你能把鞋脱给我吗？"

冯简沉默。

对方继续用淡淡的语气解释："我必须爬墙出去，但高跟鞋实在不方便，半途丢了一只鞋，还摔了下来。我可以光脚，但腿被割伤了，实在很疼，所以想借双鞋。"

冯简低头看见女孩优美的小腿上果然有新鲜的伤口，她光着脚站在草地上，趾尖如玉。

爬墙……摔下来……还要继续爬……这真的是客人吗？

女孩轻轻说："如果很麻烦就算了。"

冯简回过神来，皱眉说："为什么不走门？"

她简洁地说："不能走门。"

黑暗中，他又盯了她片刻，估计得不到更多解释。他并不特别好奇她是什么人，他马上就不是会所员工了，别指望他有更多善心和职业素质了。

他开始脱鞋，脱袜子，顺便把治疗烫伤的药膏递给她："拿着，抹伤口的话应该都管用。"

女孩飞快地穿上鞋袜，连药膏也接过去。男人的鞋明显过大，空荡荡的，更衬得她小腿纤长。

她取下耳朵上的两个钻石耳钉，递给他："报酬。"

冯简拒绝："我马上回宿舍，还有多余的鞋。这双你穿出去吧，不用还。"

女孩见他不收，没有坚持。她从包里掏出金笔，在一张面巾纸上用唇膏匆匆写了一串数字："我是李宛云，以后有事可以找我。今晚多谢。"她抬手把昂贵的包甩出院子，踩在凸出的石头上，屈膝跳起，双手抓着旁边的树借力，居然攀了两米多高，随后，纵身一跃坐到墙头。

整个过程，干脆利落。

清风明月，远处虫鸣不绝，周围是花草树木的香气。借着微弱的光亮，冯简仰着头，终于看清高处她的容颜。

下午的肇事者，今夜的寿星公，走出来便惊艳全场的女孩，害自己被开除的祸害静静地坐在墙头，微微喘息。

少女身后是整片黑夜，全银河的星光暗淡闪烁，光芒全都落在她眼睛里。

宛云最后看他一眼，漫不经心地挥挥手，穿着玫瑰红色的晚礼服，脚下踩着他差点要开胶的皮鞋，以顽皮的孩子都难以做到的娴熟技术，轻松地翻到墙外，在夜色中逃走了。

冯简依旧维持着仰望星空的呆滞姿态，良久后，如梦方醒。脚下的凉意告诉他，刚才这一切不是梦。

他摇摇头，随手把面巾纸撕碎，扔到垃圾桶。

在很长一段时间里，冯简对"妖精"和"神经病"的印象，始终停留在那晚。更长时间里，女孩从高墙轻轻跳下去的身影，是和他头脑里"梦想""美丽""自由"并列摆在一起的美好的东西。

但，仅此而已。

不表明他想念她，需要娶她，值得娶她。

他印象最深的是她的小腿。在遇到自己前，她应该从墙上摔下不止一次。她却满不在乎，绝不喊疼，伤口都懒得擦。

是他看不过去，把药膏递给她。她也就接过去，没问他的名字。

十年过后，两人重逢。

宛云的相貌一如她十八岁时，但早已不记得他，她不再是宴会中的主角，然而人人第一眼都会只看她。

后来，她对他说伤疤不重要。冯简实在难以理解，就像他不理解李家别墅都要出售了，还有人在大清早亲自修剪里面的花木。

喜欢做无用功，不怕疼，不喜欢道歉，不喜欢道谢，不喜欢关心他人，却又不仅仅是大小姐的跋扈脾气。李宛云的性格，就仿佛是一抹淡白色的烟雾，令人捉摸不透。

这种家伙，要不然很任性，要不然心机过深，要不然就是疯子。

冯简自认缺乏男性的占有欲。即使有，也只是对事业和金钱。他不想在家里放一个会爬墙的妻子。

冯简盯着宛云留给他的订婚戒指，用指尖捏着戒圈。铂金的冰冷质地证明他所面对的一切，真的不是一个玩笑。

李宛云确实要和他结婚。

诚然，他如她所说不介意娶任何人，但他也虔诚发誓，时间若倒回，他绝对不会古道热肠地冲上去挡热汤。

一定要绕道，坚决离那女疯子远些。

胁 迫

Chapter 02

宛云的高烧持续了几日。她在床上静养，门被推开，何浤气冲冲地走进来。

"臭小子！"何浤冷冷着脸，"刚从马来西亚回来，还没把在李家的位子坐稳，就直接约见资深离婚律师！幸亏我和张律师是好友——哼，听说冯简居然咨询了一下午怎么解除婚姻！他想干什么？"

宛云抬头，好奇道："解除了？"

何浤冷笑："笑话！离婚要耗时间和金钱——你看冯简在哪方面大方？再说能娶到你，他乐还来不及，才不会做这么赔本的买卖。"她猜测道，"估计还是因为婚前协议，但他也不动脑子想想，他是你丈夫，我以后能不帮他吗？"

宛云点头，漫不经心地翻过一页书。

冯简适应这件事和她想象中一样。最初的震惊过后，只是沉默地跟上了她。据说前几日他还来了几次，但宛云当时病得难受，也没睁眼看他。

现在想来有点后怕，行了一着险棋。她无法想象自己遇到相同的场景会怎样，想必心情不会愉快。但那男人看似不耐烦，然而骨子里极其能忍耐。或者说，冯简是个凡事都喜欢自己承受的男人，擅于接受变化。

拖他下水，真是抱歉。

"妈。"宛云打断还在数落冯简的何浤，重申，"以后不管发生什么事情，你都不要太为难冯简。"

何泷眯着眼睛："果然是嫁出去的女儿。"

宛云坚持："妈妈。"

何泷这才说："放心，我才不会为难他。世界上只有你不肯要别人，谁都不可能先不要你。"顿了顿，又说，"宛今来了电话。"

宛今在电话里抽噎，用了些在何泷听来非常恶毒的话诅咒大姐和原本是她夫婿的冯简。何泷手头公事一堆，还要忙着宛云的婚事，百般安慰仍然无效。

她不打算把具体内容告诉宛云，冷酷道："以后就让宛今在英国读书，先别回来了，平添尴尬。做事拎不清，这时候才后悔！哪有后悔药！"

宛云刚要说话，用人进来通告，姑爷来看望小姐。

这是两人领完结婚证后，第一次见面。

宛云朝他一笑。冯简看了一眼躺在床上的宛云便迅速移开视线，控制住想抓住那女人的肩膀摇晃她、质问她的冲动。

何泷觉得冯简是在羞涩，她不以为意地哼了一声，但也借机离开，给了两人独处的空间。

宛云拍拍床边，示意他坐下。

冯简僵着，把椅子拉开距离床足有一丈，解开西装的扣子坐下。

"这是你的房间？"他环视四周，干巴巴地赞扬道，"布置得很雅致，李大小姐品味高雅。"

宛云温和纠正他："这以后会是'我们'的房间。"

她眼睁睁看着对方的脸色变得铁青。

冯简沉默良久，勉强压住内心的惊吓加恶心。他舒了一口气，恢复到正常表情："你我结婚后总要独立门户。你母亲说你不喜住新房子，我看李家旧宅此刻的价钱还算合适，加上手头还算宽裕，便买了下来——也就是你现在住的那所半山别墅。等婚礼举办后，我就会搬进去。"顿了顿，他眼含深意道，"你满意吗？"

宛云笑笑："怎样都好。"

冯简再咳嗽一声："病好些了？"又说，"怎么突然发烧了？"

宛云回复："大概之前我出去追宛今，受凉而已。"

冯简一贯不变的面容露出几分尴尬："说到这个……三小姐昨天深夜主动给我打了个电话，但也不说话。"

宛云抬起头："然后？"

冯简诚实道："我当时实在很困，就说如果李三小姐想好了说什么，可以直接给我发短信。"

宛云垂眸："我来处理。但，谢谢你把这件事告诉我。"

冯简再皱眉，客气说："她以后是我的小姨子，都是一家人。"

她淡淡说："一家人？其实，宛今和冯先生该配成良偶，只可惜……"

冯简扯动嘴角，温和地说："你我都已经结婚，木已成舟，现在还说这等废话做什么？"

宛云叹口气，身体向后，靠着鹅绒枕："说得是。"

屋子里一时很静。

深色窗帘拉着，遮挡住外面的阳光，加湿器喷吐雾气，冯简似闻到幽幽香味，但全神贯注时又闻不到——也许香味来自这个穿着白色睡衣的女人，她表情依旧温柔冷淡，似笑非笑地看着他。

宛云迎着他的目光，温柔地说："渴吗？要不要我让人给你削个水果？"

冯简的脸色越来越不好看。

这房间不能多待，太可怕了。他猛地站起，索性不再掩饰情绪，又觉得前所未有的窝囊，再回头，直接踹翻了刚才坐的椅子。

很大的一声。

宛云忍住笑："我还以为，冯先生你转了性子。原来没有。"

冯简再也装不下去，回身阴冷地盯着她："李宛云，病还没好？什么时候和我办离婚？"

宛云叹口气："冯先生，该怎么说你才相信我对结婚这事是认真的？"

冯简又忍了一会儿，才说："你以为婚姻是什么？不会以为只是过家家吧？"

"嗯，我了解。婚姻有情感接触、身体接触。"宛云说，"关于最后这点，希望你也能对我做出承诺。"

他问："承诺？"

"精神就不要求了，身体互相忠诚是最好。但冯先生如果管不住自己，做不到忠诚，我也理解。只希望冯先生和别的女孩那些关系尽量只发生一次，不要有后续，不要有感情纠结，更不要闹出私生子，毁大家的面子。"宛云平静道，依旧是"给你削个水果"的口吻。

冯简很想把脚下的椅子扶起来，这样能再狠狠地踹翻一次。他一字一顿："李宛云！你究竟在发什么疯？"

宛云淡淡说："连这话都敢说了，冯先生大概相信我不是在过家家。"

冯简盯着她。

几天了，他已经给了她足够的时间去后悔。实际上，他已经故意不自己去想这意味着什么。

"整件事算下来，我其实不吃亏的，但你呢？"冯简缓慢说，"你执意要嫁我，有些事情我觉得该告诉你，"他正色道，"我并不是什么好人，现在不是，以后也不会是。我当初对宛今承诺的事情，结婚后也会对你做到。你的生活开支全部由我负责，但李家闲杂人等不要指望我为他们掏一毛钱。公司的事情，我不希望从你嘴里听到任何话。还有作为妻子，你要知道自己的义务，必须陪我参加各种商业活动，我希望你的言行能稍微……控制一下。还有，我是你丈夫，不是你想象中的梦中情人，别对我抱有不切实际的幻想——至于你说的和别的女人的身体接触……"冯简竭力控制住尴尬，"这点你可以放心，我还没闲到去拈花惹草。"

宛云听完后点头："很公平，我会做好妻子该做的所有事情。"又淡淡说，"包括和你的身体接触。"

冯简估计这几天被眼前这一位吓多了，已经锻炼到和她拥有一般的功力，听了这话也只哼笑一声。

宛云补充说："但你也不要太期待。男人面对同一个女人久了，总会厌倦。"

冯简对面前的女人实在是无奈，他板着脸说："我希望李大小姐你再签署一份声明。我是不会主动离婚的，但这份婚姻若最后因你的过失而走向破灭，你必须双手空空地离开，我签署的所有婚前协议都会作废。"

宛云颔首："把文件装好留给珍妈，我签完给你。记得别让我妈看见。"

冯简看着她，心情复杂。

十年前，他和宛云只见过两次。一次场景慌乱，一次场景昏暗。不管在何时，她的言谈举止都隐着几分傲气，愈发显得美丽。如今她磨淡了锋芒，容貌未见老，但眼睛里似乎失去了什么神采。

冯简脱口而出："你到底是怎么回事？我都比十年前过得更好些，你怎么越活越差？李家有那么没落？"

这话是伤人的，宛云怔了两秒，恢复一贯冷淡但有笑意的口吻：“你这算是接受我了？”

冯简自觉失言，又换了不耐烦的语气说：“我给你最后一次机会，如果你现在——”

他看到她笑笑低头，纤细的手指翻过一页书。

“不会。”宛云淡淡说，“我愿意嫁你。”

冯简又在原地站了一会儿，思考是否要给宛云推荐个心理咨询师，但又觉缺乏气势，只好沉默地打开门自行离去。

隔了很远，他听到珍妈大声道：“屋内椅子怎么倒了？”

宛云说：“哦，没注意到。”

城中媒体最近不太闲。

大美女宛云踹走妹妹，取代宛今和冯简结婚，其中的详细内情无人知晓；冯简入主李氏企业三天，李氏企业大改革，两家公司焕发新活力；李氏企业内部股权变更，李二小姐宛灵对采访保持沉默。

都是夺人眼球的好素材，怎么写都充满八卦味道。向来灵敏似犬科动物的媒体却集体保持缄默，仿佛是暴风雨来临前的风平浪静。

冯简和宛云在抽空试穿拍婚纱照所需的礼服。

冯简拉开男士更衣间的帘子，走出来。黑色西装，白色衬衫开两个扣子，礼服本就烘托气质，但此刻，男人脸上的烦躁表情已经压过英俊，不甚得体地松着领带喘气。

何泷径直走过去，往他背后一拍：“小冯，腰再挺直些。”

自从当上老板，冯简很少被如此不客气地对待，不由得眯起眼睛看向何泷。何泷才懒得照顾他的心情，退后一步打量他，心情不佳。

圈子里追求的是内敛低调，但本质仍然热衷追求繁复昂贵。见惯了李家男士领带动辄都七八十条摆满衣帽间，何泷得知冯简衣柜里名贵西服总共只有两套，都是数年前的款式，大为不满。而且他的领带、衬衫、鞋子也选的是基本款，力求能最大化利用……这绝对不是成功人士的内敛低调，这就是活生生的乡土气息。

想当年李家鼎盛时，再加上宛云的相貌，她的条件真是无人可及，偏偏她万花丛中过，片叶不沾身，如今却落到了冯简这暴发户手里——罢了！

何泷带着慈祥却残忍的笑容，打算让冯简滚回去换第十四件礼服。

冯简年少时的脾气就不算好，此刻的耐心已被耗光。他牢牢地站立不动，要看何泷能奈自己何。

还是装扮好的宛云掀开帘子，款款从另一侧走过来，帮冯简把前襟整理好，道："这件不错。"

何泷眯着眼盯了冯简足足十五秒，才非常勉强地首肯："那就它吧。"又利落指挥裁缝，"肩线再改改，你没看到小冯垮肩吗？"

冯简实在懒得理何泷。

什么西服款式、领带长短、皮鞋孔数，他听到这些名词就头大，怪不得李家逐渐式微。

对上宛云清亮的双眸，冯简不动声色地拉开些距离。

宛云伸手帮他扣上衬衫最上端的扣子，轻轻提醒他说："你以后必须要习惯这些啊。"

冯简一皱眉。

她这话什么意思？必须习惯这样的妻子和丈母娘？还是混入他们的圈子必须要习惯这些繁文缛节？

直到此刻，他才看了一眼穿着婚纱的宛云。

她今日的妆极浓，把面部轮廓勾勒得很漂亮。雪白缎子婚纱，高跟羊皮鞋，真真是天生的衣服架子。摄影师自她出来就赞不绝口。

女人的容颜难抵岁月，气质也需多年熏陶。为了培养宛云，李家得耗费多少财力和心血？

冯简插着兜，漫不经心地计算着养这类麻烦生物的成本。

太好了。他阴沉地想，以后真不愁没花钱的地方。

挑婚戒的过程仍然不算太愉快。

冯简以为自己的义务是跟着这一大一老的小姐到珠宝店，尽量忽视价钱，尽快结账。但何泷直接把他们拉到了郊外的某家私人画廊，那里正在举办珠宝首饰设计展。

展览的名字是RAGNAROK，"诸神的黄昏"。所有珠宝的名字都出自希腊神话，设计出自名家之手，价格出自死神之手。

何泷进门后，熟门熟路地直奔VIP区看图册，中途被相熟的夫人拉走。

冯简抱着来当冤大头的心情，随意参观展览区。一条项链摆在展厅最中央，上书"鹅掌"。

巨大的钻石被立体切割，旁边是橙色宝石围绕。整条首饰由复杂的工艺镶嵌而成，上尖下散，呈枫叶形。在灯光的照耀下，细小的宝石和晶亮钻石交缠，颜色鲜亮，光芒闪烁，华贵优雅到极致，乍看不和谐，看久了却也觉得般配、美丽。

冯简瞥了一眼价钱，就眼观鼻鼻观心，但他到底还是多看了几眼。

宛云温和地说："冯先生眼光真好，这钻石叫'The Swan Diamond（天鹅钻石）'，所以项链成品叫鹅掌。希腊神话中，宙斯被公主丽达的美貌所吸引，但惧怕赫拉妒忌，他变为一只白色天鹅。丽达看宙斯所化的天鹅美丽，屈身相抱，因此和宙斯结缘。这件虽然是仿品，但真品是珠宝大师Eideann最后的作品，就是以刚刚的故事命名的。而'鹅掌'，大概意为'动情的脚印'。"

冯简抽了下嘴角，慢吞吞道："我读过的书不多，但我听到的版本是宙斯对复仇女神涅墨西斯一见钟情，女神为避开宙斯，变身为不同的动物逃走，最后仍未能摆脱宙斯的追逐，终被宙斯化身的天鹅逮住施暴。"他讽刺道，"我看，这'鹅掌'不是什么'动情的脚印'，而是'曾经被凌辱过的化身'。"

宛云对他的拆台只一笑，随后轻叹道："它真的很美，是不是？"

冯简知道首饰真品的价格远非自己能承担的，也不怕宛云张口讨要，只冷哼道："这种东西，好看虽好看，买来又有什么用？"

宛云没有移开目光："可以送人啊，也可以自己戴。"

冯简抱臂看着她："你们女人，是不是都喜欢这些华而不实的东西？"

宛云直起腰，笑道："也不是，"她歪头，"女人想要的东西，其实都很简单。"

冯简随口问："那是？"

宛云沉默片刻："是送礼物的人吧。"

闻言，冯简颇不屑："李大小姐又想收礼物又想得人心，真是贪婪。"

宛云敛去神色里的少许伤感，语气略带戏谑："我还以为，你们商人把贪婪看作好品质。"

冯简根本不屑和她讨论这些，只讥嘲："只有在成功的商人身上，贪婪才被视为好品质。"

宛云不经意地微笑，把手搭在他的手臂上。"我现在是你的妻子啊，"她温柔地说，"你在我眼中就是最成功的商人。"

冯简语塞。他明显觉得有些逻辑不太对劲，但一时间又说不出哪里不太对劲，僵硬地挪开宛云的手："公共场合。"

宛云的兴趣已经从珠宝转移到他身上。她看着他，忽然问："冯先生喜欢这条项链？"

冯简终于记得现在说话前要想一想。想了想之后，他认为重复宛云之前的话最为保险，便敷衍道："还行，看起来很亮。"

宛云再一笑。

冯简还没来得及涌起新的不好的预感，就眼睁睁地看到宛云姿势优美地按下保护座上的一个按钮。

很轻的"嘀"声。

安静的大厅里，一些客人听到这声音回头凝视他们俩。能进入私人展厅的都是有头有脸的人物，他们认不出冯简，但看到宛云熟悉而美丽的脸都开始低声议论。

冯简前半辈子被众人盯着看的机会都没这两天和宛云在一起时多，他脸色僵硬，尽量用平稳的口气对宛云说："什么声音？你是不是按错了防盗保险？"

宛云对走来的经理说："我要买这款项链。"

冯简怔住。

经理笑容满面，连连点头，随即让保安戴手套取珠宝，快步去里间包装。

冯简回忆着项链的价钱，只觉得大脑里的血流得异常欢快。他也许能想到宛云会给自己下马威，但没想到那么迅疾，一击中的。

"你想买它？"冯简尽量心平气和，"那项链的价钱，我恐怕——"

宛云漫不经心地打断他："我付钱，送给冯先生你当礼物好了。"迎着冯简震惊的目光，她微笑，"这条项链仅仅是仿品，'鹅掌'的真品，只会出现在拍卖会上，价格还要贵数倍，我自然是负担不起的。但仿品也很漂亮，既然你喜欢，便买回去摆在我们家里吧，也能时刻欣赏。"

冯简沉默半天咬牙说："谢了。我不要。"

宛云眼也不眨："白来的礼物，收下又能怎样？"

他瞪着她。

十年过去，这女人不能说没有成长。她此刻的作风比曾经的跳墙少女又恶劣了几分。偏偏说话口气轻柔，再配上她的容貌，谁也不会反感，只惹人怜惜。

可惜冯先生除了蟑螂外，至少十年没养过宠物，缺乏发现美的眼睛和心。他深吸一口气，出于商人的本性，瞬间做了收下这项链的决定。

何沨听到拍卖声急忙走出来，皱眉问冯简："戒指挑好了吗？哪一款？"

宛云微笑说："冯先生很喜欢这条鹅掌项链，我也觉得好看，索性就把它买下来了。"

何沨没见着项链，她不动声色地瞄了一眼价钱，笑得前仰后合："哎呀，云云你先挑戒指嘛！怎么净买些没用的，让小冯这么破费！"

拿着项链盒子，冯简觉得伴随着婚姻的展开，自己的视野和胸怀都走入了新的境界。

比如，这辈子第一次见到那么花哨的男装，第一次付钱买了那么昂贵的钻戒……第一次被人送了女士项链。在娶到宛云之前，他从来没思考过，自己更需要一个失踪的未婚妻还是一个会发疯的妻子。

下车前，冯简皱眉对宛云说："你……"

托项链的福，何沨只在旁边微笑："云云，下去跟小冯说完话再上来。"

冯简下意识觉得还是不要和宛云有任何独处的机会。

"不用，我就想，你什么时候有时间？"他简略解释道，"我觉得有必要再和你单独谈谈。"

宛云挑眉说："你不是已经知道我们家的地址？如果你想念我，就主动来找我吧。"

冯简的表情像是吃了什么过咸的东西。

宛云忍住笑，轻轻推他下车，关上车门。

那条鹅掌项链价值不菲，储蓄被划走一大半，相当不值。但至少在挑戒指的过程中，她的丈夫谨慎到再也没有发表任何不同意见。

不得不说，面对冯简那一张欲言又止的脸，偶尔是非常有乐趣的。

宛云微笑着撑着头，看车窗外的景色。她想到冯简说的话，"十年过去，李大小姐还是没有任何改变"。对这句话，她应该是有些生气、有些在意的。

还有，这些眼泪这些年。

鹅掌。

何泷打算借着宛云的婚事，转移大部分私人财产到女儿名下去避风头。她曾经在李氏捞过的好处太多，但她为人谨慎，拿到利益后就换成了稳妥的长线投资。这样虽然安全，但如果发生现金流紧张的情况，也不好公然出售。

冯简已经开始接触李氏企业，宛灵也蠢蠢欲动地要查清财务状况，何泷觉得有必要从那浑水里先择清自己。

宛云随手翻了翻何泷那一堆古董首饰和旁边的一沓房产证明："二十三辆劳斯莱斯车全转到我名下？旺铺若干，房产若干……"她笑着说，"我何时那么有钱？任何人都能看出猫腻。"

自十八岁开始，宛云在李氏企业中没有得到任何股份和分红，论起私财，她在三姐妹中是最少的。

何泷早有对策："一般人都发现不了。若有人怀疑你，到时候我们就说那是冯简的聘礼。"

宛云拎起盒子里一只珠光宝气的手镯欣赏，开玩笑道："那么有钱，还要把我嫁出去？"

何泷顺手给她戴上，佯怒："我这都是为谁啊？以后这些东西还不都是你的！"

宛云的手腕很细，在古董手镯的映衬下，指上的婚戒便显得暗淡了。

尽管戒指是在何泷的监督下选的，但她现在又不乐意了："钻石还是挑小了，连指节都盖不住。明明是买给妻子的婚戒，冯简那小子付账时仍然苦着脸。"

宛云把过于夸张的手镯取下："我觉得这戒指很好，妈妈太苛刻。"

何泷哼一声，再把手镯戴到宛云另一只手腕上："我没有歧视冯简，我只是不喜欢穷人。"

宛云忍不住再笑："李家如今也不是很富。"

何泷坚持："但我们从未当过穷人。"

诸如此类门当户对、财富分配、生活高低的话，自诩贵妇的何泷就算心里计较得再多，在女儿面前也很少吐露。一般说了这种话后，宛云就知道她后面真正想说的是什么。

果不其然，何泷淡淡地说："冯简再不好，也会比那个人好。"她冷笑，"若不是那个人，你十年前也不会……"她顿了顿，以肯定的语气说，"如果没有他，以你的头脑，李家的企业板上钉钉全都是你的，宛灵算什么！"

宛云看着自己的戒指。

冯简看向她时压抑下的讽刺，对她的生活作风所表现出的不赞同，想改变她但又懒得计较的表情——不同的人，相似的表情。和冯简在一起，很容易让宛云回忆起十年前她曾经爱过的人。

不，应该是十一年前。

初次见面，他对她笑着说："我没有太多钱，但我会给你世界上最大的快乐。"

如果现在听了这话，宛云毫不怀疑自己一定会给出更精彩的回复，至少不会是十年前的那句微微皱眉，脱口而出的"你脑子进水了"。

他带她翻墙去游乐场，在摩天轮到最高点时，那个人笑着对她说，他喜欢这里，是因为这是最接近云的地方。

无聊的初恋，老土的亲近手法，酸腐的表白，最直接的感动。

老实说，宛云当时和他在一起，唯一的遗憾就只是那个人什么都拥有，为什么没有太多钱。后来，宛云从那人身上懂得，钱真的可以买来一切的开始与结束。

何泷连连叫宛云几次，宛云才回过神。

何泷怀疑地盯着女儿，七分玩笑三分认真地说："云云，你不会还喜欢十年前那个穷光蛋吧？"

宛云沉默片刻："总有一天，我会忘记他。"

何泷冷若冰霜："忘记他？云云，你当初可是为了他出车祸，放弃李氏经营权，差点从族谱除名！你从李家企业完全退出，要嫁他，结果呢？他最后居然——"

宛云托着腮："当初要是硬嫁，我也是能嫁成他的——"

何泷撇着嘴角，根本不想提起害宛云落得那么惨的穷光蛋和势利鬼："以前的这些事情，千万别主动坦白，男人表面说不在乎，内心能纠结到死。尤其是冯简那种斤斤计较的。"

宛云想想冯简的个性，笑说："他应该都不会主动问。"

何泷不以为意："如果他问了，你便说，往事不可再提。"

直到宛云回屋，她还追在宛云的身后连连嘱咐："听到没有，你要对他说，往事不可再提，不可再提！"

冯简暂时抽不出时间和宛云详细讨论他们的相处之道，或者闲到去打听宛云的各种往事。

公司需要管理，他每日都忙，从未休假。只是他必须去适应手上的那枚刺眼的戒指，以及涌现出来的账单。

前者，经常被他丢在床头柜里、轿车的卡槽边、盥洗间的肥皂架子上；后者，通常稳定地出现在他办公室的桌面上，而一旦他拆开信封，里面的内容通常能影响冯简至少十分钟的心情。

今天的账单显示宛云去了某家居馆。

冯简盯着那张纸上一连串的零，他希望宛云买了足够两人用到死的床单和被褥，不然这个价钱难以解释。

忍无可忍，他拿起电话准备给宛云打过去。

秘书敲门进来："总裁，您准备好……"看到冯简黑成乌木的脸，他生生地把剩下的话咽了下去。

冯简放下拨了一半的电话，想起来今天要开宏森自动和李氏企业的联合发布会，宣布两家企业的合作，以及对媒体公布他和李家大小姐的婚事。

走入发言厅，冯简一眼就看见了宛云。

她坐在角落里，安静聆听坐在她旁边的某个男人眉飞色舞地讲着什么。没有任何动作，穿着也不妖艳，只坐着，就无端吸引了所有人的目光。冯简关注的只是摆在宛云脚下的一堆五颜六色的购物袋，原本的脸色更黑了几分。

新闻发布会终于开始。

没什么特别新鲜的地方，按照惯例介绍了公司现状，展望了前景，双方签署合同后拍照、握手。

记者提问时间。虽然是财经媒体主导，但是仍然有不和谐的八卦之声。

宛灵用平稳的声音在冯简身边回答："家姐已经嫁给宏森自动总裁冯简冯先生。公事上我们是同事，而私事上，冯先生已经是我姐夫。"

冯简面对台下的照相机，表面平静，内心很不耐烦。他用余光瞥着表，希望记者能问出点更有意义的问题，或者赶紧结束，放自己去工作。

"下一个问题，想问冯总——"记者举起话筒伸到沉默的当事人面前，"听说冯先生十年前就认识李宛云小姐？原本冯先生的结婚对象是其妹宛今小姐？"

略嘈杂的大厅立刻安静下来，只听见西服的摩擦声以及摄像机器的运作声。

记者问："冯先生在与宛今的订婚宴上，曾严厉警告李家不要过于贪婪，并要妻子和李家决裂——这个消息是否属实？"

冯简表情还好，旁边李家人立时尴尬。

宛灵沉下脸，替冯简回答："无稽之谈。"

"现在为了能和李大小姐顺利成婚，冯总又违背了之前的诺言，心甘情愿地签署了李家苛刻的婚前协议，请问这件事情属实吗？"

冯简终于开口："我不会回答任何假设性的问题。"

"那您签了婚前协议吗？"

冯简冷漠地说："我不回答任何私人问题。"

场面被冯简弄得有些尴尬。记者强笑坐下，内心在骂冯简。

何泷头一次觉得冯简的说话风格不那么讨厌，但和媒体交恶也不是她的作风，她咳嗽一声，就要亲自出面时，另一名记者抛出下一个问题。

"冯先生已有自己的企业，风头很劲，如今又接手李氏，两家并进，您会怎么保证公私分明？毕竟一个是自己创立的企业，另一个是爱妻的家族企业，您有特别偏向吗？据可靠消息，我知道宛云小姐的陪嫁十分丰厚，这些财产的来源是什么？您又打算怎么和股东解释？"

冯简不知"陪嫁"一事，刚想否认，却看到旁边何泷用她保养得体的手抓紧了合同。

这对该死的母女又背着自己做什么了？

他终于感到大厅里有些闷热。尽管他很想张嘴反驳，但手上的婚戒提醒他该闭嘴。他现在已经结婚，和台上愚蠢的李家人是利益共同体，一言一行代表两个企业。

一阵沉默后，冯简回答："换别的问题。"

作为合格的商业新秀，曾经出席过几次发布会，冯大总裁说话次数不多，但毫无疑问给记者们留下了深刻印象。

现下，记者们都对他的回避非常感兴趣。

眼前的记者扶了扶眼镜，以周围人听得见的声音低声说："您对我们这种小人物，怎么也'见人只说三分话'？"

冯简得忍着才没把尖锐的讽刺言语吐露出来："我让你换个问题。"

眼前的记者倒面不改色。他显然比上一位更有职业素养，也更难应付。

"冯总裁之前声称，您和李氏的联姻是出自双方情感和利益的最大考虑。但据婚姻登记处的工作人员透露，你和李小姐曾在登记那天发生过争执。当时有一方是本不打算结婚，另一方却强行逼迫——"

这爆料过于独家，连何泷都暂时忘记自己的事情，微微侧过脸来瞪他。

"怎么回事？"她用只有冯简一个人能听见的声音问，"你还逼云云？"

冯简面无表情，只觉得太不可思议了。曾经的路人，如今分别变成他的丈母娘和妻子——何泷难道还不知道问题出现在哪里？到底是谁，每次害他在大庭广众下变成一个必须承担自己没做过的事情的蠢货？

"您和李大小姐的婚姻，是不是在双方自愿原则，尤其是女方自愿的情况下结成？"

冯简恶毒地想，如果爆料，为什么不索性爆得彻底些。他很想看看大众知道真相后的嘴脸。

"再换一个问题。"他说。阴沉的脸在外人看来是格外恼羞成怒。

"李大小姐结婚后就大病一场，而这几天，您购入了李府的旧豪宅，还入手了一条昂贵项链。这表明您的投资方向和兴趣发生转移，是想用婚姻来避税，还是只是为了讨李小姐欢心而做出补偿？"

"换问题。"冯简尽量控制着语调。

那记者的表情终于挂不住了，强笑道："我还没有问完——"

冯简冷冷地说："问个正常问题。"

"什么才算正常的问题？如果冯先生不想回答——"

"换问题。"冯简厉声打断他，"如果我能回答，就会回答你。"

戴着墨镜的宛云坐在台下微微挑眉。

还真是简单干脆的处事态度啊，直接打断，全盘否定。很强硬，不能说实话就不屑撒谎。

几次被冯简用"换问题"打发后，记者有再好的心理素质也终于受不了了：

"您总得回答我一个问题，不然——"

"鹅掌。"

"什么？"

冯简的耐心同样被耗尽，要是内心有表面的一半平静，他的嘴角就不会因为厌恶而扭曲。

"那条项链叫'鹅掌'。"他厉声说，"你刚才不是问它的名字？我回答你了。"

第二名记者坐下时显然充满了怨恨和愤怒，但已经有第三名和第四名记者站起来准备提问。

在情况发展到更糟之前，见识到新姑爷犀利作风的李家人迅速结束了这场新闻发布会。

台下嗡嗡声仍然响着，何浼正思考怎么对宛灵解释，宛云正眯着眼睛端详之前提问冯简的那几位记者。而冯简的眼睛如果能喷射毒汁，那他已经把那两个根本不在看自己的女人毒死了。

又是非常不愉快的一天。

在让人印象深刻的新闻发布会后，冯简缺席了宏森的管理层月度例会，把自己和何浼关在会议室。

谁也不知道他们讨论了什么。等冯简和何浼走出来，两人的面色都异常难看，但至少达成了一定程度上的和解。

随后，和李家其他人讨论的东西依旧非冯简所喜。

经过无数次打击、抗打击，讲道理、假装不懂，绕圈子的来回……真正有关经营和治理方面的话题在讨论时间中占的比例很可怜。但不同于他在发布会上的憋屈，有了何浼的隐隐支持，冯简获得了全面胜利——李家显然也没全面吃亏就是了。

终于回到办公室，外面的天已经擦黑。

冯简没开灯，直接走进来，第一个动作是撸下戒指，随后抛到桌面。小小金属圈打着旋儿地转了几圈停下来。

何浼和宛云的眼光极好，她们选中的男士戒指简洁低调，尺寸合适。可惜冯简每次戴着那破戒指，只觉得像枷锁一样紧紧箍着自己。

冯简揉着手指，刚从豺狼虎豹群中脱身，独自一人时才感到腹中空空。

早些年，他独自拼搏时不至于吃不上饭，但忙着忙着就会忘记。如今，他的荷包也不是没钱，但一个人坐在高级餐厅里用餐这件事，怎么想怎么傻。

冯简难得地叹口气。早知如此，还不如娶个普通人家的女孩，擅长做饭，会做家务，笑时温柔，不添麻烦——只可惜，拥有此类特质的良家女子都具有情感泛滥的缺点，每次都要先和自己谈场恋爱，真是麻烦。

冯简厌倦地皱眉。年少打工时，曾听女工描述陷入爱情的感觉，是"只需看他一眼，仿佛整个世界都在顷刻间被改变"。

简直太棒了！冯简想，自从重逢了李宛云，他也同样体会到人生被瞬时改变的感觉。

黑暗中想到那张美丽的脸，冯简的脸却很难不扭曲。他低低咒骂一声，就要把自己扔到老板椅里，但手臂接触到的却是柔软。

趴在桌上睡觉的宛云被巨大的响声惊动。她睡眼惺忪地打开桌灯，眼前却无人。

冯简不察屋内有人，颇为吃惊，连番退后时被宛云带来的那些购物袋绊倒，随后失去平衡在黑暗中踉跄摔倒。

宛云的眼睛适应了光线后也看清了来人，如果男人不是滑稽地坐在地上，那他的样子堪称阴沉可怖。

她忍住笑，伸出手来要拉他："我吓到你了？还好吗？"

冯简迅速站起来，拼命压着气："怎么来我办公——"他后知后觉想起，新闻发布会结束后，他曾经厉声说让宛云在办公室里等待。然而他和何泷谈完话又想着去应付李家长辈，居然忘了这茬儿。

也就是说，到现在为止，宛云已经干等自己数个小时。

冯简立马闭嘴。

表面上，他朝宛云厌恶地挑眉，不动声色地越过她，自顾自坐回办公桌后的椅子上，不疾不徐地收拾桌面文件。但内心略怕，可能是歉意，也可能是因为说不出来的更多东西，下意识里，他总想离这个女人远些。

面对冯简的忽视，宛云也没动怒。她温和地对冯简道："现在才回来？"

冯简绷着脸点头，不确定这女人目前准备对他生气还是已经生气，便尽量用平常的口吻道："抱歉，让你久等。"

宛云淡淡说："我有些饿了。"

冯简迫不得已，驱车带宛云去餐厅。

他客气地说："你有什么喜好？"

他真的只是随口问问，宛云却给他报了几家她常吃的米其林餐厅，都是出了名的菜价昂贵而且距离此处十分遥远。

见他蹙眉看自己，宛云便笑着说让他自己拿主意。

冯简从唇边对她露出假笑，然后把她拉到街边熟悉的茶餐厅。味道尚可，卫生尚可，价格尚可。绝非顶级场所，但停车很方便，打包也便捷。

冯简实在饿得紧，只想吃完饭后赶紧送李大小姐回去，他好去处理工作。

进门时，他的脸由于下午的事依旧阴沉，勉强像个来吃夜宵的下班族。茶餐厅里客人的目光越过冯简，瞥了眼跟在他身后的某人，而那一瞥后，再以好奇和遗憾的目光仔细地看冯简。

冯简依旧不习惯这种注视，再次隐隐胃疼。

"肇事者"拈着油腻腻的菜单，笑道："我好久都没来这种地方吃饭了。"

冯简掂量了下她话里的讽刺意味，又感觉讽刺太轻没掂量出来，自己要了炒牛河、凉菜和例汤。

宛云只点了一碗醪糟蛋。

冯简面无表情，心想果真是大小姐，大概吃不惯这些食物，也不再相劝。

宛云把两人的餐具都用热水烫了一遍，解释道："马上要举办婚礼，我总要保持身材。"

冯简忍不住讥嘲："你这样的美女，想必对自己的要求很高。"

"身为美女的要求并不高。第一要皮肤光洁；第二要身材匀称；第三要五官尚可；第四点最重要，那就是要全世界的男人都必须宠着自己……"冷笑话没说完，宛云自己先抿嘴，一副清纯俏皮的表情。随后把冯简的餐具推向他，动作也自然而然。

冯简过了会儿才冷冷地说："你还挺看得开。"

宛云平和地说："以后还会一直这样看得开。"她又笑道，"我今天干等了你那么久，所以呢，你也别再因为之前的事情生我气。"

冯简从鼻腔里冷哼了一声才忍住没反驳。

她今天等了他几个小时，但他得娶她一辈子！这账怎么算？

剩余时间，两人相对沉默。

茶餐厅中央的电视正播放新闻，好巧不巧地播放到下午的新闻发布会。

想忽视是不可能的，茶餐厅里用餐的客人并不多，都在安静吃饭，电视就是唯一的声源。

于是，冯简不得不再回顾记者向他提问的整个过程。

"换问题。"

"换问题。"

"换问题。"

男声低沉好听，经过电视播放时有种奇异的质感——冯简以为那种"奇异的质感"可以称为滑稽。

"宏森自动和李氏企业今日发表联合声明……合并……产品……股东变动……银行新投资拨出……"

播完关键内容，紧接着，记者不负众望地发挥了想象力："但联姻的原因冠冕堂皇，实际却……据悉……便认识富家小姐……强迫成婚……弥补……项链……房子……"

最后意犹未尽地补充："冯简近几年风声鹊起，事业成功，是城中无任何花边新闻的黄金单身汉，原来是少年时就心有所属……"

冯简近日心里郁结的东西太多。他一边机械地往牛河里倒醋，一边心想"声名鹊起"这个成语都用错了。

宛云也在看电视，随口问："冯先生从未结交任何女友？"

冯简的回复是从眼角冷冷瞥她一眼。

宛云点的醪糟蛋热气蒸腾，暂不能食用。见冯简拒绝和她交谈，便打量起这家茶餐厅。是街边随处可见的小食店，菜谱上有午间套餐，夜宵以面、米饭为主，桌面印有广告，竖立的餐牌上面提示"繁忙期间允许拼桌"。

她并非对这种地方有偏见，只是感觉茶餐厅和快餐店比较适合朝气蓬勃的年轻人。她注视着眼前的冯简。男人的吃相不算优雅，但好在快速。明知宛云正看着他，他连头都不抬。

挨着他们这一桌的是下了英语补习课的中学生，一个圆脸女生说："李宛云就这么嫁了？"

回答的同样是十几岁的女孩，做出看透世间的样子："她岁数够大，如今已经不是她的天下，能再逍遥多少年？"

"到底是美人垂暮，曾经多风光，如今嫁这人，还真是……啧……"

又一个女生跟着附和："那男人好恶心！一句缓和的话都不给记者留，说话惹人厌，不上道！"

"不错，面相长得也凶！"

终于有人提出反对意见："人不能只看外表，他心中还对李宛云有情，加0.1分。"

"还真像是小说情节，穷小子努力奋发，再强迫女方嫁他，婚后补偿什么的……"

"这算什么小说，小说都惯常写王子和公主或者王子和灰姑娘，现在这剧情就是童话——《美女与野兽》？"

中学生们笑成一团。她们都是爱做梦的年龄，说刻薄话时只要做点无辜表情就会显得可爱，回家还要忙功课和追动漫，此刻说起成人的世界倒像了若指掌。

她们话题中的人物依旧在吃他那碗陈醋明显放太多的牛河，面无表情。

"冯简也算可以了，自己创业，不靠父母，知名度在城中却不高。"

"城中有周少这个传奇在，谁能抵得过他。"

"说到周少，长得像电影明星般英俊，家境殷实，却至今未娶。不知他会娶谁——"

"也许是我！也许今天在放学路上，他的车就刚好路过，然后深深地爱上我——"

几个小女生互相对视一眼，再像小鸟一样笑。

"少做梦了！你明明爱的是英语老师！"

对方争辩："也许我可以先嫁英语老师，离婚，接着嫁给周少！这有什么？你看看，连冯简这样的，最后都能娶到李宛云！"

旁边静坐的冯简终于开腔："麻烦，多来些醋。"

等老板送上装醋的新瓶，冯简面无表情地嘱咐："去跟旁边那些小丫头说，店内做活动，如果她们能在一分钟内走人，今天的饭钱就打九折，再送奶茶一杯——她们的差价由我来掏。"

没到一分钟，旁边的座位就彻底安静。

此刻，冯简的嘴已经除了醋酸味再没有别的味道，气饱了，弃了盘子里剩下的牛河正准备喝水时，看到宛云正看着他。

冯简深深蹙眉，以为对方要指责自己过于小心眼。

宛云温和地说："的确有些吵闹，多谢你让她们走了。"

冯简立刻产生了把之前像母鸭子的小女生们全部叫回来的冲动。

眼前的女人似乎总有曲解别人的习惯，与她自我感觉良好到无耻的家人不同。冯简又觉得宛云是故意为之，她可不是什么自以为是的傻瓜，她擅长牵着别人鼻子走，比如，她显然已经聪明到把自己和他牢牢拴到了一起。

而且，该死的，她做得很成功。

宛云的嘴唇也被食物的水汽晕染，娇艳欲滴。

她只吃了几口，侧身从包里摸出烟和打火机。依旧是银色的 Zippo，看上去用了多年，边角都被磨损了，握在宛云纤细的手中闪着低调优雅的光芒。

"介意吗？"宛云举着烟。

冯简实在很介意。

他刚想警告她，当装腔作势到极致就成为讨厌的时候，宛云左手间有什么轻轻一闪——她一直戴着两人的婚戒。

于是冯简闭上了嘴，不动声色地把左手收回膝盖上——他的婚戒还在办公室。

宛云见他不答，燃起烟："今天实在抱歉，没打招呼就把你拉到我母亲的私事里。本来想亲口告诉你，还是晚一步，谢谢你没有当场拆台。"

冯简终于有机会说正事，他沉下脸："令堂做这种没脑子的事，能不能至少先告诉我这个当事人一声？我已经和你妈讨论过一些财产的事情，具体问题你回家去问，我不想在这里浪费时间重复。我现在想跟你说的话，希望李大小姐你全部给我听好，因为你似乎有左耳朵进右耳朵出的毛病。"

烟雾中，宛云露出若有若无的笑容，她示意他继续，随后优雅地把烟灰弹到某人不吃的牛河里。

有人仅仅露出笑容就能美艳到折人阳寿的地步。

冯简漠然地收回目光，就事论事："李宛云，我想你可能还是对我有什么误解。十年前你生日宴会那次，帮你挡下热汤是我的责任，当服务员是我那时的工作，无论客人发生什么事情，我都有义务对客人提供服务，不存在什么对你一见钟情的鬼话。我对你，没有什么偏见，更不会有什么执着。当然，我承认你很美，家庭出身很好，而且看上去的确有个不太黏稠的脑子。但就像你说的，我对妻子的要求——基本上是没有要求。我不需要感情，更没空陪你上演任何你所想要的戏码。我现在只想提醒你，不管如何，这场联姻已经开始了，你以后也要有点专业素质。从现在开始，不管是财产……"

冯简嘴里滔滔不绝的"合格妻子评价指南"被打断在闪光灯的照射下。

两人本来就坐在窗前，他吃惊往外看的模样就被拍了个正着。

与之相比，宛云则淡定而迅速地熄灭了手中的烟，娴熟地戴上墨镜。她用他的卡付账，推他走出茶餐厅，无视外面举着相机的众多记者，再快步走到泊车处。

坐上副驾驶座，宛云说："开车，绕过那条小巷，在隧道里转一圈再从海港城前走。"

冯简定了定神，怀疑道："你对这里的地段很熟悉？来过？"

"没有。"宛云说，"你来的时候，我顺便把路程都记下来了。"

冯简皱眉："早知我们在这里吃饭会有记者来拍，怎么不想着提醒我？"

宛云摇头："我并不知道吃饭会被记者拍，更不知道你会不会听别人的意见。"

冯简在沉默开车的过程中，又刷新了一下自己对不可预料的事情的接受能力。但很快，他沉下脸："结婚后每次出来的情况都如此，李大小姐这么有名？"

宛云摘下墨镜："只去某些场所还好，有专门的停车库和包间，隐私可能会被保护得好些。"

冯简还在"别想让我在你身上再花一厘冤枉钱"和"别想让我在那些狗屁场所花一厘冤枉钱"两句反驳中来回犹豫，便听宛云淡淡地说："这些也是你必须要习惯的事情之一。"

她从风衣兜里掏出一样东西，轻轻放在仪表盘前。

冯简瞪着眼。

他仍旧不太熟悉的那枚男式婚戒被摆在油表卡槽前，安静地发出不怀好意的光芒。

"顺便再问一句，"宛云扭头看他，"你真的从未交过女朋友？从未？"

冯简忍无可忍，厉声道："显然，我自少年时期起就独独倾心于李大小姐，眼中再无他人！"

冯简和何泷在办公室里订立的诸多婚姻隐形条款中，有一条是"新婚夫妻不需要和李氏家族同住"。

一方面，何泷赞成夫妻独立门户，每日看着冯先生那阴沉又不如何英俊的脸，她恐怕也不会太愉快；另一方面，既然都在同城，宛云离她并不会太远，想女儿就打个电话。

比起丈母娘的模棱两可，新郎官本人的意向更坚决，养一个败家的花瓶小姐就足够花光他所有的钱了，和一群饭桶住在一起……实在太过分了。

冯简把车开到李氏的旧宅门前等候——不，此刻已经可以冠名为"冯氏"的新宅前。

别墅坐落在环山半坡之间，绿植围绕，占地极大。站在别墅顶层，夜晚能看到城中万家灯火，天气好的时候，能远眺各处美景——如果主人有足够的情怀。但目前看来，未来男主人似乎不太期待。

"被"结婚后，除了冷笑和假笑，冯简的脸色一直可以用"阴沉"来形容。但他自己认为已经比前一周，至少比前两天的状态要平静很多了。

抛开报纸上对两人婚姻的诸多富有浪漫主义的猜想，假装看不见桌上笑得僵硬的婚纱照，忽视那晚被宛云拽着跑走的娱乐版头条照片，身为企业家的冯简终于体会到当名人的感觉。他的脸不由得抽搐了一下，联姻中好的一面，至少已经展开：李氏企业和自己的公司并购顺利，股东和银行都很满意，行内的投资巨头绿杉集团也对他的公司有浓厚的兴趣。

老天没那么坏，只可惜——

眼前的门铃"哗"地响了一声，摄像头自动转过去看清了车牌号。门被打开，冯简缓慢地把车开进去。

只可惜，娶的妻子是李宛云。

照冯简的意思，选妻子应该像选家具，看上去舒服得体就足够。但娶了宛云，自己已经彻底失去了坐在豪宅里寂寞地数钱，叹息他是如此富有又如此孤独的乐趣。

别墅内的草坪很大，两个雪白的团子在飞快移动。

冯简冷着脸开车时根本没有注意，刚要下车，眼前一花，两只纯种牧羊犬欢快且迅猛地扑过来。

他不由得退后一步。

牧羊犬训练有素，没有做任何攻击的动作。它们只是用不小的身体挡住冯简，不让他随意前进，再拼命地嗅陌生人的气息。

冯简在原地站了片刻，确定自己安全后，便也镇定下来。

牧羊犬全身的长毛都被洗得极白，不露牙的话，看上去乖巧可爱。冯简想起来自己中午还剩下大半块鸡肉厚多士，伸臂自车上拿出，先撕了块面包扔到脚下。

两只大狗只来回地闻，并不见动心。

冯简自言自语："还真是和主人一样挑食。"随即又把肉块挑出来，两只狗又争先恐后地围上来，伸出湿漉漉的舌头，各自舔一口，仍然不肯吃，绕着他转，不准他走动。

冯简挑眉："怎么比主人还挑食？"

旁边传来轻轻的咳嗽声，冯简内心略微抖了一抖，手依旧稳定。

宛云轻呼一声，牧羊犬得了命令，终于肯放过冯简，转身朝主人飞速跑过去，撒着欢。

宛云穿着奶黄色的长裙，随风站立，优雅飘逸。她并不走上前迎接他，只微笑说："来了？"

冯简颔首，慢吞吞地走过去。

等举行完婚礼，两人就要在半山别墅里生活。此刻，冯简是来检视他的这处不动产的。

李氏搬走时把大件家具撤走了七七八八，但曾经精致装修的室内大格局还在，如今很好布置。客厅采光极好，深棕色的地板，亮堂堂的意大利锥形水晶顶灯。客厅虽然还空落落，但家具已经订好，过几天就能送来。

"听说冯先生喜欢独处？很巧，我也是。于是自作主张，先准备了两间主卧，到时会从这两间里选一间做我们的新房。"她云淡风轻，说得好像不是自己的事情。

冯简也就皮笑肉不笑地点头。

　　宛云给他准备的房间和目前她自己的房间隔门相对，中间是铺着厚厚地毯的走廊，朝向不同。

　　冯简走进属于他的房间，先注意到的是床上铺着的被褥和床单。洁白、低调、柔软、朴素，很一般——也就是这个东西，花了自己信用卡上那么多钱。

　　何泷当时口沫横飞地讲床单要缝多少针，原料是从哪里进口，冯简连听都不听。

　　有区别吗？但买了就买了，不好退，索性留着，直到把这床单睡到破为止。

　　卧室和楼下客厅一样。冯简略微巡逻一圈，认为宛云准备两间卧室的主意罕见地很有脑子。

　　冯简补充："我不需要衣帽间，对了，腾出隔壁的一间大屋当书房，其他的我没要求。"

　　跟来的管家连连点头。

　　冯简再走到窗前，"哗"地拉开窗帘，随后不可抑制地眯起眼睛。

　　花了大价钱购入的别墅还算物有所值。房间外视野开阔，面对的正是进来别墅时路过的那片草丛灌木，两只牧羊犬在上面来回追逐嬉戏，活泼有趣。

　　冯简随口问道："你家那狗是什么品种？"

　　管家见冯简已经没事，悄悄地退下。

　　宛云走过来，说了名字。

　　冯简听后一愣，挠着下巴："噢，平时见过那个品种的狗，但长得似乎和这两只有所不同。"

　　宛云微笑："它们应该是最纯正的血统，我家在北美狗舍订了不下十只，都是参赛品种。"

　　冯简明明知道，问了一定会倍感后悔，但还是忍不住问了牧羊犬的价钱。

　　宛云说了个印象中的数字。

　　他从丹田里提上一口气，再从鼻子里缓慢地呼了出去……非常好！自从脱离市井自己创业，他第一件事就是戒除脏话，可惜最近又有复发的迹象。

　　购买一只名贵宠物犬的价钱，自己可以买一套西服、五双皮鞋、十件衬衫。冯简想，自己一共也就那么几件西服、几双皮鞋、几件衬衫，还穿了好几年。

　　他实在很难理解"养狗"的价值体现在何处。衣服、鞋还能出去穿一穿，食物还能充饥，而花大价钱在这治安良好的别墅区养两只狗，除了每天糟蹋草坪，似乎没有别的实际用途。

冯简面无表情地粗略一算，两只狗每年的饮食、美容和防疫费也是不小的开支。除此之外，他们好像还养了几匹赛马。曾经的李氏愿意负担这笔傻钱，他管不着，但此刻要让自己继续负担它们，他宁愿每天喊几位小明星来唱歌跳舞。

冯简长久地看着草坪上那两只活泼欢乐的大狗，尽力温和地对宛云说："你喜欢动物？"

宛云说："妈妈和今今养的，见我独自住在别墅，便把狗留下给我做伴。"她的目光一直看着窗外，温和道，"它们很可爱，是不是？"

冯简道："不如考虑把它们送回娘家，你要是想它们，回家看看也行。"

宛云沉默片刻，轻声说："其实自己养，并不会太麻烦。"

冯简简洁道："很不必要，不如送走。"

宛云迅速从窗外收回视线。

两人距离非常近，互相能看清瞳孔中的自己。她的眼睛极美，带着水光，听到他的话后有些不耐烦和厌倦。

冯简从未见过向来冷淡的宛云有如此失态的时刻，正诧异，她的表情却又恢复了平静。

宛云平淡地道："好，既然你不想养，就把它们送走吧。"

冯简回忆宛云刚才的眼神，觉得有些陌生，有些熟悉，有些久违。

十年前，宛云也曾这么看过自己。她好像只看他，认真记住了他，但刹那后，她就迅速地忘记他。那时候的宛云，就像她曾经穿着的那条红色晚礼服，高傲疏离，抬手就把钻石耳钉赠送给陌生人，一举一动都带着风流，并非此刻仿佛不会被任何事情触动的女人。

冯简收回目光，掂量道："如果你不乐意送就算了，先养着吧。留它们在家，你也不用总回娘家看望家人。"顿了顿，"记得拴狗链。"

两人的婚礼之日眨眼便来临。

特意选的黄道双吉日，宜婚嫁、破土、开财。婚礼当日的天气也极给面子，阳光照射，祥云散浮，天空瓦蓝得像擦拭干净的镜子。

半山间，冯宅内，两只雪白牧羊犬在草坪上有一搭没一搭地跑，锦衣宾客坐在椅子上有一搭没一搭地聊，请来的弦乐乐队在哗哗哗呜呜呜唧唧唧地鸣奏。

冯简的背挺得笔直，站在露天的帐篷底下。

他身着的定制西服合身，脚下的手工皮鞋锃亮，从领带、衬衣边角到袖口的一切细节都无懈可击——价格不菲。

冯简决定这辈子尽量只结一次婚，不管此刻娶的是谁。

从零默数到一百，再以一百为基数默数到三千零七十二，新娘终于自红地毯那一端出现。新娘走红地毯又是极其漫长的等候过程，无论是心理还是现实的时间。冯简不得不再把左手压在右手之上，克制自己想频频看表的冲动。

五分钟后，也许是一万五千年后，打扮得像孔雀般的大伯才终于将宛云的手交给他。作为李氏长辈，大伯还要假仁假义地嘱咐他要对宛云好。

冯简根本没听他们的演讲，他很渴，很累，很烦，很没耐心。

今天凌晨三点，他被何泷的来电惊醒，花费四个小时穿着打扮，两个小时站在门口接客，再联想到明天就要正式搬入这所别墅和"妻子"同住，冯简目前的心情是即便何泷也披着婚纱走来，都难伤他更多元气。

宛云感觉冯简握着自己的手僵硬无比，她自面纱后抬起头："又忘戴婚戒了？"她冷不防地开口，放低声音，只让他一人听见。

冯简一愣，大拇指下意识地往指背按去。下一秒，今日烦躁的情绪终于掺杂了另一种全新的情绪，那就是绝望。

该死！怎么又忘记了？他明明提醒过自己不要摘。

宛云轻声说："我在跟冯先生开玩笑。你的戒指，全部被收走了，在婚礼仪式开始后才会再换回来。忘了？"

冯简沉默半晌，才从牙缝里挤出一句话："你还真风趣。"

宛云望着他，了然道："不喜欢今天这种场合？还只是因为娶了我而意难平？"

冯简看都不看她，冷冷道："你现在说这种话已经没有任何意义。"

台上的牧师依旧在宣读老套的誓言，完全没注意到眼皮子底下的新婚夫妻正在一起走神。

"婚礼至少还有两个小时，你总这么厌倦，恐怕不大礼貌，不如分散下注意力，想些别的事。"

冯简根本不认为她能在这方面帮助到自己，冷笑劝她不要添乱。

宛云静静道："你今天还没有正式看我一眼。"

冯简越发专注地盯着牧师，宛云也没有妥协。到最后，冯简先撑不住，勉强给面子瞥了宛云一眼，随即，呆了呆。

他见过宛云穿婚纱的模样，此刻仍忍不住惊艳。抛开别的，冯简愿意承认，娶宛云很能满足男性自尊心。但再好看，一眼也便够了。

她又想干吗？

宛云目光流转："不妨一猜，我现在戴着的耳钉多少钱？"她没有再给冯简任何侥幸的余地，轻声说出价钱。

随后，新人交换戒指。

准备吻宛云前，冯简压着内心的感情，很平静地问妻子："新买的？"

宛云弯起嘴角："我哪敢那么奢侈？"

冯简没来得及再说话。

在众人的鼓掌声中，新人终于亲吻。两唇浅浅相碰，同样的冰冷，很迅速地移开。

举行完仪式，冯先生和冯太太分别散开和宾客应酬。

冯简一方面尽量避免看到宛云，一方面又忍不住紧盯她，生怕宛云再疯到一时兴起，把耳钉送给随便什么人。

如果说宛云抓到了他的什么死穴，她显然抓得很成功。

冯简对联姻预想的最可怕的情况，也不过是妻子是骄横、暴躁、软弱，对生活充满幼稚幻想，整天拘于情情爱爱的少女。

宛云不是哪门子的少女。她对他所做的一切，比任何少女对他做的都更恶劣。而她说得不错，自己确实有些怕她。如果冯简再文艺点，也许会说出莎士比亚的名句形容她，"鲜花一样的面容下藏着毒蛇一样的心"，但他们之间肯定并非罗密欧与朱丽叶的关系……

注视宛云的时间有些长了，正和冯简交谈的人不自觉顺着男人阴沉的目光看去，再交换着意味深长的目光。

草坪那厢，何泷正容光焕发地和人打招呼。

宛云被一圈贵妇朋友拉去照相，一颦一笑都格外动人。穿着层叠繁复的拖地裙，摆出任何姿态都可当宣传画。大家纷纷拉着她合影，不肯放她去换短款礼服，婚礼摄影师也始终把镜头对准她。

新娘的人气如此旺盛，但渐渐地，仿佛察觉到什么异样，围在宛云身边的人越来越少，也不再有人不识趣地主动凑上去。

宛云松了口气，借机脱身回别墅更衣。

何泷的虚荣心显然还没得到彻底满足，她皱眉，放眼环视一圈。

宛灵从男宾那方走过来："真稀奇，冯简居然肯赏脸和我说话，"她挑眉道，"他让我陪姐姐去更衣，说一堆人围着姐姐，看着闹心。"

原来是冯简放话轰走了宛云身边的人。

李家上下，对宛云和冯简的现状有清晰认知的似乎只有宛灵。但宛灵的关注点放在冯简是否有吞并李氏的野心上，她猜冯简是为了避免自己听到他和重要人士的对话，搬出宛云当借口。

何泷内心同样转了不少想法，此刻在二女儿面前只是随意闲扯："你姐姐和冯简已经结婚，但两人之间永远那么客气，一起同住后大概才会有所改善……"

正在各自计较间，有人快步跑来通报："夫人，周家——周家送来贺礼。"来人顿了顿，压着激动和好奇，"周少亲自前来，现在他的车就停在别墅外。"

在冯简的强烈要求下，婚礼仪式拒绝任何媒体的报道。

李氏给城里有头有脸的巨贾和社会名流都送出了请帖，没收到的人只送出口头祝福表示礼貌，和李家相熟者托人送来贺礼和祝福——绝不会有人没收到请帖，还会巴巴儿地亲自来送礼，更别说地位首屈一指的周家。

周家是本城的传奇家族，低调、不喜欢抛头露面。圈内大部分人了解周愈的途径和普通大众一样，来自新闻和八卦杂志。

何泷算社交高手，但连她都从未亲见周家少爷一面。流传最广的照片里，周愈露出半张侧脸，眼睛深邃，笃定又冷漠的姿态，又总有些深情流露。

此刻何泷得知周少在门口，预感到有什么事情要发生，但无法判断是好是坏。沉吟片刻，她让来人去唤冯简，自己打算去找宛云。

宛灵目光闪烁，拦住她："不至于让新婚夫妻和咱家长辈全体出动——有您、冯简，再算上大伯，这样迎接已经足够有礼。"

何泷瞥她一眼，宛灵向来忌惮继母的阅历和毒眼，移开视线，心下志忐。

"也是。"何泷说，"那你留在这里陪你姐姐吧。"

等宛云换好衣服，草坪上只余宛灵一人在沉思。

"妈呢？"她随意问。

宛灵抬起头，她的目光过于探究和尖锐。宛云略微皱眉，却听她说："他在你家门口。周愈，现在，就在你家门口。"

如果指望长姐流露什么表情，她定然要失望。宛云听后只是抬高了纤细的眉，扫了眼四周："妈妈和冯简都出去迎接他了？"仿佛根本没当回事。

宛灵盯着宛云，然而在宛云要对上自己的视线时，又移开了眼。

宛云笑着问："你怎么不出去凑热闹？"

宛灵冷笑："又不是没见过。"顿了顿，罕见地带着孩子气抱怨，"男人长成那样的相貌，真是比你更可耻。"

宛云再次被她逗笑，依旧是镇定自若的表情。

宛灵从来摸不透她的想法，只好若无其事地问："他会不会破坏婚礼？"

宛云摇头："冯简是我最先看上的，周愈要是抢我的新郎，我可不会白白相让。"

宛灵不由得瞪她一眼："姐，你到底……"顿了顿，"周愈这十年来，也许一直在等你。"

宛云漫不经心地扬扬眉当作回应，抚着裙角的褶皱。

宛灵沉默片刻，提高声音："你还是不能原谅他？姐姐，我觉得你当初应该庆幸他毁了你的幻想——不然，你以为你真能和一个纯粹的穷光蛋过一辈子？追求崇高爱情是你的癖好，但你也不能强求别人……"她的目光下移，看到宛云正抚在裙上的右手，嘴里的话又生生地止住。

很美的手按在天蓝色的礼服上，每个指节都似玉一般——然而小拇指蜷曲的时候僵硬不自然，这辈子再也不能自由伸展——十年前车祸的后遗症。

在妹妹面前，宛云终于放下点伪装，不客气地说："别啰唆。"再微笑，"你是我妹妹，自然看我百般好，但世界上没有人会无缘无故等着另外一个人。我和周愈，从来就没有开始过。"

宛灵叹了一口气，不知世界上是否有第二个女人能拒绝得了那样的周愈、那样的婚姻。宛云，却曾经唾手可得。

草坪尽头，冯简和何泷已经出现。宛灵远远地看着新郎，如果不知道周愈也就算了，但和周愈相比，形容冯简为泥泞中出来的鱼目也不为过。

"珠玉在前，这一位你甘心？即使嫁的人不是周愈，但冯简也太……"

她的话还没说完，冯简便从遥远的地方迅速地移到两人面前。宛灵的话转了个弯，她尴尬地问："姐夫？这么快就回来了？"

冯简向宛云解释道："绿杉企业的周总去参加访谈时正好路过，为我们带来贺礼。我和你妈出去迎接……"

宛灵刚想继续追问，何泷气喘吁吁地追过来。

宛灵之前期期艾艾的样子让何泷起了不少疑心，出门前，她内心把各种可能思索遍了，但周愈只是客气地送上喜礼，说几句客套话。几分钟后，周家的加长轿车便消失在山路尽头，就似来时般迅捷。

见面只有几分钟，但不可否认，周愈的风度显然深深地打动了何泷。

走回别墅的路上，何泷拉着冯简，想要以周愈为例，教他下车时如何不露出袜子，或者待人接物如何才能优雅得体。不料冯简越走越快，把她迅速抛到身后。

何泷前几天往脸上打多了羊胎素，不能做太激烈的表情，只好用行动表达愤懑。她看似亲密实则用尽全力地拍了下冯简的臂膀："小冯走得那么快。"

男人臂膀的肌肉很结实，何泷的手反而一阵疼，她只好酸溜溜地说："如此着急跑过来，宛云不是好好地站在这里？不知你在担心什么。"

冯简见宛云和宛灵站在这里，下意识奔来。此刻他都快被李家人烦死了，黑着脸向后退一步："我继续去接待宾客。"

宛灵说："姐夫等等我，我和你一起。"

何泷在原地看着宛灵和冯简一起离去，忽地问宛云："你认不认识周愈？"

宛云便说："怎么，妈妈觉得那人比冯简要好？"

何泷倒也不肯说自己亲自选定的女婿比外面的男人差，便违心道："小冯也有小冯的优点。"话没说完，被过来的客人拉走。

剩宛云独自站在原处。

她轻轻呼了口气，把小指举到嘴边，哈了口气，仍然没有任何感觉。

不管外表如何镇定，在得知他来的一瞬，得知他正站在门外的一瞬，内心并不是没有触动的。

但再触动……也不过如此。

宛云看着午后的天空，云在青天水在瓶。云这种东西，虽然看上去浪漫，被风吹散了后什么都不是。

她曾经最喜欢的东西，如今最瞧不起的东西，就是年少时的爱情。

婚礼上送走的最后一名客人，是送外卖的店员。

冯简接过对方手里的牛腩面，流露出今天第一个有温度的笑容。他甚至懒得去管旁边宛云探究的目光，便瘫坐在沙发上，松开了领带，把西服扔到沙发靠背上。

结婚真是吃力不讨好的差事，太累，比开一百次会都累。

冯简欣慰地想，人生中最漫长的一天终于结束了，而明天过于遥远，他甚至打不起精神去设想。

这时，冯简才深深佩服宛云。

果然是名门闺秀，大家风范，从始至终丝毫没有流露出不耐烦的神色，笑的弧度分毫不差。她，包括今天碰到的周愈，都很值得学习。他暗中想，擅长假装礼貌是一种本事。

宛云随手把冯简的西服挂起来，准备明日干洗。她妆容未卸，神情带几丝疲倦。

冯简闭眼假寐几分钟，又实在不好忽视偌大客厅里另一个穿着礼服的人走来走去，便说："都歇一会儿。"

宛云笑了笑，在他旁边坐下，看了眼外卖，似笑非笑地说："没吃好？大伯若是知道，多么伤心。"

今日婚礼，李家订了波士顿龙虾、巴黎甜点、芬兰鱼子酱以及日本寿司。食材新鲜，做工精细，卖相绝佳，口感美味，但没一个能让人真正吃饱。

冯简绕着琳琅满目的桌子走了三圈，发现连个三明治都没有。他本身不嗜甜，不抽烟，对海鲜兴趣缺缺，这就意味着餐桌上的大部分食物和他绝缘。酒水从威士忌、伏特加喝到粉色香槟，对他而言，它们和泔水的区别，仅仅在于容器。

最后冯简只得订外卖——又被告知身处半山别墅区，交通不便，外卖的服务费从百分之十加到了百分之三十八。

冯简目前的心情异常复杂，但疲倦得难以表达这种复杂。他只好面无表情地继续拆外卖盒。

正准备吃第一口面，抬头看到宛云正托腮看着自己。他沉默片刻，把另一碗推过去："要不要吃一些？"

宛云只笑着问："一共两碗，我吃了一碗，你不够怎么办？"

冯简看她一眼。

首先，冯简不认为宛云会放下身段吃这种"粗俗之物"。其次，他思忖着宛云像小鸟一样的饭量，估计也吃不完。于是他便假笑道："你可以把吃不了的先拨些给我。"

"恭敬不如从命。"

在剩下的半个小时里，冯简感受到的是宛云完美无瑕的用餐礼仪。她把面上的蛋和香菜拨给他，随后安静优雅地吃完了大半碗面。

冯简忍了又忍，没忍住："你是多久没好好吃过饭了？"

宛云对他的讽刺毫不在意，纠正他："这是我和你在今后的人生中共享的第一顿饭。"

冯简立刻觉得倒胃口。

他眯着眼睛，异常艰难地咽下讥嘲，没什么精神地开始吃面。然后他听到宛云慢慢说："对了，很抱歉，有件事情要告诉你。我今晚不想洞房。"

冯简尽量不动声色地抬起头，预感到今晚自己的胃不会太舒服。

宛云说完后也露出苦笑。只剩两个人的餐厅过于安静，但说呼吸可闻又有些夸张。熟悉的房子，陌生的摆设，半生不熟的结婚对象正沉默盯着自己。

"不是抗拒你，也不是不想履行责任。但我今天状态不好，那种事情，相熟的人放松做起来比较有趣味……"她顿了顿，"请你再给我点时间，并不会太久，但今天不行。"

对方沉默。

宛云不是特别想看那人的表情，她理解冯简之前的犹豫：把自己的一生和陌生人绑在一起，即使为了利益，哪那么容易？

绑架人家时说得那么磊落，到头来又是她首先畏缩。

冯简突然起身，椅子在大理石地面上发出刺耳的摩擦声。他的脸上终于露出了阴沉的表情："你这个女人……"

宛云依旧垂眸静坐，之前的牛腩面全堵在喉咙里。她已经许久没吃这么油腻的食物了，医生嘱咐了太多这不要那不要。眼前玻璃杯中浸泡的柠檬片起伏伏，鲜黄诱人，她端起就要先抿一口。

下一秒，玻璃杯被夺走。

宛云不由得蹙眉看着冯简，目光隐隐有警告之意。

冯简也盯着她。女人肌肤是几近透明的白，平时也总是一副假装与世无争的鬼样子。但每当宛云凝神看人，却隐隐有气势压迫。冯简实在说不好那种感觉，但他可以肯定那绝非大小姐该有的气质，甚至隐隐有些熟悉。

但他也没继续深想。就如同世界上所有冯简不以为意便全面忽视的东西一样，他实在缺乏耐心和这位大小姐废话。

他反握着宛云的手："你的项链是从你妈那里借来的？"

宛云为这话题的转变怔了片刻："什么？"

"项链，项链，你在婚礼上戴的项链。"冯简最讨厌重复，也从不怜香惜玉，"宛灵告诉我，今天婚礼上戴的项链并不是你新买的，而是你找你妈借的，是不是？"

见宛云点头，冯简才扫她一眼，不动声色又略带嫌弃地松开了宛云的手，把玻璃杯放回桌面。

"至于洞房……我知道你的意思，回去睡吧。我也没想要和你如何。"他的眼睛重新投向温暖的牛腩面，嘴上不客气地说，"明天早点起，我们必须把你每个月的零用钱再确定一下。"

宛云揉着手腕，像是第一次看冯简。

冯简忍着被宛云盯着的毛骨悚然感，平淡解释："你妈一直跟我说你胃不好，不能吃太多肉类面食。所以刚才我说让你吃面，也是故意气你的——但你居然吃完了整碗面，吃完后还想喝柠檬水？我估计，你打的主意是，如果我真要对你怎么样，你就要刺激自己胃疼来逃避洞房。"

宛云放在桌上的手微微收紧。

冯简冷峭地勾起唇角。他觉得，无聊。

宛云从见面起就对他这么做——假装询问，实际主导，不动声色就让他气得内伤。冯简之前对这种玩弄人的方法很不屑，不过，他可以看出宛云为什么喜欢这么做，十分令人愉悦。他应该记住这个。

"李大小姐，我不知道你曾经的生长环境是怎么样，但你嫁给了我，从此要开始适应我的生活习惯和做事风格——包括项链的事，以后不要拿钱开玩笑，因为我不觉得拿自己的钱开玩笑很好玩。你以后有什么要求，直接提出来即可。无关大局的东西，我能妥协就会对你妥协，妥协不了，我也会给彼此时间，让你的脑瓜想想有什么可以交换的——你不需要伤害自己，因为这招对我没用，懂吗？别以为这些女人的小把戏对我有效，我可不是你亲爱的妈妈。"

沉默片刻，冯简微微挑眉，仔细回忆宛云之前的表情，玩味道："你刚才的表现，是在害怕吧？你居然也怕我？"他索性弃了筷子，双手交叉冷笑，"李大小姐何必呢？嘴上说得那么冷静，但内心是认为自己美到所有人都对你有兴趣？不会的，对我没用。"

宛云望着他。

这便是冯简，你可以说他性格直爽，但不能说他性格很简单。实际上，这个男人很实际，重视利益又独善其身。她认为自己找的夫婿没错，即使不相爱，他们也会是和谐的一对。

她不由得微微笑了。

正说得畅快的冯简不由得再皱眉，世界上居然有女人，听到如此难听的话后还能笑得如此甜蜜和……恶心。

大晚上的，怪瘆人的。

他把椅子往后挪，平淡地把视线转回他那不再鲜香诱人的牛腩面上，希望宛云尽快消失："你可以走了。"

宛云往前探探身子，向他确认："你曾承诺过，婚姻期间，我会是你唯一发生性关系的对象，这一点并不会改变？"

冯简再次被震惊。

片刻后，他才说："你怎么还不去吃胃药？"

宛云看着他："在整个婚姻期间，你都会如此承诺，是不是？我不允许你有其他情妇。"

冯简被迫接受新词语。情妇是什么？不是只出现在邦德电影里的词？

他觉得自己也有得胃病的趋势，反复权衡，想直接拒绝，又不太好说出口，在宛云的再三催促下，不得不回答："我，不会的。"

宛云点点头："那就好。还有，你回房间后也不要着急清点礼金。家里有专门的会计，明早他会把清单送到你房间。"

今晚首项期待的娱乐活动被剥夺，冯简还要控制着表情。

"这样。"他平淡说，"你到底能不能自己走回自己的房间？"他真的不想看到她。

宛云想了想："今晚你睡觉也不要锁门，说不定，我改变主意……"

冯简一把将筷子插进宛云拨给他的蛋里，淡淡说："你该去睡了。"

第 三 章
蜜 月

Chapters 03

何泷昨天临走前百般嘱咐，次日，新婚夫妻要去寺庙还愿，并系姻缘锁。

生物钟作祟，冯简大清早便起床。

拉开窗帘，草坪上有数十位工人正在收拾昨日婚礼后的一地狼藉。今日的云层深厚，光线不明，植物各自葱葱，青绿满坡，甚是可爱。

冯简本有晨练的习惯，兴致上来，换了衣服，绕着自家极大的别墅慢跑了两圈。只可惜运动过程中，家里两只愚蠢的牧羊犬摇着尾巴，紧紧追随。

连人带狗快跑两圈，冯简觉得更像是被狗追，只好停下脚步，再三提醒自己要给它们拴上狗链。

珍妈跟过来伺候。她知道冯简和自家小姐在新婚之夜分床，送上早饭时，她将白瓷盘子在桌面轻轻一叩，委婉地表达不满。

她有什么不满？冯简面无表情地合上报纸。

没多久，宛云走出来，珍妈换上真诚的笑脸。夫妻貌合神离地互道早安，隔着足有十米长的餐桌吃饭。

综上所述，这就是他婚后的第一天。抛开昨晚自己再三确认锁门再加半夜想到宛云被气得胃疼，冯简乐观认为，婚后首日还算美好，值得保持。

餐厅里的电视在播放早间新闻。

出乎意料，冯简和宛云的婚礼播报只有三分钟，随后，主持人压着激动的心情，提到的却是另一位。

"周愈第一次参加电台公开访谈，讲述守业的艰辛，并首次透露他的感情问题……据周少所说，他早已心有所属，但两人因为误会，尚未冰释……周少表示他会等待女方回心转意——"

镜头切转，冯简昨日匆匆见过的那张脸，出现在电视屏幕上。

男人棱角分明的脸稍显疲倦，但无损他的英俊，加上合身的着装和说话中透露的气势，冯简也不得不承认外貌这种上天赐予的东西可遇不可求。

周少说话的时候并不看镜头，坐姿随意却潇洒："感谢各方面的帮助，我现在的事业大抵是成功的，但把我形容为国王，实在过誉……如果我是国王，在美人和江山之间，恐怕我会选江山的……不过，我会舍得拿出一座城池来，去换和那个人的一个良宵，最好伴有清风、明月和星……"

坐在旁边的主持人热泪盈眶，被这诗一般的告白深深打动。

电视外的冯简觉得早饭格外酸，他沉默地拿起杯子喝了一口水，确认不是因为心理因素导致。

抬头一看，宛云嘴角有冷笑。她简单评论道："祸莫大于不知足，咎莫大于欲得。"

冯简头一次觉得，这绣花枕头可能是知己。他随口道："周愈是绿杉投资的老总，昨天来给我们送贺礼的那位。"

宛云淡淡应了声："他这人如何？"

冯简没有背后说闲话的习惯："不好说，只有一面之缘。"

宛云道："说一说嘛。"

冯简思考片刻："从他投资的项目上看，这人目光精准，又很聪明。像这种有资源、有能力的人，通常想做什么都能做得好，但就像你说的，我也感觉他是个不太知足的人，喜欢扮演比别人聪明的角色，会为了证明自己是对的而不择手段。短期内还好，我会很乐意让他做我这个阶段的投资人，毕竟，做商业不赚钱是不道德的，但再过几年，恐怕会和他分道扬镳……"

宛云总结："对他的为人不做评价？"

冯简皱眉，实在不懂为什么和女人讨论什么都能扯到人际关系上来，也立刻对这场聊天失去兴趣："周愈为人如何，不是我所关心的事情，我只是关心自己企业的前途。为了他投给我的钱，我现在愿意忍受他这个人。"顿了顿，迟疑道，"这个人，我倒是觉得和你很像。"

宛云不语，看着他。

冯简思考了一会儿，举起叉子在空中点了点："你俩都穿着白色的衣服。"

宛云紧握着玻璃杯。片刻后，她温和地说："如果你没忘记的话，昨天是我正式嫁人，必须要穿婚纱。"

其实冯简想表达的意思是，两个皮相都很好的男女，穿着白色衣服居然有相同的感觉。一样吸人眼球，漂亮到嚣张，有高傲、居高临下的可恶感觉。

昨日和周愈的见面尽管时间短暂，但对方尖锐的目光一直停在自己身上。冯简不太喜欢这种被牢牢盯上的感觉，无论是"他的"还是眼前"她的"。

迎上宛云的目光，他决定放弃这话题。

宛云再看电视里的周愈："如果你说的是他现在穿的白衬衫，牌子叫……"

冯简没好气："我不关心。"

"真遗憾。"宛云露出微笑，她看着冯简，缓慢地说，"不过听你这么讲，我很开心。"

冯简嘲讽说："为什么？因为我陪你聊了没用的话？"

宛云摇头："不，谢谢你提醒我昨天穿了什么颜色的衣服。我如今已经穿上婚纱，正式嫁给你，应该尽快适应冯太太的新身份。"

冯简的脸上顿时露出绝望，他再三提醒自己，吃饭时尽量不要和宛云交谈。

吃完早餐，时间尚早，冯简本来想就财务问题和宛云深入讨论。但珍妈说必须提前去寺庙，否则人多了又要增添不少麻烦。

宛云习惯性地戴上墨镜和帽子。冯简在旁边无动于衷地看着，等烦了，径自走出去。

珍妈看旁边的女佣帮宛云系着腰带，快快说："姑爷怎么对小姐说话那么冲！脸色也那么坏！"

宛云笑道："我倒不觉得。"她低声嘱咐珍妈，"这里的事情，别总跟妈妈打小报告。"

珍妈撇了下嘴。

寺庙必须两人前去才有诚心，冯简责无旁贷地要亲自开车。

宛云收拾好走到门口，听到一阵巨大无比的轰鸣。接着，一辆破旧但绝对无法称为有品位的红色老式日本车开到跟前。

珍妈骇然道："收垃圾的阿奇今天那么早？"

冯简的脸从另一边窗户露出来，珍妈三步并作两步上去，极其痛心道："姑爷，怎么开这车，家里不是有——"

"那些车太显眼，只有这车不会被记者跟拍。"冯简对上次的跟拍记忆犹新，此刻挑眉，"再说路程也不远，这车也不坏。我前几日刚加满了油。"

珍妈还哆嗦着嘴唇，宛云已经拉开车门。

果然一路畅通无阻。山下本是八卦记者的聚集地，但没一个人往这车上多瞧一眼。

寺院在城郊，驶出城外后，宛云打开车窗透气："果然行得通，你想得很周到。"

冯简扬起眉毛，冷冷地学着她的口吻："大小姐实在太客气。"

宛云摘下墨镜："不是要跟我说家中财务的事情？现在可以先透露一些。"

冯简不太熟悉去寺庙的路，尽管有导航，仍须专心。即使很想说这话题，也费不起精力，只随口问道："你在〇大一直读到博士？"

世人皆知宛云样貌绝佳，却很少有人关注宛云是以一等荣誉拿到博士学位，连宛灵都没做到。

冯简暗暗称奇。在被这场糟糕的婚姻拉下水后，他才认真看了宛云的一些资料，印象最深的就是李家为了宛云的教育，至少花了八百万。她自己也很争气。

"你现在做什么工作？"这一点资料上并没有提供信息，他问。

宛云任风吹拂着头发："我？"她看着窗外，声音听不出温度，"我现在主要替城中艺术博物馆做事，也做独立策展，是个艺术商。"

艺术博物馆？冯简内心把整段话翻译了一下，也就是说，宛云是自由职业者。换句话，她就是上流社会的标准女人，没有任何正式工作。所以，他须记着多给她些家用。

啧，如此昂贵的女人。

关于这一点，冯简很无所谓。宛云没打算当明星他就谢天谢地了，养家糊口是男人的责任，只要妻子花钱别太过分，他都能接受。

然而还是要小小嘲讽一下她才可以："看来你很清闲？哦，李氏家大业大，想必你生活得不会太差。"

宛云却平静地说："我从十八岁就完全脱离了家族企业，放弃一切权利。大学学费前四年的确是用的家中教育津贴，但后来都靠奖学金交纳。"顿了顿，"至于家中的基本信托，我没动过里面的一分钱——噢，除了这两年把账号给了妈妈，再顺便又给你买了条项链。"

冯简被"给你买了条项链"堵住，他问："不靠家里，你怎么过活？"

"股票分红和我无关，零用会紧缺些。住房方面，我能在家中公寓居住，这方面能省钱。至于其他，家中长辈也会照料。"宛云坦然道，"但就如你所说，我的生活的确不算太差。"

所以仍然是娇生惯养的大小姐待遇嘛，撑死有那么豆大点的骨气罢了。冯简淡淡瞥她一眼，认为也许能改掉她那些过于精致的臭毛病。讲究是可以，但面面俱到地讲究等同于浪费。

他还在计较间，车已经到达目的地。

寺庙不大，建筑古朴，法相庄严，香火一直旺盛。

幸好人不算太多。冯简在近处泊车，和宛云并肩走入。

他向来对这种事情没有兴趣。所谓穷烧香，富拜佛。冯简连烧香都不肯，冷眼旁观宛云在他前面虔诚地下跪、敬香，他只敷衍地跟着做，也算不失礼。随后，两人往菩提树上拴祈福的红绳和锁链。

宛云道："待会儿结束，我们还要去捐功德。"

冯简愣了会儿才反应过来是要捐香火钱的意思，不由得斟酌："一般行情是捐多少？"

宛云看他一眼："捐微薄钱财本是表达微末心意，你对佛祖心诚便好，想捐多少就捐多少，并不特别注重数量。"

冯简嗤之以鼻："那我索性把自己卡号留下，佛祖愿意怜悯我多少，便划走我多少钱。"

宛云微笑："你不信这些？"

冯简自觉有些过分，沉默不语。但等打开功德本，他不由得瞳孔收缩，一目三行地扫视里面捐赠的数额。早知如此，当初贫穷时不应该创业，而是应该毅然选择做和尚。

冯简把那普普通通的功德本往前翻了三页，再往后翻了七八页，找到了捐赠最少的数字，又在那个数字上打了个五折，内心沉痛地写下自己和宛云的名字。

善主名后还有祈愿的空格，冯简沉吟片刻，写下心愿：心想事成。

他的一手字虽然没特意练过，却洒脱好看，在那些歪瓜裂枣的字中出类拔萃。冯简欣赏片刻，自得地收了笔，听到身后宛云轻声道："小师父，我想请问此签何解？"

宛云正帮两人的婚姻前景求签，冯简缓慢踱去她身后，不经意地瞥了一眼那签文，微微挑眉。

下下签啊。

他暗中摇头。何沁嘱咐过把签文带回去的，抽了这种签，不知宛云该怎么向她妈交代。

解签房中只有一名小和尚。他接过竹签，脸色变了变，期期艾艾地说："施主，这是……"迟疑道，"您需要解签？"

宛云也不知在思索什么，扬起手，竹签就被精准地重新丢到签筒里："这签被我自解，所以作废。重新为我摇一次。"

小和尚登时愣住，他尴尬说："阿弥陀佛，施主，摇签本是形式，所谓命中——"

宛云柔声打断他："现在无外人，小师父请行个方便。"

小和尚合掌再要拒绝，却见宛云秀眉微扬："众生婆娑，命为虚妄。只要我心清明，佛祖在天，自会佑护，上上签、下下签又有何区别？再者，因即是果，果即是因，菩萨慈悲，知我难处，又怎会忍心看我被这等俗物为难？"

冯简听宛云那种语气，便自觉守在门口，防止别人走进来。此时，冯简感觉，佛祖的慈悲大门已经缓缓对自己闭上了。

摇到第十七次，宛云才终于摇出个上上签。等她翩然走出来，冯简终于从牙缝里挤出一句话："你信佛？"

宛云答："偶读佛经。"

冯简便说："想必佛祖有你这种信徒会开心无比——"顿了顿，"你有没有考虑过信别的？没有拔舌地狱的那种。"

原本想在寺庙里吃斋，不料阴霾的天空落了倾盆的雨。冯简下午还有公事，坚持提早返回。

路上，他仍然意犹未尽地为方才的事讥嘲宛云："世界上怎么会有你这种大小姐？"

宛云耐心解释："妈妈之所以要我们拿回签文，是要把它公布给相熟的媒体。媒体最爱联想，若是拿个下下签出去，流言猛于虎，那些消息对家族企业和你的公司并无裨益。"

冯简耸耸肩："我不介意。即使流传出去，我也有我的方式让那些人闭嘴。"

宛云沉默片刻："比如说？"

"买凶。"冯简缓慢地说。

宛云的右手不易察觉地动了动。她轻轻握拳，敛起表情，说："好方法。"

也就在这时，颠簸的车身猛烈一震。冯简反应极快，急打方向盘，将车险险刹在路边。

车厢里还保持着宛云说完上一句话后落下的尴尬平静，只能听到雨声击打脆弱车皮的声音。

雨刷扫着玻璃，冯简用力地扭动车钥匙，但怎么都打不着引擎。他觉得活了那么多年，碰上宛云后的运气格外"好"。

片刻后，冯简扭头，对上宛云清澈的眼睛，干咳一声："车坏了。"

这时候，宛云才问起这辆又旧又丑的红车从何而来。

冯简少年时曾经在某车行当学徒，这是他用积蓄买的第一辆车。二手报废车在车行里相当于半卖半送，几年后，他手头宽裕，换了新座驾，但这辆旧车也没扔。

宛云挑眉道："是因为恋旧？"

冯简摇头："不，是因为它还能开。"

宛云要给保险公司打电话，被冯简制止。他从后座翻来翻去，摸出一把汽油公司赠送的小伞，自己撑着伞下去，到车头查看。不久后走回来，言简意赅："已经知道哪里出了差错，小问题。我会修好，你坐在车上等我。"

宛云摇下老式车窗，睨着他："冯简，其实你根本没给这车上保险是不是？"

她猜对了。

冯简沉默片刻："你可以理解为佛祖在为之前的事情惩罚你。"

宛云叹口气，推开车门也要下来，冯简蹙眉："下来干什么？你也会修车？"

她说："你修车，我帮你撑伞。"

检修排查的过程耗时良久，雨势渐大，冯简不甚雅观地趴在车头上，他的视线模糊，而旁边站着一个人也让他略微烦躁，脸上已经分不清是雨是汗。

等他第三次快步跑回车中拧动钥匙后，发动机终于打着。冯简倏然放松，探头对外面的宛云说："好了。"

宛云带着满身的水汽，收伞返身坐回车内。

冯简不由得一愣："不是自己撑着伞——"他此刻才发现，宛云的头发和大半个身体已经被淋透，樱唇发白，身子也微微颤抖。她撑着伞，大半个伞面倾斜在他身上。

冯简没办法，脱下外套裹住宛云替她保暖，再把车内空调开到最大。

宛云身上一直有一种香味，平时不凑近去嗅不明显，此刻她全身被打湿，加上车里开着猛烈的热风，那幽香便悄然蔓延。冯简只感觉自己身边坐了个活着的香囊，很想开窗通风，又怕冷风冻到宛云；想踩着油门开快些，又怕这破车再出什么交通事故。

百般无奈，他只得屏着呼吸："把自己捂严些，别感冒。"又道，"需要我将衬衣脱给你吗？"

宛云紧了紧脖子下冯简的外套："这样就很好，"再若有所思地问，"你会修车？"

"在车行里打过工，汽车的简单修理是会的。"冯简的眉头皱到一起，开车过程中抽空扫了她一眼，嫌宛云捂得不够严，不然车厢怎么全是她的味道，"要不要我给你买杯热茶？千万别着凉。"

车终于开到市区，冯简随意找了家便利店，连伞也不撑就跳下去。

他被憋得够呛，尽量大口呼吸新鲜空气。有那么难闻？并不。他只是不习惯另一个人的气息。

何况，还是女人。

冯简在便利店里来回转了两圈，他并不知道宛云爱喝什么饮料，便挑了三杯不同口味的热奶茶，看到柜台上卖鱼丸和蒸蛋的，也让店员装上。

等他拿着热气腾腾的食物回到车上，宛云正托腮看着窗外的行人，异常安静。

她头发微微有些自来卷，头发淋湿再干，俏皮地垂在胸口，映着玉白的肌肤。

冯简目不斜视地递过食物："随便吃些。"

宛云接过来，眼睛却盯他："刚刚是在开玩笑吧？"

冯简正重新拧着车钥匙，暗中祈祷佛祖不要再惩罚他们，随口道："什么？"

宛云轻声说："刚才你说的，别人令你不高兴，你就会买凶的话。"

冯简再次启动车子，终于回神嘲笑她："我才不会在那些多嘴的人身上花一毛钱。别人说好说坏，诅咒还是祝福，我根本不关心。"又沉思道，"至于报复，借刀杀人不是不可行，但我没那么闲——你知道的，我最近闲到刚结了婚，腾不出别的精力。"

宛云轻笑道："你说话永远那么诚实吗？但我一开始就知道你不是这种人，这次我的眼光绝不会错。"

冯简正盯着后视镜倒车，没听清宛云的话，也没打算让她再重复一遍。

宛云身上的香气，独自闻时格外扰人思绪，但此刻被食物的味道一冲，便烟消云散。

冯简成功赶上了下午的会议，代价是，宛云又生病了。

他本人还并不知道此事。匆匆回到别墅，冯简便没空再关注她，换了身衣服，换了车，直接赶去了公司。

下属还在惊叹总裁结婚第二日就来上班，绿杉投资却又发来通知，让冯简亲自赶赴北美细看投资条款签署合同。

秘书华锋边订当晚的夜航机票，边替老板不满："总裁刚结婚，哪有让您亲去的道理？"

冯简不以为意，一切以公司为重。

公事出差，他的行李不多，办公室里有备用西服，洗漱用品是秘书准备的，收拾好电子用品就可以动身。

冯简原本打算给半山别墅打电话通知一声，但一想到珍妈的脸，四舍五入，是另一个何泷，实在烦恼。沉吟片刻，他索性发了一封手机邮件。

到了机场才收到宛云的回复，很符合她的风格，话语寥寥，祝福他一帆风顺。冯简也就面无表情地删除，在空姐的提醒下关闭手机，闭眼补觉。

美国加州的天蓝得触目惊心，阳光灿烂。云只在傍晚天边才有，丝丝缕缕，少数牵连。

冯简没空欣赏任何美景，没有给宛云再发任何邮件或打电话。他忙碌公事之余，偶尔到酒店下面的公园跑步，碰到有人牵着大型犬散步，擦肩而过时，冯简若有所思地停下脚步。

回国那天，他抽空逛了商场，到宠物专区买了四五条结实的狗链。正好碰到某些品牌促销，他双手插兜悠闲地走过，走了十来步，想起自己也是已婚男人，出差总要带些什么回去，只好再转回去。

冯简的目光在那些商品里扫了一圈，他并不认为宛云会喜欢这里的任何打折品——当然，如果他随便买了什么，她百分百地会微笑接过，说真好，多谢。

冯简想起房间里雪白的法国制床单，意识到给大小姐挑礼物实在是个苦差事。思忖片刻，他买了一把大到能遮住两个人的名牌雨伞，再顺便到家电处买了台小型车内空气净化器。

上飞机后他才想起来，他来加州签合同，好像没看到周愈本人。冯简耸耸肩，皱眉吃飞机餐。冷食为主，味道不佳，幸好可以果腹，他向来不挑。

回到公司，冯简才知道宛云的病情，这还是宛灵告诉他的。

冯简皱眉，一场雨而已，真是温室里的花朵。

宛灵试探道："姐夫新婚第二日就出差，自然是苦差事。但出差前居然都不知姐姐生病，在此期间，也忙到没有给姐姐打电话？姐夫……不会连出差这事都没亲自对姐姐说吧？"

冯简的行为全部被说准，不快地看了宛灵一眼。

宛灵虽不及宛云，却也是数一数二的美人。但和宛云不同，宛灵一看就是久混商场的职业女性，带着昭然若揭的野心，说话办事时总想刺探什么的表情让人防备。

比如此刻。

宛灵欲言又止地笑了，似乎想主动透露什么，又在等冯简能开出什么筹码。

冯简不玩这种你猜我猜的游戏，他直视宛灵："你姐姐告诉你什么了？"

宛灵踌躇片刻，眼中滑过一抹狡黠："姐姐自然是什么都不肯告诉我……"

冯简从她身边走过，冷冷抛下一句："那李经理应该多向你姐姐学学，这里是公司，家事不要多提。"

宛灵登时气结，脸部表情控制得很好，然而内心却轻蔑道：小卒子，没眼色，怪不得只能吃苦，炮灰命，连知道秘密的资格都不配。

冯简也知道方才那些囫囵话能打发宛灵，面对何泷就不管用。可惜天不遂人愿，在距会议室十米处看到何泷，冯简下意识地就要右转。

何泷已经发现冯简。她端庄地站在原地，摆着手，笑眯眯地示意他过去，亲切地说："今天刚回来？"

何泷的眼中光芒闪闪，冯简有些烦躁和紧张地站定，他不确定丈母娘是真关心还是反讽，便先回答问题："是。"

何泷再亲切地说："公司事情繁忙？"

冯简又说："嗯。"

"收购还顺利否？"

冯简瞪着她，这种问题不能私自回答。

何泷伸出戴满钻戒的手，拍了拍他的胳膊，压低声音："小冯，再忙也要注重身体。我让珍妈今晚给你准备一条红鲷鱼，清火，你记着早点回家吃饭。"言毕，再对冯简身后的下属们说，"办事都得力些，让你们老板轻松些。"

冯简面色僵硬，显然不得其意，但他身后的人却诺诺答应。

何泷摆完皇太后的架子后，心满意足地走了，没再继续追问冯简为何抛下她的宝贝病女儿出差。冯简也松了口气。

不知是不是因为得了何泷女士的懿旨，那天下属的办事效率格外高效。冯简疑窦满腹，几番猜测，潜意识里却又不太想知道真实答案。

然而总归能提前回家。

不，不是家，别墅而已。

半山别墅依旧那么美，那么阔，冯简却始终觉得那不是自己的家。他单身时曾租住的公寓，至今没有退租。空着就空着，有违他一贯不浪费的原则。

冯简在车库停了车，走入客厅，正好碰到珍妈在指挥新用人清理皮沙发。

"姑爷回来了。"

看珍妈冷若冰霜的模样，冯简便知她在责怪自己。

"你家小姐生病？她现在如何，看医生了吗？"他终于有机会问。

珍妈声音更冷："幸好是低烧，早已无事。"

冯简点头："那就好。"

下飞机时，他让秘书把购置的礼物直接送到半山别墅，此刻冯简看到角落里搁着狗链、雨伞和空气净化器的三个盒子。

珍妈还气鼓鼓地站在旁边，等姑爷继续向她解释点什么，但冯简只是坐在沙发上，疲倦地捏着眉头。

没倒过来的时差，多日超额度的工作和脑力活动劳心劳肺，冯简打心眼里不想再和任何人说废话，只想休息。

过了一会儿，他睁开眼，看到珍妈还沉着脸站在原地。

他诧异道："还有事？"想起来，"李夫人说你今晚给我烧了鱼？"

珍妈转身就走。

吃晚饭的时候，冯简终于看到了他的太太。

不似珍妈一直摆着脸色，当事人似乎对让自己生病的祸首无甚怨言，对他多日的冷淡也不计前嫌。

宛云进门时依旧朝他微微一笑，随后用特有的温和又有些清冷的语气说："出差顺利吗？"

冯简仔细打量她。她瘦了些，但气色还好。他才从北美回来，宛云的肌肤比白种人居然毫不逊色。方才她一进来，就仿佛明亮的月光照进了餐厅。

冯简想，若是别人娶到宛云，真不知该怎么开心才好。但于他，最初只想要个小金丝雀，没想到最后却招来一只如此罕见的巨型凤凰。如此，便是怀疑大于惊喜，提防大于珍惜——更别说他向来就不注重这些情感。

心下有少许内疚，冯简咳嗽一声，不待宛云再开口便道："给你带了礼物。"

宛云抬起眼睛，似有惊喜："是吗？在哪里？"

冯简怔了下："在客厅。"见宛云兴致勃勃地唤珍妈把礼物拿进来，不由得头大，"吃完饭再看。没什么大不了的，一把伞。"

沉默很久，宛云轻轻挑起眉，缓慢地重复他的话："伞？你送我一把伞？"

冯简当她嫌弃，淡淡说："不会损你大小姐身份，我问过销售小姐，那是全美最贵牌子的伞，只差镶嵌钻石更显你高贵。"

宛云垂下眼睛："你不知道夫妻间不能送伞吗？伞和散是同音字，不吉利。"

冯简怔住。

他不知道，而且从来没有机会知道。

冯简控制着脸部的表情，竭力为自己想说辞："我以为，送伞是代表夫妻风雨同舟的意思。"

宛云轻蹙着眉，只看着他。

冯简在这方面没天赋，想不出更好的解释。他极度后悔，应该买套折价女装回来，或者……什么都好。

他硬着头皮解释："当初想着，你是因为帮我撑伞而淋湿，伞小，所以……"

"所以你就为我买了一把更大的伞当礼物？"宛云善解人意地替他补充，"这是不是说明，你以后只要和我出去，就会开着那辆旧车，而那辆车在半路一定会坏，你一定会去修，而修的时候一定会再下雨？"

冯简干巴巴地回答："有备无患。"又沉默片刻，终于顶不住压力，"抱歉，不如这周末我陪你逛街，你看有什么称心的东西，当作我给你的补偿。"

宛云无声地看了看他。

冯简最烦宛云这一点，能直接说的话偏偏不说，只一味地沉默，让人难堪。

他忍着准备花钱的肉痛，再给自己找补："我也该给你买些贵重礼物当封口费，毕竟，还要谢谢你没有向你妈告状。"

宛云挑眉："什么？"

"令堂这种个性，居然没有责备我在你生病时扔下你不管……"冯简又觉得男人整天讨论这些小事很无聊，"算了，这次横竖是我不对，我会对你做出补偿。"

宛云放下餐具，很平静地回答："冯简，你最近在国外，都没看本城报纸吧？"她让珍妈拿了前几日的报纸和杂志出来，冯简一瞥，登时被气得七窍生烟。

自己的脸再次被印在八卦杂志和小报封面当头条，下面是缺德而惊悚的标题"冯冯补补又一年，城内惊现最大妻奴"，副标题是"为博美人欢心，总裁冒雨去便利店买廉价食物"。

翻开内页，冯简和宛云去寺庙的上香之旅，被缺德媒体形容成了宛云病后挑食，非要去吃便利店食物。而自己为了躲避记者，才开旧车出行。

记者偷拍的照片，其中一张是冯简推开车门，不撑伞便奔到便利店，另一张是冯简正低头为宛云挑奶茶，最后一张是冯简抱着一大堆食物准备上车，宛云在车厢内披着明显是男人的外套等候——两人之间的气氛似乎相当温馨。

似乎而已。

这还不够，不知有哪位神通广大的记者得知两人新婚夜分房而睡，联想到宛云之前生病，内容变成了"怜惜爱妻，冯总不肯立刻洞房，但欲火无处发泄，婚后第二日便飞到异国度假"，他在北美的工作行程则是"极其忙碌，不近女色，每日跑步泻火"。

冯简飞快地翻着杂志，脸由白转绿再转黑。

生活被暴露在公众前不可怕，可怕的是，媒体爆料的是他们臆想的生活。

宛云说："拜八卦报道所赐，人人都知我们是城中最恩爱的夫妻，妈妈看了这些，自然不会询问你为何抛下我出差，更不会知道你在此期间居然从未给我打过电话。"她说，"所以你此刻谢我，依旧是谢错了。"

冯简扔了杂志，只觉得这一生从未有这么愤怒过，也从未这么无力。

他按下各种念头，口气仍然冰冷："几天前的报纸你都收藏着，就是为了等我回来气我？气我抛下生病的你出差，没给你打电话？我可能确实是过分了些，但我早跟你说过，我不喜欢关心人，你主动选择和我结婚，应该主动适应我。"

宛云的目光下落，打断他："你手上的婚戒去哪里了？"

话的尾音还留在喉咙里，冯简依旧铁青着脸，原本夹杂心虚的强势像眼前的饭菜，色彩还在，内里却完全变了质。

他的左手空空如也。

出差时坐长途飞机，手指肿胀。冯简将戒指随手扔到了行李箱的最底层，趁着出差没人管，忘了此事，回来时也忘记戴——但怎么能又忘记？

冯简无话可说，很想找个东西靠一靠。

宛云盯他半响，拉开椅子，走过来。

冯简背后都是冷汗："实在抱歉……这样吧，明天我就陪你去买点你喜欢的礼物，再在你上次说喜欢的餐厅订一桌晚餐当作赔偿。我并非有意……"

宛云看着他："我知道，这场婚姻是我强迫你，你不可能对我产生真正的感情。"

这个女人到底是怎么把表面如此示弱的话说得那么具备威胁意味的？

但所有的局面都不利于自己，冯简自知多说多错，只得听宛云继续道："但这婚姻对双方有益，我们各取所需，也犯不上互相为敌。我已经尽力做好自己该做的事，也一直接受你的生活习惯，你却毫不在乎，弄得我立场很尴尬。你知道我是什么人，却连一分钟都不愿意了解我，平日也随意忽略我。这就是冯先生对合作伙伴的态度吗？"

话说到此，冯简也不得不再表态："戒指之事绝不过三，伞的事我也是真不知情，至于出差，我之前并不知道你生病，而且……"

要道歉的事多如牛毛，冯简不知何时已经背上那么沉的情感包袱。他沉默片刻，只好把复杂心情汇成一句话："明晚我陪你出去可好？"

只盼她答应，只盼破财消灾。

宛云目光平平地移开："出去当然可以，那还需要我带上那把伞吗？"

冯简愣了愣，反应过来后认为这女人的暗讽简直到了出神入化的地步。偏偏他还不能再反驳。

整件事的后果，是冯简第二日陪宛云在城中海鲜馆吃了一顿大餐，随后主动掏腰包为家里购买了一套极昂贵、极没用的玻璃器皿，又执意为宛云添置了不少衣物当补偿。

这大概就是冯简所能接受的补偿方式。

刷卡是最简单的动作，钱能妥善解决事情——如果能让珍妈别总用谴责的目光看着他就更好了。

媒体在专卖店拍到冯简付钱时面无表情的脸，于是他们夫妻感情笃深的报道也越来越多。

冯简皱眉盯着手上再也不敢擅自摘下的戒指。如果把婚姻比喻成一次收购，自己仍然没有得到全部的控制权。他多了个莫名其妙的习惯，每当宛云跟他说话，他就会忍不住想摸摸戒指是否还戴在手上。

何泷为女儿女婿度蜜月的地点提供宝贵意见。

"选欧洲吧，意、法、英、德、瑞五国。"她欣然道，"风景美丽，人文气息浓厚。云云你看着自己家还缺什么，能在那里全部购买齐全。对了，我自己还想置办些珠宝，把清单列给你。"

冯简拒绝："长途飞行就要十几个小时。"

何泷眯着眼睛看了冯简一会儿，勉强让步："那日本、印度、泰国，宛云说过喜欢泰姬陵……"

冯简冷冷地说："泰姬陵？那就是一个大坟。"

何泷差点把旅行册掀到他脸上："小冯，你有何高见？"

冯简皱眉刚想发表意见，旁边翻着册子的宛云抬起眼睛："我最近病了两次，身体不好。长途飞行和海边暴晒都不行，找个近处吧。"

何泷面色微霁，突然抚掌："我想到了个好地方。"她去年拿出了老底和几个贵妇做幕后股东，投资了对岸的某度假村。可惜金融风暴一来，经济不景气，旅游休闲的人骤减。度假村刚建，没什么名气，受此影响更甚，至今仍赔本。

何泷被这笔资金拉着，在李家生活得不痛快。如果女儿女婿到那里度蜜月，也算给度假村打个广告。

冯简还想继续挑刺，听到随后的话又沉默。

"费用自然全免的，到时候你俩给度假村照几张相当宣传照即可。"

冯简对宛云的知名度又有了新认知。

度蜜月这种事情可有可无，繁重工作之外白来的假期，不妨接受。

出发那天，宛云看着眼前除了电脑包以外双手空空的男人，不由得微微皱眉："你什么都不带？"

冯简回视拖着一个大箱子的宛云，反诘："才出去几天，你怎么还带箱子？"

何泷投资的度假村不远，不需要坐飞机，坐短途火车可以到达。

冯简把靠近窗户的位置让给宛云，宛云对他能有这样的洞察力略感惊奇。

冯简的记性极好，工作上，无论数字还是项目细节，过目不忘。到了何泷嘴里，就是记仇加小心眼。他对婚姻不抱任何期望，也不会失望。他对宛云的态度，短短几天内已经由莫名其妙到刻意忽视。只要宛云不太过分，他只当自己养了个白吃白喝的舍友。

两人如今依旧分床而睡，隔廊而居。

冯简的生活简单规律，早出晚归，偶尔通宵工作，便在公司沙发里将就一宿。他发现，不管自己多早出门，隔壁舍友都已经起床。遛狗、修剪花木，或者只是在躺椅上看书。

诸如此类没有意义的爱好，在宛云身上可以发现不少。比如喜欢看天，喜欢植物，喜欢抽烟，喜欢喝苦到没味的咖啡，喜欢把对的心思用在错误的人身上。

半山别墅住着冯简不了解的女人，别墅内是他不了解的生活，但传说中，成功的婚姻就是建立在这种不了解上。

冯简是市井出身，这几年经济状况出现了翻天覆地的变化，但工作却绝不松懈，忙得上吊前都要喘口气。大段时间的休憩之于冯简，就像跳蚤，不是什么跳蚤都乐意往那华丽的旧袍子上跳。

列车行进途中，宛云戴着耳机看书，冯简则抓紧时间把度假时的一些邮件回复完毕。

合上电脑后，他看了眼手表，还有一个小时到度假村。他挪动身体，尽量外坐，找相对舒服的位置合上眼睛。

一睡就不知日长。

等被人推醒时，两人不知何时已经偎到一起——实际上，是宛云靠着他的肩头睡得正沉。而随着坐姿改变，她的身体无意识地向他胸口倾来。

冯简的目光越过她的乌发，直直看着窗外。没有拉窗帘，但为什么视野里一片昏暗？天边被群山挡住，已经看不到一丝白，而车厢内空无一人。

叫醒他的乘务员说："先生，火车已经到了终点站。"

五分钟后，冯简在乘务员的催促声中，胳膊下夹着宛云看的硬皮书，一手拉着宛云的大箱子，一手拽着仍然睡得迷糊的宛云，阴沉着脸走下车。

新鲜的空气，陌生的地名，极小的露天车站。

头顶灯光映得地面黑黢黢。车站内除了他们，再无旁人，站台处居然连休憩椅都没有。

冯简绷着脸放下手中的箱子，伸长手臂戳宛云的肩膀。

宛云终于清醒："到站了？"她抱歉道，"我也有些困，先睡着了。"

冯简沉默，直到她自己站稳身体，才放手退后一步，冷冷地说："我们坐过站了。"

多余的火车行程，把他们拉到一座深山里。

这列火车是为了方便山区的居民所开，算是最快捷的交通方式。但此站是终点站，三天才发一次车。

冯简的脸色如同寒冬临境。早知如此，他就应该让宛云身后那一帮累赘用人都跟来，或者，依何洸之言乘坐私人飞机，好过发生此刻、现在、目前，两人齐齐睡过站——如此低级而幼稚的错误。

山区信号不好，断断续续。宛云在公共电话亭给何泷打电话报平安，冯简则凝望深山。他有预感，这将是自己人生中印象最深的一次度假。

何泷知道度假村的工作人员没接到人，急得火急火燎，差点报警。接到电话，她语气温和地嘱咐宛云，让她跟着冯简，注意安全，并再三询问是否需要派车去接他们——百分之百的慈母姿态。但宛云将话筒一递给冯简，何泷就撕下面具，彻底发怒。她数落冯简没头脑，并用一些隐晦的词语侮辱女婿的智商。

冯简忍耐到第八十九秒，说了句"没钱投币"直接挂掉了电话，皱眉迎上宛云的目光。

宛云自嘲地笑："一睡千年。"

冯简沉着脸提起箱子："先想想今晚睡在哪里。"

此刻是晚上七点左右，天黑得早，高松成影，明月高照，车站仅有的路灯光辉落到地面仍然暗淡无比，更显前方山路漫漫。

冯简绷着脸拽着箱子，用手机照亮前路先行。

一时间，只能听到行李箱轮子在山地间的摩擦声，冯简偶尔低头看一眼两人的影子，确认身后的女人仍然跟着自己，没有默不作声地掉到沟里。

走了大概半个小时，前方村落的灯光才隐约可见。

冯简忽地停住脚步，身后的宛云反应不及，差点撞上他。

他若有所思地回头，审视宛云。今日她穿着白衫红裙，头发盘起，耳上戴着黑珍珠耳钉当点缀——宛云的打扮向来简单，穿什么都带着她独特的韵味。冯简在有幸知道那简单的白衫、围巾、鞋的具体价格是多少后，认为她的韵味代表不动声色地乱花钱。

宛云奇怪地问："不着急投宿？"

冯简收回目光："把身上所有贵重的东西都摘下来，证件也从钱包里取出来，钱分开放。"

宛云不解："为什么？"随即恍然，"怕投宿时会碰到危险人物？"

冯简只盯着她，用目光催促她快些。

宛云虽然觉得没什么必要，还是依言取下。

冯简的目光再在宛云如白玉般的脸上停了一会儿，仍然不太满意。他沉吟片刻，从电脑包内侧掏出什么。

在昏暗月光的照射下，他的掌中多了个巴掌大小的物品，手在某处按了一下，刀锋霍然出鞘。

冯简从怀中掏出一张名片，捏着纸片两端，往刀锋上轻轻一碰，那名片顿时变两半，飘落到两人脚下。

宛云向来识货，不由得轻叹："真锋利！怎么随身带这种东西？"

冯简淡淡道："习惯了，我长大的地方不太平，家人曾嘱咐我带点尖锐的东西防身。"他弯腰把名片捡起来，撕成粉碎，抬手把刀递给她，"拿好。"

宛云愣住，却不肯接。她轻声道："你谨慎过度，我们不过借宿……"

冯简早已经开始不耐烦，讥讽道："这刀不是给你防身，万一待会儿农户不肯出借房屋，刀是打劫用的！"

宛云一愣，他便调转刀头，顺势塞到她的手里。

"带着此刀只是以防万一。平时不要亮出来做什么削苹果、剔指甲的事，要记得把它放在哪里，万不得已再拿出来用。"冯简皱眉说，"你大概不会用刀，没关系，这把刀足够锋利，只要举起它，就能保护自己。记住，即使对方已经倒下，但在你同伴来之前，刀尖都要一直对着敌人。"

冯简本来想继续教学，比如握住刀时手不要颤抖，又觉得不切实际。这种安全意识，一朵温室里的花估计被人拆碎了都不会有。

自己到底为什么要和这种累赘结婚？冯简在清冷山间，又出神几秒思考这个哲学问题。

宛云依旧睁着那双极明亮的眼睛望着他，也不知道把话听没听明白。过了一会儿她才说："懂了，待会儿我们从哪家开始劫起？"

真烦。冯简面无表情地和她擦肩而过，提着箱子继续往前走。

宛云微笑追上他的步伐。

两人终于并肩同行。

"这刀很贵吧？"宛云试探地问。

冯简冷哼一声："贵虽然贵，至少买它的时候，我是心甘情愿。"

宛云掂量着手里沉甸甸的小刀，这大概是她收到过的最特殊的礼物，但再贵重的礼物，以她的个性也是不太在乎，方才略感意外的只是嘱咐那些话时冯简的口吻。

很平和，无甚起伏，但有种压制一切的力量，难以形容。

早在冯简观察宛云之前，宛云也在观察冯简。

她的眼光自然比冯简高明很多。他总是面无表情，平日里阴沉表情居多，但并非城府深之人。他习惯把任何事情都视作交易，讲究效率，自私自利，只愿为利益忍耐，务实到让人讨厌。

拥有以上缺点的冯简，出乎意料是个很随性的人。

从底层拼搏上来的人容易走两个极端，极端奢侈或极端吝啬。冯简偏向后者，但也不一样。

他是在抗拒。

冯简认为曾经的穷困不是有损自尊的事情，他认为钱不应该随便挥霍，他认为没必要把钱投入到无聊的衣着打扮上，他认为适可而止的花费便足够——无论赚多赚少，无论他此刻是穷小子还是富翁，这个男人的生活方式依旧克制、简单，稍稍带些随性。

积攒金钱的过程，也是享受有回报的孤独的过程。无论是曾经的生活、如今的金钱，还是未来的权力，都没有改变冯简的人格。

宛云记得十年前，有人帮自己挡下热汤。四目对望，那不该是一名服务员看着顾客的目光。他洞若观火，全无尊敬，随即再放开她。明明是她的过失，他却沉默承担，绝不辩解。十年后，那名服务员的地位发生翻天覆地的变化，但有什么却完好无损地保留了下来。

冯简娶名门之女，只是想最大化为公司谋利。冯简很清楚自己是谁，要什么，即使在为她买衣服付账时，他的眼睛一边欣赏她，一边却透露出强烈的不以为意。

和十年前一样，冯简从不掩饰他的不屑。他本质上看不起她，看不起何泷，看不起他们李家的任何人。

宛云对冯简说："你舍得把这刀送我？"

冯简愣了下："送？"

她诡异地道："那小刀不是你送我的？"

冯简无声地张了张嘴，山间冷风便立刻灌进嘴里。自己只是把刀借给她使用，完全没有相赠的意思。但略微侧头，看到女人正加快脚步追着自己，眸子如星闪烁，那真话就怎么也没法说出口。

将多年的爱刀送人，冯简此刻心酸得一直在撇嘴，他只能回报嘲讽："李大小姐什么时候对你的姿色那么没自信？"再皱眉道，"就当是你送我破项链的回礼。"

骄傲到吝啬表达的男人，明明已经妥协但最后一刻又主动拒绝联姻的男人，行为强势却又对人缺少控制欲的男人。

这就是冯简，她选择的丈夫。

宛云微笑，把刀收好。

经过几番周折，两人终于在一家农户里借住。那家是对老夫妻，大儿子出去务工，小儿子还在上初中，个子像禾苗似的抽条，又瘦又高，叼着根稻草。

少年看到宛云后，脸腾地涨红，那稻草也吐了出来。

老妇人眯着眼睛打量两人："收拾一间卧室够吗？"

宛云看向冯简。他打量完房间，顺势就要脱口而出"两间"，但想到已然叨扰人家，再加上在路上刚塞给宛云一把刀，在深山里把李大小姐踹到另一间屋子独宿实在不好。

进屋后，冯简立刻主动解释，今晚情况特殊，将就一下，但内心却念着之前的小子估计不敢夜窥美人，还是应该要两间房。

宛云说："没事，我已经准备好。"

冯简放下行李打量卧室。房间里陈设简陋，唯一的电器是头顶上的灯泡，床褥有股奇特的味道。他虽贫穷过，到底也是城里长大的孩子，不太适应。他站在桌前给自己倒水，随口问道："你准备好什么？打劫这家人吗？"

宛云冷静道："和你洞房。"

冯简没有料到是这个回答，整口热水直接呛在喉咙里，差点平生第一次在女人面前眼泪横流。

他艰辛地咽下热水，抬起头瞪她。

"肇事者"用平静的口吻说："但你没带换洗衣服，又是在他人屋檐下借宿，今晚还是算了。"

冯简差点连"我并不乐意和你洞房"都吼出来，念着这是别人家，这拒绝的话也比较适合羞涩的姑娘，又生生憋住，但显然气得不轻："我说李宛云，你能不能……你是否还有廉耻感！你们圈子里的涵养就是如此吗？"

"男女之事没什么好羞涩的。"宛云扬眉，她打量他那一副男女授受不亲的表情，"抱歉，经过你上次提醒，我还以为你比较中意直率型。"

"不错，我喜欢直率型，但我不喜欢把每句话都说得那么直率的人。"冯简快快道，"你又不是我！"

宛云忍不住笑起来。

冯简阴沉着脸，连假笑都挤不出来。

结婚后的第无数次，他感到了头疼、绝望、恼羞成怒、无可奈何，各种陌生的情感。

山间的夜晚活动乏善可陈，冯简主动打地铺，宛云睡床。

两人在火车上补觉太久，毫无睡意，宛云听到冯简难受得连翻几个身，确定他没睡。

"介意和我聊天吗？"

冯简实在很介意。他在不柔软的地铺上换了第八个姿势，假装听不见她的话，但在黑暗中能明显感到宛云正在盯着自己。

太瘆人了……

冯简过了一会儿才开腔："聊天也算结婚的义务？"

"算。"宛云沉吟道，"你曾经说，你我只在'锦绣'见过一面。不知道为什么，我总觉得你和我肯定还在别的地方见过。"

冯简在黑暗中猛地睁开眼睛，听她接着说："所以，我打听了你之前打工的那家车行——你不介意吧？"

冯简在黑暗中安详地闭眼，淡淡说："没人能阻止你不成熟。"

"冯先生说在'锦绣'之后从来没见过我，这话对，也不对。但我知道，我的车多年来一直在你曾经工作过的车行内维修，只是你我无缘相见。"

她说得委婉，冯简明白她的意思，冷冷一笑。

宛云开的是名贵进口跑车，每月有专门的技工维修。她是大小姐，不怎么接触修理工，而冯简身为打工仔，也没有机会接近 VIP 顾客。

"但李大小姐的芳名，我也是早就听旁人说起过的。"

宛云"嗯"了声，平静道："都听说过我什么？"

冯简无声地动了动嘴。

车行的工作，是他被"锦绣"开除后为了维持生计找的杂工。白天要去大学旁听，其余时间便去车行打工。他勤劳、脑子快，又沉默守信，很快就被普通车行调到跑车车行的后工厂。然而，依旧是为他人作嫁衣的工作。

初等修理工只能操纵高压洗车机和进行简单修理工作，工作烦琐异常，被老技工呼上唤下，鼻尖萦绕的汽油味熏得嗅觉几乎失灵。与此同时，他还要和大学生一样，完成相同的功课、论文、实验、报告——每天睡眠时间不足三个小时，心力交瘁，哪里还有精力去听什么流言蜚语。

宛云等待许久都得不到冯简的回答，若有所思："你根本没工夫去听那些，是不是？现在这么说，只是想气我。"

冯简觉得宛云不仅擅长自说自话，还擅长从自己脑子里直接读思想。他在黑暗中死瞪天花板："现在倒是很精神？如果你在火车上能够及时叫醒我，我们也不必被拉到这个山沟里。"

宛云笑说："不会，我们如今机缘巧合来到此处，就说明和这地方有缘。我一直很信这种东西。"

冯简撇嘴。自从见识过宛云对佛祖的态度后，他已经不信她所信的任何东西。而这时冯简隐隐胃疼，确认不是被宛云气的后，他想起两人一直都没有吃东西。

冯简从地上翻身坐起："带没带吃的？"

宛云伸臂打开床头灯，黑发如水般垂落："啊，我们今天都没吃东西。"

冯简讥嘲道："我就等你想起来这件事。"

宛云让他打开自己的行李箱，里面有巧克力和海苔。冯简只拿了几块海苔，再把巧克力递给宛云。她不接，亲自下床到行李箱前继续翻找。

"上车前珍妈给我一包马卡龙，要不要吃？"

冯简不喜甜，但现在不是挑食的时候，勉为其难地拿起一块。宛云自己也掰了一块巧克力，坐回床上："继续跟我说说车行的趣事？"

冯简本能拒绝与宛云的任何交谈，但嘴里吃着人家的东西，翻脸不认人又太快了些。他便把拒绝的话咽回去，简单地说："维持生计的工作，并没什么有趣的。"

宛云笑道："那至少，你曾在那里见过不少好车？"

冯简沉默片刻："只见过一辆。"

豪华跑车不允许初级修理工触碰，但在他打工的第二天，一辆报废的白色跑车被送到高压水库清理。

流线型的车身，整车抛光的亮白漆，全手工的把手和座椅——尽管挡风玻璃已经有巨大裂缝，车头经过剧烈撞击已经变形，但不难看出它完好无损时是有钱人手里昂贵的飙速玩具。

老技工在旁边叹息说："多好的跑车，全城不超过三辆，全球限量五十辆，可惜开了一次就发生了严重车祸，车主据说还在医院抢救。等这车清洗完毕，就要送去德国总部。"

报废的车身需要涂抹黏合剂，冯简走上前去查看。把细节往本子上记录完毕，隔着已经完全撞坏的窗户，他发现车内仪表盘前有一包外层塑封都没拆开的烟。

身边的修理工随手就掏出来。

车行的人嗜烟，为图新鲜，都从烟盒里分了一根烟。然而大家一点燃就知道那是女士烟，口中无味。他们哪里试过这么清淡的口味，烟没抽完就直接扔了。

冯简捡起烟盒，洁白色的，外壳印着花色的英文烟名"美好时光"，名字和那辆破碎的跑车相映成趣，异常讽刺。

也许是因为那烟名，冯简罕见地产生了一些好奇心。他爬上吊着跑车的高脚台，仔细打量报废的跑车。

发动机已经被取下来，只剩下白色的车壳。主驾驶座的浅色真皮椅套上有残留的血迹，车主开车时可能正欲点烟，随后手没稳，或者车主没控制好方向——大概就是在那一瞬间出了车祸。白色烟盒甚至连塑料皮都没拆开，就被车主留在仪表盘前。

根据那辆跑车的残损程度，可以推测发生的车祸有多么严重。想必车主不死也会重伤吧，搞不好下半辈子都毁了。

"所以抽烟有害健康，开车时抽烟，出车祸的概率也很大。"十年后，他用一种无动于衷的口气向宛云讲述此事，最后总结，"以及，做人不能太嚣张。你要尽人事，也要听天命，谁知道哪天会突然发生事情让你死掉。人生在世，总要敬畏一点什么。"

在他讲述的过程中，宛云一直垂着眼睛，让人看不清表情。过了很久，她才轻声说："比如说呢？我们该敬畏什么？"

语气冰冷，毫无感情。

冯简觉得这故事不甚精彩，但他也懒得想更好的了。他没好气道："我怎么知道？通常情况下，人一旦知道他该敬畏的是什么，就不会再敬畏它。"在宛云无声的微笑中，他吃掉最后一块食物，"好了，大小姐，晚间故事讲完，快睡觉。"

那天晚上，冯简到底没在地上睡整宿。地面铺着褥子，凉意还是丝丝地渗上来。山间刮夜风，吹得窗户呜呜直响。冯简只觉得四处有风，耳边好像还有莫名的窸窣声，也不知是虫子在爬还是错觉。他在一个浅梦里睡了醒，醒了又睡，终于坚持不住，不懂为何自己现在有了点钱后还要享受这种待遇，索性抱着被子要摸上床。

暗光中，宛云睡得沉，漂亮的眉头轻轻皱起。

冯简叫了她几次，她只是肩头颤了颤。有一瞬间，冯简觉得她像沉浸在某个梦里，那个梦和悲伤有关。他沉默地在床前站立了五分钟，确定宛云没磨牙等恶习后，沿着床边悄悄躺下。

冯简本人有强烈的起床气，他估计现下四点还没到，在鸡鸣声中，他戾气冲天地睁开眼睛，一张熟悉的脸正靠着自己肩膀。

宛云的身体略微倾向他，睡得正香，毫不设防。

他的目光再往下，脸色更黑。宛云一只手正紧紧抓着他衣服的下摆，距离某个敏感部位只差一点点的距离。

冯简深吸一口气。见识过两次后，他被含蓄优雅的大家闺秀睡姿彻底折服，沉着脸就要挥开睡美人的手。但她的手抓得很紧，于是随着某种摩擦，情况又起了细微变化。

"起床！"冯简推几次，始终没把她的手挣开，忍无可忍，粗鲁地把宛云摇醒道，"赶紧起床！再玩下去，后果自负！"

宛云被他闹得睁开眼睛，在陌生的屋子里环顾一圈，带些不知今夕何夕的茫然。

视线终于落到冯简身上。她微微蹙眉："你不是睡在地上吗，怎么跑到我床上来了？"语气依旧很平静。

冯简噎住，只眯着眼睛瞪她。

宛云这时已经察觉出他身体的异样，闭上眼睛，举起手臂搭在眼睛上阻挡光线："说了不可以在这里……现在几点？"

冯简的大脑在是掐死她还是先处理自己的情况中高速运转，犹豫五秒，遗憾地选择了后者，猛地把被子掀到宛云脸上，铁青着脸，起身快步出门。

吃早饭的时候，冯简身上的低气压影响到了在座的每一个人。

老妇人悄悄问宛云："姑娘，昨晚睡得不舒服？"

宛云顿了顿："哦，他只是忘带换洗的衣服。"

老妇人把大儿子的干净衣服送到冯简面前，冯简不得不闭了闭眼才能平静下来，谢绝了她的好意。

吃完饭，他打听如何离开。

搭乘返程列车，至少要等到明天早上。如果想搭汽车，则要先去山的另一头，在稍大的村落才有公路通过。

冯简盯着不远处的驴车，面无表情地问宛云："你什么意思？"

尽管冯简本人很想让宛云尝尝山路颠簸的滋味，但不美的是自己也要奉陪。他从不纵容自己，但也不肯自我牺牲，思考良久，终于决定等火车。冷眼旁观李大小姐，她正在询问老妇人这附近山上有什么可看的风景。

冯简不喜欢大自然。

他的意思是，他比较喜欢被人类装扮一新后比较温顺的大自然，就是至少应该安个石阶、路灯、垃圾桶什么的。

就像半山别墅那样，站在顶层能看到海，冯简心情好的时候不介意抬起眼皮去欣赏大自然，但更添麻烦的事情，就一概免了。

在自己背着宛云那奇重无比的单反相机爬山时，冯简毫不怀疑，这是他人生中最糟糕的一次度假。

山景甚美，但山路奇滑，每步都要踏稳；草木茂盛，空气清新，但不时有古怪蚊虫扑到脸上；有美相伴，有美同行，但一手要承担美人行李，还要一手拉着美丽的累赘爬山；看到景色，美丽的累赘会停下来拍照，他只得在旁边耐心等待……他怀念那辆驴车。

但到山顶后也算不虚此行，广袤天空那片极其清澈干净的蓝色实在赏心悦目，旁边宛云的笑容也看上去顺眼了一点。

这么折腾下来，山村一日登山游终于结束。

返程至半路，两人在清澈溪边休憩。有透明浮游生物在冰凉溪水里穿梭，宛云瞧着有趣，便把手放进去。

冯简在旁边进行职业扫兴："八成有水蛭。"

宛云笑笑，抖干手上的水。

小溪沿着山体蜿蜒曲折，宽四尺有余，水并不深。冯简之后就一直坐在树荫下闭目养神，宛云在旁边无聊地拾起石子打水漂："冯先生，你能不能试着一脚迈过这条小溪？"

冯简懒得理她，入定般不说话。

宛云竖起一根手指："假如你能一脚跳过，我给你一百块。"

冯简眯起眼睛。

宛云再竖起一根手指："五百块。"

这次，冯简终于皱眉看着她的两根手指，说："你会数数吗？"

宛云再竖起一根手指："一千五百块。"

夕阳西下几时回，放学的初中生无数次假装无意地询问他妈，家里借宿的大姐姐去了哪里。而小径尽头，一个高大身影正被宛云搀着——上山时还好好的冯简，此刻却一瘸一拐地走了回来。

老妇人诧异地迎上去："怎么了？"

冯简沉默地移开目光，旁边的宛云抿着嘴："他过小溪时扭伤了脚。"再看着苦主，"抱歉，我没想到，你居然没跳过去——"

"闭嘴。"冯简轻声说。他尽量面无表情，但显然，这一路上想维持表情已经越来越困难。

自己真是愚蠢和倒霉，如果加上程度，可谓是无比愚蠢和无比倒霉。

虽然不想这么说自己，但冯简对自己会接受疯子的打赌行为很难找出合理解释。起跳过程中，不小心踩到脚边的石头而滑倒，冯简脑海里就清清楚楚浮现这行黑体的自我评语。

他的半边衬衫已经被溪水打湿，贴在身上又冷又难受，右脚一碰到地面便是剧痛。他最初还强烈抗拒宛云的搀扶，但在对方说他们很可能双双在山里喂狼后，勉强做出妥协。

如今的冯简已经可以百分之百确定，这就是他人生中最糟糕的一次度假。

因为他的意外负伤，第二天的活动也全部取消。

冯简穿着一身农家服装，盯着脚上糊着的黑乌乌的草药，把诅咒的视线移到了某人身上。

宛云正坐在树下的藤椅上翻书，素衣淡妆，黑发高绾。若不是她身后的山峦，脚下咕咕叫的鸡群，他们身后的瓦房，冯简简直有她依旧在半山别墅晨读的错觉。

小山村里谁家来了客人，村民都要来看热闹。各类人在宛云的不远处绕了一圈又一圈，偏偏没人敢真正上前打扰她。他们留宿的人家正喜气洋洋地和邻居说着自家的贵客。

冯简无动于衷地把目光收回来，继续阅读手里的那本书。

正在这时，耳边听到一声轻咳。借宿人家的小儿子端着一碗草药站在他跟前，结巴道："呃，阿妈让我给先生你换药。"

冯简的眉头才轻微一挑。

糊状草药，味道浓烈刺鼻，需要重新抹到肿胀处。待上药完毕，冯简松开了握紧书的手，简洁道："麻烦你了。"

少年悄悄往后一退。

这是他接触过的最古怪的借宿人。女客极美，除了对她的同行人，不会主动和人攀谈。至于男客，一切事宜都是他出头，待人也算温和礼貌，但看人的眼神总有一丝冷酷——冯简绝对想不到，其实比起宛云，大多数村里人都下意识尽量离他远些。

阿妈配置的草药药效十分强劲，刚敷上几乎如万蚁啮噬，极其霸道。几次给那男人换药时，他除了呼吸急促些，竟然面不改色，言谈自如。

少年也有些钦佩地看着他。

冯简显然意识到了这份好奇。他素来不关注小鬼，但此刻闲得无聊，索性就和少年攀谈，随口问了他年龄、学习情况。

少年战战兢兢地回答，发现冯简本人没有看上去那么难说话，终于鼓足勇气说："那位姐姐……是和叔叔你一起的？"

"叔叔"的目光看向树下那玉人般的"姐姐",沉默片刻点点头。

少年得到回应,再专心地看着地面,用极轻的声音道:"她很漂亮。"

冯简面无表情地看他一眼。

幸好少年没看他,继续说:"虽然她有点冷淡,但是很有学问,我之前拿作业问她,她全部讲出来了。"话说完,他有些不好意思地挠挠头,"没有什么特别的意思,叔叔你眼光很好。"

冯简再扫了少年一眼,决定从成年人的角度说点心里话:"小子,不是我想泼你冷水,但我劝你还是现实点吧——就那一位,"他抬起下巴朝宛云的方向点了点,"别看长成那模样,但绝对不是正常人能好好相处的对象。你好好读书,长大后娶个温柔体贴的女人便足够,千万不要……"

看到少年震惊的眼神,冯简决定闭上嘴,独自坐着。偶尔抬眼看一眼宛云,只觉得隐隐厌烦,又说不清具体是什么滋味。

吃完晚饭回房,宛云随口对冯简道:"这家小孩看我的眼神有点古怪。"

冯简没说话。

他向来如此,宛云也不太上心,查看他的脚踝:"只涂草药真的没问题?到度假村后就去看医生吧。"

当时从滑腻的石头上爬起来,冯简已经仔细检查过自己,确定除了扭伤没有大碍。他本人有套行之有效的医学常识,老妇人拿来的草药,冯简只需闻一闻,再略微问问药方就同意敷,心中很有数。

冯简也不想多谈,一瘸一拐地在屋子里撑开简易的行军床。宛云走过来帮忙,不大的房间因为摆了两张床立刻拥挤起来。

铺好后,宛云略微惊奇:"你是什么时候要来的这个?"

他冷冷地说:"在你闲到去观察小男孩的时候。"

宛云便笑笑:"很有手段的嘛。"

他反击:"和李大小姐你比,我还是相差太远。"

宛云瞧了他半晌,柔声道:"冯先生生气了?今天和你打赌,是我不对。"

她越是这般,冯简就越气。比起他的防范意识甚强,宛云则一直鼓励他和她交流。可惜越如此,他本人越抗拒。

"不干你事,愿赌服输。"如果以后自己变成一个过于毒舌的人,冯简想,宛云要负责任。但今晚，他不打算睡冰冷的地铺，也不打算再睡宛云那张"普罗克汝斯特斯之床"，更不想再玩讲睡前故事和交流感情的无聊游戏。

没说几句，冯简随后就上床，翻身而眠。

大概因为运动量达标，宛云这几日在农舍里睡得极深。

梦境不期而至，都是少年往事。

那时候的李宛云，是在李家万千宠爱和万千争斗中岿然不动的大小姐。她全城闻名，前途一派光明。有人爱她，有人妒她，但没有人可以伤害她。

当时她用的三十六款沙龙熏香，原料皆是全球限量。她本人厌恶二手烟，对气味敏感，偏偏某人身上的旧衣烟味浓重。每次传来时，她便会皱着眉。

身后的男人把她扳过来，慢条斯理地吻她："不喜欢烟味？"

她问："你可以改吗？"

他只轻笑："我有很多坏习惯，内心满满，如何改掉。"顿了顿又说，"如果我把坏习惯全部都改掉，你就住进来好不好？"

他把她的手放在胸口，笑着问："好不好？"

"美好时光"，她自己选的香烟牌子，清清淡淡的口感，简简单单的样式，也是她最喜欢的白色。现在想来，当初愿意和他在一起，因为他带来的不仅仅是爱情，还有对纯白的仰慕。

于是把抽烟这个习惯延续下来。疲惫、难受、寂寞、无话可说的时候，第一个动作是拿起烟盒。那天，宛云躲在富丽堂皇的别墅门后，听完他们完整的谈话，目睹他坦然接受支票的过程。

"她自然会爱上。"他手里熟练地拿着Dupont，清俊的眉眼，轻蔑的口吻，"那样被荣华捧起来，内心却像泥巴一样脆弱的傻女孩，呵！"

她独自在黑暗处坐了一天一夜，抽完整包烟，喉咙干疼，随后镇定地开车回家，想重新开始一切。

她太困了，在车上还要继续摸烟。然后眼前突然一片白光，随之而来的是巨大的撞击，剧烈的疼痛。十八岁生日过后没几天，那繁花似锦但就像糖果包装一样不堪一击的前半生至此结束。

醒来后，她第一次见何泷白了头。何泷尖声质问她："我当初怎么对你讲的？"

宛云闭上眼睛。

哭了吗？当然，每日以泪洗面。医生担心她视网膜脱落，后来何泷松了口，不再询问。

原本是公主般的人物，之前为了谁都没察觉出的恋情决然地在生日宴上宣布脱离整个家族，此刻却躺在医院。整件事如丑闻一般传开。

再后来，宛灵偷偷替他带话："他想见你。"

宛云便让他进来，那时她还在 ICU，全身插着各种管子，肉体没有尊严。危险期未过，医生告诉她很可能落下残疾，也很可能在某天晚上默默地死掉。

他器宇轩昂，穿着西服，大概想好了说什么话。但等走进来无声看着她，眼中依旧透露出掩饰不住的震惊、懊悔、难以置信等复杂情绪。

没等他解释，她只淡淡说一句："我不爱你了。"

她请他出去，从此专心疗伤，一字不提前事，不再哭泣。

再后来就一直没见面。少许伤感和遗憾、痊愈的伤口、难忘的疼痛、不能再动的小指、十年之前发生的意外，都已经结束。

并不美好但足够警醒的梦。

宛云在第二日清晨先醒来。

冯简还在睡，他借走了她的耳塞和眼罩，短发在被子下峭立，睡着的模样看起来很好相处。

自从扭伤脚以后，冯简对宛云的态度已经恢复到最初的冷漠和爱搭不理，说话不留任何余地。但即使在最生气的时候，冯简还可以控制住脾气。

因为身高，他很难受地蜷曲着腿睡在行军床上。从某种意义上说，他是君子。

冯简显然比她更讨厌陌生人入侵私人空间，甚至还带有强烈的道德洁癖。明明是彻头彻尾的穷小子，他身上有太多特质都不像是市井出身的人该有的。是他太特殊还是之前某人的演技太精湛？

宛云换衣服的时候想：如果十年前，自己就遇到了冯简会怎样？

大概有两种可能。一种可能，他们会成为朋友；另一种可能，冯简依旧会像现在这么抗拒自己——宛云能肯定他们之间绝无可能发生风月情事。和他相处的这一段时间，宛云很理解他成为"钻石王老五"的原因：从这家伙嘴里说的话，能让人对任何美好的事情失去兴趣，没几个女人能忍受他。

但世界就那么奇妙，冯简被迫成了她的丈夫。宛云脾气虽好，但并不是每个人都能与她相处良好，即使是曾经那人，也苦追她一年之久。在这个相对陌生的男人面前，宛云却出人意料地放松。

　　目前这样，真的很好。险些走到死亡边缘，又幸运地捡回一条命来。她真的不想再动任何感情了，除了亲情，最好一丝一缕都不要牵挂。那些干柴烈火、细水长流、温馨淡然的爱，她全都没有兴趣。

　　旁边的男人又翻了个身，在睡眠中深深皱眉。

　　宛云希望冯简能继续安睡，不幸的是，如果他再不起床，他们就会错过返程的火车。

　　"冯先生？"

　　对方动都不动。

　　"冯简？"宛云伸手取下冯简的耳塞，摇了摇他的手臂，"醒醒。"

　　冯简猛地睁开眼睛凝视宛云。宛云被这种过于锐利的目光近距离地看着，退后一步。

　　看清是她，他重新闭上眼睛，口气极差："你怎么又来了？"

　　"什么？"宛云皱眉，"该起床了。"

　　"凭什么？"

　　宛云一愣。

　　"走开。"冯简含含糊糊地说，"别吵，让我睡。才几点？"

　　"火车……"

　　"懂什么叫闭嘴吗？"冯简尖锐道，"离我远点，滚！"

　　宛云从没见过有人生这么大的起床气。要不要让这一天的行程从清晨吵架开始，拖着原本就很难相处的黑脸男人坐火车？她思考片刻，整理好自己的东西，就坐在旁边的椅子上，拿起书继续悠闲地看。

　　二十分钟后，冯简终于用稍微清醒点的声音问："现在几点？"

　　"七点一刻。"她看一眼他床头的表。

　　冯简依旧闭着眼。

　　停顿一秒，他猛地自床上打挺，动作太快差点撞上她。

　　"我们是七点四十的火车！"

　　"你昨天已经告诉我了。"

冯简目瞪口呆地看着依旧平静从容的宛云。

清晨本来就是不愉快的时间段，此刻，仿佛有人用军靴猛踢自己的太阳穴。他提高声音："你早就醒了？为什么不叫我？"

她耐心道："刚才试过叫你，你没有听——"

"所以你就让我继续睡了？李、宛、云！你可真是，太……体贴了！"冯简没工夫听她讲废话，快速往手腕上戴表，匆忙换衣服，"也好，我们今天不用走了，你可以永远留在这里！"

他单手系着衣服扣子，因为手忙脚乱，没意识到衣服穿反了。

冯简平时最恨不守时，只觉得头脑似一锅滚油正在翻腾煎熬，嘴巴还不停："你除了给我的人生帮倒忙以外，显然没有任何用处。你喜欢这里，就干脆留下。我可以每个月往这村子里寄充足的生活费，让你继续留在这里当累赘！"

宛云也有些懊恼，但现在不想跟他计较，只说："你裤子也穿反了。"

冯简恨不得离她三米，沉下脸冷笑："你又满意了？"

现在显然不是发怒的时候，他此刻穿着农家长裤，睡前没有扎腰带，一用力站起，裤子就要掉落，露出灰色内裤。幸好他及时抓住，脸红了红。

伤脚未好，行动自然极度不便，重心再失衡——此刻冯简只能仇恨地瞪着宛云，一边又不由自主拉住她的手臂保持身体平衡，五脏六腑内全是火。

宛云被冯简抓疼，略微蹙眉没有放开。她扶稳他："做个交易吧。我会帮你穿衣服，待会儿我们赶上火车，你就不能继续对我生气。"

"谁生气了？"冯简厌恶地甩开宛云的手，尽量控制情绪，但没成功。

他一手继续提着裤腰带，一手抬起来表看时间，沉默三秒，看上去显然在竭力憋住恶毒的话，随后，点了点头。

"我答应你，你先帮我把衬衫穿上。"他从牙缝里挤出话，"快点！"

两人险险赶上火车，冯简在列车的厕所里刮胡子、洗脸、刷牙。随后几个小时的行程里，他违背诺言，一直阴沉着脸。

无论如何，两人终于顺利抵达第一目的地——度假村。

看到何泷为两人订的宽敞的总统套房后，冯简憋了两天的闷气终于爆发。他喝问经理："怎么还是一间卧室一张床？怎么做事的？我要投诉！"

经理脸色一僵。

宛云在旁边解围："你去打听下别人的蜜月。也许，别人时兴分床睡。"再对经理说，"叫医生来，我丈夫的脚崴了。根据他的身材，准备三套便服、三套内衣。"又上下扫了冯简一下，"儿童款的内衣就足够。"

把话嘱咐完，她也不看气得脸色铁青的冯简，先到浴室洗漱。

冯简回完工作邮件后，看了一眼日历。

蜜月旅行还有漫长的七天才结束，距离回城还有一百六十多个小时，要吃二十一顿自助餐，他必须和陌生的女人在陌生的床上躺七天。

各种意义上的度日如年。

最糟糕的是，冯简认为自己和宛云起了争执。

他对别的夫妻如何相处不甚了解，他所见识过的不是粗鲁丈夫当街家暴妻子，就是泼辣妻子用利爪抓破丈夫的脸——无聊透顶，非常丢脸，无甚新意。

到目前为止，这两种情况都没在他们身上发生。

此刻宛云自行出去散步，冯简独自坐在电脑前，单手敲着桌面，漫不经心地看着眼前的婚戒。

李大小姐虽然娇气古怪，但在他身边倒总是安安静静的，话不多，不惹事，摆着那张万年冰山一般的脸。冯简在她手下连续吃了些暗亏，不太能确定他此刻的感觉是否自作多情。

他打开手边的电视节目单，最后几页有收费频道节目，什么香闺奇遇、红袖夜话。身为正常的男人，冯简以前对这些东西有好奇，但不愿在上面花费金钱。此刻，他随意挑了个《风流警探俏佳人》，点开观看。

其实就是美国二十世纪三十年代典型的侦探连续剧，主角是一位穿棕色风衣带些牛仔腔的喜欢抽烟的侦探，他有一位大胸、金发、短裙，只负责添乱的女助手，还有一位嘻哈腔的黑人助手。案情之外，是各种无聊的种族和阶级玩笑，案情之内，则是荒谬的杀人动机，第一眼就能猜出凶手是谁，但剧情反转又反转——狗血电视剧是出人意料的好看。

冯简一口气看完五集，意犹未尽地准备继续，抬头才发现天都黑了。因为没开灯，整个房间暗到已经看不清楚摆设。

这时，旁边有个女声提醒他："怎么不放了？"

冯简缓慢而僵硬地转过头。宛云不知道什么时候已经回房，此刻正抱膝坐在他旁边的沙发上，看样子，她在他旁边的时间已经不短。

看清是她，冯简才气沉丹田，随后觉得自己受不了这种生活："你什么时候回来的？你走路没声吗？"

宛云依旧盯着电视，这大概是她第一次在他面前表现出敷衍的神色。她连声催促他："我回来时打过招呼，但你没听见——快点播下一集。"

冯简皱眉："你怎么也喜欢看这个？"

宛云这才朝他扬唇："我一直喜欢看侦探片，你不知道吗？"

冯简闭上嘴，他已经没机会不知道了。看下一集的过程里，他无法再专心，偶尔怀疑地看一眼宛云。对方全神贯注地沉浸在电视剧剧情里。

怪胎。他暗暗道。

继续看完六集，已经是深夜。冯简在浴室冲完澡，一瘸一拐地走出来。宛云已经坐在之前他坐的位置上，兴致勃勃地从第一集开始补看。

冯简在旁边若有所思地站着。

等某位慈祥的老太太出现在荧屏上，他幽幽开腔："看到她了吗？"

他居然在笑，情况有些诡异，宛云不由得看冯简一眼："她是第一、二集的幕后凶手，杀人凶器是窗帘的绳子。她死后，她儿子会在第三集和第四集替她报仇。"

说完后，冯简便用毛巾擦着湿漉漉的头发走进卧室。

宛云久久地盯着屏幕，半晌后关了电视，再怎么样也装不出心情很好的样子。

第二日，两人若无其事地起床，在屋子里吃完饭，等冯简处理完公事，宛云散步回来，他们又都双双空闲下来。

总统套房很大，床更大，足够冯简翻滚三圈还不会碰到另一边的女人。

不过，这距离不足以他完美避开李宛云，因为，套间里只有一台宽屏液晶电视机。

虽然他们在一张床上睡，但，中间隔着被子和枕头。

于是又花费了半天时间，他们默不作声地把整部电视剧重看了一遍。换台的时候，宛云不小心调出电视里的计分打飞机游戏。冯简在夺回遥控器主权之前，手贱和她玩了一局。

剩下的蜜月之旅过得非常快。

何泷接到线人举报，说这对新婚夫妻已经关在套房里七十二个小时了，中间只叫了两次外卖。而且据账单显示，两人把所有"收费节目"都看了个遍。何泷身体不由得抖了抖，随后深深皱眉。

年轻人嘛，偶尔放纵是好的，但连续放纵是不好的。新婚宴尔甜蜜如胶是可以的，但时时刻刻索取和欲求不满就不好了。再说她家云云的身体不太好，冯简年轻力壮……何泷有些懊恼之前她给半山别墅送了过多大补之物。

倒霉的经理被赋予监视重任，第一次苦着脸敲门，身后跟着空闲已久的摄影师。

门铃响了很久，男人才开门："我没订客房服务。"说完直接把门拍在他们鼻子上。

第二次，他们长了教训，借着客房服务的由头挤进来，经理故作镇定地推着清洁车，探出头来查看。

客厅里很静，宛云满脸贴着一条条白纸，正躺在沙发上睡得正香。而在她脚下，冯简穿着黑色衬衫，青色牛仔裤，脑门上只贴了一个白纸条，坐在地上，背靠沙发，也在酣睡当中。

睡梦中，两人双手依旧紧紧抱着各自的游戏手柄。电视关闭，而地面上是一沓一沓的钱……

客房经理实在无法理解，他哆哆嗦嗦地掏出手机，把房间的照片拍下来给何泷发过去，再默默地把地面收拾干净，把前几天的盘子收走，最后从那一沓钱中抽出一张面值五十的钞票当小费，关门离去。

蜜月之旅最后一天，他俩都在为谁少给了五十块钱争执。

这件事情始终是未解之谜。

但这些小事无法影响冯简的心情，和宛云在度假村门口合照时，他破天荒地配合，露出微笑。

旁观人都觉得这是应该的。蜜月期间嘛，妻子那么美貌，前途那么光明，正常男人都会觉得万事顺心，显得容光焕发。

反观宛云在旁边倒不那么开心，略微皱着秀眉。

原因无他。这几天她都在和冯简玩牌，她输的钱——宛云有些懊丧地想，如果不是两人早已结婚，恐怕自己迟早也会卖身给冯简。

刚开始，两人只是玩无聊的电视游戏，宛云还可以解释自己缺少天赋。但随后，两人开始玩桌上麻将和德州扑克。冯简最开始连德州扑克的规则都不怎么明白，宛云给他讲了两遍后他才缓慢上手。

他最初出牌很慢，一直在以各种原因输，足有十局之多。对此，他只是阴冷地笑。宛云还在担心这人赌品是否良好，冯简却已经从之前的败局里摸清她打牌的规律。最后局面一变，换成宛云开始遭受持续而稳定的输。

最后连她都开始闷闷不乐。

按理说不应该，李大小姐的桥牌、麻将和扑克在圈中女客中如果称第二，没有人敢称第一。她脑子好极了，宛灵都玩不过她——现在居然就输给了眼前这家伙。

宛云不由得再抬眉看着冯简，没想明白自己是阴沟翻船还是棋逢对手。冯简依旧板着他那张脸，但把她输的一笔笔账单算得门清，面目可憎。

临走的那天，他一大清早就起床，并亲自叫醒了宛云。

"做个交易吧。"这句话近来频繁出现，已经成为两人的共同口头禅，冯简挑眉道，"给你五百块，帮我穿衣服。"

宛云坐在床上，抬头望了望他。

冯简的脚已经好了一些，这几天一直从宛云那里源源不断地赢钱，心情更舒畅。

人一得意都容易忘形，冯简也不例外。想到在李宛云面前摔了一跤，他就有一种想寻旧仇的快感，他又说："怎么样？李大小姐，这五百块你愿不愿意赚？"

宛云站起身，镇定地说："好。"

冯简一愣，他才不想让她碰自己。只是想侮辱她的人格，但宛云这么自如，他深觉没达到效果，然而话已说出口也不好收回。

宛云说："麻烦先给钱。"

冯简忍不住抽下嘴角，转身："算了。"

然而她一句话留住了他："又在害怕我了吗？"

于是，在冯简努力不动声色但又明显僵硬的身体的配合下，宛云帮他穿上了衬衫。系到最上面的扣子时，宛云踮脚拍了拍他的胸口："身子低下一点。"

冯简不知道在思索什么，懒得睬她。这两天连续输钱，宛云心浮气躁，略微用大了点力把他的头拽了下来。

冯简猝不及防，重心失衡，低头的瞬间，牙齿瞬时磕在了宛云的脑门上。他捂着嘴，退后一步，极其恼火："你！"

宛云揉着额头，迎着冯简厌恶和烦躁的眼神，多少有些不快。

她沉默片刻，突然试探道："冯简，你……是不是喜欢男人啊？"

话一落地，冯简瞬间露出一种堪称狰狞的神情。不是被说中真相的恼羞成怒，纯粹是被气得七窍生烟。

他觉得宛云不可理喻，冷笑道："大小姐，你的侦探片没白看，你的大脑已经小到只适合处理那些没用且无耻的信息。"

宛云观察了他一会儿："不，应该不是，否则你选择衣服的眼光会更好些。所以是单纯讨厌我，还是对别的女人都抱有厌恶的心态？你之前曾告诉我没有交过女朋友，你现在这么怕我，是因为你还是一个……"

突然，她睁大眼睛，冯简的心跳顿时快了一拍。

那个词没有说出口，但已经比说了更糟。宛云没联想到这个，表情一时也有点僵。

冯简被揭了老底，彻底被激怒。他反手就粗鲁地将宛云推倒在床上，再从上方压住她，冷笑："好得很，你是吃定我不会拿你试一试？不是说要洞房，好，那我现在也已经准备好，要不要——"

经理进门时看到的，便是这男上女下的一幕。

这场景很符合别人对蜜月的旖旎预期，可惜在床上的那对男女直勾勾盯着自己的眼神太诡异。

经理背后的冷汗流得异常欢快，他默默咽了口唾沫："门开着……"

蜜月之行结束在尴尬与沉默当中。

火车上，每一个路过冯简周围的人，都略微瞻仰了下他堪比石头的脸色。宛云则固执地看着窗外，她越想越好笑。

来接站的是冯简的手下雷恩，他是跟着冯简一起创业的老部下，说话比较随便。

"老板怎么坐火车？坐飞机多好，我多等了你两个小时。"话没说完，他看到宛云，瞬间忘了词，咳嗽了一声说，"这就是夫人？大嫂？"他在报纸上见过宛云的照片，没想到真人如此惊艳。

冯简因为他的称呼冷冷道："你已经等了我两个小时，现在还要继续浪费时间说废话？"

雷恩和冯简关系比上下级亲密些，他抛下他，对宛云笑道："夫人，我们老大就是嘴坏些，但的确是真汉子！"

冯简的嘴都扭曲了，在宛云面前，还有人敢擅称"嘴坏"？"真汉子"在他心里也不是什么褒义词。

宛云道："我懂。"

冯简忍无可忍，他把宛云捞过来，挟着她往前走："我公司的人，你也不要插嘴。"

雷恩在他们身后提着行李，不由得再啧啧感叹："果然很恩爱啊！"

宛云在用人替她收拾行李时，重新把玩起那把小刀。

前几日的赌钱游戏当中，男人连她的胸针和手表都毫不客气地赢走了，至今不打算归还，唯独没有提出把所赠小刀重新收回。

她在灯光下看，小小的刀和那晚在黑暗中一样，表面平淡无奇，无甚出彩，只有拿在手里才感觉到明显重量。

宛云遵守着冯简的嘱托，没有让它随意出刃，收到日常的包里。

她把心思又重新放到丈夫身上。如果说蜜月之行让两人亲密了一点，但显然，他们的关系又停滞在那个点上了。

整个蜜月期间都无精打采的冯简回城后，重新焕发出活力。不知是否刻意为之，两人每天只能在早晨碰面，通常是冯简神采奕奕地准备去上班，见到她后点点头就出门。等他披星戴月回来，宛云已经睡觉。

珍妈不止一次对姑爷工作过于繁忙和两人仍旧分房睡的现状表示不满，何泷不知道听没听到消息，反正是按兵不动。

宛云认为，她已经表明态度了。既然她把冯简拖入了婚姻，就不会抗拒履行任何夫妻间的义务。比如床笫之事，但千万请别指望她主动就是了。

宛云记得，冯简当时听她说完这句，冷冷笑了笑。

他始终对她保持着一定的距离。

如果放任自流就是他要的婚姻状态，宛云当然乐意保持。但问题是，冯简究竟想要什么呢？明明他做任何事情都带着功利心，却似乎比自己还不指望这场婚姻能改变什么。

何泷总絮叨，说她是一个固执己见的人，宛云心想，也许是因为自己不了解冯简。那男人不介意流露感情，不说假话，也拒绝说真话。她也许能惹他生气，却看不透他在想什么。

寂静的博物馆，宛云放下手里新收来的十几张油画。

在她背后，馆长正歪在沙发上睡得正香。房间里的空气凉飕飕，老人的秃头倚着墙，嘴大张，露出后槽牙，像嗷嗷待哺的肥鸟。

尽管如此，老头在艺术领域中却是相当著名的人物。

宛云不客气地拍了一下他光滑的脑袋。馆长抗议地睁开眼睛，摸到无框眼镜戴上："刚结完婚，不懂得要温柔？"

宛云柔声说："我已经选完自己要的作品。"

馆长左右轻轻摇晃着他硕大的脑袋："下周还有新锐画家的画展，你要不要再过来挑？"

宛云转过身，戴上手套，亲自为油画包上保护膜，再熟练地用麻绳捆紧："肯定来。"

馆长在她背后嘟囔："真的？你丈夫愿意放人？我看杂志说他管得很严。"又感叹，"小云云，干吗着急嫁人？我这里有大把的青年才俊还等——"

宛云温和地提醒他："馆长，你曾是很失败的媒人。"

老头的脸色略微僵了僵，随后说："结婚自然是好事。如今你度完蜜月都回来了，带给我的礼物是什么？"

宛云刚要回答，这时，手机嗡嗡振动。

"我已经到对角广场，下来吧。"

艺术博物馆后门是一条单行道，冯简挂断手机，顺利泊好车。

他降下车窗，用毫无生气的目光盯着远处广场上的喷水池、叽叽咕咕的白鸽以及将这些美好画面用画笔记录下来的艺术生们，再毫无生气地移开目光。

回城的第二天是星期三，冯简连续加了两天班，处理完假期时没细看的文件，开了两个高效率的会，数落完所有他认为冗长的细节，回完所有的邮件，他感觉即将成为宇宙的主人。

他的身体疲倦，大脑兴奋，到隔壁五星级酒店的游泳池游了四十圈，趁兴办了张年卡。

直到听到宛云的电话留言。她在那端说："周末你需要陪我回李氏老宅。"顿了顿，"如果方便，下班来接我好吗？"

冯简才明白，即使身为宇宙的主人，也会有妻子和丈母娘，人生断无可能一帆风顺。

太阳很大，他抬起手腕再次不耐烦地看表。

宛云终于出现在长街对面，她戴着墨镜和帽子，双手抱着一大摞扁扁的重物，似乎不堪重负。

冯简只得下车。他顺手接过宛云手里的东西，皱眉道："拿的什么？"然后倒吸一口气，"你新买的？"

宛云看他一眼："画廊里的防潮装饰布。"

后面突然传来做作的咳嗽。

宛云腾出手后介绍："这是胡馆长。"

冯简这才发现，她的身后，还慢吞吞地跟着一个胖老头。和满手重物的宛云相比，老头两手空空，奇装异服，长相猥琐。

换另一句话形容，他很有艺术家的气息。

冯简略微点头示意，馆长的豆眼上下打量他一遍，也没费心寒暄，颐指气使地往后指："云云这次选了很多画，都堆在门口，你正好来了，把它们一起搬走吧。"

完全是把他当苦力的态度。

宛云还没开口，冯简便向宛云确认完画的归属，随后脱了西服外套扔给她，挽起衬衫袖子，开始把那一沓沓油画搬到车后座。

和宛云站在树底阴凉处注视着冯简，馆长诧异地扬眉道："这小子，倒和我想象中不同。"

宛云双臂抱着冯简的西服，微笑道："的确。"

"记得替他买一套新西服、领带和皮鞋。"馆长摩挲下巴，"这小子，如果真像杂志上写的那么专心工作，至少应该先往自己身上投资一套好的西服。

形象也是工程嘛！"

两个人说话的间隙，冯简已经搬完所有画。他吸了一口气，将后车门关上，再利落地上了驾驶座，启动车，开走。

宛云和院长依旧并排站在树荫下，注视着他的车消失在街角。

沉默良久，馆长转过头，毫不留情地对宛云说："我觉得……他在搬完画后，就把你忘记了。"

等冯简接到电话，终于意识到自己做了什么后，重新掉头把车开回来。他的心情绝对不比宛云好多少，馆长却完全不顾两人的尴尬，兀自扶着树，笑到几欲跌倒："你嫁了个——妙、人、哇！"

宛云一言不发地坐上车，系安全带时看了冯简一眼。

对方在这种安静中若无其事地继续开车，没有任何道歉的意思。直到宛云叹口气，在旁边拍拍他的手臂："别紧张，只是一件小事，我并不会对你生气。"

冯简握着方向盘，嘲讽道："可笑，谁说我现在正紧张？"

"那你知道，你已经超速驾驶五分钟了吗？"

像在证明这句话，警铃突然响起。交警骑摩托车追上了他们，打着手势让靠边停，准备开罚单。

冯简下车后对交警说："我付三倍的罚款，你能让我到你们局里住完整个周末吗？"

交警抄着他的驾驶证号，眼皮不抬："先生，我已经当交警十年，你不是第一个这么威胁我的男人。"

宛云有一点冯简还比较欣赏，那就是性格大方，宛云有一点冯简真心比较厌恶，那就是他总怀疑她假大方。上车后，冯简看到宛云笑了笑，重新望向窗外，确实没有指责自己。但冯简以己度人，他总怀疑宛云肯定要秋后算账。

就这么各怀心思，两人终于到了李氏老宅。

出乎冯简意料，李氏老宅是一栋朴素低调的老楼，坐落在老城区的一个静谧街角。旁边是家五金店，不远处是个露天水果摊。

夕阳垂落，街景安静祥和。

冯简下了车，扬起眉："倒似旧上海的一幕。"

宛云走到他旁边，笑了笑："喜欢这里？家里人除了我，都嫌这里太过阴郁，分家后便各自搬走。"

冯简说:"嗯,他们嫌这里配不上他们。"

宛云看了他一眼。口气平淡,没有讽刺。

冯简将车钥匙递给管家。两人在暮色中,踏进老宅的玻璃花房。

一家人正和睦地团聚一堂,远远看去像一幅油画。久未见的大伯正优哉游哉地任女佣点烟,三叔不知正和谁眉飞色舞地讲电话,其他人以何泷为中心,围观宛云和冯简此前在度假村拍照的照片。

何泷先招手让宛云过来坐在她旁边,睐了冯简一会儿,才含笑道:"小冯来了?感觉好久没见到你了。"再自言自语道,"瞧我,有这女婿还不如没有——才结婚,度完蜜月,就开始跟我玩神龙见首不见尾的游戏。你说我得怎么做,才能多见他几面啊?"

冯简向这一堆人打完招呼,不假思索地回答:"很简单,您平日多到公司上班,就可以天天见到我。"

这是指责她不工作?何泷在内心狠狠地剐了冯简一眼:"我都把老骨头了,早就不中用了,进取心是要留给你们年轻人的。"

冯简在对面的沙发上坐下,颔首道:"不错。我一般都在公司,您有任何事情都可以打我电话或者私人手机。"

何泷被冯简那句"不错"噎住。他真觉得她是老骨头?

身为丈母娘,每次见到这个女婿,三言里就有两句不合,何泷颇有痛踩他一脚的冲动,但只能用喝茶掩饰尴尬加愤怒。

李氏其他人非常乐于见到两个外姓人继续上演不合的戏码。

二姑扇着手上的照片,挑拨离间:"小冯,蜜月过得怎么样?度假村可还舒适?这地方还是泷姐推荐的,但听说你们和度假村的客房部经理闹得不太愉快?他似乎不太喜欢你们这对蜜月夫妻啊?"

冯简哪能受她挑拨:"蜜月夫妻通常也不太会喜欢客房部经理。"

何泷抬起头,又觉得女婿嘴那么贱也不是坏事,但冯简坐在这里实在太危险,她嘱咐宛云:"先带小冯回房间换衣服。"再带着虚假的亲密笑意说,"小冯怎么把领带搞脏成这样?虽说是回自己家,还是要注意形象。"

冯简低头查看,找不出任何问题:"领带没有脏,我刚从办公室回来。"

除了每日在上班和下班后目睹他糟糕衣着品味的宛灵和宛云,李家其他人,都直勾勾地盯着他的领带、衬衫和西服。

　　一时间，除了冯简和宛云，每个人都在无声地笑。

　　何泷率先收回目光，她之前对冯简产生的少许喜爱又烟消云散，但此刻得帮着冯简解围："要说是工作装，也可以理解。"

　　三叔出声嘲笑："工作装？我们开给冯简你的工资可不低吧，怎么连身好的西服都买不起？还是说今日特意穿成这样，来我们跟前哭穷？"

　　何泷一挑眉，宛灵笑吟吟地借机敲打："姐夫忙工作还忙不过来，整日勤力工作，不像三叔纵情山水。听说您前日又用公关费的名义从公司划走一笔钱？这事下不为例。"

　　这事一直争执到饭桌上。

　　冯简一直认为，众人围着长桌子吃中餐是一件极其神经病的事情，但此刻，他心无旁骛地吃着。

　　李氏家族的内部斗争过于复杂。各自为政，没有永远的盟友。话题从冯简的西服跑到三叔身上，何泷忍不住说了句，战火又烧到她度假村的资金来源上。何泷把大伯拉下水，宛灵又借机提出公司分权……真是飞檐走壁的一家人。冯简暗想，李家人软弱又没用，但家族气氛还挺热闹。

　　宛云一直没说话，她注视着对面的冯简。即使被质疑衣着品味，他也只是皱皱眉，不耐烦的表情居多，并不恼怒或自卑，在假笑的三叔和阴险的大伯中显得格外自然。他自顾自地吃饭、喝汤、添饭，饭桌上的喧嚣和争执，就像电视里播出的杂音。

　　直到无意识对上她的眼睛，他才一怔。

　　冯简下意识地看了一眼左手，松了一口气，戒指还在。心想，李家最大的疯子还没有开口。

　　宛云柔声说："吃好了？"

　　冯简很希望她问的是别人，但不好刻意忽视自己的妻子，他咳嗽一声："是。"

　　宛云说："待会儿陪我去街角散步。"

　　餐桌上的人停了刀不见血的对话，看着他们。

　　冯简意识到，宛云在帮助他退席，只好硬着头皮说："街角很好。"

　　宛云站起身："那现在就走？"

　　二姑酸溜溜说了句"这两人感情还真好"，何泷在背后追了句"海边风大，云云记得穿外套"。

老宅厚重的铜门外，冯简深深吸一口气。

宛云在他身后指点路况："出这小巷，一直往西，绕过行政大楼，就可以看到海滩。如果你想独处，那边景色不错。"

冯简此刻偷渡的心都有了，点点头。然而他快步走了几步，回头又皱眉看了一眼宛云。

大小姐依旧在夜风徐徐中站着，随后点了根烟。

宛云没有转身回李家，毫不犹豫地背对他朝着相反的方向走去。

冯简暗骂一声，提高声音叫住她："你要去哪里？"

宛云嫣然回头，在灯光下对他笑："我也不太想回家，打算去街角散步。"没走多久，听到身后有脚步声传来。

冯简追上来和她并排而行，满脸不愉快的表情。

宛云有些奇怪。

冯简沉吟："你要是没什么特别想去的地方，那就和我一起去海边走走。"

"你不讨厌我？"她还以为冯简更想自己待着，"我以为你更想独自清净。"

冯简不耐烦地说："别弄那么复杂。"

去海滩的路上，宛云随口说："你真的很注重安全，是不是？"

冯简不否认。

"我在琳琅街长大。"察觉到宛云的脚步略微一顿，冯简平淡道，"听说过那里？看来你也不是那么孤陋寡闻。"

琳琅街，下城区最乱的地方，几次发生大型斗殴事件。本城臭名昭著的鸽子楼便在此。也是冯简在他的前半生发誓要脱离的地方，他拼命读书、打工并非为了知识，只是想在别处清洗身上沾染的琳琅街特有的气息。

冯简的声音低下来："女人要是独自在琳琅街走，下场不会太好。我小时候见过实例，不习惯让女人独自步行。"

他不用回头，也猜到旁边的宛云应该是一脸震惊加同情的表情。

沉默片刻，他开口说的是另外一个话题，语气是罕见的温和："李宛云，你看这样行不行？我们互相容忍三年的时间。"

"什么？"

"三年的时间，我会帮助李氏重新走入正轨，到那时，我自己的公司技术独立，资金链稳固了，你可以提出离婚，前提是那些婚前条款全部作废。"

冯简能感觉到，宛云这次又在注视自己。

"这三年内，我会供养你的生活，遵守各种条款，你也可以继续从事你自己的工作——我还没问你究竟是干什么的，算了。你唯一的义务就是在公共场合里假装我的妻子，再看好你那群叔叔伯伯姑姑嫂嫂，别让他们把多管闲事的手伸到我鼻子底下，妨碍我做事。"

"三年以后，你可以走。如果你想留下来……"冯简顿了一下，他潜意识里抗拒这么倒霉的事情，"那，我们再讨论是否有必要继续维持这婚姻。但世界上应该还有很多蠢到只看你外表的男人，凭借你的手段，你可以随便选他们当你的玩具。至于我，"他不耐烦地耸耸肩，"我决定彻底退出婚姻市场。"

宛云看着他，略微困惑："冯简，和我在一起，真的让你如此难以忍受？"

冯简皱眉，他若有所思道："勉强能够忍受。和你相处并不是难题，主要是我们不太适合。传说中，白头偕老的婚姻应该建立在男女互相有感情的基础上。"

宛云微笑："你从不相信这些。"

冯简不耐烦道："我确实不信这些鬼话，问题是，你相信的——"

"我也不信。"宛云脱口而出，意识到自己罕见地失态，不由得微微抿嘴。

冯简没有注意，平静地说："简而言之，你我不是一类人。你肯定会好奇，我当初为什么选宛今。事到如今，可以说实话，你妹妹不像你那么……有性格。另一方面，我早就计划结婚后，会把她打发出国读至少五年的书，在此期间，我只需要检查信用卡账单，但现在……"

最后一句话，冯简艰难咽下去。现在，他除了要面对信用卡账单，还要面对活生生的妻子，每天担惊受怕。

半山别墅，宛云的书柜里有不少侦探小说。冯简当时随手翻了翻她最近阅读的一本，密室杀人、女尸切块。在后来的工作餐中，他两天没碰排骨。

宛云笑着说："所以，你之前特意和我保持安全距离，是怕我三年以后甩掉你？"

冯简怀疑地盯着她："我说的那些话，你到底有没有听明白？不过，我先回答你的问题，我的确认为，人和人之间没有意义的纠缠少一点比较好。不管你信或不信，我在事业上确实有想法要完成，我很想让我的企业可以让世界改变点什么。"

宛云沉默片刻，她看着他的脸："我答应你。"

冯简先警惕望她一眼，她笑了："这次，你可以相信我的话。"

他终于松了一口气。不管如何，同样的当，他绝不会上两次。

宛云想了想："三年的婚姻。从今天算，我们还有一百五十二周的婚姻试用期。"

冯简讥嘲道："太好了，你终于听懂我之前说的话，而且还会算数了。你大脑和脸蛋的反差到底有多大？"

宛云反问："你西服和领带的反差有多大？"

冯简语塞，在远处的海浪声中来回冷笑两声："我们现在还是夫妻，以后，由我来负责讽刺的部分就可以。"

关于婚姻的谈判，此刻才终于妥当。

回到李宅后，冯简轻松地去洗澡。宛云在中式风格的偌大房间里转了一圈，最后站在阳台上。

李氏族人以船舶起家，这是购入的第一套房产。这曾经是她的闺房，偶尔回老宅她都住在这里。用人已经把这里打扫得干干净净，然而房间久未住人，有股霉味。

宛云抱着臂膀，不知怎么想到曾经的事情。

她把发烧的他带回李氏老宅，就是在这房间，他说："今晚留下来陪我，我想你陪我。"

她半夜起床，飞快地换掉衣服、冲澡，故作镇定地跑回家，从半山别墅后门进去。何泷正在客厅里看电视，演员念台词的声音在大厅回响。

随后，何泷在她脚下砸了个水晶玻璃杯。

何泷逼着她吞下避孕药，随后挑眉说："是和那个穷小子？"

何泷没等她说完自己遇到的伟大爱情，冷冷道："如果一个男人，现在什么都不能给你，你确定他以后能补偿你？"她极尽嘲讽地盯着她，"你当然可以和他在一起，但从此以后，你的任务就是等他补偿你——好的女孩，不需要世界上任何人补偿她。"

后来何泷还说了什么呢？忘记了。

车祸后养伤期间，宛灵来找她，直直地跪在她的病床前："我请你遵守之前的诺言，放弃李氏企业。"妹妹的眼睛和她不同，闪烁着对未来的巨大野心，"姐姐之前已经为了爱情放弃了李氏的经营权，如今请不要再来和我争夺。这是我的机会，姐姐不要挡住我的路。"

宛云清晰记得，妹妹说那番话的神情，就像今晚的冯简。

野心勃勃的，充满渴望的，不顾一切的。

妹妹说："姐姐，如果李氏在你手上，你只会想着用家族企业打败那个人。我和你不同，我只会努力让它变成最优秀的企业！"

他们每个人都对她说了那么多话，到最后，故事的结局和任何人的想象都不同。众人只知她高高在上，都不顾念她的想法。她执意脱离轨道，到底是难得的叛逆，还是想试试放弃一切的她能被世人如何看待呢？

冯简从浴室里走出来打断她的沉思："你可以进去了。"

宛云掐灭香烟，微笑走进去。

偶尔，她会想当初嫁给那个人会怎样。分手后也曾试着再恋爱，每一次恋爱都无疾而终。很长一段时间内，她总觉得自己在做梦，浑浑噩噩又平淡无奇地过日子，直到碰到冯简。

宛云泡在热水里，想到冯简在海滩上说的那番话——维持三年的婚姻，然后一拍两散。她忍不住提起唇角，内心更多的是钦佩。

冯简比她坚强太多，想要一个东西时就追求，得到后攥在手中，也不会在乎真假。坦诚、势利到让人安心。他之所以敢订下这么宽松的条款，是因为有把握自己不会吃亏。很久以前，自己曾经也有这样的野心，在黑暗中闪闪发亮着。

冯简蹲在客厅，抱着电脑回复工作邮件。他突觉口渴，伸臂打开房内的小冰箱，里面只有啤酒和清水。

宛云从浴室走出来，深夜新闻正播放一半。

冯简边喝啤酒，边漫不经心地看着电脑。他拿啤酒的方式和普通人不同，五指捏着啤酒罐口的边缘处，随意洒脱，露出胳膊上的伤疤。

她顿时愣住，内心就像被什么鞭打了一下。他们喝酒的方式简直一模一样。

宛云望着他："你经常喝酒？"

"不经常，需要的时候喝一点。"冯简头也不抬，直到感觉对方在旁边坐下，他不耐烦道，"想喝酒的话自己去冰箱拿，我今晚在沙发上睡。你早点休息，明天早上还要回……"

手里的啤酒被夺走，冯简惊讶地抬头，宛云正盯着他，表情复杂。

"你怎么了？"他皱眉问。

宛云试着放空思绪，也许是之前吹的海风太冰冷，刚才的热水太缠绵，回忆太糟糕，夜深得太迷茫。她轻轻说："冯简，做个交易，我给你一万块，今晚陪我一宿好吗？"

冯简当场愣住。他的神情在几秒内变幻莫测，最后化成鄙夷和冷漠一笑。

他继续低头看着电脑，不屑道："晕头了吧？不如我给你两万块，李宛云你陪我一宿。"

冯简完全没当回事，他以为她又在开无聊的玩笑。

"那我再加一倍的价钱，你陪我。"她随手关了电视，屋子里只剩下对方越睁越大的眼睛，她俯身过去。

宛云勾住他的脖颈，把自己送到他怀里。

其实，只是想证明他和他不同而已，眼前的男人总能拎得清利益关系，似乎可以让她依靠。

也许，她太寂寞了。

冯简从未想过，自己的婚姻会进行到如此诡异的一步。

两人就婚后的首次同房进行开价，不，是宛云就他的首夜价钱与他讨论，进行买断后，他的表情介于僵硬、鄙夷以及烦躁之间。

冯简回过神来，立刻按着她的手，绷着脸想拒绝。

宛云反而安慰他："不要紧，你是第一次，我也是第一次。"

冯简看她一眼，没琢磨自己是松了口气还是被吓得更紧张了。宛云便笑着继续说："骗你的，我不是。"

她微笑，眼睛里没有任何温度，像一个精致的玩偶。

冯简从来没有拥有过玩具，也最讨厌捉摸不透，然而偏偏移不开视线。

十年前，她的那双眼睛里还没有这种奇异的心碎和冷漠。

华丽大床周围遮着层层纱幔，掩盖里面交缠的身影。

身体有时候比头脑更能表达真实情绪，冯简依旧很茫然，对这件事，对自己，对宛云，都好像无来由地憋着一股气。

刚开始还不知道怎么安慰，后来就学会亲吻她的脸颊、锁骨、胸部和耳后。唯一没碰到的就是嘴，宛云并不讨厌冯简吻她的脸颊，但双方同样避免接触到唇。

男人大概对这方面都有天赋，冯简更善于观察学习。宛云不知道浑身上下哪个部位没有被抚慰过，以至于纤细腰肢自始至终都在他掌中轻颤。

冯简几番察觉，略微停下："还是难受？"

宛云揪紧他的肩，根本说不出话，只瞪大明亮的眼睛茫然地转眸看他。他从没被别人这么近距离地凝视过，失神片刻后不自在起来，伸手盖住她的眼睛，沙哑道："别看我。"

冯简的耐心一直建立在怕被她嘲笑的基础上，但很快他就发现大小姐完全没有她口头上那么富有经验。半途，他不得不再把她的头扶到肩头，喘息着问："你要是还可以继续，就咬我一下，如果不行，就咬我两下。"

话重复了两遍，宛云才掀起湿漉漉的眼帘，轻咬他肩膀。

那一晚上居然是很愉快的经历。起码对某个人来说。

宛云到第二天中午才起，坐在床上发呆，十分钟之久，直到何泷来。她说冯简一大早被三叔、大伯叫出去打球了，宛云轻轻点头，在母亲暧昧的眼神中低头喝燕窝。

随着她的动作，何泷一愣，翻开宛云的长袖："怎么回事？"

宛云手腕处有极深的牙印和连续的深红吻痕。她立刻缩回手。

何泷哪能猜不出来，脸瞬时又红又黑。女儿在这个臭小子那里受委屈了，珍妈从此不可信，谎报军情。她下午就找了个理由，几番讽刺，把冯简烦到要提前动身回半山别墅。

"李宛云不走？"冯简不太自在地问，这次倒是没忘她。

何泷冷冰冰地说："让云云在我这里住两天，休养身体。哼，我说云云嫁出去后，怎么越来越瘦。小冯你知道不知道何为节制？"

冯简哑口无言，皱眉看了她一眼，也没反驳。

宛云在楼梯口就把何泷的话听得一清二楚，想上前解围，又不想马上到冯简面前看他的脸色或让他看到自己的脸色，直到听到冯简关上门，才轻轻抬起眼睛。

冯简返回半山别墅的途中，不小心又超速。

拦他的警官见他面熟，瞥了一眼空无一人的副驾驶座，啧啧道："好家伙，把妻子干掉？实在有勇气。"

冯简皮笑肉不笑地说："我的勇气能免这张罚单吗？"

答案当然是不可以。想什么呢！

周末傍晚，何泷一个电话打来，让冯简来接宛云回家。

冯简重新坐在那张皮沙发上，眉头皱着，像别人欠他一百万。而宛云无言地在翻时尚杂志。

很长时间下来，屋子里只充满了何女士听似温柔平静但充满怨怼的絮叨。宛云每翻过一页杂志，冯简便有些烦躁地动动手指。在何泷讥嘲冯简家世和品味时，宛云盯着某页广告的时间又过于长了些——他们两人似乎都视对方如无物。

何泷虽然热衷管闲事，但看着眼前这对明显在意对方却装着若无其事的小夫妻，她凄凉又满足地叹了口气，大方地放两人离去。

回程说长不长，说短不短。

在何泷面前还可以演戏，一坐在车里，两人的尴尬便无处可逃。司机在前方开车，两人再刻意不说话，气氛就更显古怪。

冯简终于忍不住开口："李宛云。"

对方淡淡应一声，从窗外收回视线。

"腰还疼吗？"他问完这句就口干舌燥，烦恼到想拉开车门在高速公路上终结此生。

宛云也一时沉默。

"托你的福。"她答，"好些了。"再顿了顿，"你怎么还穿着那天的西服？"

其实不是同一件，那件西装已经被送去干洗。但同一款式的西服，他习惯一次性买两件。

"我的购物习惯很稳定。"

"好习惯。"宛云说。

无聊的对话断断续续，到半山别墅时还在进行。晚餐前，两人终于都受不了，闭上了嘴。

珍妈看着这样的小姐和姑爷各回各屋，脸都不抬，怎么也不肯相信夫人所说"夫妻感情好得蜜里调油"的这种鬼话。

周四的时候，宛云独自去了私人艺术馆。

不少艺术系的教授和知名画家都受邀参加展览，平日里城中最冷清高雅的场所，如今热闹非凡。馆长被围在人群里，宛云远远向他打了个手势。

宛云在吸烟区点了烟，悠闲地打量周围。

今天的大厅红底白纹，边角处摆着鲜花。进口的花园玫瑰，花瓣底部是奶酪黄，只花瓣边缘渲染少许绛色。

宛云曾经学过插花，插花师百般嘱咐，鲜艳的颜色要慎重使用。结果她用十九朵玫瑰加五枝银叶菊做出的作品，堵得对方说不出一句话。

外表清雅如她，骨子里居然喜欢浓郁之物。有人深知这点，第一次送她的是牡丹，和脸一般大，爬墙而入时把花叼在嘴边。深夜听到响声，她推窗，对上的便是那花和那双眼睛。

一支烟很快就燃尽，宛云最后看了眼怒放的鲜花，准备转身离去。

大厅转角处，有人自远处看了她良久，地板上扫着顾长的身影。逆光处看不清男人的脸，但宛云知道他是谁。

他走到她面前，皮鞋光亮。

"云云，好久不见。"他温柔地说。

这场景极其浪漫，似乎只差一个摄像头。男人优秀，女人美丽，站在色彩浓郁的大厅之中，仿若彼此深情无限。

宛灵曾经问她，周愈是什么样的男人。宛云当时只是移开视线，宛灵以为她避而不答，实际上，她只是无话可说。

香烟能燃烧十三分钟，她了解那个人的时间不会更多。

男人的脸是道林·格雷的画，黑色毛衣，白色衬衫，双手插兜，沉稳地向她走来，眼睛不放过任何表情——他最喜欢玩心理战，欲拒还迎、虚张声势、内心笃定、志在必得。

宛云微微皱起眉头，她想，不过是这样无聊的男人。

周愈对她的冷漠不以为意，含笑移开视线，随手从身后的花中抽出一朵玫瑰，并不顺势献给她，只用修长的手指来回把玩，沉默不语。

宛云垂下眼睛，从烟盒中再拿起一根烟："有火吗？"

周愈微笑着，自然而然地从口袋里拿出都彭，"啪"的一声替她点燃。

宛云用纤细的手指夹着洁白的烟，容颜在烟雾缭绕中看不清。

她道："谢谢你。"再也不看他，打算离开。

然而周愈上前一步："云云，不如我们重新来过，让我重新追求你，好吗？"

宛云为这荒谬的话感到好笑："我应该要谢谢你？只可惜我已经结婚了。"

"对我没有影响。"对方挑眉，"你嫁了谁？哦，冯简是不是？我见过，现在是我属下。看来十年之后，你也不过是依着我的模样找了替代品。"

宛云甩开他的手，侧头睨着他。当初怎么会喜欢上这种人呢？狂妄、虚伪。

周愈看着她，悠闲地问："生气了？生气就好，最怕你不对我生气。"

"我只是在想你刚才说的话。"宛云沉默片刻，再用特有的清冽声音道，"没错了，你现在对我说任何话，都已经无法对我造成影响。"

她优雅地把手上的香烟整根灭在烟灰缸中，再走近，把他拿着的玫瑰重新插进繁花丛中："请不要乱碰场馆里的插花作品。"她再从包中掏出一个东西，淡淡说，"还有，这个，早该还你。"

周愈看着她的背影，握紧了手中的打火机。用到磨损的银色 Zippo，他送她的唯一的礼物，多年后，她还给了他。

宛云沿着裙摆式的楼梯缓缓下楼，一时间觉得有几分可笑。

此刻终于抽身而出的馆长红光满面地迎接上来，沾沾自喜地说："很难不虚荣，因为捧我场的人总是很多。"

宛云淡淡"嗯"了声，把之前看展拿的卡片给他："这是我选中的作品编号。"

馆长带她去前台登记，嘟囔道："今天感觉你特别有礼貌。"

前台的小年轻哕声哕气地说："哎呀，馆长，画不行。前几分钟，李大小姐选中的油画已经被订走了。"

馆长不以为意："取消，都给我家小云云留着。"

旁边传来陌生的声音："胡馆长，这不符合规矩吧。"

宛云和馆长一起往旁边看去，西装革履的年轻人，咄咄逼人的姿态。

"我是郑律师。"年轻人朝馆长伸出手，眼睛却看着宛云，"我为周先生工作。"

宛云淡淡道："我自然懂规矩。"再看着前台，"把出售价格提高一点五倍，我全价买入。保证金从我的账户划，我来签字。"

郑律师气定神闲道："加到两倍。"

宛云仿佛下定决心般："我加到二点五倍。"

郑律师笑了："也许我不懂艺术品的价值，但我一直是行业里最好的交易律师，李小姐，你最好不要和我讨论标物的归属。"

五分钟后，郑律师带着平静而志得意满的表情离去。

临走前，他低声对宛云说："李大小姐，你知道周先生对你的心意。而我对你的专业劝告是，抬价前，你要知道自己的本钱。"

宛云垂目不语，手轻轻握拳摆在桌面。

馆长看着他远去，评价道："最近是法学院的考试降低难度了，还是只有他那么蠢？自大不要紧，但他在抬价前，至少应该打听到你今天拿的画都是你自己画廊里独家代理的签约画家的吧？所以，他从你手中花了五倍的价钱购入油画，就为说几秒钟的废话？你是赚翻了啊！"

宛云依旧不说话。

馆长再不怀好意看了她一眼："小郑刚才是不是提到什么周先生？不是我说你，小云云，你虽然脑子和样貌不错——嗯，你幸亏脑子和样貌不错，但个性还是过于木讷和死板，对于人生、感情以及社交实在不太擅长啊。"

宛云懒得听他胡说，拿起自己的包离开。

回到半山别墅，天色已晚。

晚餐和平常的任何一天一样。

夫妻二人分坐桌子两侧，珍妈指挥用人来来去去。因下午的不期而遇，宛云吃得很少。半碗粥没有喝完便开始发呆，连对面某人观察自己良久都没有察觉。

冯简几次明示、暗示，不是那么好的忍耐力在几天之内达到崩溃边缘。

她是什么意思？干什么在自己面前发呆？莫非在怪那一晚无来由的情缘？也是了，刚谈好三年后一拍两散，后脚两人就滚到床上。

冯简这几日把那食髓知味的夜晚回忆了几遍。滋味太美好，像虚假的梦境，又像真实的陷阱。

冯简终于丢掉餐具，皱眉道："李宛云，我不是你的犯人。"

对面的女人才闻声抬头，用漂亮的眼睛看着他，略微疑惑。

冯简挥手让珍妈和用人退下，沉下脸："百分之八十。"

"什么？"

他双手交叉，冷笑道："我只承担百分之八十的责任。不错，那天晚上我是喝了点酒，但你主动蹭到我身上来。我问过你行不行——我当时问了你一次，两次——不，我问过整整三次！你一直说可以。"

他在说这件事。

宛云不感兴趣地点了点头，依旧没有搭话的意思，思绪还在下午的重逢上。周愈躲了自己那么多年，自己也避开他那么多年，今天他不请自来，说要追求自己。这是什么意思？

冯简想，上辈子到底是造了什么孽？挑女人没眼光，他二话不说就担了，但这不代表这女人能为所欲为。

他皱眉道："跟我要性子？别以为你和你妈似的，用女人的小伎俩就能拿捏男人。"

宛云平静道："我对你要什么性子了？"

冯简愣了两秒。他并非不通人情，只是不会旁敲侧击地过问真相，更多的是靠各种手段"逼迫"真相。面对宛云时，硬逼似乎总不管用，软磨又实在没脸。

宛云歪头等他继续说下去。

冯简抑制住抹汗的冲动，敲敲桌子，一字一顿道："我并不是想否认那天晚上的事情，也不会跟你保证那天晚上发生的事情会改变我们婚姻的性质。我只是希望以后谁都不要再提那件事。忘掉它！我希望一切如常。"

她帮他总结了下："那晚只是一夜情，并不影响三年后离婚。"

他脸红了。"一夜情"这词不甚"雅观"，却又精准地表达了所有意思。

他的脸在烧，他的内心在尴尬，也不知道是因为宛云能轻易把这话说出口，还是因为自己无法轻易把这话说出口。

宛云扬眉盯着眼前的男人："都说得这么直接了，冯先生还在纠结什么？哦，我懂你意思了。待会儿上楼，我就把钱付给你。"

"不需要！李宛云，我想说的就是这句。"冯简的脸色终于变得非常不好，"永远不要提拿钱睡我这件事情！"

宛云说："可……"

冯简一字一顿道："没有可是。要是跟别人说，你记得，那一晚不是你睡我，而是我花钱睡你！"

她略微蹙眉："你觉得我会主动对谁说呢？"

"我可不确定你会做出什么事情。"

宛云依旧用那双清澈过分的眼睛望着他。这家伙可真美，冯简绝望地想，仿佛任何人对她尖酸刻薄都是一种犯罪。

过了一会儿，宛云突然笑了："我今天开始戒烟了。"

冯简一时没有消化这句话，瞪着她，过了一会儿才反应过来，也许这是他之前那句"跟我要性子"的回应。

至少从乐观的角度分析，冯简想，自己说的话，她至少还能听进去那最不重要的一部分。

"以后我大概会开始吃糖。"宛云低头搅动碗里的粥，"下次你出去吃外卖，可以叫我。"

冯简再三提醒自己不要跟她一般见识："李宛云，你到底想说什么？"

宛云抬起头："你说刚才的话题不准再提，所以我就换了个话题。"

根据宛云对冯简的了解，她猜测他接下来会烦躁回击，但冯简烦躁地瞪了她一眼，居然什么也没有说。

只决定负百分之八十责任的冯简不耐烦地摸摸喉咙。这里曾经被宛云咬过，这几天总感觉隐隐发痒。

宛云注意到他的小动作，脸也不由得微微一热。

那日之后，周愈没有张扬地在她的生活里出现。

宛云隐隐不安几天。周愈是聪明到狡猾的人，比自己还不会回头。她偶尔会想到那天周愈手上拿着的那枝玫瑰，似乎总是提醒她回忆多么闪亮。

不过人终究没法彻底推翻自己的过去，如何"不留恋"是难题。幸好某人的存在转移了她大部分的注意力。

某天晚上回到自己房间，宛云在床头柜上发现两个信封。

一张是烫金请帖，邀请冯简夫妇去参加一个商业聚会；另一张是支票——某人为了自尊心，真的硬着头皮，给她写了一张两万块的支票。

她随后给冯简打去电话："备注的 minus50 是什么意思？"

冯简解释："扣掉五十块。之前蜜月打牌，你还欠我五十。"

宛云盯着那张支票十几秒，随后没形象地拿着话筒，伏在床上大笑，直到冯简在那一方开始不快地咳嗽。

大笑的时候，宛云突然想到周愈。

第一次见面，他扮作小流氓，胁持自己坐上他的摩托车。她唯一惧怕的就是顶在腰上的冰凉的刀，强作镇定地说："我可以给你足够的钱。"

对方的脸在头盔下，仿佛在闷闷地笑，随后温和道："我不需要钱。"

到达目的地，发现只是海边。对方英俊的脸在月光下格外欠扁和无辜："刀？哪里有刀？我怎么舍得对你用刀？"

打开手心，她才发现那威胁自己一路的，根本是一个银色打火机。

少女直接冷冷地说："送我回去。现在，马上。"

他自然拒绝。于是她独自步行五公里从海边走回家，脚磨出血泡，一步没停，绝不回头。一开始，他还在她身后悠闲地骑摩托，接着便让她坐上车，到最后推着车，默默陪她步行到家。

戏剧性的相逢，引火烧身的开始。原本配上他和她的背景，搞不好能写一出荡气回肠的爱情戏，只可惜女主角是宛云。

如果自己——

冯简很不耐烦的一声冷笑吓得宛云回到现实："笑够没有？怎么还不放电话？"

宛云用指尖捏着支票，若有所思地说："不是说好给我三万？"

"明明是两万，三万是你当时开给我的价——李宛云，我说过以后不要再提这件事。现在，放下你的混账电话！"

宛云想起别的："我还收到请帖，明天一起出席你的商业宴会对吗？冯先生？"

　　"是的，冯太太。"

　　新婚夫妻在社交场合的首次公开露面十分重要。

　　作为风头劲起的商业新秀，冯简被邀请去台上发表演讲，有十分钟的时间向诸多高管介绍他本人、他本人的企业、妻子家的企业。

　　冯简第三次让秘书修改演讲稿的同时，飞到瑞士去度假的何浥给宛云打来了电话。有了冯简这出头鸟，丈母娘逐渐淡出，准备享受生活。

　　何女士对冯简的工作能力大体认可，只嘱咐宛云不要让他穿着那套充满农耕时代色彩的衣服上台。

　　平心而论，冯简的穿衣品味还没到"骇人听闻"的地步，他的西服以黑、灰、蓝为主，都是好料子，唯独衬衫和领带可用"难以言喻"形容。

　　宛云问冯简："你最喜欢的男装品牌是什么？"

　　冯简一边盯着演讲稿一边对着镜子打领带，敷衍道："没有。"

　　宛云客观地建议："你应该有一个私人裁缝。"又说，"领带不搭。"

　　冯简皱眉看她一眼，倒也换上了另一条。

　　她再摇头。

　　"颜色太暗""花纹老气""这是土黄色吗"，诸多评价被宛云用完，冯简摊摊手，表示弹尽粮绝。

　　尽管有预料，宛云仍有些惊奇："你只有五条领带？"再思考之前对冯简衣柜的惊鸿一瞥，"最下层抽屉里卷成一团的，都是——"

　　他干脆道："都是袜子。"

　　宛云靠在门口一句话都说不出来。

　　冯简拿起最初选中的那条，娴熟地打上，再指着床上凌乱的领带："你让我换了那么多领带，所以，待会儿你叫人把这些叠好，重放到抽屉里。十分钟后我在楼下等你。"

　　随后和她擦肩而过，拒绝再说闲话。

　　珍妈为宛云整理裙摆，来回嘟囔冯简的不体贴。宛云想着冯简的衣柜，把之前他开的支票留下，让珍妈去联系三叔的私人裁缝。

　　到达会场前，她再拉住冯简："待会儿忙完你那边，记得陪我去和那群太太打招呼。"

　　冯简向来对那些太太、夫人、小姐敬而远之，不由得皱眉。

　　"基本礼节。"宛云道，"对了，你知道如何自然地恭维女人吗？"

　　冯简冷笑："自然懂。"

　　宛云便请教："可不可以向我示范一下？"

　　冯简字斟句酌："小姐，你好。"

　　宛云等待片刻，没等来下文。她叹口气："恭维也没有太重要。"

　　礼宾人员在前台签下冯氏夫妇的名字，宛云还在冯简耳边传授一些基本的礼仪。

　　若想赞扬女士，一时找不到词语和话题，只需要微笑看着对方；要镇定，不要畏缩；等对方有些不好意思，便要立刻问她们的名字，问完后表现出感兴趣的样子。

　　"主动向女人表示对她很感兴趣？"冯简鹦鹉学舌，但不知道鹦鹉有没有这么讨厌的语气。

　　"如果遇到不想回答的问题，不要直接拒绝，更不要说不想回答。请转移话题，你可以问她'需要我帮你拿酒吗'，然后不再回来。"

　　"主动帮别人拿酒？"

　　"你并不需要格外讨好她们，如果她们拿八卦周刊上的话题问你——"

　　冯简停下脚步："她们怎么还看那些垃圾杂志？"

　　"有人读，有人不读。每个人都会有自己的消息来源，也许那个来源里就有八卦杂志。冯简，你今夜对女客的态度，会直接影响到明天杂志怎么写你。相信我，女客都是隐形爆料提供者和——"

　　冯简挣开宛云挽着自己胳膊的手："若有哪位尊贵的夫人因此对我产生不好的印象，叫明天报纸怎么写我，敬请随意。"

　　他略微疑惑："李宛云，你也不是特别在乎这些虚礼的人。为什么要主动拉着我去见那些女人？"

　　宛云沉默片刻后苦笑，自己是不喜欢社交。但太太的社交场，都紧密建立在男人对自己的态度和自己的地位上。一个女人有好丈夫支撑场面，顿时身价百倍。她确实是为了防止自己太过尴尬，想由冯简带她来打开局面。

冯简拖长声音："哦——原来你让我去跟她们打招呼，是和你自己的社交有关。我没有想到自己的行事风格会影响你，这是身为丈夫的失误。放心，我会陪你去见那些女人，如果有任何人让你感受到难堪和尴尬，我感到非常抱歉，并由衷地为你担心——"

宛云蹙眉："这话在讽刺我？"

"你越来越了解我了，该奖励你什么好？"冯简不耐烦地冷笑，"李宛云，我再提醒你一次，是我需要有人帮我处理社交，而不是让人拿这事给我添乱。再说，你不是很擅长这些吗？即使我不去，你应该能编出好理由糊弄那些人，这次照本宣科就可以。"

这时，雷恩已经看到老板，快步朝他走过来。

冯简拂袖离去。在李家人当中，他确实最怕宛云，但最敢不计后果得罪的居然也是宛云。

酒会如期开始，新婚夫妻自然是焦点。

不，宛云是焦点。她穿墨绿丝绸长裙，肌肤如雪，没佩戴任何首饰。满厅的女客，数她最出色。

当冯简带着她在诸多男性嫉妒的目光中穿行时，他不得不承认，这极大程度地满足了一个男性所有的虚荣心。

任何男人都难以抗拒英雄救美的桥段，但曾经的资深服务员冯简例外。他对轻而易举就差遣别人的作风异常反感，也没有兴趣做救世主——他又没有拿这份工资！而且，他宁愿看宛云束手无策的傻样子。

酒宴到中途，还有三两分钟就到他登台。

冯简站在演讲时要播放的屏幕前，他端着一杯柠檬茶，有些轻松地听几位属下重复前些天提到的新技术投资项目。

过了一会儿，冯简突然出言指点，欧洲的技术商很多在爱尔兰落户避税，他建议直接飞去总部商议，避开公关，而自己会在本城继续拖延谈判。

属下闻言眼睛一亮，冯简却眼前一绿。

一抹墨绿色的长裙飘到眼前，宛云来了。

"我现在在忙，有话待会儿说。"男人头也不抬。

宛云淡淡说："你刚才走得太快，连我叫你都没有听见。"

"我还有两分钟就要上台去演讲，现在不是聊天的好时机，"当着外人的面，冯简加重语气，"去一边等我。"

"两分钟已经足够我说重点。"

冯简是软硬不吃的典型，他对下属说："接着讲欧洲市场，我们现在以德国和荷兰——"

"我没有忘记你为什么和我结婚，实际上，我觉得我比你还清楚我们为什么结婚——"

冯简对目瞪口呆的下属说："继续汇报数据。"

"结婚以后，夫妻是共同体。出门在外，我的形象代表你，你的地位影响我。我们之间因为联姻的特殊性，也会影响两家企业。你给我三年的时间，希望我帮你改善社交困境，我会做到，但我需要你的配合。待会儿，我需要你陪我一起去跟那些太太、小姐打交道，去向她们证明，我有能力影响你。我说过，这是最基本的礼仪。"

冯简终于转过头，目光冰冷："你的礼仪对我没有任何束缚力。"

宛云略微蹙眉："什么？"

冯简内心从一数到十，生硬道："李宛……咳，云云，你能否安静一会儿？"

下属颤颤悠悠道："总裁，还有一分钟你要上台，但是PPT……"

宛云道："你真的不肯做出一点改变？这并不困难，你不肯，是你幼稚。如果你要融入这个圈子，就不能这么自以为是——"

"我会改变。在我认为有必要改变自己的时候，但不是现在。李宛云，你能不能别总试着去浪费别人的时间？"

宛云抿着嘴注视他，终于放弃似的："你看看台上的屏幕。"

冯简不屑一顾，冷笑看着她。然而下属却哆嗦地叫了句"董事长"，指着前方。他随意一瞥，随后难以置信般，再把视线重新落到台上的屏幕上，黑色眸子收紧。

大屏幕上的幻灯片原本应该写有冯简的名字，职位是宏森自动的董事长。然而此刻，宏森自动的英文缩写被改成：househusband。

这不是重点。

重点是后面跟着一句恶心的中文：全世界最爱宛云，冯简留。

这是一个商业宴会，一分钟之后，冯简的演讲就要被直播，幻灯片连接四个国家的合作伙伴。

　　大厅里的管弦乐已经停奏，分散的人群渐渐地往中央聚拢。到现在为止，还没有人注意到这个细节。等大厅的灯暗下来，屏幕上的红白字体就会更加显眼。

　　她什么时候改的？她怎么改的？这个女人又在开拙劣的玩笑？冯简知道他可以不在乎，随她胡闹，不中她的圈套，但是当他盯着那句话时，他知道自己是很在乎的，而且被气得发抖。因为，他不会爱任何人，爱就是莫大的耻辱。

　　冯简猛地看向宛云，压低声音："你脑子里装着哪个牌子的硫酸？"

　　宛云轻声说："冯太太的身份能让我做不少事情。这只是 PPT 第一页，第二页没有更改过。"

　　冯简厉声回头对下属说："关掉屏幕！"

　　宛云平静道："我可以替你关，但我要你说你听懂了我刚才说的话。"

　　冯简转头对下属说："到后台，把屏幕电源拔了。"他口气平淡，然而语调和目光都透着强烈寒意。

　　华锋不在，此刻对他汇报的下属是做财务出身，思维缜密原本是他最大的特点，但在这对不按常理出牌的夫妻面前，他显然忘记了思维这回事："冯总，还有三十秒您就要准备上台演讲……老板娘她，这可怎么办——"

　　宛云对冯简道："我有遥控开关。你只要同意，待会儿陪我去太太那里应酬两分钟。只需两分钟，我就把这多余的一页跳过去。非常简单的事情，我们是一条船上的乘客。"

　　冯简厉声道："关掉它！"

　　宛云平静道："说你听懂了我刚才说的话。"

　　冯简怒极反笑："真庆幸，场内没有人会拍下这张图，再发到网上——那样的话，你和我又能沦为全城共同的笑柄和愚弄对象。这不就是你最喜欢的出名方式吗？"

　　宛云颔首："现在的科技没那么发达吧。"

　　控制不住的话用控制不住的语速从冯简口中涌出："这就是我们企业的实时直播演讲，赶紧给我关掉屏幕！这行为一点也不有趣！"

　　"你只要对我说，听明白了我刚才的话，我就会按跳过键。否则，即使你关闭屏幕，我怕我会执意跟你走到台上去，在你演讲时，全程陪伴在你旁边并挽你的手臂……"

手里握着的玻璃杯居然还没被捏碎，冯简想，真是世界第八大奇迹。

"我听明白了，我明白了，李宛云，我明白了！不就是待会儿陪你见客吗？"

交易成功。

宛云掏出遥控器，将屏幕上的PPT翻到下一页。与此同时，大厅的灯光突暗，宏森自动的英文商标正确地显现。

暗光中，冯简呼吸急促，他不敢相信自己又被这点小破事烦到面容狰狞。他夺过宛云端着的酒杯，将红酒一饮而尽，粗暴地把杯子塞给她，大步走上台去。

已经冷汗淋漓的下属突然回过神："冯总没带演讲稿——"

宛云安慰道："他肯定已经准备好，脱稿演讲不是问题。"

这时候，两人身后传来轻轻的鼓掌声，周愈挑眉道："我好像错过一场好戏？"

方才的唇枪舌剑中，没人注意到他。

此刻冯简的下属回头，愕然道："周先生？"再看了眼老板娘，见两人似乎有话说，识趣地转身离去。

周愈走到宛云身边，带些玩味："云云，你还真是半点没变。"

半点没变。

男女关系，周愈多年来处理得低调，也算识人良多。他见过样貌更美的，个性更冷淡的，态度更傲慢的，却没有找到比宛云更衬得上"大小姐"这三个字的人。

宛云依旧看着台上已经开始演讲的冯简。

周愈望了她半晌："刚才你说什么三年时间？"

宛云终于转头，冷淡说："你没有错过好戏，但身为观众，那就请继续在观众席上保持安静。"

热烈的掌声骤然在两人身边响起，打断了冯简的演讲。台上的男人礼貌地停顿片刻，接着说他的商业宏图。

周愈温言道："上次权当我说错。云云，我并非想追求你，我只是想让你重新回到我身边。"

宛云举高了另一只手里的勃艮第杯，红酒被她全部泼到光滑的地板上。在引起更多人注意前，她把两个空的酒杯并排放到桌上，提裙离去。

宴会上的暗流涌动对主讲人来说难以捕捉。

那晚对冯简来说的唯一意义，就是在惨淡经营的社交道路上，收获了第一个辉煌的里程碑。

冯简的即兴演讲出人意料地精彩。他脱离了平日阴暗扫兴的形象，妙语连珠，讽刺了行业内的乱象，再配上他的愿景，大家终于如愿以偿地看到一个乐观向上的商业新秀的精彩表现。

冯简履行诺言，陪同宛云去应酬那些上流社会的女人。他惊奇地发现身为已婚男人，他在高端中老年女性群体里获得了广泛欢迎。寡言被当成稳重，尴尬被当成害羞，不善言辞被当成可靠。在诸多妇女来回追问他是如何因为暗恋宛云而发奋工作时，他才有些无名火气。于是他忘记了宛云的嘱咐，生硬地拒绝。

偏偏有夫人看着他笑，感慨："瞧我们小冯，说到宛云，脸都红了。郎情妾意，有什么不好意思？这多好啊，嫁人当嫁你这样的小伙。以后给女儿挑女婿，我也得挑这样的……"

在无用且愚蠢的热情再次淹没自己前，冯简"尿遁"了。

公用盥洗室外侧，有名华服女郎来到他身侧，散发扑鼻香气。

"嗨。"她大方道，再用手指搭在他胳臂上。

冯简正在锃亮水龙头下反复搓着被中年妇女玷污的手指，只觉得眼前人的行为也异常无礼，皱眉躲开："你是？"

年轻女郎望定冯简暂时摆在台上的那枚戒指，轻声道："冯先生今日如此春风得意，想必已经忘记曾经的宛令。"

听到这名字，冯简才在镜子里查看来者是谁。正是虹影，宛令的好友。

虹影似笑非笑："记性不算太差，可惜全无道德观，依然是个垃圾男人。"

冯简沉默片刻："宛令在国外怎样？"

虹影冷笑道："你还知道内疚？你的心都被宛云那个狐狸精勾走——"

"我为什么要内疚？又不是我提出取消婚约。事到如今，我也是受害者。你以为我愿意和李家沾边？"冯简说，"不过你说得对，确实没有关心她的必要。"

虹影呼吸一窒。

冯简就是这样淡漠的男人，他确实不在乎。

到如今，他对于宛令的印象趋近模糊。十年前的好意小女孩，订婚前匆匆见过几次的苍白少女，订婚仪式后匆匆跑开的前任未婚妻——每次都是匆匆出场，匆匆离去。和擅于出奇制胜的李氏全族相比，相对正常的小妹妹，难以给冯简留下更深刻的印象。

内疚这种高级感情——如果能做出物质补偿，冯简就认为没必要。

他擦干双手，再戴上戒指："如果她有困难，可以给我打电话。"

虹影想了想："今今在国外很孤独——"

冯简打断她："我的意思是，如果我能替她做点什么，再让她打电话给我。如果宛今想家，她有自己的家人，别来找我。"他把目光从镜子里转过来，"我对宛今，目前的身份是外人。相信他们多年姐妹，也不会因为我而影响感情。"

虹影怒极，走上前来要习惯性地挥掌扇下去，被冯简眼明手快地抓住。

冯简沉下脸："我倒是想起来，你曾经打过李宛云？"

虹影冷笑："怎么，当时没替她报仇，现在来了？不嫌晚？"

冯简一字一顿道："因为在当时，李宛云还不是我的妻子。你现在动她一根寒毛试试看？"

虹影半点动弹不得："你不怕我叫非礼？"

冯简盯着她。他不在乎她喊什么，或者说，他有把握在她喊出声前就让她永远闭嘴。

虹影开始害怕。冯简不同于她所熟悉的上流社会的男人，他身上有种淡然，也有种带着疏离感的狠劲。

在她要尖叫时，对方却松了手："算了，我见多了李宛云，你这种类型也下不去手。走吧，以后别逞匹夫之勇，长点脑子。"

在虹影迅速抓包逃走后，冯简确定周围无人，终于拉开旁边的门："除了偷听，你到底还会干什么，李宛云？"

◆

早在冯简眼花缭乱时，宛云就已经自贵妇群中轻松地金蝉脱壳。

李家大小姐向来是走到哪里，哪里就有搭讪和灯光的耀眼人物。因此在某个时刻，宛云同样来到公用盥洗室寻片刻清闲。

美丽的脸和无聊的现实间只有烟雾相隔。宛云将新换的打火机在纤指中摩挲，漫不经心地展开，再合上。

十八岁的过客已经提前离去，但还是给她留下了深刻的影响。

不良习惯和旧情人，到底哪个更没意义？世界上的丑小鸭都在努力变成天鹅，天鹅则努力在湖中继续和同伴竞争，只有她无所事事，似乎永远不知道自己来要做什么。

正在这时，冯简黑着脸，快步走到了镜子前。水龙头开得哗哗响，男人低头洗手，根本就没看到角落里坐着的她。

宛云已经习惯被这个男人忽视，她单手夹烟，把精致的脸掩在阴影之后。

然而半掩的门并不隔音。年轻女孩声音尖而语气刻薄，冯简偶尔不耐烦地回答几句，对话一字不漏传到她耳中。即使宛云想置身事外，在虹影唐突地对冯简挥掌时，也不由得心道糟糕。

宛云推开门时，冯简正好抓住虹影的手。

男人的表情无甚怒意。他望着虹影，并非猫捉耗子般的逗弄，只是纯粹在思考拿眼前人如何是好。然而他的沉默极其压人，让虹影全身发颤。

宛云用指节敲敲门，冯简抬头正好看到她，脸色在几秒内变了变。宛云正思忖怎么开口讨这份人情，对方已经懂了。

他退后一步，放虹影离去。

此刻，冯简再看着她，表情难看："李宛云，你是故意的？"

宛云也只得苦笑，并不想解释。

冯简用讥嘲的语气说下去："最初偷听我和宛今的对话，听也就听了，你对当事人态度坦荡荡，随后却心甘情愿地挨了别人一巴掌。事到如今，却替当初打你的人出头解围，你脑子究竟有什么病？"

宛云一愣。

"要不然拉拢她，要不然就彻底得罪她。这不就是你们圈子的处事风格？简单的事情到你这里，怎么都变得扭曲？你要是当初狠狠心，一巴掌直接抽回去，我也不用在这里被没有教养的小丫头为难。现在轮到你当什么好人？"

宛云看着他，大概是想笑，然而内心那种奇怪的感受，也没有轻松到非要笑出来的地步。

"没心没肺的确是一种无忧无虑的生活方式，但李宛云你整天都如此刻意地表现出来，就是愚蠢——"

"冯简，"宛云终于打断他，"我并不关心虹影，但假若你得罪她太过分——她是宛今最好的朋友，那样的话我妹妹在国外更没人帮衬。至于上一次，事发突然，我即使想报仇，虹影随后就跟着宛今留学，我也无从下手。虹影的家人也托人带来厚礼，我妈推辞两次后也接了。"

冯简皱眉看着眼前的女人，宛云也凝视他。

沉默片刻，两人同时开口。

"你不会自恋到以为我刚才的举动在为你出气吧？"

"如果我不出来，你会对虹影如何？"

谁都不太想回答显而易见的问题，于是，两人再次沉默。

盥洗室内独特的灯光照得人肌肤璀璨，不说话的时候，衬得周围更加安静。

冯简咳嗽一声："怎么躲到这里来抽烟？因为喜欢这里的独特气味？"

宛云挑眉："我可不惧怕社交生活，并不需要躲躲藏藏。"

"谁怕社交？还有，你上次不是说想戒烟？"

宛云愣住。

冯简抓着机会就必然要嘲弄她几句："上次吃饭的时候，李大小姐说要戒烟。怎么，忘记自己说过的话了？贵人多忘事，也罢。我看你啊，就是那种会无数次重蹈覆辙的女人。"

宛云的目光略有闪动，突然自包里把香烟和打火机取出，扔到垃圾桶里："我确实忘了。但从现在开始，我正式戒烟，所以请把你刚才的话收回去。"

冯简一愣。他向来不是特别在乎这种小事，身体发肤都是他们李家人的事，他才不肯操这份心。

"你戒不戒烟，所有事情皆与我无关，你也无须告诉我。"

宛云笑了笑："但我想告诉你。"她轻声说，"我实在很羡慕宛今有虹影这种朋友。只怕这世界上，不会有人这么替我说话、替我出头。"

冯简听了这话，想提醒她何泷的存在，但只是冷笑了两声。

老实说，冯简觉得自己身边也没有时刻维护自己的人，只不过，他已经不会浪费一点时间为此感伤。眼前这么美的女人，致力追求这么无聊的东西，还感叹在世间找不到真心对待她的人，真是神奇。

这是冯简头一次觉得李宛云和自己结婚有些暴殄天物。他忍不住问："你和我真的有必要维持这婚姻吗？"

"什么意思？"

"你不觉得……"那句"跟着我，你是永远找不到你内心所需之物"的劝告却被咽了下去。冯简的温情从不持久，每次思绪动到这里，他就会闪电般回忆起是谁逼自己结婚，谁逼自己签下婚姻条款，谁逼自己来参加这些社交，谁逼得自己无路可逃，谁彻底毁了自己的生活让自己圆满的人生和弱智成为一根线上的蚂蚱——如今，这女人居然躲在厕所，告诉他自己很委屈、很寂寞。她是不是还想让他代替她妈来安慰她啊？

长久的憋屈让人心情不快，耐心和同情心被磨光，冯简的口气转为严厉："只是提醒你要完成我们结婚的社交义务。你之前逼迫我应酬，还算情有可原，但李宛云，不要总说一套做一套。不要把我独自扔到人堆里。"

他越说越气，随着质问，一步步习惯性地逼近宛云。

宛云没有像虹影一样吓到后退，只是好奇地看着他，两人的距离便越来越近。她的长裙被洗手台上的水浸湿大半，两人谁都不知道。

冯简如果有先见之明，他对天发誓，一定要在自己开口说话之前，手起刀落把舌头割去再加上硫酸埋在五十米以下的土地里。

当虹影在外面后知后觉尖叫自己被人非礼，带着媒体记者冲进盥洗室时，镜头捕捉到的便是这个画面。

宛云墨绿色的裙子沾水后有坠感，很配冯简那条后现代主义的同色领带——试想，哪有人当着自己的新婚太太非礼别人？

冯简最后那句掷地有声的"李宛云，不要总说一套做一套。不要把我独自扔到人堆里"，一字不漏地被记录了下来。

人们蜂拥而至，早就已经忘记最初的虹影。

冯简强烈头疼，他没有工夫再说话，一手拿着宛云的包，另一手强行拽着她的胳膊，分开人流走出去，提前退场。

周愈在人流中笑了笑，并不上前，也的确像看一场戏。

那天晚上是冯简社交生活中的里程碑和墓碑，他决定从此以后拒绝社交生活，只希望时间似箭，直接奔到三年以后。

半山别墅原主人虽擅长园艺，但深受禅宗影响，不忍花落。后来的主人心系现实，唯一过眼的花是"有钱花"。

家里满堂深绿，野草疯长。牧羊犬在其中玩得不亦乐乎，前后两个主人在不同的房间，收回不同的视线。

宛云不擅长置气，冯简瞅着她，和望着灯管上的飞蛾的目光没什么区别。他向来鄙夷口头争执，但宛云的无心之词，常常让他有含笑饮鸩酒的错觉。

那日晚宴回来，他们若无其事地相处。仿佛所有争执一定要发生在人前。独处时，两人无话可说。偶尔不经意的对视，冯简率先移开目光，宛云则沉默。

城中人公认他们是模范夫妻。尽管在那日后，媒体被严令禁止外传视频，但防民之口甚于防川，和冯简的演讲一起流出的是他那番告白，气急败坏但真心实意的那种告白。

全城对这对夫妻的兴趣就像熟透的桃子，轻轻一捅，汁水就能流出来。

冯简越对外人不耐烦，外人越猜测他对宛云百依百顺。看客中的一半都没有花半秒去想一想，冯简最初和李家只是缔结商业婚姻，选的对象甚至不是宛云。而另一半思考过这点的人，认为大众舆论是一个极好的导向。

何沇说："这样，冯简就更不敢对你不好了。"

宛云随手绕着电话线，没有接话。

过了一会儿，馆长推门走进来。

"你妈有时候精明，有时候傻。"他说，"她好像喜欢强迫别人做事，然而又自诩民主。"

宛云望着他。

"怎么了，我在寸土如金的馆里给你留了视野最好的办公室，你还不允许我偷听你的电话？"馆长的脸上丝毫没有内疚。

宛云沉默片刻："我不喜欢做的事情，她从来没为难过我。"随后说，"这是上次卖画后给馆长的佣金。"

馆长哼了声："我其实一直想问你一件事情。"

宛云笑道："怎么，佣金会上涨吗？"

"这件事也是要说的，但我现在想问你，为什么要来我这里？凭你的才干，凡事再肯用功一点，进入商场不会比宛灵做得差。即使你不乐意从商，进入哪个行业都不是问题。为什么来我这里当个艺术商？"

"因为被您的风采吸引。"

馆长皱眉："我认真地问你话。"

宛云不经意笑笑："馆长收人钱财还啰唆。"

馆长依旧凝视她，直到宛云的笑意消退。

"如果小云云不能接受我的作风，可以随时离开，甚至能再回学校读书——"

宛云有些受伤，她轻声道："胡馆长莫非也厌倦我了？今日没完没了地问。"

"我只是听了你妈的话，突然想起来很多年前。当时全城的杂志都写你，十二岁的企业接班人。当时大家都管你叫'本城无冕女王'吧？我在机缘巧合下也远远见过你一面，心想这小丫头身上难得没有骄矜之气，而且很有主意，以后一定能成为了不得的人。"馆长看着她，"所以我想，你如今什么事都听你妈唠叨，一定有自己的原因。你对艺术有天赋，但在这方面仍然不肯上心。研究不肯做，做经纪人不肯向市场低头，对自己再放任自流——如果这是你追求的自由生活，为什么你看起来依旧非常不快乐？"

房间里一时很安静。

宛云终于说："我曾经遇到过一个人。"

馆长看着她："那天买你画的男人？"

宛云看他一眼，低头整理着她桌面上的书，一摞一摞摆好："他呢，很多年前伪装过身份骗过我。然后他断言，我总有一天会变成和他一样的人，到时候，我会原谅他对我所做的一切。"

馆长苦口婆心地说："你妈不会同意你做变性手术，我也绝对不会同意。"

"他一直活得很成功。而我看到的获得成功的人，多多少少有和他一样的特质。"她沉思，"我讨厌成为那种人。既然我不想报复他，也不想为了证明他的话是错的而努力鞭策自己，所以，我可以退出，退出那种所谓成功者的竞争游戏，所以我成了现在的这个样子。然而，我还是觉得迷路了，我没有找到自己想要的东西。"

馆长费力地跟上她的节奏，但显然不能理解，嘟囔一些"即使相同的颜料，但作者不同，最后也会成为不同的画，这也就和人生一样"的废话。

宛云笑了，她的思维向来难以捕捉。周愈曾经可以，到如今她似乎又碰到半个知音。不过那个人总对她有无来由的厌恶，宁愿用鼻腔发出的冷哼代替一切回答。

馆长等待片刻，放弃交流，决心找个更有趣的话题："你丈夫最近变瘦了？"

宛云挑眉望他。

馆长理直气壮地瞪回去："你都不看八卦杂志吗？"再摸着下巴，"消瘦的原因是什么？嗯，比如说三十如狼，四十如——李宛云，你听我把话说完，快开门！"

何女士从瑞士扫货回来，自然要先看望爱女。但房车一入前门，她的玉指便深深掐在皮座里。

曾经的半山豪宅变成了野生动物园。

整个下午，何泷指挥佣人将家里彻底清洁了一遍。说是清洁，其实就是置新，将地毯和窗帘剥掉，再联系室内设计师，势必要把软装重新定做一番；又预订了各种进口花种。当然，账单会寄到宏森的董事长那里。

冯简的车还在山下公路，远远地，就听到家里除草机的震天响。他下车，嗅到满鼻青草味，家中的两只牧羊犬没有像往常那样愚蠢又热情地扑上来，它们已经被送去宠物医院洗毛、吹风、检查身体。

宛云也刚进门，正在玄关处脱外套："妈怎么突然来了？"

何泷说："我早跟小冯发邮件说过来。"

全宇宙和丈母娘一样可怕的存在，只有信用卡公司。何泷的确给冯简发过邮件，在十天前。何泷在六十多字节的信中说要来视察，用的时间状语是"待空闲时"。

现在看来，这句话的意思似乎是指"她本人空闲时"，而不是指"女儿女婿空闲时"。

三个人的晚餐跟受刑一样。

何泷的手像花蝴蝶，指挥佣人给宛云布菜，嘴也不闲着。她轻柔地对冯简说："小冯，你和云云很想要孩子吧？你看你，一直把自己当外人，总觉得替李家人打工，"她优雅地用餐巾擦了擦嘴，"有孩子后会好些。"

冯简很想说不是，然后又想说是，但听到最后也只是面无表情吃饭。

何泷没有放过他的意思："男人过四十，生下的孩子容易体弱。"

冯简抬起头坦率道："没听过有这种科学研究，你编的？"

何泷压着满腔怒火，一字一顿说："我从来不看科学研究，但我亲自养过孩子。"

冯简皱眉看着她，宛云轻咳一声。

"云云，"何泷收起严厉语气，声音再轻柔一些，"我至今记得你幼时眼神深沉，面粉般一团，不爱笑，总皱眉，又美丽又惹人厌。还记得你上初中，青年校监还偷偷往你书包里塞信，最后被开除……"

宛云对上冯简的评估目光，多少有些不自在。

何泷说："我记得你不喜欢小孩，但假设你有孩子，他一定是全世界最可爱的那个。我只是提醒你俩该考虑未来了，小冯向来有点不着调——"

这时珍妈探身进来让何泷出去接个电话，演讲才告一段落。

趁这空闲，宛云对冯简道："你随意说个话题，让妈妈关心点别的，不要总针对我们。"

冯简也有这个想法，但是他更喜欢让宛云也不自在，于是冷笑："现在终于轮到李大小姐你感到难受了。烦请忍耐，谁叫她是你妈。"

宛云因为他看热闹的嘴脸而皱眉，何泷已经接完电话走回来，落座时笑问："小夫妻又在说什么悄悄话？"

宛云说："冯简说他现在没能力要孩子。"

何泷镇定地问："是经济能力还是生育能力？我查过冯简的体检报告，你身体一切都正常。还是说你之前憋得太久，想先过二人世界两年？这个无所谓，我可以帮你俩照管孩子——这次去瑞士，我认识了那里最好的幼儿学校的校长，她能提供最好的教育——"

冯简已经懒得跟何泷生气，他看着对面的人，一字一顿道："李、宛、云。"

宛云淡淡说："烦请忍耐，这是你的岳母。"

晚餐后，何泷不出意外地留宿。别墅中不是没有空余房间，但在讨论完孩子问题后，两人分居而眠似乎是不明智的选择。

何泷亲手锁了冯简的房门。冯简在书房逗留良久，一步一步挪进旁边的房间。

冯简进来后没有乱碰她的东西，只坐在沙发前盯着水晶棋盘猜测价钱，目光无意识地下落，再不由得一愣。

宛云想收起茶几下方的游戏手柄，已经来不及。

"居然买来和度假村里的一模一样的游戏？"冯简拿起来，"那天你输钱，显然输得印象深刻，嗯？"

宛云抿抿嘴："我究竟输了多少钱，有两万吗？"

人人都有软肋，不怕戳不中。

在静谧封闭的卧室里提到某晚，似乎别有用心。冯简面无表情地看着她，宛云也暗悔失言，退后一步："我先去洗澡。"

把自己关进盥洗间，宛云在镜子前玩弄打火机。一会儿燃起，一会儿熄灭，浴缸水龙头下的水轻轻地响。过了很久，她发现自己心神不宁。

今晚，又要同房。

字面意义上的同房。也许，还会发展到现实意义上的同房。

那种事情，有第一次和有第二次没什么不同。蜜月期间，在一张床上睡了那么久，男人胡茬满面，凶煞起床的场景她欣赏了个遍，也不差今晚。

宛云把肩膀沉浸在热水里，让大脑放空。

以前她无所谓，对于冯简，对那种事。但现在，她却隐隐地对这种情况产生了不情愿之感。

等她洗完澡，冯简看着天花板提出今晚对他来说非常重要的两件事："我没有睡衣。还有，如果睡沙发的话你自己去睡，我要睡床。"

宛云愣了愣："浴室里有浴巾，请君随意。不然给珍妈打电话，让她来送点衣服。"

她轻巧地避开第二个问题。

宛云睡前有阅读的习惯，为了避免更多尴尬和争执，今夜早早就熄灯。

宛云略微奇怪，这男人明明从没有强迫过她做什么，却还是觉得他很有男人味。是的，冯简没有真正意义上的强迫别人，但是……

"但是"后面到底应该加什么，她来不及细想，今晚不是动脑筋的好时刻。她遥遥盯着桌上的游戏光盘，困惑地发现，自己居然比想象中更关注丈夫的一举一动。

她觉得别扭，好像越过了什么隐形的线。

片刻后，冯简窸窸窣窣地从浴室里出来。

宛云房间的布局和冯简的房间相反，冯简在关灯的情况下，差点被地上的椅子绊倒。借着加湿器的微弱灯光，他来到床前，放松地吸了口气。显然没看清宛云躺在床的这一侧，于是下一秒，宛云感觉自己的被子被掀开。

"冯简！"

男人的身体已经沉重地压在她胸口，湿漉漉的头发有水滴滚落，滑到她脖子上。宛云几乎被他压到不能呼吸，心罕见地变得很乱。她强忍难受，牵着被子，缩到床的另一侧躺下，为冯简腾出位置。

半晌后没有任何动静。

宛云睁开眼睛。

冯简迅速弹坐起来，站在床前。男人有很高的影子，同时很沉默。她下意识握紧被子，内心有一丝不安。

"要不……我去睡沙发？"他快快地开口。

宛云在黑暗中睁大眼睛，但没有做出任何回答，在一片漆黑中继续无声地看着他。

冯简显然不期望她能回答什么，他拿了卧具，到套间外的沙发上躺下。

那一晚，两人都没有真正睡着。

隔着很远，宛云能强烈感觉到另一个人的气息，辗转反侧。半夜，她听到冯简轻轻起来，又去洗了两次澡。从浴室出来，冯简没有靠近大床的打算，脚步准确无误地回到沙发前。

第二天早上，冯简说话时带着强烈的鼻音，一直不耐烦地抽纸巾。

秋意渐浓，流感满城横行。何泷看到他病恹恹的样子，只怕他传染宛云，索性提出带女儿回家小住。

冯简向这对母女表示无须客气，想在娘家住多久就住多久。

宛云一直望着冯简，但对方完全没有看她。早饭没吃完，他匆匆拎着薄西服去公司，临走前，目光落在她身上几秒便再次移开。

时间太短，根本不见任何留恋和告别。

宛灵回家，说起冯简这几天精神不佳。

"穿着极客的格子衬衫，戴着昨天的领带，皮鞋没有擦，开会时口气凶恶，秘书给他递水喝药时没有好脸色。"

何泷冷冷接下去："你观察姐夫倒很仔细。"

宛灵微微一怔，随即不言。

何泷瞥她一眼，转头道："男人身强体壮，小病小灾，不会有什么大毛病。对了，上次你为冯简定做西服，冯简是不是直接把裁缝赶出家了？真体面啊！你三叔把这事全对我说了。"

见宛云没有回答，何泷便转而和宛灵继续讨论冯简的品性问题，嘴里说着侮辱之言，留心观察宛灵的反应。

宛云一言不发地翻着书。

再去艺术馆，宛云破天荒地提出参观馆长的私人书柜。

书柜最下三层摆满近期的八卦杂志，按照日期整理好。馆长小心地抚摸着那一排杂志："它们陪伴我度过漫漫长夜。"

宛云从中拿起一本，馆长眼利得很："啊，你要看冯简。"

她手中拿着冯简第一次出现在大众媒体上的期刊。照片模糊，但能看出冯简那时候眼神坚定，对未来甚有规划。

宛云再抽出最新的杂志。冯简边和秘书说话边拉开车门，目光无意识地对上偷拍的高清镜头。照片里的男人戴着平光眼镜，试图维护仅剩无几的隐私，拒人于千里之外的样子。

前后两张照片对比，冯简脸颊消瘦，堪称憔悴。

馆长凑过来："你丈夫是瘦了吧！他和你结婚才两个月而已，是打瘦脸针了？还是被你剥削的？"

宛云回到半山别墅。

珍妈迎出来，很惊喜："小姐回来啦？"又说，"厨房这几天购入了新鲜的刀鱼，我晚上让厨子做给你吃。"

宛云随手接过清茶，笑道："我一人哪里吃得了那么多，给冯简留着吧。他感冒好些没？"

珍妈噘着嘴："你还不知道姑爷吗？天天凌晨才回来，我都见不着他。"

宛云沉默了几秒："早上总能见上他一面，他回来睡觉吗？"

珍妈鄙夷："回啊。本来就不顾小姐你，如今再不回来睡觉，那还了得！姑爷每日清早自己会煮咖啡和烤面包吃，无须管他。"再殷切地问，"小姐选种鱼的做法，做好后我再给太太送去些。太太前日还拿了些蜂糖来，我这就去冲水……"

宛云放下茶杯，眼也不眨地盯着珍妈，直到对方有些慌乱，才道："我最近不在家，你就不会为冯简开伙了吗？"

珍妈愣了愣："姑爷每日走得那样早，回来得又那样晚——"

"不像话！"宛云一拍桌子，她早猜出这真相，到此刻确认，无意识地沉下脸，"你平时都不照顾冯简吗？他还在生病！"

珍妈从小带宛云，又是亲眼看过冯简给宛云递婚前合约的人，如今被自家小姐责怪，早觉得愤愤不平："这话说的，小姐当初不是没病过，他连电话都没打来一通！如今报应循环，活该他遭罪！这男人小肚鸡肠，对女人不懂体贴，有什么本事。"

"半山别墅的开支都由他全部负责，冯简是这里名正言顺的男主人，珍妈你这样……"宛云再想到一个可能，"是不是自我和冯简结婚以来，你从未给冯简单独做过饭？"

珍妈委屈得不得了："他经常不在家！每周和小姐共餐不过一两次，餐桌上还一副阴阳怪气的样子。再说，他一个大男人，管着那么大的公司，自己不会找饭吃？"

宛云已经推开茶杯站起来，珍妈不由得退后一步。

冯简由于目前的身份和婚姻的影响，早不能再和下属日日吃工作餐。他厌恶交际，自然也不可能频繁参加社交酒席。他为一件事忙到晨昏不分的样子，宛云有深刻印象。工作狂个性，忽略他人也忽略自己。

冯简曾经带她去茶餐厅，不需要读菜单便能点菜，显然做单身汉时，就是靠外卖解决吃饭问题的。现在管着两家企业齐头并进，冯简依然带病工作，早餐只有咖啡和面包，晚饭又不能按时吃，怪不得这段时间消瘦那么多。

宛云抿紧唇。一檐而居的两人，房间只差五步，她没察觉他的憔悴。更奇怪的是，冯简从未向她提过家里用人对他的怠慢，即便他每次看珍妈的眼神都有些厌恶和不满。

但，他看谁不是呢？

宛云坐在沙发上，等待到后半夜，前门处才传来咔嚓轻响。

冯简边咳嗽边走进来。手控灯光按钮就在旁边，门房到客厅还有一段距离，壁灯没开，只有远处的热带鱼缸发出幽光。冯简面无表情地望着眼前的黑暗，不耐烦地松开领带。他偏不开灯，黑着好了，灯泡亮起来的瞬间最费电。

他将西装扔到吧台凳上，径直走到冰箱前，取一杯冰水喝。

生病的感觉很糟糕，时而发热，时而发冷，穿什么都觉得闷。尽管如此，冯简对于那晚上自己洗冷水澡的行为也不太后悔——如果不洗澡，更尴尬的事情想必还在后面。

冯简不想承认他身为男人的定力还没修炼到那么高，万一疯到再拿着几万的支票摸去宛云床边，他宁可因感冒而死。

第一次还可以说是失误，第二次就是选择。宛云这女人他说又说不过她，杀人还犯法，真没好办法甩脱。

他在黑暗中无声地叹口气，拿起电话。

半山别墅是私人土地，山脚处有几家高档饭馆提供外卖服务。为它的口味，冯简暂且愿意容忍价格，只可惜——

"猪肉扒饭，奶茶去冰……什么？时间太晚又要关门……如果我每天晚上都给你打电话，至少你可以用不同的理由拒绝送餐才对得起我多付三倍的小费。"

吃饭本来不构成难题，沿途路过很多茶餐厅。只可惜私家车后有隐隐跟随的狗仔队的车，而冯简又不习惯带司机。这样几次下来，真是食欲全无，索性直接回别墅。珍妈惯来不等他，老式大户人家有夜间锁厨房的习惯，偷食的念头早被打消。

客厅里的冰箱有各式酒水饮料，琳琅满目，五颜六色。

冯简没有喝矿泉水以外的液体的喜好，在确认无法点外卖后，随手拿起桌上的几个苹果，低声吹着口哨走上楼。

他根本没看到沙发上的宛云。

这男人，对感知旁人存在的能力向来为零。宛云可以唤他回头，话到嘴边，居然只能注视。

他回来后的轨迹，只有门厅、冰箱前、电话旁以及楼梯上，别的地方很少踏足，显然已经习惯。

被迫成婚，又无人问津，在自己家都被当成外人，始终独自来去。宛云想，换成她，是否能做到冯简这般安然？大概，她的脾气会更不好，大概会觉得不值得，但冯简从未因为这种事情而责备她一句。

第二日清晨，冯简惯常早起锻炼。

平日里冷清的餐厅有用人忙碌，丰富的早餐居然已被准备好，刀叉等餐具摆在精致的垫布上，桌上还有两捧盛开的芍药花。

冯简不由得挑起眉毛，看到宛云现身。

"你回来了。"他说。

缺少珍妈的早晨缺少了某种活力，但多了平静。

冯简在饭前，通常会阅读十五分钟报纸。他扫一眼全新面孔的用人，并没有追问。

吃东西的时候，对面的女人轻声问："今晚回来吃饭吗？"

每日的工作行程被排得很满，他自己也得想想："要和新加坡的银行代表开会，到时有商务餐供应。回来很晚，不用等我吃饭。"

宛云盯着他手上还没放下的报纸："我会叫人给你留夜宵。这两位是家里新来的阿雄和小柯。阿雄会为你等门和泊车，晚上回家后有任何需要，告诉小柯，他会让厨房提前准备你爱吃的。至于珍妈，她这两天被我妈借走了——"

冯简哪里能听这些鸡毛蒜皮，坦率道："家里的这些事，由你全权做主，不需要向我汇报。"

半晌后没听到回答，他抬起头，宛云正认真看着他。每次被她那种秋水般的眼睛盯着，冯简便觉得寒毛扎得身上疼。他瞳孔收缩，试探道："这……难道出什么事了？"

宛云移开视线："没事。"

冯简若有所思："珍妈不是你从小到大的保姆？让她在你妈家帮忙完，就赶紧回来。你喜欢用熟工不是？"

宛云有点想和他谈谈，但一时找不到特别好的切入点，轻轻挑眉。冯简已经推开椅子站起。

"感冒好些了吗？"宛云也跟着站起来，手搭在桌沿，"今天中午，要不要让人给你送午饭和感冒药？家里有私人医生，我叫他去你公司。"

冯简单手穿着外套，有些受惊地看她。他不习惯这种突然而来的关心："没有什么大碍。"沉吟片刻，再次问宛云，"真没出什么事？"

得到肯定的回答后，他想起什么，停住脚步，从钱包里取出东西，放到餐桌上。

"给你的钱，你就留着自己花。还有，如果我需要西服，会自己买。替我谢谢你妈的关心。"他习惯性地叩了叩桌子，再看宛云一眼，准备去公司。

桌面上，冯简留下的是他之前开给宛云的支票。

此刻客厅里只剩宛云一人。她静静地看着，随即把支票对折。

之后几天，冯简即使再迟钝都能感觉到半山别墅上上下下都对他殷勤不少。

早起散步，有一个中年人居然跑过来对他鞠躬，一问才知道，这是新雇的园丁。

半山别墅里有数量不少的用人，都是宛云从李家带来的，做事不多，倚老卖老却厉害。冯简日常无法轻易差遣人，比如珍妈，她对他就不甚恭敬，喊她做什么，都以"我先问问小姐的意思"来搪塞。

这一种拿着鸡毛当令箭的行为如果出现在企业当中，就该实施绩效管理制度。但他们对宛云还算尽心，冯简索性默默忍耐，和这帮人甩脸子他都嫌没趣。

然而李宛云不知受了什么刺激，她以前不爱管琐事，这些日子亲自雇了一批用人，又将半数老用人打发走了。冯简很欢迎这行为，但以大小姐巧舌如簧和四两拨千斤的本事，黑锅还得他来背。

何沈知道珍妈是被赶回去后，各种新的罪名连番扣过来。冯简无数次佩服这位岳母，她不仅每次都能赶着他最忙的时间点来骚扰，又能精准地在他无法忍耐的前一秒率先挂电话。

晚上回家，冯简还是问了两句。

"哦，你想让珍妈回来工作？"宛云不等回答又说，"你也是家里的主人，我尊重你的意见。明天可以让她回来。"

冯简看了看她，一耸肩，自己先上楼。

宛云在网络上搜索冯简的新闻。

结婚前，他只接受过三次媒体采访。

第一次是在创业成功优秀青年的大会上，他还是名不见经传的人物，上台象征性地哼哼几声，权当发言。

第二次是在某慈善募捐的拍卖会上，勉强跻身"不穷阶级"的他对慈善募捐的监管和效果都有所怀疑，所以他绝不会捐款。

最后一次是在什么新商业吸引投资大会上，他作为主席致辞了五分钟，直接点出本城市场狭小、金融市场单一等诸多缺点，尖锐地反驳说，如果支持的人看好此地，为何不率先投资——可以说，冯简很不讨媒体喜欢。

艺术家更适合离经叛道，一个事业蒸蒸日上的商人至今还学不会圆滑处世，令人难以置信。

宛云合上最后一份报纸，认为难以置信的人也许是她自己。

她把有关冯简的新闻与访谈都找出来了。像这种迫切想了解一个人的行为，应该是狂热追星族或少女做的事，至少不太像李宛云。她上一次对人产生这么大的兴趣，还是很久之前。

宛云自认把好奇心掩饰得很好，冯简洞察他人的能力大部分时间都在沉睡，偶尔却灵光一现。

他放下刀叉："珍妈这次回来后，厨房好像很久没做芹菜和海带了。"

宛云淡淡说："你好像不爱吃这两样，我就让厨房把海带切丝做成云吞馅，把芹菜榨成汁加在你每日早餐喝的果汁里。"

冯简的脸立刻沉下来："我居然喝芹菜汁？每天？"

宛云随口说："芹菜是有营养的蔬菜。"

冯简沉默片刻，随后问："你自己也喝那东西吗？"

她摇头："我不喝，我又不挑食。"

冯简连连冷笑，建议她："能不能别整天总琢磨这些神经兮兮的小事。不如去培养点别的爱好，我听说绝食和蹦极不错。"

宛云笑道："我比较喜欢当个好妻子。"

原以为冯简会像往常一样接着讽刺，但对方用公事公办的目光打量她："话说回来，虽然我觉得你没什么大本事，但是你现在的工作难度，似乎远远低于你的能力。为什么？"

才和馆长讨论过的话题，已经没有新鲜度。如果冯简继续深问下去，宛云不确定自己是否有解释或隐瞒的兴趣。

冯简的谈话重心根本不在那里："比起那种不为社会做一点实际贡献的工作，我建议你做点别的。"

"比如？"

"豆腐西施比较适合你的气质。山下有个门面不错，不如我出钱你出力，共同开个快餐店，比如卖点烧饼，也好过整日白白浪费时间。"

宛云看着他："历史上最著名的卖烧饼的人的女人似乎是潘金莲，我记得她把第一任丈夫毒死了。"

冯简回过神立刻反诘："历史上还有个揣着烧饼救丈夫的马皇后吧？"

"她的丈夫曾经当过和尚，入过监狱，以后会当皇帝。"她说，"怎么，冯先生也想登基？"

冯简疑惑的是，宛云既然读过那么多书，怎么没有"妻子废话太多，丈夫把她切块"的小说。

再隔几日，两人受邀参加商业聚餐，又是推也推不掉的事情。

托上次晚宴的福气，托宛云大小姐的福气，托上辈子他积德太多的福气，冯简已经成为城中的风云人物。

八卦杂志推测他的情史，商业杂志推测他的发家史，政府机构盯着他是否偷税漏税。他本身没势弱到用"宛云丈夫"的名头，但一般在报出他的公司名和头衔后，别人都要笑言一句："你可知道冯总和他妻子的那段佳话？"

他出乎意料地融入了显贵圈，以"情种"这个有生之年完全想不到的标签。在别人的臆想和口头传播中，冯简对宛云的感情达到了新梁祝的高度。

他人生第一件以权谋私的事情，是勒令公司 IT 部门把几大娱乐网站全部屏蔽，上班时间不准浏览。如果有电影公司要拍他和宛云的故事，冯简想他这辈子没准会开始对军工业感兴趣。

宴会上的灯光过于辉煌，花鸟鱼兽似乎都能无所遁形。

宛云从头到尾陪伴在他身边，水滴状的项链从她的颈部蜿蜒到胸口，柔软的裙摆裹住腰部完美的弧度。她优雅、美丽，有地位，和陌生人自如地交谈，所有话题和重心再轻松移到他身上。在气氛融洽的交谈中，冯简得以避免冷场。他感觉到商业宴会不仅是为了攀关系，同时是把整个行业中志同道合的精英都汇聚在一起的难得机会。

冯简知道自己找对了人。为了这么个优点，他至少应该表现得更耐心和礼貌些。对商业聚会，对那个女人。

冯简觉得隐隐发闷。

太过热闹的场景，华贵的衣着首饰，羡慕或闪烁的目光，衣衫摩擦仿佛能发出轻轻的声音。

他不自觉地喝了很多酒，宛云低头拿冷盘，将高脚杯暂且交给冯简保管。但等她再回头，他的杯子都空了。

宛云不动声色地用手指盖住酒杯口："你喝多了。"

冯简抬眼，移开她的手，用更平静的声音回答："怎么，喝酒还要继续交钱？"

他醉了。

酒精易催生狂妄，但冯简似乎比以往沉默。除了宛云，没有人察觉冯简已经喝醉。他如常地和别人交谈，连眼睛都没有比平时更亮，不赞同的时候依旧用简单有力的论据表达想法，只是话语不像平时那般尖锐。

与此同时，他频繁地举起高脚杯喝酒。

这种连续喝酒的方式她曾在另一个人身上见过，些许堕落，更显魅力，充满张力。但这样的喝酒方式似乎不适合冯简，不适合这个就算凌晨三点带病回家，第二天仍然雷打不动六点起床的苛刻男人。

宛云隐隐担心，幸好当晚无任何意外状况发生。

坐入车中，对方转过脸去凝视夜色中的城市，依旧没有耐心对她说话。隔着不近的距离，宛云都能闻到他身上的酒气。她叹口气，拨电话让珍妈准备醒酒汤。

这时，车缓慢停在路边。

冯简淡淡说："我有别的事情做，你回去。"不待她开口，便推门下车。

宛云来不及唤他，隔着车窗，看冯简径直穿过马路走到巴士站前，仰头仔细辨识站牌。两分钟后，双层巴士进站，冯简眯着眼睛看清车，随后跳上巴士。

宛云嘱咐前面的司机跟上。

巴士走得极慢，七八站，四十分钟之久，宛云几乎怀疑冯简在巴士中睡着，冯简却突然现身，安然无恙地下车。

他似乎对这里很熟悉，很快选择了一条路，沿着它笔直地走。

司机开着加长车缓慢跟着他，不过四五米的距离，酒醉后的冯简完全不察。他将西服搭在臂上，双手插兜，后背依旧挺得笔直。

宛云在车里看着他。不懂得掩饰自己的情绪的人，坦然接受别人所施加的一切的人，依靠自己奋斗出头的人，在最放松的时刻想去哪里，她真的好奇。

司机踩住刹车，为难地说："小姐，不能再往前开了。这里是下城区的边界，再往前开，恐怕不安全。"又建议道，"把姑爷叫回来吧。"

宛云推开车门："在这里等着我们。"

空气发凉，隐隐地带些腥臭的味道，略微呛鼻。再过个转角，就是琳琅街——那条臭名昭著的街道。冯简依旧没有停下脚步，他路过多个不开灯的房间、黑暗曲折的小巷、群聚抽烟而窃窃私语的男人、浓妆艳抹的女郎，最后停在一栋小楼面前。

宛云勉强能认出那是诊所。二层的窗户在密密麻麻的招牌后，有破旧的白十字标识。

夜风常起，旧地重游。除了冯简，谁也不知道，今天是他叔叔的忌日。

如果冯简手中有烟，大概会点燃；如果有酒，大概会饮尽。但他只是插兜，静静地站在这所小楼下一个小时之久，脸上是回忆的表情，并不愉快。

跟来的宛云不解地看着他。她意识到，冯简在浮华的名利圈难以找到认同感，但恐怕十年前，小冯简在这条琳琅街也是一个鲜明异类。

冯简的伤怀似乎没有多久，他突然掏出手机，要在三更半夜骚扰可怜的男秘书，因为他突然想到有重要公事未完成。

宛云啼笑皆非，肩突然被拍了下。

早在踏入下城区时，宛云就被盯上了。从衣着、相貌到举止，她都和这里格格不入，但对方跟踪良久才敢骚扰。

小巷里的路灯早被打碎，为首的人把刺目的手电筒光射到她脸上。

宛云眯起眼睛，一时无声。

"大哥，今日碰到肥羊。"旁边的人语气欣喜地说，"好漂亮的妞！"

文身青年的目光没有从她脸上移开，眼中异光大盛，上前一步拽住宛云，就要把她往更黑暗的小巷子里拉。

宛云被臭烘烘且粗糙的手抓着，冯简此刻距离她五米开外，依旧在讲他的混蛋电话。即使呼叫，他也不一定能立刻听见。想起冯简曾经对她的警告，宛云心中一凛。

"你居然不知我是谁？"她厉声说，"三更半夜，我敢在琳琅街独自行走，你以为我凭借什么？你居然不认识我？"

几个小流氓突然对视一眼，哈哈大笑。

"满脸正经，差点被唬住！"叫阿虎的人呸地吐痰在宛云脚下。

为首的青年手牢牢地钳制宛云，阴晦的脸上浮现出笑容："这女人满脑子弯弯绕，估计是外街的，瞧这衣着——罢了，做完后干掉她，大不了，剁下她的指头要点赎金。"又大力拽着她的手再往小巷中拉。

宛云全身冷汗，张嘴欲呼。正在此刻，眼前突然昏天暗地，耳边传来拳肉相击声，紧拽着她手的力道突松，胳膊却被另一道力量牵住，猛地往外拉去。

"跟我走！"熟悉的声音在她耳边响起。

两人在狭隘的小巷穿梭。

昂贵的长裙被割破，高跟鞋硌脚，宛云几次要缓一下脚步，然而对方一直紧握她的手腕，逼迫她往前。两个人奔跑的影子映在铁门上，眼前的灯光在变换的速度中换成橘色和黄色。

冯简显然对这里的地形很熟悉，可惜那些人紧追不放。在一个交叉路口，他果断选择右边。

"那里……好像是死路……"

冯简答非所问："差两分钟凌晨一点。"

等他们跑到某天台的边缘，惊险地停住，已经无路可走。天台距离地面足足有五米，跳下去，最轻都要骨折。

冯简面无表情地注视脚下，仿佛自言自语："都多少年了，总要碰碰运气。"

身后的铁门咣的一声被踹开。地痞喘息着追上来，从腰间抽出刀具。红发青年随后出现，他的脸上不知何时已经乌青一片，大概是冯简之前所击。

他阴冷下令："女的留下，男的——也留着，让他看着哥哥我们行事。"

"哦，你要的是她？"冯简眉一皱，把身后的宛云拉出来。宛云还在左右四顾，猝不及防就被推到前方，站稳脚步时听到那些人哄笑一片。

因为之前的奔跑，发型和衣服都很凌乱，她颇为狼狈。宛云镇定下来，她想到冯简曾经给自己的小刀，今晚没有带。

对面那帮人见识过冯简的拳脚，原本略有惧意，此刻倒也不急了，连番叫嚣。

冯简一个箭步上前，一个下勾拳将为首的红发青年打倒。他拽着宛云退后，站到天台的边缘："数三下，你跳下去。"

"是要……跳？"宛云问。

冯简看她一眼，冷漠道："都是你惹出来的事情，想活命，就听我的话——"

说这话的同时，他伸出手，打算趁宛云犹豫时把她推下去，但宛云一咬唇，居然真的干脆跳下天台。他愣了愣，暗骂一声，也跟着纵身一跃。

头顶上的叫骂越来越远。

凌晨一点，琳琅街的垃圾卡车会路过此处清扫垃圾。

冯简摘了头上的烂菜叶，恍惚地想，十年过后，老孙头居然还那么敬业和准时，居然还没有死。

车开了足足五条街，冯简又拽着宛云跳下车。宛云在垃圾里闷了三十分钟，几欲作呕，站到地面后才想到坤包落在里面。冯简冷哼一声，转头要返回垃圾车上帮宛云找寻，却被她拉住。

"算了。"她脸色苍白，全身无力，"不要管那些，快回家。"

对方却用极其陌生的目光看她，退后一步，冷冰冰地拒绝："我刚救你，你就要做我的生意？"

宛云皱眉："冯简？"

冯简比她更没好气："怎么知道我的名字？"随后，从西服内侧掏出钱包，数了数，递来二百块，"你刚才丢了包，这钱就当给你的。拉客时小心点，别惹上那群流氓。下次运气就没有那么好了，不会有陌生人去傻到救你。"

这一晚，从惊心动魄转换到荒谬透顶只在一瞬间。

转折点，不是她几乎被宵小所侮辱，不是他出手打人，不是她被人拉着从天台跳到垃圾车内，不是她和他几乎同时命悬一线，而是经历如此多事情，冯简居然还在醉着。

经过一番冷风吹和剧烈奔跑，他似乎醉得更厉害了，把她当成在街上做皮肉生意的女人，而且是素不相识的那种。

冯简不耐烦地上前一步，把久久没有被接过的钞票塞进她手里："怎么这么呆？"

宛云愣愣看着手里的钱，拉住欲离去的冯简："你去哪里，我们回家……"

谁知冯简用冰冷的声音反问道："家？你说那个别墅？"

两人从垃圾车里爬出，全身是异味和酸水。

宛云手机丢失，无法联系司机，也不认路。而冯简始终在大醉和还不清醒之间徘徊，冷言冷语，根本不肯让她用他的手机。

前方有一家昏暗的小旅馆。宛云好说歹说，才把冯简拉进来。

"老板，借个电话。"宛云尽量平静地说。

旅馆的老板是满口黄牙的老头，但衣冠不整的女人和酒气熏天的男人他见多了。

"靓女，"老板站起来，热情地向宛云推销，"你以后若把我们店当作长期据点，今晚是可以打折的。"

宛云再次被当成做皮肉生意的女人。

冯简却抢先对老板说："打折？你怎么不去问问医院，长期去那里看病，能不能让他给你免停车费？"又皱眉对宛云道，"再说一次，你别想从我这里做生意。别抱妄想。"

几分钟前，男人才将自己从危难中解救，但宛云难以，至少，是现在难以对他产生感激之情。她干脆地做决定，对老板说："开一间房，谢谢。"

冯简已经把小旅馆的装潢锐利地扫了一圈，他甩开她的手："你自己住。"

宛云不由得沉下脸："你打算满身垃圾回家？告诉你妻子你刚才救了妓女？会有人肯相信？"

冯简似乎愣了："什么意思？"

她说："很好，你已经醉到连这句话都听不懂了。现在，给我留在这里。"

一番打架似的拉扯，她把冯简带进客房。

简陋的房间，墙壁很薄，地面不甚干净，床上都似有一层油腻。但今晚只求安身，也不能要求太多。

宛云原本想先清洁自己，但冯简在旁边臭着一张脸，时刻准备走的模样，她只好先把他推进浴室。

狭窄空间内，劝服冯简脱下肮脏西服成了另一个难题。

宛云收回"冯简喝醉后比平常好相处"这句话，实际上，他比她平生见过的任何酒鬼都难相处。

他不信任她，更糟糕的是他现在不信任整个世界。

酒醉后冯简的自制力不足以控制他的嘴，各种尖酸刻薄的话源源不断。

"没有冒犯你职业的意思，但，我不是你的主流客户。即使需要，我也不会找你这种姿色的。

"同样，我也不是街头流氓，饥不择食，随便拉一个女人就脱。

"这样吧，我给你二百块，你收工回家，我自己在这房间里待一晚上。"

冯简突然噤声。他迷惑不解地看着自己赤裸的胸膛，衬衫已经裂开一片大口子。

丧失耐心的宛云放下剪刀，就着那道裂口，双手一扯，用力撕开衬衫，把脏衣全部剥落。

冯简抬起头，难以置信："你这女人——知道我的衬衫价值多少吗？"

宛云冷冷回答："知道我一晚上的出场费多少吗？既然付我钱，今晚我就必须留在这里陪你。接下来，不论我对你做什么，你都得忍耐。"

冯简沉下脸。他的混沌大脑开始思索，这女人怎能如此霸道："谁让你这么大胆——"

"闭嘴，"宛云警告他，"再说话，小心我强吻你。"

剩下的时间，某人像死一般寂静。他任宛云扒下衣服，喂他水喝，包扎脖子上的伤口，直到吹头发。

冯简实在忍不住那股刺鼻的香波气息，他厌恶地从肩膀上把宛云的手打下来："把我当你家狗？行了行了，你能不能赶紧走？"

宛云将冯简带到外面，递给他老式的台式电话："这是控制门锁的密码开关，六位数的密码。你如果能破解开，可以自行离去。"

冯简报以轻蔑的冷笑："雕虫小技，难得倒我？"

等宛云从浴室走出，冯简依旧在低头摁电话上的拨键，听到脚步声，他回头说："密码到底是多少？让我走。"

宛云接过冯简手里的电话，原本想给半山别墅和司机拨过去报平安，却发现，接口不知何时已经断成两半。

冯简接触到她诧异的目光，逻辑清晰地解释道："我以为，拔掉这个接口就能推门走出去。没想到……线很容易就扯断了。这东西要紧吗？"

宛云安慰他："赔点钱就可以脱身。"

冯简沉默片刻，再从她手里拿过电话："我其实还可以再安上。"

如此劳心劳力的晚上，甫脱重围，电话不通，身处黑巷，冯简的手机已经被他自己聪明地锁死。宛云索性决定，在小旅馆将就一晚。

冯简已经放弃维修。他抱着破损的电话，坐在床边盯着宛云，平心静气地说："第一次站街？叫什么名字？"

宛云看着他，一字一顿地回答："我叫李宛云。"

他果不其然地瞪大眼睛："哦，真巧，我认识一个人也叫李宛云。"他露出沉思的表情补充，"大概比你漂亮一点——那么一点。"

宛云看着他都快挨上的食指和大拇指，不由得勾起唇角："做人不能只看外貌啊，先生。"

冯简面无表情地说："的确。她还是我妻子，名义上的妻子。而且我答应过她，整个婚姻期间不会碰别的女人——口头答应，但仍然具有效力。"

宛云笑了："你很守规则，我知道了。"她想着他今日三更半夜来到琳琅街，长久凝视旧楼，试探地问道，"你来这里做什么？难道，这条街上还住有你其他亲人？"

冯简仿佛因为这问题诧异，他扬眉道："我有个妻子，有个丈母娘，还有两只狗，身外之物有房子、车，有点钱，有个公司——但我没有亲人。"

说最后一句话时，男人的声音依旧很平稳，不带伤感与怀念。

宛云轻声问："你以前的亲人——"

"死了，都死了。父母和我的叔叔。"冯简打断她，"父母的模样早就忘记了，至于我叔叔，二十多年前的今天，他就是在刚才那家小诊所闭眼的。他走后的那两天，我整日站在门口，等着叔叔接我回家，但世界上已经没那个人了。也不怪医生，本来就是难治之症，有钱都难以回天，只看能延缓多长时间的生命而已。然而……很痛苦，我永远记得他临死前的模样。"

电话线在男人的手指上来回绕几圈，略微收紧，再松开。

很多人评价冯简是个冷漠的人，也许因为没有人像他在一片暗红色的血泊和夕阳中等待过，那么漫长而无望的一场等待。

冯简接着说："还有，我可能会遗传我叔叔的病。虽然目前还无恙，但的确有这种可能。我自己偶尔也会想起这件事。"

窄小的房间，在话落地后变得似有回声。

宛云几次想开口，她略微低头，避开对方脸上那种带着醉意的冷漠和强硬，只注视他膝盖上那部暗绿色的电话。

冯简似乎能轻易知道她在想什么，他不耐烦地敲敲电话："你们女人怎么每次都这样！别把我想得那么可怜。我整日工作，只是因为我要完成自己的事业理想。我赚钱，并非因为我想赚钱给自己治病，只是因为赚钱的过程，可以避免和别人有感情交集——凡事尽人事，听天命，这样就很好。我不太想讨论未来的事情，而我现在头都快疼死，你这女人到底什么时候走？你晚上不工作吗？"

宛云没有言语，依旧看着他。

冯简在这种沉默中不耐烦地再次扬眉。他在观察了一会儿她的表情后，突然移开目光，冷淡道："好吧，我根本没有病。李宛云，你又被我骗到了是不是？你怎么半点记性都不长！"他不耐烦地把电话丢到地上，再一脚踹开它，"行了，你临走前把门带上——咳咳。"

宛云突然倾斜身子，抱住了冯简。

面对突然而来的身体接触，冯简的背脊僵硬，显然被吓得不轻。

对方手臂纤细，带有熟悉的香气和温暖。片刻沉默后，冯简字斟句酌说："其实……我本身还有严重的传染病，你再离我远些。"

宛云也不知道自己想怎样。

感动？谈不上。即使世界上没有人在乎，冯简也依旧能靠他自己活得很好。喜欢？也许吧，也许她真的很喜欢冯简这种性格。

然而所有的话都说不出。

上次动感情是什么时候？时间过得太久，宛云已经不记得，更不确定冯简是否需要这种无聊的感情和话语获得安全感。

宛云轻声说："我会看着你的痛苦。"

"什么？"对方皱眉，没反应过来。

宛云淡淡说："别担心，万一，你以后也得了不治之症，我会像你曾经看着你叔叔那样，在病床旁边看着你忍受痛苦。这句话的意思是，我会陪在你身边，直到死亡将我们分开。还记得婚礼誓言吗？"

头顶上方的那人愣住，随后沉默，似乎在费力地思索这里面的深意。

冯简皱眉，粗鲁推开她："不会安慰人，至少能够闭嘴吧？哪有咒人的。"他干脆拒绝，"谢谢你的好意，但我根本不需要。"

两个人彼此注视。

沉默中，宛云坐直身体，缓慢收回手臂。

冯简盯着她，疑惑地问："我说，你说话办事怎么那么像……"他恍然大悟道，"你也叫李宛云！但刚才和我说话的是谁？"

他认真的表情让宛云微笑。

之前，她还怀疑冯简装醉，但伪装不会如此完美。

醉意正从冯简的唇边和眼角肆意流泻。他不是一个拥有太多秘密的男人，然而由于个性，冯简也经常让人无从把握。此刻，酒意使他愿意去相信最熟悉的陌生人，并在两个李宛云之间迷失。

"她刚才来过？"冯简不太肯定地继续问，"你应该不是李宛云，她也不会来到琳琅街。你俩为什么那么像？"

宛云笑道："说得好像你很了解她。"

"我很了解他们圈子里的人，"冯简不以为意，"隔岸观火，掩山盖水，算计利弊，心机很深，满脑子弯弯绕绕，只会在内心权衡——他们整个圈子里的人都是这样。我知道这些很重要，但有时仍看不惯，也不想妥协。"

宛云轻声回道："所以你从来不喜欢她。"

冯简冷笑："我第一次见到李宛云，她居然连双鞋子都没有。"

宛云不由得笑道："嗯，我记得。当时你还赠了她一双鞋，是不是？你居然不收钻石耳钉。"

冯简没有回答，若有所思。他双臂撑在凌乱的床上，目光却盯着虚空，仿佛那里有一个豆荚，可以剥出雪白的果实。

片刻后，他突然很轻地说："当时李宛云就……这么跳过去，实在很漂亮。虽然她自私又刻薄，但是仍然漂亮。"

宛云好奇地看着他。

"有一天，我自己都会改变性格，但至少希望我身边的人能够轻松做自己。不管李宛云现在怎么神经兮兮，骨子里，我知道她是十年前跳墙的那个姑娘。"他说。

宛云垂下目光："早就不是了。"

冯简的目光依旧看着远处："李宛云并不太好，但是，我也没有不喜欢李宛云。"

那个夜晚很长。

冯简的酒量不佳，且从来没有如此醉过，和她谈天后四肢无力，意识模糊。

宛云为他端来一杯水。

"我快死了。"他突然把杯子打翻，温水洒在大腿上。

宛云小小地吃了一惊。

"我刚才被你抱过！你们这些女人，做生意从不保护自己！"配上很嫌弃的表情，说完这句话后，冯简翻身睡去。

宛云看着满地狼藉，叹了口气，把两人的衣服勉强收拾好。躺倒时，看到床头柜上有一包劣质香烟，随手拿一支点燃。放进嘴里前一秒反应过来，苦笑掐灭。

旁边沉睡的冯简上身赤裸，手臂内侧延伸到手腕的大块疤痕在灯光下显得丑陋，却也有种力量感。

她记得自己居高临下地对他说："男人有疤痕，算什么？"

冯简不过看她一眼。

当她锦衣玉食地躺在头等病房时，冯简在辛苦地养活自己。在她告别懵懵懂懂的十八岁时，见过的最后一个人居然是冯简。

宛云想抚摸旁边人的脸，手伸到一半，又收回来。

两个人交会在黑暗且苍茫的海上。他有他的方向，她也有她的，原本以为那点波光早就淹没在彼此巨大的人生境遇里，未曾预料十年后会重逢，更未曾预料此刻深夜里的自己居然难以入睡。

冯简在清晨醒来。

饮的是好酒，除了短暂的晕眩感，并没有更多不适。

睁眼，他先看到的是一缕长发，极柔极柔。冯简盯了黑发足足十五秒，才迟钝意识到是女人头发，而怀中温香软玉，搂着的是一个女人的身体。

窗外鸟鸣清脆，晨光微落。

第十六秒后，冯简开始背脊冒冷汗。他隐约记得自己酒醉，半夜畏寒，随手拉来身旁的什么取暖……但拉来的为何不是被子？

他眼睛从对方头顶平移到上方，天花板上的油漆摇摇欲坠。他开始回想昨日之事，好像来到琳琅街，好像救了个女人，好像和女人开了房，好像把什么东西打坏，好像和人聊天，好像……不用移动目光，他就能感觉出自己此刻上身赤裸。

"肇事者"依旧酣睡，至今看不清楚她的脸。

冯简再略微低头，对方的胸脯在衬衫中春光乍泄，身材在腰肢处变得极细，修长白皙的大腿插在他两腿中间……他闭了闭眼睛，尽量克制住内心排山倒海的绝望感，接着屏住呼吸，用极缓慢的动作，抽出被压得发麻的胳膊。

把全城的知名刑事律师都想了个遍，他终于从床上脱身。

衬衫早就不知道去了哪里，西装裤起码还搭在椅背上，不幸中的万幸。

这时，手机铃声响起。冯简徒劳地想掩盖铃声，至少先找到声源，但无果。平时不以为意，此刻丧曲般的铃声在清晨震耳欲聋，足以把全世界的人吵醒。

身后传来动静。一条雪白的手臂从身后伸过来，接着，一个银灰色手机掉落在他的胸膛上。

木然接通电话的瞬间，冯简断定，世界不会变得更糟。

司机在电话另一边颤抖地汇报："先生，太太一夜未回，她和你一起吗？"

挂了电话，再提着西装裤站起，冯简已经彻底无话可说。他穿衣的过程中没有再回头，但对面柜子上光亮如镜，那女人已经醒来，似乎正撑着头安静地看他穿衣服。

冯简略微恍惚，暗想，又碰到个难打发的角色。如果宛云失踪，他不得不再婚的话，第二任妻子最好不要是眼前这位。

他冷冷道："穿上衣服，待会儿我给你买药，然后就各自散吧。我自己还有事。"

对方沉默。冯简绝望地吸了口气："我已经有妻子，告诉过你。"

对方没有回答。一种无望的情绪在冯简心中蔓延："我并不后悔昨夜救你，但至于你，绝对不该用你擅长的方式报答我。"

依旧沉默。冯简已经开始担心下落不明的宛云，口气更坏："我不想重复第二遍。穿上衣服，和我说话，我没时间和你干耗。从今日之后，你我没有半点关系，我已经有了家庭。"

身后传来隐隐的声音，很奇怪。

冯简心烦意乱，不想再去想任何威胁、安慰或者解释之词，霍然回头，那女人弯着腰，满头青丝垂到床单上，身体剧烈发抖。

突然在陌生房间看到熟悉的面孔，只令他冷汗直流。冯简再略微一想，就把昨夜的情况思索明白了。他心中一动，疾步上前，抬起对方的尖下巴："原来是你！李宛云！"

几分钟内，他感觉自生死门走了一遭，后怕、恼怒、愤恨，而那人笑得全身发软，连话都说不出来。

新仇旧恨齐齐涌上心头，冯简一时恼火，顺手就用还没系的领带把宛云双手缚到床柱上。

"这种玩笑很有趣?"冯简沉下脸。

作势威胁而已,但对方比他还明白。宛云的眼睛原本就像一汪水,此刻含着笑意,更加夺目璀璨。

冯简回忆起昨晚对她的倾诉和今日清早对她的反应,内心略微的惭意和巨大的愤怒掺杂在一起。他俯身,低头咬上宛云的耳朵。

原先只想惩戒性地碰一碰,但宛云笑着退缩的片刻,他身体立刻起了反应。曾经共享过的夜晚,唯一的夜晚,纤细敏感的腰肢,此刻他轻车熟路。冯简没能控制住,当注意到对方的眼睛里没有抗拒,他终于放下心。

在惊讶和害怕的感觉出现前,宛云便被成功撩拨。没有抗拒,内心只剩下无措和疑惑。然而此时此刻,思想已经是多余,她双手被缚,他的胡茬扎得胸部肌肤发痒。

某人从来不理旁人细微的情绪波动,在进入正题前,居然还冷言冷语道:"像这样白日躺在床上,就可以一笔进账,想必人人都爱做轻松的工作。"

宛云轻喘:"也不是那般轻松。客人技术不怎么好,我们也受罪……"

话还没说完,她便感受惊般地想抽身而逃。冯简曲臂,冷笑:"李宛云,你怎么永远不知道,女人应该在什么时候认输。"

她已经没法回嘴。

结束后,宛云半根手指都抬不起来,只想快速入睡,却被摇醒。

"回家再睡。"他从肮脏的枕头上扶起她的后脑勺,她的长发散落在温热掌心。

宛云迷迷糊糊道:"房钱已经交过。"

冯简坐在她旁边,沉默片刻,再要拉她起来,皱眉道:"那是昨日的房钱。十二点过后,我们还要交一次。"

宛云猛地睁开双眼。

冯简被她盯着看,只好再干巴巴说:"这里的床不太干净,也许有跳蚤。你看,光着身,躺在上面——"

宛云打断他:"真麻烦你为我操心。"

冯简的面子实在有点挂不住,他扯了下嘴角:"家里的床比这里好。"

穿衣大业再度难住某人,衬衫仍旧没找到。冯简光着上身,低头在房间里转了三圈，西服同样找寻无果。

宛云对着镜子整理长发。昨夜优雅精致的礼服在白日里穿太过扎眼，她披着男士西装掩盖过低的胸口以及脖子上各种可疑痕迹。

冯简欲言又止。

宛云在镜子里瞥到他直勾勾的眼神，停下手问："又想为我操什么心？"

最后，冯简穿上了一团疑似抹布的东西，皱皱巴巴，颜色古怪。是他打开窗户，伸长胳膊从别人的晾衣架上所偷。

结账的时候，老板的独牙小孩从楼上咚咚咚跑下，汇报："电话线被扯坏，香烟被抽一根。"

老板公事公办："昨晚预付房费二百元，再加以上费用，还需要一百五十元。"他看着宛云，不死心地劝说道，"靓女，若你答应以后在我这里做生意，这笔钱就给你免除吧。"

正掏钱包的冯简停住："什么情况？"

宛云和他对视片刻，挑起眉毛说："你希望我答应他？"

冯简收回目光，转头对老板说："电话线明显不值一百五那么多好吗？"

昨日下榻的旅馆在下城区边缘，幸好两人的装扮和脸色都和这里的气场很搭，安然走出街，等待司机。

街边有人卖栀子花，花小而香。冯简随手把找回来的六块钱递过去，卖花人递来三串栀子花。宛云微笑低头，让对方直接帮着插到她头发上。

冯简只在旁边抱臂看这一幕，没说话。

八点左右，虽然身心疲倦，冯简仍决意工作。

宛云吩咐司机把车停在路边一家成衣铺门口。很短的时间内，她就选好了一件衬衫、一套男装和一条领带。

冯简在试衣间对着镜子，试图鸡蛋里挑骨头，却不得不承认宛云的眼光和效率比何泷高出几等。

从半掩的门缝望去，宛云坐在沙发上安静等待。富丽堂皇的店子，她披着不合适的男士西服，头上还有未取下的鲜花，但没任何突兀感。旁边的店员不认得宛云，依旧小心伺候。

冯简回到镜子前，整理领带。大小姐虽然眼光上佳，但极少亲自挑选，即使自己的衣服都任由何泷挑选。比起其他女人对衣包鞋帽的热衷，宛云态度淡淡。

冯简突然想起什么，推门走出。宛云打量他一眼，转头对导购员说："就要这身。"

他伸手按住她。

宛云挑眉："我帮你付钱。"

冯简很不耐烦："不是这个。究竟什么时候想起来的？"

宛云不解。

他言简意赅："十年前的事情。"

她这才明白，笑笑："你说赠我鞋的事情？嗯，挺早就想起来了。"

他脸色微沉："为什么不主动说？"

"我以为你会主动告诉我。"

她的语气让冯简再次觉得，出问题的是自己。

这女人，究竟是淡定还是疯呢？冯简向来认为宛云的行径奇蠢且矫情，偏偏，他又不能和这种奇蠢且矫情的女人生气。

口头落败已经让人沮丧，更别说今晨他在她身上餍足的行为还历历在目。

冯简飞快地在支票上签名，想了想，又撕一张留下。

"自己也在店里买件衣服穿。"回忆起宛云的包在昨晚丢了，冯简抬手看表，飞快从钱包取了一张百元现钞备用，之后把整个钱包都丢给宛云，"上班来不及，司机跟我去公司。你在这里挑好衣服，待会儿自己坐的士回家。或者我让他接你，你在这里试衣服，不必着急。"

宛云以为冯简会接着之前的话题问下去。有关昨晚，有关过去，有关任何，但依旧没有。

冯简嘱咐完便匆匆地准备离去，似乎昨夜的酒醉只归酒醉，内心一时的软弱和倾诉算不得什么，他从不迷茫。

但临走前，他无意识地回头，宛云站在原处。

冯简停下脚步，沉默片刻。他再次试图解释："我是真的有事。咳，你也给自己多买几件衣服……但也不需要买太多，这种东西过时很快，不必积攒。"

宛云微笑着让他快走。

冯简松口气般,朝她点点头后离去,不做停留。

宛云低头看着手里的钱包。最为普通的男士皮夹,无任何花纹的黑色 PU 皮料,翻开的塑胶层面已经全部磨损,显然多年未换。其中证件和现钞满满,是朴实而略微贫穷的感觉。

以前,她从来不知道,原来,钱真的可以触动人心。

中午时,冯简没有像平日一样继续忙碌或躺倒小憩。

他跃入泳池,大脑放空。很多时候,冯简觉得身边的女人像水,似乎除了她自己,对谁都难以上心。宛云的容貌、个性、经历,似乎总藏在烟雾后,难以捉摸。

冯简的指尖又一次触到泳池壁,在换气时,听到旁人笑道:"冯总真专注,连我在旁都毫不理会。"

隔着泳镜,冯简眯着眼睛辨认片刻。

周愈的脸是能轻而易举给人留下深刻印象的。

本城又称舟城,"舟"字同"周",可知周氏在本城树大根深。周氏崇尚进化论至上的精英婚姻,夫妻必须学业家貌匹配,对待子女也从不娇纵。周愈父亲十四岁便被送到北欧荒原独自生活半月,在上流社会早成美谈。

冯简首次见到周愈,是在他最为烦躁的婚礼现场。当时没怎么留意,只觉得这男人和场内的新娘有隐隐相似之感,聪明,不动声色。不过比起宛云,周愈什么都做得更刻意些。穿西服时一表人才,游泳时露出褐色肌肤,把家族事业做得风生水起,财富杂志最热衷报道的富家子弟当如此。

周愈同样在不动声色地打量冯简:"冯总喜欢游泳?"

冯简扯动嘴角,奉还一个代表友好的微笑。

隔着浮物,两个男人在泳池两侧开始攀谈,中间掺杂公务私事。不冷场,也不热络,明显都对彼此不以为意,只在维持表面关系。

过了一会儿,又有熟人加入对话。

宛灵笑吟吟道:"今日好巧,碰到两位大佬在此忙里偷闲。"

她虽然是笑着对冯简说的,目光却冷冷看着周愈。周愈接触她的视线,似乎不以为意,但再交谈了几句,便借故告辞。

周少裹着浴巾上岸的身材吸引不少目光,可惜他身边这位没有多感兴趣。

宛灵挑眉："你俩聊得很好？都在聊什么？"

冯简今日的耐心份额已经全部耗尽，只沉默地转脸，并不回答。

宛灵目光流转："周少那样的人物是个传奇，姐夫有没有想过以后要像他那样？"

冯简再看她一眼，终于道："不，我的志气并没那么低。"说完便自顾自往前。

方才两人闲谈，冯简随口问起对方平日喜欢的运动。那男人沉默片刻，笑道："钓鱼。"

冯简一愣。

周愈笑道："经常开船去远海钓鱼，的确很少有人能理解我。"

冯简突然想到，何泷曾经跟他碎碎念在海上开商业会议"符合圈子里的大时尚"。前两次公司都是租赁游艇开会，如果自己购买一艘，不知会不会更合算，能不能总逼迫员工加班开会。

周愈继续说："钓鱼是很有趣的，因为你不会知道自己钓上来的是什么鱼。而且钓上鱼后，你也总想着自己可以钓到更大的鱼。"说完后再笑笑。

冯简点点头，他表面聆听，脑海却继续思考着游艇。

想买游艇也可以，但应该做成本预算。结婚后总觉得穷了不少，真希望宛云今日也不要在服装店太过奢侈。他递给她的皮夹内现金不多，花光就花光，黑卡还在另一个皮夹里，自己真是英明。

周愈还在说："你和我一个喜欢游泳，一个喜欢钓鱼，倒是都喜欢水。"

冯简想，糟糕，他给宛云的支票是空白的，她能随便填数字。

他走神的时候，周愈就在对面沉默地观察他，突然扬眉笑笑："冯总和传言不同，看来实在是位骄傲的人物，不过这骄傲也不知有没有用。冯总和我似乎不尽相同。"

冯简不解："自然不同。"

他们是两个世界的人，唯一的相同点，大概都是雄性。但周愈此刻继续意味不明地笑，不肯多说，直到宛灵过来。

有些人的城府表现在说话多但都是废话，有些人的城府则表现在很少说话，只笑。冯简认为后者虽然略傻，至少能让他清净点。

抛开身后总想说什么的宛灵，冯简看着前方淡蓝的水继续潜下去，手臂伸展向前游。

他并不喜欢水，但游泳的感觉却很自由。商场上总是尔虞我诈，水中像个小憩之地，无限包容。

如果真正买了游艇，可以把某人带到船上看看海，不要钓鱼。冯简又想了想。

回到半山别墅，又是凌晨时分。留守的用人给他预留了乌鸡党参汤，不算难喝。

进入自己房间前，冯简往对面看了一眼，对面房间的门静悄悄，人大概已经入睡。而今日过于劳累，他匆匆地洗完澡便也躺倒在自己的床上——为什么床上又有人？冯简暗骂一声，再次警告自己要养成随手开灯的好习惯。

灯光猛然亮起，宛云的脸更深地缩入被子中。

他一呆，确定没有走错房间："你怎么总在我床上？"

"回来了？"依旧是宛云特有的声音，语气轻柔，但无丝毫情绪波动，"珍妈在房间里做扫除，把我撵到你床上。"

见宛云眯眼躲避强光，冯简便关闭了落地灯，把掀起的被子重新丢回她身上。他在旁边重新躺下："算了，就这么睡吧。明日我依旧要早起，你现在不要和我说话。"

最后一句话说完，两人又陷入沉默。

深夜中，宛云的大脑似乎比白日少几分敏锐，坐在床上发呆般地看着他。

冯简翻了个身："你要是有裸睡的习惯，现在可以脱。"

宛云冷静地说："三更半夜，你怎么确定我就是李宛云本人？"

冯简明知她是开玩笑，但想着她那模样，后背便略微一僵。他不耐烦地说："不是李宛云本人，那你是否想告诉我你脖子上的那些，都是早晨被蚊子咬的？"

宛云的脸突然也红了。

听到身后人躺下。冯简呼出气，还没想好第二句台词，便已经坠入梦中。

再被推醒时，是冯简听到身边人模模糊糊在耳边道："冯简，麻烦帮我拿下药。"

连说了几次，冯简才清醒。他哼了声，一把将对方拉入怀中，手从松垮的衬衫下摆伸过去抚摸她大腿。宛云最初还忍耐着不安分的手，但腹部的疼痛让人丧失耐心，她猛地将冯简推下床。

冯简终于清醒了，死死瞪着她，不明状况。

卧室的灯再次亮起，他为宛云端来热水后站在旁边。宛云低头喝水、吃药。

冯简在过分心虚的沉静中开口："总生病啊。医生怎么说的？"

宛云放下玻璃杯，轻轻蹙眉："睡吧。"

重新躺到她身边，冯简拉过她的手。宛云挑眉，他再解释："我帮你按摩穴道，可以止疼。"

　　艺术馆的最顶层是馆长的专属办公室。门轻轻叩了声，接着拧开。

某位艺术圈人物，习惯每日在夕阳沉落时分坐在宽敞明亮的办公室聆听古典乐，在悠扬小提琴伴奏中浏览本周最新八卦杂志。

"小云云，你迟到，我也不跟你计较，先把画——"馆长抬头，有些诧异，"哟，今日还带了苦力？挺眼熟。"

苦力移开眼睛。

馆长自宽大的老板椅中坐起，凑上去打量着冯简："稀客啊稀客。"再盯着宛云一愣，"小云云，你的小手怎么了？"

玉般的手掌，虎口处红青相接，肿成一片。

"馆长知道吗？一个人生病，按压此处的穴位有止疼功效，前提是，"宛云缓慢道，"前提是，你没把别人的手生生掐肿了。"

馆长眨着他的小眼睛，不得其解。

冯简不得不开口辩解："今日我已经提早下班，特意来陪你搬画。"

宛云看他："真体贴。"

冯简皱眉："带你找医生又不肯。"

她说："你让我怎么向人解释？"

他不假思索："为什么要向别人解释？"

她无奈道："我是无所谓，但妈妈一定会百般追问你。"

冯简愣了愣，再皱眉："回去路上，买点化瘀药酒。"

"依旧那么体贴。"

被完全排挤在对话外的馆长很不满意。他连声咳嗽，笑容可掬地对冯简道："上次匆忙，没有自我介绍，但我这么有名，你一定在各大报纸上频繁见过我。

既然大家那么熟，你就像宛云一样喊我馆长即可。表面上说，我是小云云的上司，但实际上，我是小云云多年的情夫。"

宛云似笑非笑看着馆长，并不反驳。冯简不以为意地伸出手："胡先生下午好，我是冯简。"

热衷胡说八道的老头在这一对镇定夫妻面前，感到了一丝忧愁。

由宛云牵头，大卫·霍克尼在城中展出了一大批绘画作品。她去忙的时候，馆长带冯简参观了楼下的展厅。

馆长的爱好之一，就是巴结圈中附庸风雅的富豪们，并从他们身上大肆赚钱。但面前的男人显然不在此列，更别指望他能掏钱。馆长在整个过程中不如何上心，也不讲解。

然而冯简看得很认真。

馆长有些意外："你懂这些？"

冯简摇头："不懂，但我至少知道这些代表艺术。"

临走，馆长甩来一张请帖："爱来不来。"说完，不发一言离去。

宛云接过来，有些吃惊："馆长居然给你这个，这种展览的内部票不发外人。妈妈前日还跟我说，她都没从胡馆长手中拿到票。"

冯简没有任何受宠若惊的感觉："很好，把它转手卖了能卖多少钱？"再思忖道，"也许能当个人情，送给特定人士。"

宛云沉默片刻："不如我们一起去。"

冯简看她一眼："想去？你能出多少钱买我这张门票？"

宛云不出声，把受伤的右手摊到他面前。

冯简皱眉算是妥协了。

这晚临睡前，各回各屋，冯简却再叫住她。

宛云慢慢走来，只肯停步在门口。冯简已经进屋，背对她，低头摆弄屋中的保险柜，解完三重锁之后，掏出一个纸包递给身后的宛云，却发现她站得甚远。

"怎么不过来？"他问。

宛云这才靠近。打开，发现里面所装的东西很眼熟，都是她的。之前她因为玩游戏输给冯简的小物事，赫然包裹在其中。

"还给你。"冯简的表情略有遗憾。

宛云一时无话可说，低头清点久违的手表、项链和胸针，半晌后抬起眼睛："这是表示昨晚的歉意？"

冯简皱眉："往日之事，要愿赌服输，昨日之事，我并不知你骨头那么脆。还有，我觉得你应该补钙。"

宛云套上手表："嗯，虽然话不中听，依旧算个像样的道歉。"

冯简后几日一直繁忙。李氏企业关系错综复杂，改革艰难，若不是有何泷和宛灵暗暗支持，几乎举步维艰。

冯简在李氏企业待的时间多了，宏森的管理事宜落下不少，只好占用别的时间。直至参加馆长的私人展览前，秘书还一直抽空向冯简汇报工作。周氏已经认缴出资，正式入主了宏森自动，成为第一大投资人兼股东。

这些日子以来，周愈频繁在董事会走动，在企业的战略方向上提出不同见解。这个同龄男人给冯简的印象不甚佳，如果说，最初周愈的投资还能以看好公司前景解释，然而他后来一系列的举动似乎太具威胁性。

周氏有雄厚财力，在董事会成员中似乎人缘甚佳，但冯简身为创始人，不会出让任何权力。投资方架空管理层并不罕见，冯简让秘书继续密切关注周愈的动态。

宛云同在车上，他们旁若无人地说公事时，她一直默不出声。

司机停车，把两人放在门口，秘书乘车返回。

宛云拉住冯简，刚要开口说些什么，馆长已经疾步如风地朝这两人走过来。他身后还跟着位金发碧眼的年轻人，面孔如希腊雕像，极为英俊。

馆长用明显兴奋的语气说："介绍下，这就是我家小克，Adeiren de Klein。"

冯简皱眉："什么？"

"阿德里雅安·德·克莱恩。"馆长谦虚地说，"可以叫他小克。"

冯简沉默片刻："令郎是混血？"

馆长愣住，差点破口大骂："谁说他是我儿子？"

宛云忍笑解释："我们馆长很识雅趣，爱找些年轻男人探讨艺术。我都记不牢名字，就有新人更迭。"

冯简和那外国人在握手，随口道："不管如何，胡先生品味倒还不错。"

馆长七窍生烟："你们当我是死的？"

四个人当中，只有英俊逼人又天真逼人的男模特保持愉快表情，咧着嘴露出雪白牙齿，似乎完全察觉不到尴尬。

展览现场只有三个黄色面孔。馆长不肯屈尊理睬冯简，冯简的社交范围瞬时缩小到宛云一人。宛云又被相熟宾友拉走，冯简只好百无聊赖地站在当场。

今日他穿宛云挑的西服，看上去仪表堂堂。独自站了没多久，就有洋妞走过来搭讪。

冯简兴趣缺缺，对方却越发对这名满脸冷漠的亚洲男人感兴趣，几番暗示，终于开口："你不想要我的号码？"

冯简冷冷地说："你的银行卡号是多少？"

正在这时，第四个东亚面孔出现。

冯简觉得他近期碰到周愈的频率过高，已经到让人厌倦的地步。他往后退了一步，想把自己隐在人群中，身后传来一声轻呼。

宛云端着一杯酒，被他一撞，酒液倾洒到洁白的礼服上。

犯过的错要从哪里开始纠正？也许追溯十年。这次的早退有了同伴，更不需要负伤翻墙，冯简驾轻就熟地带宛云从厨房后门离去。

冯简想，馆长给他的门票算是废了，而宛云昂贵的礼服也是同样的下场，她胸口处是淡淡的红色污渍。

不过宛云似乎完全不在乎，她只是挑眉："所谓君子报仇，十年不晚？"

冯简并非好奇的人，此刻忍不住问："展览还没开场便跟我先走，难道没有关系？"

宛云说："没有太大关系。"

冯简沉默了几秒，再怀疑道："既然如此，为什么一定要拉我陪你来看这次展览？"

宛云气结，怎么表达"拉人作陪"是"女人传递好感的信号"？按理说，女人只想要她有兴趣的男人相陪左右。按照正常思维，即使慢一拍的男人，都该从她的态度察觉到什么。可惜冯简是例外，这男人对逻辑之内的事情观察准确，但大多数时候，他的神经都粗到可以拿来修建水坝。

不管怎么说，两人多出一段空闲时间。

冯简瞥了眼宛云，试探道："这里距我公司不远，你想不想去参观？"

宛云怀疑："你想回去加班？"

冯简内心诚恳回答"不错"，口头却道："不然，我先请你吃饭？"

宛云不由得沉默，打算聆听他还能说出什么糟糕的主意。

冯简想了想："那，我们去夜店？"

宛云有点叹为观止："你觉得带妻子去夜店是好主意？"

他奇道："为什么不能去？"

最后，她居然真的陪着冯简来到夜店。

说是夜店，也只是寻常酒吧，只是空气里有纸醉金迷的气息。吧台服务生看到两人手上的同款婚戒，不由得研究这对男女是什么关系，最后付之一笑，放弃追究，再端来两个杯子，将啤酒摆到冯简面前，柠檬水递给宛云。

等吧台服务生一离开，他身后那两人却默默把杯子调换给对方。

宛云转动她的酒杯："你很少喝酒？"

冯简没好气："上次喝醉之事，记忆犹新。"

宛云笑了笑："那时候的你很可爱。"

冯简对"可爱"有不同理解，而宛云的口气和话语让他隐隐难堪，为了掩饰这点，他从鼻子中发出冷哼："知道吗？你现在喝的酒，我在超市能花少一半的价钱买到。"

宛云笑道："心疼钱了？"

以为冯简会煞风景地说下去，但他否定："谈不上，开酒吧同样也是在做生意。你坐在这里享受服务，卖这价格也合理。"

宛云睁大眼睛，再优雅眯起，似乎想看清他是什么样的人。而冯简在那双秋水盈盈的眼睛前，率先移开了视线。

他不太想和眼前的这女人独处。

冯简不喜闲聊，有时候，难听的话脱口而出并非想破坏气氛，只是没有人教他该怎么委婉。而面对宛云，又似乎很容易说出内心想说又不想再说的话。

宛云似乎不介意他态度的生硬，转了话题："继续给我讲琳琅街的事？"

冯简皱眉："你怎么总对那条街感兴趣？我虽然在那里长大，却不太了解那条街。"

如果冯简对自己的出身有些许避讳，那就是他对琳琅街深恶痛绝。他在那里见了太多糟糕至极和残忍至极的丑事。不关华衣美酒，只为生存。

很小的时候，冯简的性格已经和环境里的任何人都格格不入。他多次被堵到暗巷，因为莫名其妙的原因被打到头破血流。后来叔叔赠他一把小刀护身。

唯一对他好些的人便是站街女和洗衣女工，冯简又嫌她们蠢和软弱。但依旧半夜绕远路陪她们走路回家，她们付小费当报酬，这是他干过的第一份赚钱的工作。

说到这里，冯简再警告："这是你主动问我的。所以李宛云，千万别施舍同情。"

宛云想了想："有没有喜欢过她们中的哪位？"

"胡扯。"

宛云温和取笑他："我看到你钱包里的照片。"

冯简这才想到钱包至今都在宛云手里，居然忘记索回。他努力回忆："钱包里有照片？无非是我自己的证件照。"

"我说的是你压在现金后的照片。长发女人，年纪很轻的样子。"

冯简突然沉下脸："那天买衣服究竟花了多少钱？信用卡和支票还不够？居然要用现金！"

宛云还没回答，手机突然响起，何泷紧急召唤她回半山别墅，口吻罕见地压抑着怒火。

冯简付了账，在酒吧门口为两人拦出租车时，突然解释一句："照片上是我叔叔喜欢的女人，我记得叔叔还让我唤她婶婶。可惜，也只喊了一次。"

车风驰电掣，冯简的脸色被外面的灯光照得有些铁青，宛云也没有再说话。

◆

回到半山别墅，推开门，何泷和另一人坐在客厅沙发上，似乎谈得正僵，气氛不佳。

宛今的相貌已经脱离之前的青涩，颇有些娇艳欲滴的年轻女人的模样。

何泷看到宛云身后的冯简，上前一步，拉开正欲和宛今打招呼的宛云，低声埋怨："怎么不说冯简也一起回家？"

宛今已经在沙发中坐直，有些拘束地和冯简打招呼。冯简面对曾经的未婚妻，也怔了怔，他咳嗽一声："宛今？"

宛今腼腆道："学校目前放假，就回城看看。"

冯简点了点头，他看了眼手表。

何泷在旁边笑道："好了，这也算见过你姐姐和姐夫，时间太晚，今今这就跟我回家吧。"

宛今却避开何泷的手，轻道："妈妈先回吧。我有话对大姐说，今晚想叨扰借住。"

何泷隐隐色变，依旧笑道："有什么话需要熬夜说？"

宛今飞快看了眼宛云，宛云也正安静望着她。

不同于宛灵暗中与宛云的较量，宛今和大姐的关系一直很好。两人各方面都差距过大，连嫉妒这种情绪都难以产生，宛今便安心当个小妹妹。宛今想着两个人方才并肩走过的样子并不多么亲密，但站在美丽的大姐旁边，男人身上特有的东西没有被掩盖。更重要的是冯简此人，是首个在她和宛云同列在选项单上的情况下挑中自己的男人。

宛今内心产生的强烈情绪，就叫不甘心。大姐此刻过的生活，该是自己的。如果她当时再听听冯简解释，如果她再耐心些……

冯简打过招呼后就一言不发，随后，他听到宛今突然生硬地对宛云说："大姐，冯简知道你曾经和……"

何泷眼皮都没抬，珍妈手里的热茶不小心歪斜，茶杯碎在宛今脚下。

宛今一颤，珍妈连声道歉。何泷大声斥责了足足十五分钟，冷漠地回头道："今今，你也累了，跟妈回家，明天再跟我来看你大姐。"

宛今气急败坏地拨开何泷的手："别说你是我妈，你只是大姐的妈——不对，你根本不是任何人的妈妈！你没有生育我们，为什么总在我面前自称妈！"

连宛云都蹙眉开口："今今？！"

何泷极少在李家人面前示弱，但被向来乖顺的宛今这么一说，居然感到胸口和手心都发凉。她定定地盯着垂目不语的小女儿，口气失望无比："李宛今，自小我是怎么对你的，你心中有数，如今你这么讲我？"

宛今心下也是后悔，只咬唇不语。

冯简得说，他太"爱"这一家子了。

他真的很想继续围观，但在出更大乱子前，还是出言阻止："够了。"冯简对宛今说，"你今晚可以住在这里。"看着正要开口的何泷，他再不耐烦道，"您也一起留下吧。"

他拿起才脱下的外套，朝三个女人点点头："我走，我回办公室。"

在启动车前，冯简握着方向盘，静坐片刻。

大多数时间，他瞧不起金玉其外败絮其中的李家人，然而李家人有一点，冯简身为外人却看得极其明白：即使没落，依旧极有家族观念。简而言之，他们对外人骄横，窝里斗得也厉害，但关键时刻，也不会眼睁睁看亲人自相残杀。

李氏叔叔、姑姑平日以玩乐为主，何泷之流热衷互相侮辱、攀比、讽刺、争权夺势，却也算疼爱小辈，真是挺像个家。

冯简的父母早亡，由叔叔抚养长大。叔叔费尽千辛万苦，让侄子在社区小学就读，冯简当时也发誓，若有能力，一定要带叔叔脱离琳琅街。然而，叔叔拒绝。这个冯简认为凝聚着所有噩梦与丑陋的地方，叔叔却视为故乡。再后来，叔叔认识一个女人，带回家让冯简喊婶婶。浓重的香水味中，冯简冷漠地扭过头，剩下两个大人尴尬而笑。

直到叔叔咽气。据医生说，他最后叫的不是侄子，而是另一个女人的名字。可惜对方早已带着叔叔的毕生积蓄远走，没有再出现。

冯简埋葬了叔叔，再将叔叔的照片锁在保险柜，但钱包里反而留下这个只见过一面的女人的照片。每次看到，都有一种溺水窒息般的感觉。

他发誓，自己永远不会像叔叔那样，寄托任何感情在女人身上。

车缓慢驶出车库，有人站立前方。

他打亮灯停下，宛云正抱着一件西服等待。

"拿件厚外套吧，天已经凉了。"

冯简从窗口接过衣服，两人凝视对方片刻，他才说："回去吧。有事找我的话，我都在办公室，或者让华锋告诉我。"

宛云走回一半，见冯简的车还停在原地，他正在后视镜看她。她犹豫片刻停住脚步，冯简已经升上窗户，接着开动车，驶离别墅。

　　灯火通明的客厅，何泷已经和宛今闹得极不愉快。

　　论口才，何泷自然能胜宛今。然而少女的话因为未脱天真，赤裸地揭人伤疤，惹人疼痛。宛今正反驳："说我比不上两位姐姐，可宛云多年来一事无成，怎么不见你数落她？"

　　何泷冷笑："你能和云云比？"

　　"她像我这般大，还不是被男人甩了，在病房里差点残废，以后也一蹶不振——"

　　何泷轻蔑道："宛云自然有任性和骄傲的资本，不想将就也无须将就。即使她像你说的如此，不是依旧能找上冯简？"

　　宛今已经不在乎措辞，她嚷道："但宛云最初看上的人是谁？还不是个小流氓，她跟家族决裂，结果再被对方抛弃！因此才没人敢娶她，也就摊上了不知情的冯简！"

　　何泷勃然大怒。

　　争执随着宛云的到来而戛然而止，但气氛依旧冰冷。

　　宛云冷冷看着宛今，直到妹妹低头，她让用人把客厅里的碎瓷片清理掉，在这个过程中，独自坐在沙发上若有所思。

　　"今今，你回来了。"她简单地说，"我们的事情待会儿说，先向妈道歉。这不是直率，是没有教养。"

　　"还有，我可以接受来自家族的惩罚，但不代表任何人说什么话都能影响到我。李宛今，"宛云平静道，"我做过的决定，从没有逃避过。而且我做的那些决定，也都是正确决定。"

　　宛今目光低垂，一声不吭。

　　何泷的表情略微放松。她似开口相劝，又似自言自语，冷冷评论道："呵，马后炮是天底下最愉快之事。"

　　宛云收回视线，对何泷轻轻道："妈上楼先睡，我有话要对今今说。"

　　宛今仿佛单独面对宛云要比面对何泷更为可怕似的："有什么直说，不要假装你和妈之间有秘密。"

　　何泷再度沉下脸，宛云略微伸出手。

"今今，我理解你心情不好，也有生气的权利。"她淡淡说，"但足够了。即使你要跟我发难，行为作风也不要总像孩子。我不会和小孩讨论问题。"

宛今捏紧放在膝盖上的手，欲张口说话，眼泪却先顺着脸颊流下。

何沆在旁厌恶又怜悯地看着，片刻后叹气，坐到宛今身边，用手绢帮她轻擦眼泪。

"今今，"何沆柔声道，"你不该怨宛云，也不该怨我，你谁都没法怨。如今木已成舟，要接受。"

"我讨厌姐姐，"宛今泪眼婆娑，"最初整个家族对她寄予厚望，宛云却为了男人全部抛弃。如今家族落败，她也袖手旁观——"

何沆打断她道："若是最初由宛云执掌门户，李氏辉煌，也不会让你嫁给冯简。但宛云十八岁就脱离李氏，经济独立，而这么多年你白养在李家，还真是让你受苦受罪。今今，你为李家做过什么？让你联姻，你却落跑，如今再回来哭诉自己多可怜。"

宛今恨恨道："冯简原本该娶我！"

何沆收回为她擦拭眼泪的手，往后坐直身体："娶你？你当时在哪里？"

宛云在旁边听着这些话，有少许厌倦。她想到冯简刚刚在车中静坐的背影。不知为何，宛云并没有走上去。他自然听到了宛今嘴里的那番话，但他问她原委了吗？根本没有，冯简走了。

宛云想，他根本不在乎。

宛云淡淡对宛今道："虹影跟你说了什么？"

宛今过了片刻方低声道："虹影说我的所有生活费和学费，都是冯简所出。她还说，冯简告诉她，只要我有事随时可以找他。我，我给他打过电话。"

何沆的细眉倏然挑上去，但故作轻松："冯简如今是你姐夫，看在宛云的面子上，自然会照顾你。"

宛今鼓起勇气看向宛云："姐姐，你没有告诉冯简你之前的事情是不是？"

宛云无声地看她，宛今把唇咬到没有血色，再轻轻道："姐姐，你没有总做出正确的选择。"

那些陈年旧事，宛今并不特别知情。她年纪太小，只记得某天深夜宛云出了严重车祸，何沆披头散发地赶过去，接着大姐住过很长时间医院。

其间，不少人探望宛云，她却谁都不见。趁着护士将鲜花成捧地往外扔的间隙，宛今溜进去。她走到病床前，望着连着各种仪器的陌生大姐，停下脚步。

宛云睁开眼，看到是她后，吃力地伸出手来。宛今犹豫片刻，怯怯地握住了姐姐被纱布包裹的手："姐姐疼吗？"

宛云笑了："不会。"

后来宛云出院，何泷指挥用人把客厅的钢琴搬走，家中再无悠扬琴声。宛灵从此开始意气风发，整日出入各种商业场合。而曾经是中心人物的大姐，半点痕迹不留地淡出了众人的视野。向来恨不得把全城名媛鞋底都挖出来的媒体，对这件事全体缄默。

宛今从虹影口中得知大姐的往事，震惊之余，隐隐带了些窃喜。她给冯简打过一次电话，对方的态度生硬客气，随后就转给秘书。

其实也不是想夺回什么，从宛云手上夺男人，似乎太过不自量力。然而溺水的人，总会随手抓住身边的东西，即使是稻草也好——如果稻草还连着池子的堵塞口，那更好。

宛今看着摆在膝头上的双手，阴郁道："姐姐和妈妈真狡猾——姐姐从我这里夺走冯简，是因为看不上比冯简条件更差的男人。但条件更好的，姐姐已经没资格再嫁过去。而妈妈……不过是想借冯简，让姐姐重新入主李家。"

何泷冷漠地打量宛今，她对小女儿虽然没有对宛云用心，但自问也算尽心尽力。而如今，好得很，真是好得很。

"今今既然这么想，那以后可以凭借自己本事，嫁给比冯简条件好千万倍的男人来踩扁我们。"何泷淡淡说，"你姐说得对，今晚已经足够，其他的话没有谈的必要。"

宛今喘了口气，艰难道："姐姐，她是能够嫁给任何人的……她已经不可能再落得更差，随便嫁给一人，都不可能比之前跟那个小流氓更差。"

伤人的话，伴随娇脆的声音和源源不断的水——不仅仅是宛今止不住的眼泪，宛云把玻璃杯里剩余的水泼了过去。

她看着惊慌的宛今："清醒点了吗？因为你是我妹妹，所以这次泼你的只是清水。不要这么无礼，不然下一次，我就要学你的好朋友，一巴掌拍过去。"

何泷冷眼旁观。

"我能嫁给任何人，但你忘记的前提是，我能掌控自己的生活。"宛云弯腰把杯子放回茶几，黑发垂下，"再按照你说的，我要是真的想靠嫁人证明什么，其实应该嫁入周家。"她淡淡道，"打听事情至少要打听清楚。今今，不要像个孩子般冒失，出口伤人。我曾经喜欢的那个人，他是周愈。"

话说到这个地步已经足够，过往的事情即使被自己提起，想起来也会觉得难过。除了难过，强烈的疲惫厌倦感涌上心头，但仍然可以克制。

十年前让她坠入谷底的人，是周愈。媒体对宛云事件失声和宽容的原因，实在太过明显，只有周家才能按住那么多口舌。

何泷猛地站起来，似乎也想泼宛云一杯冷水："谁？周愈？十年前？小流氓？他？"

冯简连续两日都睡在公司大厦的套间里。

沙发床软且窄，空调太冷。这些都能忍受，但宛云托人送来的崭新西服，因为是私人定制，袖口处被特殊的线缠住。

冯简想动手剪，但那缠绕的线格外结实，试过几次后，他便交给秘书处理。然而秘书拿笔捅，拿针扎，同样无果。

两个大男人对着西服犯愁。

冯简挥手示意秘书走出，在走廊把宛灵叫住。

她看了一眼便道："这种西服的扣子必须用特定的针拆线。姐姐没帮你？"随后欣然揽下这个差事。

冯简回到办公室，坐了半晌后让秘书接通半山别墅的电话。他只来得及说半句话，珍妈便大声通报："太太，姑爷的电话。"

现在挂电话已经为时太晚，何泷的声音随即响起："小冯？"

冯简皱眉把电话拿远些。

不同于以往的讥嘲和不耐烦，此刻何泷的声音干巴巴，又掺杂着古怪的无奈。

"小冯？你找宛云？她此刻不在家。"

冯简将剩下的半句话咽下肚子。

"什么？你要去接她，当然好。但你现在在工作，不要总放心思在风花雪月上。"何泷假笑，"有我在，你还怕谁欺负宛云？"

冯简在何泷的独角戏中，弄清状况："宛今还没离开？宛云呢，让她跟我说话。"

"什么，你和云云今晚有约，不回家和我们吃饭？啊，你俩自然不用顾忌我们这等外人，反而是我们给你添麻烦。"

什么？冯简皱皱眉，随手就要挂电话。

何泷再次叫住他，犹豫着问："小冯，你对我家云云是真心的吗？"

冯简沉默片刻，反问道："什么样算得上真心？"

这答案显然非何泷预期，连口头安慰都谈不上。在幻想中，冯简已经被她掐死。但现实中，何泷得掩饰忧伤和不忿去面对这个臭小子。

何泷坐在沙发上，对上宛今远远投来的目光，笑一笑，再转过身子对话筒严厉道："你说什么叫真心？冯简，要记住把自己拎拎清，要一心一意对云云，若是再惹上什么烂摊子拖累她，看我不叫道上的打断你的腿——"

冯简冷笑一声，直接挂电话。

宛云这几日同样被何泷折磨。当晚她只说了名字，何泷便霍然站起来，丢下宛今而盘问宛云。

最后宛云带宛今去客房，何泷站在门外唠唠叨叨。

宛云靠在门上，看着用人给宛今拿来换洗衣服："好好休息。"

宛今用充满泪水的眼睛望着她。

宛云苦笑："冯简并非玩具，你叫我把他让给你，很不现实，我也不会让。我和他现在是夫妻。"

宛今低垂眼睛，掩饰情绪："那个周愈，是圈子里的周家周少？"

宛云面无表情地点点头。

宛今仍然半信半疑："姐姐当时为何不嫁给他？周家条件那么好。还有，当初究竟发生了什么事情？"

宛云关了卧室的灯，轻轻道："一晚只回答一个问题，晚安。"

宛云疲倦地走回房间，停住脚步，随后转身，将对面冯简卧室的门推开。除了书桌略微凌乱，整体和他刚搬进来时毫无两样。冯简似乎把这里当成高级酒店暂住，私人用品只摆在盥洗室。

宛云长久凝视着，不确定自己在想什么。等再熄了灯，回身发现何泷正在走廊尽头眼含深意地看着她。

"我养出的怎么都是傻女。"何泷摇头离去。

没过几日，馆长来找宛云，想把小克安排进冯简的公司，不用太好的职位，前台也行。

宛云没什么兴趣："那个外国人都会干什么？"

"小克读的是理工科，冯简公司不是正需要理工科人才？看看，专业多对口！"馆长这么说，但底气不足。

"他高中读了四年？"宛云不由得皱眉。冯简除了面试高管，不会亲收简历，其次，他不是那种通融的个性。

馆长撺掇她："怎么不行？试试嘛。"

宛云奇道："他当模特不是很有前途？"

馆长满脸正气："声色犬马之地，谈何前途？这圈子，男模比女模更新换代更快。冯简虽然嘴贱、自私、无聊，性格一板一眼，无可救药，然而确实算得上一个正人君子。"

宛云微笑打断："找我办事，总要说些实话，我才肯信你。"

馆长再顽强地坚持了一会儿，终于投降："算你狠！是我想让他回国，但那小子死活不愿意。后来，我便随口说，他有本事能应聘成功冯简公司的职位，就继续在这里待着。小云云，我知道冯简是什么样的人，我负责走后门，你负责把简历给他，如果冯简拒绝，那皆大欢喜。"

她和馆长下楼发传真的时候，看到意想不到的两人在大厅攀谈。

冯简斜靠在沙发上。他手中握着份简历，正若有所思打量眼前的人："叫什么名字？"

"阿，阿德里，里雅安，呃，德·克莱恩。"

"外文名字？"

"呃，不对，应该是Eklyein。"对方思忖，"应该这么拼写。"

"那以后，我叫你阿德里——"

外国人看到他们，蓝眼珠子闪闪发亮："胡！好消息！冯先生收下我了！"

馆长质问冯简："你怎么真雇他？"

冯简不以为意："他说半年不要工资，权当实习锻炼，正好当还你赠票的人情。"

他们说话的时候，宛云缓慢走到近处，不靠近，也不搭话。

馆长转头，假装生气："李宛云，我忍受你多年，为何还要忍受你的丈夫？"他推她，力道刚好把她推过去。

冯简把她扶稳，皱眉看馆长一眼。

"你怎么来了？"宛云轻声道。

冯简回答："你母亲打来夺命电话，今晚在餐馆订好了两个座位，嘱咐我接你一起去吃饭。"再冷冷瞪着想跟上的馆长，"就你我，一起吃个饭。"

宛云道："好，我要先回办公室取个东西。"

冯简点点头："正好有话要跟你说，找个安静地方。"

馆长看着这两人相偕离去，转头对外国人皱眉说："每次在这两人面前，我便觉得自己是个累赘。"

第 六 章

画 像

Chapters 06

顺着蜿蜒走廊，冯简陪着宛云去她办公室，上楼梯的过程中，他一直慢吞吞跟在宛云身后，并不想与她并肩而行。

宛云收拾桌上杂物，他在旁边站着，突然开口："你这几日熬夜了？"

桌边的咖啡机一直亮着灯，咖啡渣没来得及扔，都是她提精神时喝剩下的。

宛云说："你不是说有话要问？请吧。"

"不错，你妹妹这几日还赖……借住于半山别墅，你就不打算做点什么？"他不耐烦地说，"李宛云，别怪我说话难听，现在谁才是半山别墅的女主人？不要这么懦弱，任人反客为主、鸠占鹊巢。"

宛云第一次听别人如此形容自己，不由得笑道："别墅的男主人都逃走了，我哪里敢独自做重大决定。"

冯简冷哼："如果我来替你做主，定然今晚就会把你妈、你妹、你保姆、你的狗统统撵走，你别又对我阴阳怪气。"

宛云再笑道："何必这么无情？赶走他们，别墅里就只剩下你我，岂不是相看成厌。"

冯简话出口，并没多想。宛云这般随口开玩笑，他才意识到自己说了什么。宛云在他的沉默里抬起头，发现冯简正望着她，从脸上看不出在想什么。

"你妹妹为什么突然就回来？"他淡淡说，"还有，她那天当着我的面说的话，什么意思？"

这一天终于来了。

宛云微微苦笑，并不是惧怕承认，她还不至于软弱到逃避过去，只是不想破坏两人向来如履薄冰的夫妻关系。

况且，从哪里讲起——

冯简冷冷道："她抓到你和周愈的什么把柄，让你这么畏首畏尾？"

宛云立刻抬起眼睛。说实话，那一秒，她内心十分震惊，双手微微颤抖又握住，脸上还没反应过来。

冯简紧紧盯着她，等几秒后，移开视线："果然。"并非得意扬扬的口吻，倒像石头落在深井里，沉闷一声，咚地坠下去，不知深浅。

随后他一直皱眉，并没有追问。

宛云被他弄得心神不宁。她摆了摆手，打破沉默："别乱猜。没有什么，早就断干净了。"犹豫片刻，她再补充一句，"十年前，就没有任何联系了。"

等坐在餐厅桌前看菜谱，宛云才平静下来。

冯简是怎么发现的？自己的什么举动露了马脚？宛灵那边露了口风？

他的直觉有时候准得可怕，不愧是白手起家的男人。

宛云放下刀叉，坦白说："如果你好奇，可以向我问问题。至少前三个问题，我都会毫无保留地回答。"

冯简坐在对面，先冷笑三声，似乎在嘲笑她此刻的负隅顽抗和虚伪。

他问："当初在'锦绣'，你翻墙都想见面的人是周愈？为什么会分手？"

沉默片刻，宛云道："看过那本著名的武侠小说吗？"

武侠小说里，有一个很美且自恋的女人，所遇的男人无一不为她倾倒，然而她遇到一个例外。男人的忽视激怒了女人，她便做下很多坏事，让他家破人亡。很不幸，宛云也碰到了这种人。

周家骄傲自负，鲜少参加社交活动。宛云由于家世和容颜，自小身边就围绕太多尝试讨好的面孔。少女眼高于顶，并不知道自己被当成猎物。

衣着低调的周氏父子站在宴会厅角落，只有几名知情人士走来和他们小声攀谈，事毕后随之离去。与之相反，场中的李氏众人在社交活动中如鱼得水。俊男美女中，宛云是翘楚。她初露头角，出类拔萃。

周父举着水晶杯，似笑非笑地说："可知道李家？倒也不全是绣花枕头，大概因为长得都太好，全身便有种莫名其妙的傲气，颇不识抬举。我之前想介绍你和那个小姑娘认识，猜她母亲怎么拦我？'我家云云暂不需要靠男人过活'，随后连看也不看，直接拒绝。"

周愈还没父亲高，听他这般说，便也朝宛云看过去。

仿佛感应到他的凝视，宛云也朝这个方向扫视。

目光对视时，周愈感觉到内心隐隐一动。少女未长开，但已经像树叶尖端的水露，美艳欲滴，闪闪发亮。

周愈对自己的容貌举止都抱有信心，此刻他咳嗽一声，就想走上前。然而下一秒，宛云平淡地移开视线，甚至不能说她是高傲的。毕竟，没有人会对一张门票、一台自动售卖机或者一架钢琴去展露骄傲。

周愈只得停下脚步，尴尬异常。

父亲被儿子的举动逗笑："怎么，你喜欢她？如果确定喜欢，倒可以订了这门婚事。"随后只一味地笑，惹人恼怒。

周愈当时正好面临接过周氏大权的非常时期，事事躬亲，凡事必算，内心需要长辈认同。此刻被父亲笑得几乎心头火起，从宛云身上收回目光，说："她也没什么大不了。"

父辈再审视他，略显玩味，似乎在欣赏儿子不动感情的脸，又似乎在怀疑他的能力。

周愈笑说："爸，和我打个赌。如果我成功，就把我的启动资金再加八千万。"

随后，便是一切荒谬策划的开始，可笑透顶，耗费良多。

翻手为云覆手为雨的人，似乎都带着股盲目自信。他是天生的演员，又好策划，把各种角色扮演好简直轻而易举。那些轻而浮华的多情泡沫，因为掺杂少数不可掌控，更不能抗拒。唯一有区别的，是宛云最后一秒才知道周愈的身份。

叙说的过程有点长，冯简沉默地听，表情就像头一次来到动物园。世界上存在如此多的动物，只需整日圈养在笼中，养肥养壮，还不允许被食用，令人难以理解。

他用三句话总结："周愈扮成小流氓，假装靠近你。他做这件事的目的，就为了证明自己的能力。而你为了谈恋爱，居然放弃企业的继承人身份？"

宛云被他的口气逗笑了："嗯。"

冯简说："这件事不好笑。"

周愈居然是这么无聊的男人，实在不可深交。冯简冷笑两声，但想到宛云居然也这么无聊，他的冷笑消失。

眼前的女人，黑发垂在肩头，惊人漂亮，也惊人可悲。他有些怜悯地盯着宛云面前分毫未动的黑松露。

宛云问："你饿了？"

冯简只好盯回自己的盘子："我还在吃，你继续说。"

宛云扬眉看着冯简："你若是我，当时会如何选择？"

冯简毫不犹豫地说："当然是绝对不和他分手，再借机嫁给他。"

宛云不由得笑了："嫁他之后呢？吃他的，喝他的，花他的钱，权当报复？"她把自己的餐盘换给他，"我又不缺钱，也不想这么报复他。我很讨厌看到他，后半生都不想和他出现在同一个地方。"

冯简哑然。

无论是周愈的以情易钱，还是宛云的自我放逐，他都实在难以认同。

宛云带点讽刺："你应该劝我不要报复，我应该努力过好自己的生活，努力工作，不要因为一段感情而多年消沉，放弃良多。你应该说，我所拥有的是虚幻，只有靠自己才是真实，我得依靠自己丰富的生活赢过周愈。你还应该说，我是靠百分之百的运气，才能把如今的生活过得逍遥。"她淡淡道，"你应该这么劝我。所有人都这么劝我。"

冯简低头吃眼前盘子里的食物："也没有。"

宛云望着他。

"没有人只凭借一张脸，一次的幸运，一次的灵光一现，一次的家族庇护，就能过上你现在的生活。生活没那么简单，不然我早成了亿万富翁。也许你所有的努力，只在别人看不见的地方。"他讽刺地继续说，"当然，我目前完全看不清你努力的痕迹，也完全看不到你所成功的领域。"

宛云想了想说："我努力过了啊，你看，我现在很成功地嫁给了你。"

冯简深深地皱眉。

宛云微笑。

多年前被欺骗的感觉依旧沉重，人生从高处坠下的感受不足为外人道。至于初恋，感动和受辱同样清晰。如果没发生那件事，也许自己会成功接管企业，成功从名媛成为贵妇，过上安乐生活。

但宛云却没有后悔自己的选择。

她最初只是想解释，然而不知不觉把故事讲到一半。她好奇地问："你怎么评价？"

他斟酌着措辞："浪费时间和金钱的行为。"

宛云笑道："就是说我蠢嘛。"

冯简沉默片刻，说："即使你现在想和周愈复合，按照约定，我这三年也不会和你离婚。没人喜欢戴绿帽子，你不要来挑战我的底线。"

宛云摇头，平平淡淡："他不足以让我回头。"

冯简看着她，有些佩服。多年后用如此平淡的口气谈起往事，不恶毒，不背后伤人，真是李家最顶端的疯子。宛云的确有比美丽和家世更出众的特点，再或者——如果宛云是寻常人家的女子，甚至像她妹妹那样，是平凡的小姐——他是可以考虑一下主动追求她的。

顺着这茬，再想到怨妇嘴脸的小姨子，冯简说："既然宛今已经回城，我会让公司会计停止往她账户打钱。之前给她钱是让她上学用的。"他再思忖，"她若是不读书，天天赖在我们家，就让她帮忙遛狗吧。不能闲着。"

宛云无话可说。

第二个盘子里的食物已经被吃完，他对宛云说："你没怎么吃，不然在餐厅再要点什么，不然回家让珍妈煮。"冯简劝她，"我听你妈说，今晚家中炖了乳鸽。我们买单走人？"

宛云过了一会儿才反应过来："等一下，你问完我和周愈的事了？没有其他想知道的了？"

冯简打心里不想听那些陈芝麻烂谷子加风花雪月的事。

事实证明，他的猜测是对的。宛云不会离婚，周愈是否以权谋私需要观察。而今晚他们已经在高级餐厅耗时良多，他抬手看表："对你实在没兴趣。不过，我还有两次问你实话的机会，暂时保留。等我有兴趣再问。"

平日安静冷清的别墅，在夜晚生机勃勃。

灯光大亮，宛今和何泷赌气般地坐在客厅，一人逗狗，一人修剪指甲。电视在眼前放得喧哗，只有珍妈目不转睛地盯着。

冯简和宛云两人进门，动作轻微。

皮沙发上两人双双抬头。

何泷假笑："小冯回来了？真罕见。"但想起宛今就坐在旁边，不好太打击冯简，"白日工作想必繁忙，家里还有高汤，珍妈快为姑爷端一碗。"

冯简今晚在餐厅吃饱到堵住喉咙，把碗递给宛云，自己顺手拿起旁边的报纸看了眼标题。

宛今依旧来回摸着狗雪白的背脊，抚弄卷毛。何泷先看看宛云，再蹙眉盯着冯简，接着放松般地喘口气，再沉痛地吸口气。

一时客厅里很静。宛云不知为何，在汤的蒸汽中感到有些安然和温暖。她想，自己依旧是最幸运的人，即使是错觉。

冯简在何女士的监视中，和宛云扮演恩爱夫妻，同宿一房。

比起熬夜，他更习惯早起，宛云却有夜读的习惯。而到了三更半夜，宛云突然被冻醒，睁开眼，被子不知何时毫无踪影。往旁边看去，男人的保暖工作做得很好，然而同样没睡。

他正睁着眼，看着天花板。过了一会儿，他突然开口："李宛云，你还没回答我，你妹妹到底为何突然回城？"

宛云睡眼惺忪："这算我必须回答实话的第二个问题？我不知道。可以去问问她，但我不觉得今今会老实回答你。"

冯简再怀疑道："周愈投资我公司，莫非也因为你？"

"我不知道他有多蠢，但你自知你的公司值不值得。"

冯简没说话。宛云突然问："冯简，是不是你每天晚上想和我说话，又不好意思，就偷偷把我被子抽走？"

冯简无声地比了个口型，但宛云好像背后也长了眼睛，正在这时回头。

台灯未关，光线晦暗，同床男女，深夜对视不是什么好习惯。

冯简压在上面，越来越重，根本推不开。她不放松，他大概也不好受，却不肯停止。宛云从未见过此番神态的冯简，平日掩盖的冷酷全然显露，带着股莫名的戾气和异常强硬的态度。

正在这时，冯简停下动作。他对上她的眼睛，明知故问："很疼？"

她在他的目光下蹙眉转头，长睫、鼻梁到红唇，无一不是精致完美的轮廓。冯简早知道这女人美，然而神态总透露出冷淡和厌倦，即使指尖深陷床褥，指节拉扯到发白，至今不肯服软。

真是个……冯简不由得闭闭眼，胸口满是难以发泄的戾气。他张嘴，直接咬住宛云肩头。

并非玩笑，并非惩罚，那一嘴下去让人猝不及防，将鲜明痛感传到她的脑神经。

"冯简，你疯了？"宛云疼得直哆嗦。

在她的挣扎中，冯简面无表情地松嘴，转移到另一侧肩头，毫不怜惜地用同样的力道咬下去。

宛云这次连话都问不出来。

少女时无知无畏，身体发肤无所谓。但车祸后，不说何泷，宛云自己都开始注意。她年纪已大，不肯受疼，小伤口都鲜少再有，甚至都忘记受伤的滋味。

在久违的巨大疼痛中，委屈和软弱争先恐后地涌上心头。宛云眼前也渐渐迷蒙了，每次和冯简亲热，总能勾起一些回忆。

她仿佛回到多年前，独自坐在黑暗的柜中，听到他笑着说："很好，到时她来了，我们就照着这剧情再演一遍。"

对方毕恭毕敬道："知道了，少爷。"

他淡淡地笑道："就这样吧。时间够久，也该收戏了。"

冯简第三次狠咬她肩胛骨的时候，一瞬间的疼痛，把宛云从回忆中猛地拉回来。她这一生从未碰到过这么有攻击性的动物。宛云被激怒，一推他胸膛："有完没完？"

冯简只好遗憾地松口。美人肉在嘴里的感觉并不美味，他更怀念晚餐的黑松露。

冯简轻蔑道："你不是没痛感吗？"

他唇上还有她的鲜血，艳丽刺目。宛云心中恨得不得了。此刻浑身上下，无一处不疼，无一处不酸。

她怒道："出去！"

　　冯简刚想冷笑，然而看到她肩头有股极细的血丝，顺着胸口下滑。那绮丽的鲜红色调和乳白肌肤交相映衬，格外触目。他情不自禁舔了一口。

　　之前放胃药的医药箱还摆在原地，冯简抱着宛云坐到高脚椅上。新鲜伤口在包扎下被止住血，疼痛转为麻痒，"庸医"却一直哄着她放松身体。

　　等结束后，她肩头的伤口没有裂开，腰和腿却像被抽走所有力气。

　　冯简把她抱回床上："还疼吗？"这次口气好了很多。

　　宛云仍然不想说话。冯简沉默看她一会儿，帮宛云撩开贴在脸颊上的湿发，犹豫片刻，嘴唇在她左脸颊轻印一下，随即移开。

　　宛云蹙眉看他的动作，十分不解。

　　他很不自在地说："别哭了。"

　　自己，哭了？宛云不由得抿嘴，眼前的确模糊一片，然而内心那股委屈和难过，不知从何处而来，也不知往何处消去，就像一个风筝，越飘越远。

　　冯简等了一会儿，见宛云眼睛里的泪水越涌越多。他脸色发黑，只好再草草亲她的右脸颊一下，飞快退开，不情愿似的。

　　"有那么疼？"他低声说，手臂越发缠紧她的腰肢，帮她揉着发抖的小腹。

　　宛云还在流泪，却轻轻应了声："疼。"

　　冯简终于逼迫她承认会疼，却没有从中收获到任何成就感。他喃喃道："待会儿就不疼了。"

　　她侧脸，躲过他那生硬的吻："不要摸我。"

　　男人"嗯"了声，改从背后环抱着她。

　　宛云的背紧靠着他胸口，耳后是他的呼吸声。他突然说："我有没有说过，你的手和脚都很小。"

　　宛云低声说："你是有什么特殊的爱好？"

　　冯简在背后磨牙："对，你了解我的。我的特殊爱好就是和恐龙一起睡觉。"

　　宛云忍不住笑："那你去自然博物馆吧！"

　　冯简双臂收得更紧，手上使力："你老实点，赶紧睡。"

　　他之后也没多说话，只是一直把她拉进怀里揉，直揉到她睡着。那一刻，她真切地感觉到，随着眼泪流淌，内心有什么沉重的东西慢慢消散。

　　第二日上午，广场上的喷泉处，馆长正悠闲地喂鸽子。

馆长忧伤地说："冯简那个公司居然有规定，实习生不能迟到。小克说他迟到十分钟，就被主管骂。宏森自动真的是一个很严苛的公司。"

宛云不吭声。

她出门的时候，严苛公司的总裁还在她床上补觉，六点多试着起床，随后就放弃，打电话"旷工"。而宛云是被折腾得一宿没睡，走路都不敢快步。

馆长突然发现她的不对劲，怀疑地看看她："今日大太阳，也并不寒冷，怎么你要长衣长袖？"

宛云退了一步："我刚被传染上红斑狼疮，还想跟你请明日的假……"

一听有传染病，馆长像刚从热锅中逃出的螃蟹，转瞬间就消失，连手里拿着的那包鸽食，都随意一抛。谷物在空中四散，随后大多被撒到喷泉里。喷泉水流激烈，原本被四处打散的谷物在机缘巧合下，打着圈子逐渐汇集，旋转不息。最终，相伴沉入水底。

这时，一只雪白的鸽子从高空飞下，缓慢收翅膀，落在宛云脚边。

她好奇地看，只觉得鸽子一动一动的头，很像昨天晚上试图吻自己又犹豫不前的某人。

宛今和何泷在半山别墅住了一礼拜。

小女儿的心眼，何泷不屑一顾。不过男女之事，能防则防。与其把宛今拉回家，让她在背后对冯简下手，不如就放在眼前。

何泷早年是舞女出身，很难洗去性子里特有的刻薄，更压不下她心比天高的个性。她对宛今的态度越冷，连带对冯简也更加挑剔。

宛云告诉冯简："妈妈其实很新派。当初我们孤儿寡母，很多人要来结亲联姻，她都推拒，说若是女人自己做得好，要男人干什么。这么多年，她也从来没有对我们姐妹逼过婚。"

冯简看她一眼，心说，那是何泷独心疼她。否则联姻时，怎么会毫不犹豫地把宛今推出来。

宛云道："她有做得不好的地方。你看我情面，多多体谅。"

冯简不置可否，转而讨论第二个让他不舒服的人物："你跟宛今谈过了吗？她如今放假，不要总蹲在家，不如陪着你妈多出去玩玩。"

宛云欲言又止。对着这个不解风情的家伙，不知该怎么解释宛今正是为他回来。

冯简研究了一会儿她的表情："你是想问她们两人的旅行费谁掏？"

宛云瞥他一眼："你若是能劝今出门散心，我妈自然也就跟着离去。"

冯简冷哼："那就继续住着，我倒不至于那么小气。"

他牢记着宛云的玩笑。何浣和宛今虽然碍眼，但假如他亲自赶走丈母娘和小姨子，倒像多么期待和宛云共处似的。

其实也有别的应对方法。冯简偶然发现，只要他对宛云的态度越温和，何浣便对他越友善，与此同时，宛今也能收起她那让人难受的眼神，转而看向别处。

于是，馆长看到冯简天天亲自来接宛云回家，他觉得这情况很诡异，宛云也深以为然。

冯简看了几本心理书，上面说，与人拉近距离的最好方式就是称赞。于是每日清晨，冯简都要在四人餐桌上盛赞宛云几句。他不擅长这些甜言蜜语，话出口后就没词了。他索性打印了网上的土味情话，公然放在她的床头柜上，说一句后划掉一句，每日不重样。

宛云面无表情地听完冯简干巴巴的台词，尴尬得只想捂额头，但何浣却觉得挺好，女婿能表达爱意是好事。

"人家小冯关心你，怎么爱搭不理？"

而宛今的头越来越抬不起来。宛云想，冯简这招要是能礼貌地赶人，就随他吧。

此刻，宛云看着靠在门口处，不时烦躁看表的男人，随手指了指楼上，示意他再等待片刻。

身边的馆长却快步走过去："小冯，你安排小克进你公司，我的确很感激。但够了，我不喜欢你这种古板的男人，所以，你也不要再借着各种机会来这里。"馆长长叹道，"再说你已经有小云云了，而我很喜欢她，不想跟她抢男人。"

冯简皱眉听了几遍才懂，馆长这个自恋狂觉得自己喜欢他。

冯简沉默，半晌后面无表情道："胡先生，你觉得，一个人要怎么做，才能表达出很不喜欢你的意思？"

馆长肯定地回答："世界上怎么可能有人类不喜欢我？"

冯简撇嘴角，宛云这时下楼，走到他俩旁边："可以走了，但你须再陪我去画廊。"

冯简认为，他每日对宛云的恭维，已经是表达善意和解决家庭矛盾的最大让步。今日他抽空来接宛云，是来告状的。

他实在无法容忍宛今。

曾经的未婚妻，如今的小姨子，宛今就像冯简心中的白米饭，又软又黏。她的存在似乎总提醒自己，当初是多蠢才为了利益选择了联姻这条不归路。因此他的态度冷淡，能避则避。

两人单独说话，是因为家中的牧羊犬。

宛今住在大姐家，何浤不愿再管她，宛今又不乐意亲近宛云，因此总逗弄两只狗。珍妈不止一次地说，宛云不准牧羊犬进屋，但因为宛今小姐的任性，家中用人总要随时随地捡狗毛，害宛云咳嗽。

冯简不以为意，他每日晨跑，已经习惯两只狗在前面撒欢带路。

这日早起一个小时，他心血来潮，取了把废弃的刮胡刀，把牧羊犬的雪白长毛剃得七七八八，再带着快快不乐的狗跑了三圈。

等冯简气喘吁吁地回来，宛今穿着鹅黄色的吊带睡衣，赤脚站在门口等待。

两只牧羊犬被冯简牵着，修理整洁的长毛像互相啃过一样。她又惊又气，只觉得世间所喜欢的物事都被剥夺了。在对面冯简同样惊诧的目光下，所有委屈从内心深处涌上，她突然捂脸哭泣。

冯简退后三步。

小姨子穿着睡衣，蹲在草地上哭得伤心。真是瓜田李下啊！

他脑海中升起的首个念头，便是赶紧叫宛云过来解围，然而手机未带，上楼前还要先路过那个小型喷泉。他踟蹰着，下意识地先松开手中的牵引链。两只牧羊犬登时跑上去，摇着尾巴舔宛今的脸。

宛今满脸泪痕地抬头，质问道："谁偷偷剪的毛？"

冯简咳嗽一声，宛今的泪水流得更凶，恨恨道："妈妈？还是大姐？她们……她们都欺负我……"

冯简只能心虚地表达同情。回忆着那本心理书里第六章《男人如何对女人表达友善的信号》第三小节第三句话，"在她们难受的时刻，适时表达你的关心和支持"，冯简再次提出，若是宛今在这里住得不适，可以离开或出门旅游。不用担心费用，一切都由他安排。

宛今看着冯简，突然抽噎道："冯简，你……你还记得，当初为什么要选我当你妻子吗？"

曾经的旧问题，冯简毫无保留地回答过，时境不同，也并没有躲闪的必要。

"我当初是想娶你，但这是有时间限制的。你去了英国，而我不可能等你。"他平和地说，"现在，我的妻子是宛云。"

冯简的话还没说完，少女倏然转过身，捂脸奔走。

心理书上从未教过如何面对这种情况，冯简站在原地，牧羊犬转而扑向他。他隐隐觉得惹上了什么麻烦事。

冯简进家门时才想起，但何沇和宛今安然坐在餐桌前。宛今面色如常，似乎对今晨之事早已不介怀。

但晚餐后，两只幽魂般的动物悄悄溜过窗前，大家的目光都被吸引住。

何沇竖眉道："家里的狗是怎么回事？"

宛云同样看着牧羊犬的狼狈模样，刚要询问，却看到某人目光游移。她抽动一下嘴角，说："噢，我随手剃的。"

何沇正盯着场内嫌疑最大的人，此刻只得忍住："算了，云云。吃完饭后我帮忙重剃一次。"

宛今却细声细气道："姐姐？"

这是第一次宛今主动叫她，宛云不由得意外。宛今再道："这两只狗……能不能还我？当初，我是觉得姐姐一个人住在别墅可怜，才留下这两只狗。"

何沇冰冷道："有你什么事？你选的狗，付钱的是我，一直养狗的是宛云，这屋子的主人是冯简。凭什么乱要东西？"

宛今听闻又要流泪。

冯简已经先吃完晚饭，抬起眼睛："这样，宛今，等两只狗下小狗，第一窝留给你。"

何沇只觉得冯简的言辞粗俗，她冷言冷语："什么下一窝小狗，家里牧羊犬都是雄性，买来时就已经绝育！"

冯简很想买一条狗打发走宛今，但他又知道纯种牧羊犬的价钱，一时狠不下心："若你喜欢，可以随时来家里看它们。"

这话说完，何沇和宛云都望着冯简。

珍妈手脚灵活地给冯简添汤："姑爷多吃些。"

冯简不解地皱眉，唯有宛今安了心，飞快地瞥他一眼再低头。

回到两人房间，这些小事暂时被抛之脑后。

世界上分享完对方身体后还倍感委屈的夫妻并不多，眼前正好凑成一对。

宛云这些天没有等来冯简的道歉，他对她肩膀上的伤口视若无睹。冯简认为他该冷落宛云的理由简直能写八页的报告，然而半夜起床换两人床单的永远是他。

好不容易折腾够了，冯简从床头柜上拿起手机，举到两人眼前，漫不经心地查看工作邮件。

宛云被那手机强光照着，略微蹙眉。

冯简突然想起晚餐的事情，随口问她："为什么要养两只同性的牧羊犬？"

宛云正艰难地拨开身下不知何时被垫着的枕头，没好气："绝育不正好？不然纵欲过度，才贻笑大方。"

冯简打哈欠，不感兴趣地帮她穿上皱皱巴巴的睡衣："床全湿了，我很累，想回自己房间睡。"

宛云冷笑："客官好走，别忘记把支票留下。"

冯简带着睡衣将宛云从床上拉起，她不由得一阵惊呼，便被赤裸的男人抱着穿过走廊，大步走到对面的房间。

宛云惊魂未定地在床上坐直："冯简，你是个十分下流的人！"

"我知道。"对方睡意浓浓，顺手把被子掀开丢给她，"至于你的钱，自己算好，月底统一给我结算。"

如果再有一丝力气，她会想到更好的报复方式。但算了，冯简当初咬人的表情给宛云留下了很深的印象。

她躺在他身边，听着他的气息渐渐变匀了。

冯简现在睡觉时也喜欢把她紧锁在怀里，叫她无法动弹。然后将他的鼻子埋在她的肩膀处，另一只手还要握着她的手腕，对，他不喜欢牵手。

宛云依偎着他，就着这姿势合上眼。她无奈地想，总有一天，自己也会被这种将别扭演绎到出神入化的男人彻底拖下水。

清晨和夜晚不同，房内和房外截然。

两人的亲密关系不知不觉发生多次，但回想起来完全没有真实感。即使真切发生过但难以信任——这大概是两人在白日里看到对方的共同感受。

宛云不习惯私人空间被别人侵占，同样，冯简也不喜欢旁人乱收自己物事。

于是每日起床时都是一片忙乱。

宛云收拾自己，都要从冯简不耐烦的眼光中解读出"我的领带""另一只袜子""手表"。她需一边回忆那些东西被自己丢到哪里去，再快速递过来。

冯简沉下脸问："你很喜欢乱放东西？"

宛云蹙眉："我习惯随手扔掉垃圾。"

冯简冷笑："垃圾？你知道这东西多少钱吗？这是劳力士的表。"

宛云打量他片刻，言简意赅道："也许贵，但一定丑。"而且，很可能不贵。

冯简瞪着她，宛云在新一轮争执发生前，顺手从那堆和袜子没区别的领带里挑出一条，搭在他手臂上："你还剩五分钟。"

今天吃早饭，冯简突然又发表了一鸣惊人的讲话。他问宛今是否对公司公务有兴趣。

太突然，同在餐桌上的几人都一愣。

宛今抬起头。

冯简自顾自道："你岁数也不小了，也该像你二姐般进入李氏。从明日起，你每天傍晚来我办公室半小时。商学院只能教你书本知识，但实践性的东西以及目前公司的状况，你可以从我这里得到基本了解。"

这话落地，一片安静。

宛今睫毛颤抖得厉害。何泷缓慢擦拭嘴唇，刚要开口，冯简便再转向宛云。他皱眉道："还有你。每天傍晚，跟着她一起来见我。"

宛云没料到焦点居然回到自己身上："我？我有自己的事情要做。"

冯简坚持："不差这点时间。你也过来听听。"

宛云干脆拒绝："不去。"

他站起身："我今晚叫司机去你画廊接你。而且，你要比她早半个小时来。"

宛云的合伙人威胁宛云，也喜欢用相同的口气，不过更虚张声势些。

"小云云，今天早点来。有个想定制油画的客户，他已经第八次推翻原画线稿，我实在应付不来。如果你不来，我就让你的生命只剩下这么一点时间。"

在馆长抱怨的时候，宛云意兴阑珊地在豪宅里欣赏别的画作。

门开了，一行人走出来，馆长使几次眼色，她才看定轮椅上的老人。

对方的癌症到了晚期，身上散发出酸淘米水的气息，蓝眼珠里也是一片浑浊。

"我雇你们来，是想让你们帮我画曾经的初恋。"老人缓慢地开口道。

能雇佣让馆长画私人画像，并让宛云亲自接待的客户，通常不是普通人，都是有雄厚财力的富翁。宛云已经忘记见过多少种人，年华老去，容颜衰退，只有回忆里的人永远不会褪色。

这次她听到的依旧是陈词滥调的老故事。

许多年前，富家子爱上一个孤女，家族早已为他订婚，两人遗憾分手。几十年后，老爷子在查出患癌症的三个月后，想起曾经的初恋。

"她是我唯一爱过的女人。几个月前老宅偶然失火，把为数不多的照片烧毁。"老人迟疑道，"胡先生画的画像，已经和真人极为相像，然而我知道，那画上的人并不是她。"

馆长连连点头："肖像画是真人画。在没有原型参照，只听您口述描绘的情况下，总是要难办些。您少安毋躁，我会再着力修改。"

老人连连点头。这时，他注意到了旁边的宛云。

馆长道："这是李宛云，圈子里眼光最好的艺术商。您可能不知，她也是一名画家，素描堪称一绝。我特地把她带来相助。"

宛云任他打量。

沉默许久，老人的目光终于缓和，却仍带着挑衅说："让我看看你的本事。"

宛云拿出笔和纸，淡淡道："你第一次见她，她穿着什么颜色的衣服？"

几个小时后，馆长不服气地跟在宛云身后嘟囔道："真不敢相信，我因这客人的苛刻要求，奔波足足一周，几次修改都不满意。但你听了他的几个描述，两个小时就把他想要的人画出来了。看那个老头子抱着你的画作大哭的模样，真是令人遗憾。"

宛云按摩着手，并不说话。

馆长皱眉道："我觉得我之前的画也没什么毛病。"

宛云才开口道："馆长画工没半点问题，然而体量大的油画，结构太精巧，整体感觉就会轻浮。"

馆长冷哼一声："算了，庆幸你小指残废，没办法长时间持笔，也算给其他烂艺术家留条活路。"

宛云笑道："馆长实在太客气了。"

忙了一天，她早把冯简要自己到办公室去旁听公务的事情抛之脑后。

工作狂已经回家，并罕见地先睡，没有动手动脚。

将睡未睡的当口，宛云再次感觉到寒冷。她困难地抬眼，身上的被子又被抽走大半。她简直好气又好笑，暗自用手握紧被子的一角。对方在身后继续拽，紧要时候，她突然松手，身后传来扑通一声，再传来声低骂。

冯简滚落在地，头撞到床头柜。

宛云不再睬他，拉来被子，翻身睡着了。

自从听到周愈的大名，何浤一直尝试用"东床快婿"这典故来安慰自己。冯简不修边幅，却可能是个好女婿呢。

事实证明，冯简比王羲之更不知好歹。臭小子偶尔回家吃饭时，在餐桌上不顾眼色地和她探讨李氏的问题，并一针见血地分析何浤掌权这几年的弊端，现在还想亲自教宛今。

何浤特地隐忍两天，打算看看宛云的态度再教训冯简。

清晨，冯简顶着新伤，坐在餐桌对面喝早茶。

宛今同样看到了他的额头，直接问怎么回事。对方正气恼，冷冷道："怎么不去问你大姐？她夜里干的。"

说的是实话，然而听在外人耳中有打情骂俏的味道。宛今一愣之后沉默，何浤指挥珍妈将餐具摆齐，冯简继续面色阴沉地往嘴里扔东西。

宛云甫从外面走进，想起另外一事："上次给你的西服，忘记拆线。今日记得拿回来。"得知冯简的西服已经由宛灵帮忙拆线，不由得也扬了扬眉。

那顿早饭，呈现出全家人多日未有的和谐。

临出门前，夫妇罕见地有话想叮嘱对方，但何浤和宛今分别拉走了他们。

何浤犹犹豫豫道："云云……我知道小冯有时候不太会做人，但是你多少要……"

宛今吞吞吐吐道："是因为我，你和姐姐才……其实，我现在并不想立刻进入李氏……"

那对夫妇显然没有听懂，分别安慰她们不要做无谓担心。

之后几日，两人一直没有空闲时间交谈。冯简惯来忙碌，宛云罕见晚归，除了共享一张床，仿佛又成了陌生人。

如果是少年少女，大概会有烦恼。但宛云觉得，怎么样都好。

邀请馆长作画的老人也对宛云道："你年纪轻轻，怎么好像对什么都难以投放感情？"

宛云笑道自己已经结婚。

馆长在旁边调着颜料，顺口插话："别管她，她是到我们人间来体验生活的。"

老人扬眉，打起精神开玩笑："长得那么美，心思那么不定。"

宛云任馆长和老人把话题转换过去。

她不觉得老人有资格说自己。

这天清晨，有人没有跑步，直接摇醒她。

"我跟你说过，让你每日下午和宛今一起到我办公室，最近人跑到哪里去了？"

宛云取过床头的表，看了一眼再放回去："现在是四点三十二分。你等我再睡片刻，穿好衣服，洗漱完毕，再继续说刚才的话题好吗？"

冯简没有让步。对手不穿衣服的时候是谈判的最佳时机。

这规则不适合宛云。她收走被子，不再挣扎，继续蜷睡。脸和身上一样白，腿和手腕修长，如果有相机，冯简想过可以把她拍下来卖给八卦杂志。

他烦恼地盯着宛云的脸，这样美丽的女人，他始终不确定她要什么。他所力求的出人头地，她在十年前就早早抛弃。

除了支票，到底给她什么好呢？

宛云这时睁开眼睛："还有事情要说？"

冯简把手上的被子丢回去："起床起床起床。"

两人起得都早，因此提前吃早饭。

宛云顺口问他周愈现在什么情况。

冯简愣了愣才反应过来，皱眉："你是想问，他在公司是不是对我有威胁？也许有，我让人盯着他。我自己有更重要的事情要做。"

宛云笑了笑。

冯简继续问："你为什么没有跟着宛今来？秘书到画廊也找不到你。"

宛云要开口，他不耐烦地打断她："我可不是逼你。李氏企业的事情，你可以不去接触，但必须要有所了解。你们家的产业庞杂，从工业、航运到保险都有所涉及。我精力有限，只代管李氏三年，更多负责目前和宏森合作的相关业务，没资格进李氏企业的董事会，更核心的东西接触不到。可是，企业管理大同小异，看财报也能有所了解。我现在能教宛今的，都是最基本的东西，你就在旁边听着，我会对你有所偏向。"

他每次说起公事，话都很长。宛云收起笑容："谢谢你的好意，但我对家族企业没什么兴趣。"

冯简沉下脸："世界上没那么多的兴趣，在哪里都要生存。你二妹野心不小，宛今要历练，需要很长时间。你可以不参与企业管理，但日后免不了要站队，总要学会基本常识才能保证衣食无忧。不然，三年以后，我不在，你能怎么办？"

宛云淡淡道："怎么办？就像三年前没有你时那么办。"

冯简不假思索地拒绝："不行！"

宛云挑眉，平静说："为什么？冯简，不是只有青年企业家才能在这世界活下去。"

冯简张了张嘴。

何泷走下楼，看到餐桌前的两人愣住："都起这么早？"

宛云继续轻声道："为什么非要拉上我？你并不关心李氏集团的兴衰，只是因为我们同床共枕，所以你想对我有所补偿？时时刻刻在计划我们三年婚姻结束后的事情吗？"

何泷感觉到他们两人间的气氛不对，冯简眼睁睁看着何女士一扭一扭走过来，头皮发麻，又不想让两人的对话泄露。

"你就不能过来听听？"他压着火。

宛云清澈的眸子继续看着他，就在冯简以为她根本不会妥协时，她叹口气：

“每周四来接我。”

宛今对于宛云的加入，并没有太大反应。

她跟着冯简参加了几次商务会议，几天的时间，少女的脸庞仿佛坚毅了一些。她信誓旦旦："我会努力配得上你。"

冯简正在接电话，挥手让秘书把她带出去："我不需要你配得上我，但你必须努力。"

宛灵在旁边笑："今今对你还真是痴情。"

冯简通完话，停下手里的动作，皱眉道："谁？"

宛灵慢悠悠道："你是真装傻还是不动声色？你当然可以培养宛今，但有你这根刺在这里，她以后也不会偏向宛云。再说，你确定宛今能争得过我？"

冯简眯着眼睛，似乎在掂量她的话。

会议室里的人都在等老板先走，宛灵轻轻说了句："有空去接我姐吧，你不肯陪她，有人乐意得很。"然后巧笑嫣然走开。

冯简注视她的窈窕背影，实在觉得比起宛云，宛灵和周愈才应该配成一对。一样的不容易满足，一样的爱惹是非。

冯简的思绪最终又落到妻子身上。宛云，李宛云。

他不能确定这桩三年的婚姻，最后会有什么结局。但无论如何，冯简确实希望李宛云能过得更好。不仅要比他过得好，还要比她的两个白痴妹妹过得更幸福。否则，他会觉得自己很无能。

冯简转过头，检查屏幕里自己的脸和眼睛，和往日一样冷漠。他释然地点点头，让秘书夹起电脑，头也不回地离开。

一连七天，宛云和馆长都在富豪家作画。

今日走出别墅，看到一辆加长轿车停在门口。城中人都知道，车牌号三个零，是周家的奔驰乌伦豪特古董车。

此刻车里无人，像是无声的撩拨。

周愈想要回心转意？不，只是因为势均力敌的游戏对手最有趣而已。

这么多年，没长进的人不只是自己。宛云冷静地给有关部门打电话，举报违章停靠的私家车。

馆长在旁边风言风语："真执着。"

正在这时，两人身后传来鸣笛声。冯简正坐在旧车里，同样顺着他们的目光朝豪车盯过去，没什么表情。

今天不是周四，他怎么有空来接自己？宛云有点诧异，馆长冷言冷语："盯梢呗。"

冯简只道："我下午刚和你母亲从码头回来，已经共同决定购买一艘私人游艇。"

宛云并不感兴趣。旁边的馆长却目光闪动，淡淡道："私人游艇？那也没什么了不起。哈哈，是多大的游艇？"

冯简这才看向馆长："看过《泰坦尼克号》？"

馆长压抑住兴奋，矜持道："啊，老电影了，看过几遍。"

冯简点头："看过就好。"继续道，"像电影里的那个救生艇那么大。"

馆长转头对宛云道："你俩慢慢聊，我回家了。"

两人上车后，宛云才笑说："真是来盯梢的？"

冯简道："我是来接你去公司的。"

宛云漫不经心"嗯"了声。冯简不禁再看她一眼，精致挺括的大衣，因为旧车座位窄小，暂时脱下了。手包没有地方放，只好扔在地上。

她似乎应该坐上对面的那辆车。

冯简技术性地估算了一下之前那辆古董车，价格一定超过三百万美元。购买渠道大概是通过拍卖会，有收藏价值的动产应该会保值。但考虑到这辈子自己大概永远也用不了三百万美元的油钱，因此买来的价值暂时为零。

花钱真是大学问。等他开着的这一辆旧车自然报废，他才会考虑购辆新车。

过一会儿，他听宛云说："咱们好像走错路了吧？"

冯简心不在焉："来的时候从桥上走的，那里的商厦有火灾，都是消防车，交通不便，打算换一条道路。也许更快更省油。"回过神想咬舌头，生怕宛云追问"你不是说从码头来"。

宛云仿佛毫无察觉，只笑了笑。

冯简最怕这种笑，皱眉道："怎么管那么多事情？"

宛云笑道："不是管。身为你的妻子，问问你的行程也是应该的。"

冯简愣了下，随后闭嘴，专心开车。

第一次的三人共处不是那么有乐趣。

宛云原本只是来凑数的，但总有冯简在针对自己的错觉，不得不上心。冯简拿着报表的时候，基本都是在问宛云。

冯简的语速越来越快，宛今刚开始还能跟上，最后却只觉得整个过程中，自己都被夫妻二人隐隐排斥在外。

几个小时后，宛今去外面拿衣服。冯简收拾会议室里的电脑文件，回到办公室里依旧忙上忙下，满脸不耐烦。

宛云自觉帮不上忙，安静蜷在沙发上。冯简觉得她的两条腿伸得极直，会在某个不经意的瞬间绊倒疾步行走的自己。

突然听到宛云道："坐吧。"

冯简怀疑自己出现幻听，停下手里的事情，缓慢道："说什么？"

宛云重复道："在这里坐吧，我看你很累，先放松一会儿，等会儿再做事。"她本想拍拍自己旁边的位置，然而在冯简的目光下，又指了指她对面略长的沙发，随后将长腿放回地面。

冯简僵硬道："这里是办公室，你知道吧？"

宛云略微蹙眉："有什么关系？"

关心得不到回应，她被沉默的凝视盯得心里有些发毛，下意识地摆出防御姿态："不想坐就算了，继续收拾吧。"

华锋取完传真文件，刚想推门进来，却眼睁睁看着老板把门甩在他鼻子前，顺便落锁，透明的玻璃门也落下百叶窗。

电光石火间，秘书看到里面同样诧异的一双美丽眼睛。

太好了，老板娘在里面！华锋"含笑九泉"，终于有一天可以准点下班。他跑了，再见。

办公室里，冯简突然俯下身，宛云简直是猝不及防。她又惊又恼，赶紧推开他。

"刚才不是说要做？"

他的手掌按在她耳边，宛云都没反应过来，过了足足十秒才懂。

她不明白冯简怎么能一再听错："我是说坐，坐下的坐……你脑子里除了那种事，还会想什么？"

门都落锁了，冯简不打算停止。他冷笑："怎么不从自己身上找原因？整日随意拈花惹草！"

宛云用手肘撑住他胸膛，不准他乱动："怪我？那你把我的脸划伤吧。"

即使在这时，男人也是一定要惯性地耻笑她："丑人自作多情，我什么时候说过你脸长得好看了？"

"你说过。你上次喝醉酒后亲口告诉过我，你觉得我是美人。"她忍不住笑了，用力地去拧他的手臂，"松！"

冯简无言以对，他感觉自己要被烦死了。

那张美艳的脸面无表情的时候，和博物馆里摆放的艺术品一模一样。

宛云再借机推他："别疯了，今今待会儿进来。"

冯简不吭声，低头啃她的脖子。宛云倒吸一口凉气，两人目光对视，是很适合接吻的角度。

正在这时，门把手被转了一声，有人轻轻地"咦"了一声。

宛今回来了。

他们同时屏住呼吸。

冯简依旧有闲工夫讥嘲："害臊？上次你藏在沙发后偷听别人说话，被我发现。这次故技重施，你还真是时时刻刻都不甘寂寞啊。"

宛云横他一眼："不甘寂寞的另有其人。上次，不知谁温香软玉地抱着，才被人旁观。"

他脸色一变："又诬陷，是我主动抱她的吗？"

"对。"

冯简回想的时候，宛云若有所思："你应该已经感觉到宛今对你仍有情意，若你假装不懂，就要准备好听她对你再次告白——"

冯简被她说得一阵恶寒："白痴啊你，自己滚过去听好了！"

宛今仍旧在外面持续地敲门。沙发窄小，身体相贴，两人斗嘴的声音虽轻，但一来一往，呼吸交缠。

冯简瞪着她，看着他凶恶的表情，她迫不得已感受到他越来越快的心跳声。

其实，冯总裁还要脸，正犹豫要把事情做到什么地步，她却生怕他失控，屈膝顶上，踹他关键部位一脚。

宛今略微低身，勉强从百叶窗的缝隙向里看去，办公室里无人，十分沉寂。她犹豫片刻，先去别处寻人。

办公室里，所有的暧昧气息一扫而空。

冯简一言不发地缩着腰，强撑着没有发颤，然而姿势尴尬，一时之间连推开伏在他肩膀上的宛云都没有力气。

宛云忍着笑："抱歉，我很久前练过跆拳道。"

男人被她临门一脚踢得声调都变了："你不是吧李宛云！"

宛云笑着安抚："上次你咬我几口，今天我踢你一下。一人一次，扯平。"

冯简痛得话都说不出来。这毒蝎女从十年前到今天，害他用莫名其妙的方式受伤无数次。娶妻和绝后有什么两样？

她睨着他："不然，你再咬我泄恨？我把手借你？"

冯简铁青着脸："少拿残废的手打发我。"

这依旧是她没有主动说起但还是被他看破的细节。不过，宛云现在也不惊讶了。

冯简恶毒道："因为我见过你晚上咬着小拇指哭的模样，当时觉得很古怪。"

宛云的脸顿时红了，似笑非笑地说："想再被踢一下？"

放在桌上的手机突然响了，宛今打过来的。

再躲没有什么意义。

宛今看着头发凌乱的姐姐和衣衫凌乱的姐夫从刚才的办公室走出，再单纯也猜出发生了什么事情。她不由得退后一步，有心想逃离，却又咬着唇留下来。

到停车场，冯简让宛今和司机先离开。

"我单独开旧车送你姐姐回去。"这就是每次和宛云一起出行的烦恼，冯简不想再成为明日的新闻头条。

宛今沉默了几秒，道："我也要和你们一起。"

经过几日相处，宛今也有些适应了冯简的脾气。他脾气大，但做事并非全无通融的余地，如果蠢问题只出现一次，冯简是不介意的。

在车上，宛今主动和冯简搭话，两人一问一答，气氛还算融洽，甚至比他和宛云的相处更和谐。

在旁边，宛云无声地听着他们的对话。宛今和冯简的声音，一个轻快，一个不耐烦。平心而论，他们都不是心里有很多弯弯绕绕的人。和他们相比，有一个人极聪明，极狡猾，深晓别人在要什么。

十年前，周愈曾在窗外彻夜为她朗读童话和诗歌，声音低沉。

宛云早已经忘记他讲过的故事，单单记得安徒生的一篇童话。国王举办展览，主题为"世界上最不可思议的比赛"，谁能做出最不可思议的艺术品，谁就能娶公主和获得半个王国。比赛中，一名工匠制造出神奇的钟表，被公认为冠军。就在他赢得殊荣的前一秒，人群中突然跑出一个大汉，拿出锤子将钟表彻底摧毁。所有人彻底惊呆，不得不承认这是最不可思议的人。

宛云被黑暗童话震撼，终于推开窗户，周愈深不可测的眼睛正望着她。

之后是糟糕故事的开始。

遇到危险事物，一般人会下意识绕道。但她是公主，养尊处优，从未有过避险意识。当看到极具破坏性的黑暗浪花，下意识就去够，导致倾尽所有换来的"爱情"只是荒芜。

周愈喜欢她吗？并不。他所喜欢的，无非是"高墙里的公主"这人设，而不是具体的一个人。他本质上是个功利的人，做事情会无所不用其极。

"又在发什么呆？"冯简不耐烦地在她面前招招手，"赶紧去洗澡，我要关灯睡觉。"

他已经从浴室沐浴完毕，裹着浴巾走来。

卧室的冰箱里只有清水和啤酒。冯简拧开冰镇矿泉水，以喝酒的阵势皱眉饮下，将电脑在膝盖上平摊开。

他随意套着T恤，荧光照得他脸微微发暗。

宛云看着他。她记得此人说过，工作之外，唯一需要穿着西装的场合就是婚礼。就是这样的男人，脚踏实地，拒绝幻想。

"冯简？"

对方眼皮都不抬，对她的声音置若罔闻。

宛云拢着睡衣坐到他旁边，认真地看着他："你真的不喜欢我妹妹吗？"

冯简被烦得直皱眉："当然不喜欢！"

她不由得笑："我还没有说是哪个妹妹。"

冯简从鼻腔冷笑："哪个都不喜欢。李宛云你挡到我的光线了。待会儿洗澡时把大灯都关了，留台灯就可以。"

宛云目光下垂："其实，除了今今，宛灵也对你评价不错。如果有'做冯简妻子'的比赛，我不一定能比得过她们。"

冯简一目十行地扫过下属发的周报："李宛云，你先管好自己的烂事行不行？"

宛云不再多言。她站起身，转身要走进浴室，又被叫住。

冯简终于抬头："今日还有没有其他话想要跟我说的？"

宛云挑眉："比如？"

冯简望着她，她一路上都在发呆，魂不守舍的样子。

他想着周愈的那辆车，嘴里冷冷地说："你好自为之，和我维持婚姻期间，做任何事都要多想想，千万别让我难做人。"

话说得稀里糊涂，偏偏宛云明白了。她颔首："我这里是不会动摇，但你真的要小心周愈，他不是一个按常理出牌的家伙。"

冯简很烦躁："我可没跟你说周愈！算了，你洗澡去！"

究竟没等到洗澡。

宛云前脚刚进浴室，有人就尾随而来。

他的脑海里，总不合时宜地浮现街角那辆锃亮古董车。

华而不实，大而不当，保险费惊人，维修不便。以及，买得起而不想买是一回事，但买得起而买不到，或根本就买不起，是另外一回事。冯简在世界上想要的东西不多，阻碍他达成目标的，他要一律铲除。

出来混那么久，他只是个乐观而无情的商人而已。

宛云要是知道，某人今晚脑海里始终想着一辆车，大概又会刷新认知。但她浑身暖洋洋的，脑袋里却昏沉，一动也不想动。

冯简顺手把她从浴缸里捞出来，拍拍蛇蝎美人的脸："有点契约精神行不行？"

宛云就着这力道攀他的脖子："乖，抱我回房间。我有契约精神。"

冯简把她轻轻地抱回床上，替她扯来被子。

他嘴巴毒，但平日里不肯对她讲任何荤话。此刻，冯简罕见地叹口气。

宛云睁开眼，男人正近距离地凝望着自己，目光中有些依恋，仿佛要把她整个人吸进去。然而下一秒，他就说："你刚才喊得我耳膜都裂了。除了跆拳道，以前有练过京剧吗？"

周愈的办公桌上有他近一周以来收到的罚单。

乌伦豪特被拖回来，硬顶鸥翼门不知何时有了轻微损伤，调监控视频并没有发现有人接近。车被送修的时候，告知重要配件已经售罄，至少等两年再来。那车在两年间便形同废铁，而查询销售记录，相关零件被本城一位年轻女士购买。

周愈拿着账单，不由得微笑。

这么轻易惹恼了她，真不易。宛云向来是名门淑女的典范，知书达理，喜怒不形于色，最愤怒时也只肯微微一抬眼角。

他刚开始以为她不会动心，千般招数都使出来。宛云接受，但鲜少回应，似乎仍没动情。车祸后的宛云伤势甚重，医生几次下达病危通知，周愈却根本不能想象自己会娶残废的新娘，怕承担责任，不敢出面承认。直至在病房里看到死里逃生的她。

兹事体大，宛云没有给他任何后悔的机会。她从容说完绝交，让他出门。随后凭着惊人毅力，硬是在死亡边缘，一点点地恢复健康。李家人上上下下是爱议论的个性，但看完她的整个康复过程，绝口不提前事。

如此大的事故，少女生生自己扛下。世间再无第三人知道他们的旧情。

宛灵在病房外红着眼睛对他道："你赢了，但你真不是什么好东西。"

伤好之后，宛云就像武林高手，一招战败即退隐江湖。

多年来，周愈只能全力压制媒体，不允许有任何负面新闻见报，当对她的些微补偿——即使宛云毫不在意。

周愈从不知道，他能对她产生如此复杂的感情，内疚或爱慕，敬佩或占有。多年一直在等，她不嫁，他不娶，仿佛还有誓言在。

直至冯简突然出现。

那个男人不过是急着向上爬的宵小之辈。

某人的名片在桌上。周愈盯着那个名字，随后用手指在"冯简"两个字上虚打了叉。

在一个下雨的周末下午，宛云去参加房产大亨的葬礼。

老人的病情没让他撑多久，聘人作画似乎只是回光返照的最后任性，然而未等初恋的油画完成就撒手人间。

葬礼现场的人并不多，大部分人是前来参加随后举办的财物拍卖会的。

馆长唏嘘："不知道我在百年之后，有没有人愿意花这么大价钱为我画像，怀念我的音容笑貌。"

宛云道："大概不会，您似乎能比任何人活得都更长。"

馆长没好气："你家冯简的初恋是谁？"

宛云过了会儿才道："感觉没有。"

馆长追问："现在也没有吗？小云云，至少你现在百分之百确定，你丈夫临死前想画初恋，只能画你——"

站在棺椁前方的牧师沉着脸道："老伯，你能不能安静点？"

葬礼后的拍卖会甚是盛大。老者原本出身豪门世家，生前又热衷收藏。藏品繁多，价格不菲，一把银汤匙都大有来历，勾得馆长忍不住也参与竞拍。

单单一物推出，无人出价。正是那未完成的油画。

画作人物栩栩如生，但染料尚新，且又未完工，拍卖师连续喊几次，大家都不感兴趣，在台下窃窃私语。

宛云举起馆长的牌子。

馆长吓了一跳："干吗？"

宛云道："怎么好意思看它流落在外？"

拍卖师只看到一个老年光头在座位上，伴着某位美女的动作蠕动来蠕动去。最后宛云妥协："你帮我竞拍，我来付钱。"

馆长斜眼："干吗一定要买？你不是瞧不起他的行径吗？"

宛云笑了笑："总归是一种情怀，不想糟蹋。"

馆长说："你怎么和冯简那么像啊，多情又无耻。"

宛云没理他，按照原价出价。

取画过程却是意料之外的麻烦。

身份验证，填银行账号，填地址。有人走过宛云身边，掀开油画上的布，轻声感慨："他居然至死都爱她。"

眼前站定一位衣着打扮低调而精致的老妇，在葬礼上，两人有一面之缘。

老妇双眼凝视着画作，淡淡笑道："画得真像，真像，也不知画手是谁。四十年前，她的确长着如此模样，甚至更美些。"

老妇仿佛不忍再看，随手便把画蒙上："你肯拍下这画，想必是知道些他的故事。而我……也算四十年前的一个主角。"她叹口气，苦笑道，"我是被他放弃的那一个。"

宛云抬起眼睛："你就是他的初恋？"

不料老妇惊诧道："我当然不是！我只是他曾经的未婚妻。他放弃家族产业后，和画中人结婚。"

辛苦十年，少爷终于能不依靠家族，而他的妻子在这时查出重病。

"不到一个月就死了，他终身未娶。我真羡慕她，他没有让她受一点委屈……"

他确实爱她。他娶了她。他没有忘记过她。到临死前，他让人画妻子的肖像，以慰平生。

当天晚上陪伴冯简参加晚宴，宛云有些心不在焉，随手拿起近处的酒杯，却被拉住。

"这是我的。"冯简不耐烦道，"你点的是酒，怎么能喝我的果汁？"

宛云抬头看他一眼："我反正是已经喝了。"

冯简的脸色有点难看。经过前几天的事件，他开始忍不住往别的方面怀疑。

灯光下，宛云低垂着脸。睫毛上卷，手指纤细。

冯简望着她，略微出神，不由得皱眉再重复："怎么能随意喝别人杯子里的东西？"

宛云突然被挑起些怒气："你说这杯饮料属于你？你怎么证明？难道叫它名字，它能答应你？"随后饮尽，转身离去。

没走几步，身后的冯简突然出声唤她："李宛云？"

这家伙又想做什么？宛云不为所动，继续前行，然而冯简在身后继续喊她的名字，极不耐烦又清晰。

宛云为息事宁人，回头望了一眼。

冯简得意地朝她扬起眉毛，他指了指她刚放下的空酒杯，再用手指了指她："按照你的理论，我叫了你的名字，你现在也答应我了，是不是代表你也属于我？"

宛云不雅地翻一个白眼："你现在是在公开调戏自己的妻子吗？"

临睡前，宛云还是忍不住向冯简讲了今天的故事。

男人听她惆怅地讲完，放下手里的书，追问另一个细节。

"那人的妻子已经死了四十年，又没有参照照片。"冯简怀疑道，"你就让他讲了几个故事，便把他妻子画了出来？"

宛云笑笑："我没那么神奇，不过是根据他的描述涂涂改改。至于让他讲故事，嗯，有的时候，人并不知道自己能记住如此多的东西。"

冯简显然不相信形而上的东西："你真有那么妙笔丹青？既然如此，为什么不自己作画？"

宛云再笑："你看看馆长所剩无几的头发，就知道创作是极费脑力的事。我做事慢得很，若能找到效率高的画家，便让他们代劳。"

冯简不置可否，起了新的话题："你想把油画挂在哪个房间里？事先声明，不要挂在我经过的走廊，我讨厌墙上挂任何有脸的东西。"

像那种欧洲宫廷里的真人画像，他瘆得慌。

宛云莞尔："并没有想挂起来，有些作品不是起装饰作用的。"

"今日的竞拍，你总共花了多少钱？"

宛云还没来得及回答，冯简继续问道："如果，我要雇你作画，需要花多少钱？"

他的声音略微紧绷，并不像平常喜欢惹人生气的冯简。

宛云略微惊奇："雇我？你想画谁呢？"

房间内，只听到他尽力放轻的呼吸声，随后他重新躺倒，注视着天花板。

宛云了悟："你是想画你的叔叔？"

"等你有时间又想作画的时候告诉我。"每次涉及自己的事情，冯简都不想深入讨论，说完这句后便闭了眼睛。

过了一会儿，手臂一凉，有柔软的手指搭上来。宛云试探地伸手抚摸他手臂上曾经的烫伤，似乎想安慰他。

冯简很少被如此温柔地对待，第一个动作，依旧是甩开。用力过猛，宛云轻轻"嘶"了一声，手臂撞在床柱上。冯简这才记得宛云也拜他所赐而受过几次轻伤。

两个独立的人，彼此都拥有难搞的个性。然而身为夫妻，又不得不彼此容忍。说是"彼此容忍"，其实也就是一次一次败给对方吧。

冯简叹口气，皱眉掀开被子，把无声退后的宛云重新拉到怀里。

她体温向来极低，被对方双臂一围，温暖源源不断地传来。男人不喷香水，身上除了剃须水很少有多余气味。自从两人同居一室，冯简为图省事，也使用她的沐浴露和洗发水。

宛云靠在他肩头，闻着熟悉的香味，感到略微迷茫。

居然是这么长时间来，两人唯一无所事事的夜晚。

头顶上方，冯简突然困惑地开口："对了，还有件事。你……你为什么觉得，宛今会喜欢我？"

宛云"嗯"了声："你这个男狐狸精，居然还敢问？"纤指随意在他胸口抚来抚去，"你似乎对今今格外耐心。"

他顺手捉住她冰冷的手指："什么叫耐心？我只不过是在学你的做法。"

她一怔。学她？

"你对自己妹妹很好，对你家人都很好。"顿了顿，冯简道，"其实我有点羡慕。我的亲人很早就死绝了，我也不需要在乎任何人。所以，偶尔，我会想……"

冯简说到这里停了一会儿。想什么？他也不太确定。

他感觉永远都融不进那个喧哗的上流社交圈。从始至终，似乎只有那个没有主见又毫无特色的小妹妹对他抱有友善态度。在这个深夜，出于某种原因，冯简很希望，十年前递给自己手帕的是怀里的女人。

宛云的身体在他怀抱里微微一僵，因为冯简不自觉地把话说了出来。

半晌后，她淡淡道："你在怪我。"

冯简说："那倒不是——"

"我没法知道咱俩以后的事情。"宛云轻轻说，"即使知道十年后会嫁给你，即使重新回到十年前……"她的声音突如夏夜竹尖挂着的露水，无比冰凉且温柔地坠落，"不，十年前，我们每个人都在做自己以为对的事情，而十年后，又都为自己的选择付出了代价。说后悔是很可笑的事情。当初让你留下伤疤的是我，递过手帕的是宛今，你不要弄混。"

冯简不由得松开手臂，嘲讽道："李宛云，你总有那么多借口。"

宛云离开他的怀抱，指尖仍然搭在他的手臂上。她抚摸着他的伤疤："如果没有过去的事情，那你现在就不会取得如此成就。伤疤存在的意义，不是让你刻舟求剑。"她冷冷道，"至于我，无论十年前或十年后，有一点都没有改变，那就是人要敢于承认自己做了什么，否则就是懦弱。我决不会喜欢懦弱而没有勇气的人。"

冯简讥笑："哦，那我的情况比你更好一些。"他冷冷地说，"我从不会喜欢任何人，没有人能成为我的例外。"

两人的争执发生得完全不是时候。

一夜之间，宛云直接把冯简请出了她的房间，冯简也拒绝和她说话。两人又恢复分房而居的状态，断绝了交流。

何泷一直认为，女儿女婿的相处模式很奇怪，然而又找不到任何破绽，直到她亲眼见识了两人的幼稚冷战。

即使在同一个房间，夫妻视彼此为空气，只肯跟另两个人说话。

冯简翻着报纸，口气平淡地对宛今道："我的车最近保养，先借用家里的两厢车几日。外出用车如果要用我的司机，提前告知我一声。"

宛今含情脉脉地点头。

餐桌那头，宛云对眯着眼睛瞪两人的何泷道："妈，我最近要去加拿大一周，后天晚上出发。一周之内暂时不需要用车。"

"你自己去跟小冯说！"何泷罕见地对宛云冷笑，接着扭头看向冯简，狠狠抛去锋利眼刀。只可惜餐桌太长，对方似乎没有感应到，依旧在哗哗哗地翻手上的报纸。

"小冯！你听到宛云说的话了吧？"

冯简头都没有抬："没有，你在说什么？"

几日下来，何泷女士对这对夫妻的忍耐力直线下降，若不是宛今在场，何泷简直想质问这两人究竟在闹什么。

在冯简临出门前，何泷把他堵住。

"在社会上混了多年，基本礼貌也该知道。"何泷耐心地说，"当别人说自己要离开，你多少应该懂得什么叫礼貌告别。"

冯简有些诧异地抬起眼睛："你和宛今终于要搬走了？需要我派车接送你们吗？"

何泷深深地吸了一口气。

压着想扇冯简耳光的冲动，何泷挤出笑容："我不管你俩发生了什么，但你是男人，跟自己妻子讲什么道理，争什么面子？平时多让让她能怎样？"

冯简皱眉，随后视而不见地从她身边走过。他的口气几乎是不友善的："对不起，这件事我帮不了你。"

与此同时，宛今终于获得了她梦寐以求和冯简相处的机会。同获机会的人还有冯简的秘书、公司高管等人。

加班和会议突然多起来。准确来说，是更多。

华锋愁眉苦脸："我以为老板结婚后有了人性。"

闲话随着冯简进门而终止。他几乎是皮笑肉不笑地缓慢扫了众人一眼，众人迅速垂眸，各就各位。

宛今的日子不好过。

工作狂冯简从不是好老师，注重效率，耐心比何泷脸上刚被羊胎素抚平的皱纹更少。

冯大总裁的名句罗列如下："你不会"的答案必须是"我可以立刻学"；"你没有时间"的答案必须是"当然有时间"；"我努力过了"是"我不需要你的努力过程，我需要一个好的结果"。

即使是八面玲珑的李家二小姐，在冯简手里，也吃过不大不小的苦头。世界上没有哪个少女希望有好感的男人眼睛看着自己，嘴里说的是"脑子慢无所谓，但至少你应该勤力"。

冯简的直率，宛灵在旁边似笑非笑的目光都让人难堪。整个企业的工作人员似乎都是高效的，宛今在新的环境中感觉被严重孤立——她不被任何人需要。

这根本和初衷相反。

小女孩在这种高压下终于崩溃。

在深夜的车库里，冯简和秘书在前方快步前行，低声讨论才结束的会议内容。华锋帮他关上车门才想到少了人，宛今小姐不在。

冯简也不确定："你没叫她？"

在偌大停车场转了一圈，发现失踪人员正蹲在电梯后的柱子旁做最拿手的事情。

她在哭。

这样的场景很容易让冯简想起某个糟糕的夜晚，他同样束手无策地站在宛今面前。而现在，他在司机和秘书移开目光后，面无表情，但觉得极其丢脸和不快。

他咳嗽一声："宛今，你饿了？"

司机和秘书纷纷控制住想回头瞪老板的冲动。

冯简对华锋说："你过去看看她。"

华锋虎躯微震，只觉命苦。在冯简不耐烦的催促声中，华锋硬着头皮移过去安慰。宛今倏地抬起布满泪痕的脸："为什么？"

冯简招手让司机把车开过来："什么为什么？"

宛今抽抽噎噎道："今天下午为什么要用那种语气跟我说话？"

冯简根本不记得下午对宛今说过什么。他跟所有人聊工作都是这种语气，有点急促，有点不耐烦。做事做不好，还不让教训，并没这个道理。

他道："你先从地上起来。"

宛今的啜泣声越发大，一时间，只觉得满腹的委屈、满腔的怨言无人能言说。

正在此时，有名衣衫褴褛的流浪汉从旁边的车底爬出来，突然扑向宛今。宛今的脖子被脏兮兮的一双黑手箍住，满鼻满口的异味。

冯简就要疾步上前，流浪汉已经从腰间掏出一个血红的针管，作势要往宛今脖子上扎。

"别过来！"他阴森地喝道，"除非你想让她和我感染上一样的病！艾滋病可不好治吧？"

宛今吓得大叫冯简的名字，冯简不动声色地给华锋一个眼色，示意他站到自己身后，借机报警。

劫持者脸部黝黑，身形极瘦，唯独两眼发着饿狼一般的异样光芒。

"把手机和钱包都扔到地上，举起双手！冯简，还有你身后的人！敢报警，我就用针扎这小姑娘！"流浪汉的针尖紧紧贴着宛今。

冯简一怔。他认识自己？

对方哼哼地笑："当然！我在这里没日没夜地蹲了几天，还不是为了看老朋友冯总你？冯总啊冯总，你脱离琳琅街，却忘了自己的根！如今身家上亿，怎么就不知对童年老朋友好些？报恩一些？施舍一些？！"

冯简沉声道："你是谁？"

"我是以前隔壁巷子的疤头三！你曾经深夜里送过我老婆回家，怎么不记得我？"对方突然冷下声音道，"快点把身上值钱的东西都放在地上，快！"

这台词真烂。

琳琅街里出来的，百分之九十九都是这种人。只要对他们好，他们就会利用你，拖累你，然后用尽一切机会吸干你的血。

在疤头三的连声威胁中，冯简和华锋掏出钱包和值钱的物品放在地上。冯简说："很好。你现在要什么，我都已经给你了，先把那小丫头放了。"

疤头三却冷笑："凭我们这种老相识，你给我开张一百万的支票，一次偿清，也让你疤头叔过点好日子，不用经常打扰你。"

冯简面不改色地答应："可以。"

疤头三因为他的爽快而眯起眼睛，却拧着宛今的胳膊，逼迫她回头看，借着灯光仔细打量她。

"这就是你新娶的妻子？"他狞笑，唾沫星子几乎溅到宛今脸上。宛今又骇又怕，紧紧地闭着眼睛，不敢呼吸。

冯简根本不想闲扯，上前一步："我让人把现金给你，你别碰她。"

"别过来！"疤头三紧张道，然而眼光一转，突然看到冯简手背处有什么微微闪亮，"赶紧把手上的戒指撸下来扔地上！"

冯简沉默片刻："那是我的婚戒，没有钻，并不值多少钱。"

对方却冷冷催促："快些！"

疤头三全部的注意力都集中到冯简身上，冯简抬眼望着，心里飞快计算两人之间的距离是多少，低头扯下戒指，扔到对方脚边。

疤头三低身要去拾那小小指环，与此同时，冯简快步上前一把拉过宛今的手腕："走！"

他推开疤头三，右手利落劈向男人的手腕，打落针头，华锋也前来帮忙。疤头三只觉得脑壳都要碎了。情急之下，他突然拉住冯简的手臂，用力咬下去。

冯简猛地挣脱，捂住鲜血横流的手臂，倒退几步。

午夜的医院似乎格外寒冷，带着消毒水的气味。光滑的大理石地板上反射头顶的光，再映着人影。

冯简已经自觉地戴上口罩，他刚刚抽完血，此刻坐在椅子上用棉签压着胳膊上的针眼，心不在焉地看手机上的邮件。

目前是有两个好消息。

第一，如果他真得了什么，每周花七千美元可以保证无恙。

第二，如果没有艾滋，他也要每周花七千美元去防护，而且要请保镖。

据说，正常人一辈子的医学投资，都是花费在临死前三个月的治疗费上。而在关于各种死亡的精彩臆想中，死于艾滋病绝对不是最好的选择——

旁边一直传来哭声。冯简斜眼望去，宛今坐在五米开外的椅子上抽噎。她的手和脸已经被清洗消毒了，略微泛红，依旧要求护士为她继续消毒。而察觉到冯简的目光，她全身哆嗦着，不敢直视。

华锋已经去报警并追查那人下落，而他本人很困。等检验结果出来至少要三个小时，他实在不想与好哭鬼共处。

"给家里打个电话，让司机把你接回去。"冯简尽量平心静气道。

宛今咬唇握着手机，在冯简的催促声中，才确定他不是讽刺。今晚的事故太过刺激，宛今只想回家，在熟悉的床上好好睡一觉。

手机里第一个快捷键是何泷，第二个是宛云。宛今犹豫片刻，给宛云打了电话，勉强镇定："姐姐，你……你的司机……用完了以后……可不可以……让，让他来……过来，来接我？"

宛云显然察觉到她的异状，宛今停顿片刻，喃喃道："不，我没出什么事情……是，我在圣玛丽医院……不，我真的没有什么，嗯嗯，是冯简……"

话还没说完，手腕就被远处突然砸来的纸球击中。宛今一松力气，那手机就滑落地面。

冯简沉下脸，大步地朝她走来。

宛今下意识地向后蜷缩，生怕冯简接近。幸好对方只是捡起手机，再坐回原处。

冯简玩着她的手机，面无表情道："给你姐姐打电话做什么？"

宛今不知哪里又做错了，眼泪汪汪的，脸色由白转为更白，十分可怜。

冯简平和地说："跟你说最后一遍，别哭了。你再吵我一声，我就亲手把你扔出去。"

"可、可是……姐姐会担心。"她极小声地说了句，"我都没有告诉她……"

冯简抬头淡淡看她一眼，宛今噎住，把眼泪生生憋回去。

冯简又坐了一会儿，深吸一口气，给司机打了车内电话，都是占线。他犹豫片刻，不，可以说是犹豫很久，随后终于拨打宛云的手机。

他第一次主动拨她的号码，居然是在这种情况下。冯简想，这一定是被诅咒的关系。

"嗯？"宛云的声音依旧像平时一样，动听又清冷。

"我是冯简。"他说。

信号接通的瞬间，冯简有些紧张，甚至比今晚面对疤头三的针管时更加紧张。他沉默片刻，再咳嗽一声："对了，刚才宛今给你打电话——"

宛云打断他："你现在在哪里？"

冯简干巴巴地说："噢，在医院。"

原以为对方会追问，至少会礼貌地应一声，然而电话那端突然安静了。冯简疑惑地对着电话道："喂？喂？"

高跟鞋敲打着大理石地面，发出清脆的声响。熟悉的香气，轻盈的脚步声。

有人到他面前停下，发出微微的喘息声。

"姐姐！"宛今的精神已经高度紧张，又在冯简的面前一直拼命压抑，此刻见到姐姐，下意识地扑上去，"我好怕！"

宛云顺手搂住抽抽噎噎的宛今，苍白着脸直直看着冯简。她的长发披散，外套没有穿，没拿电话的手里依旧握着机票。

冯简同样不由自主地站起来，望着宛云。

有那么一瞬间，时间回溯，记忆涌上。他仿佛又看到曾经深夜里身着华服的狼狈少女——冯简以为此生都不会看到宛云再为任何事情丧失风度。不，这应该不是优雅低调的李宛云。

"你怎么来了？"他不肯相信。

宛云的神情一瞬间也有些迷茫："我不知道。"

冯简盯着她，又过了一会儿说："不是今天晚上的飞机？你说要去加拿大。"

"宛今说你在医院……"宛云道，"你是检查出什么……"

"可能有艾滋……"

宛云便扬起眉："哈，这次你不能说是我传染你的了。"

冯简动动嘴角，为她不合时宜的玩笑而无语。他显然想上前一步，却在宛今害怕的哭声中自觉退后。

又是短暂的沉默，两人凝望对方的眼睛。

冯简吸一口气，但没有效果。胸口那股几日来的烦躁依旧，在这个女人面前永不得疏解。他向来不擅解释，此刻，更是觉得没有任何力量。

他口干舌燥，心跳异常。手机依旧紧紧贴在耳边，电子产品因为运行而在掌心发烫。

他移开目光，轻声道："为什么来？我们的关系不是已经结束？"

宛云惊奇道："说什么？"

冯简焦躁道："那天晚上，我们不是吵架了……我还以为……"

他还以为，两个人的婚姻关系到此为止了。

宛云蹙眉："只是一场吵架而已，任何夫妻都会吵架的啊。"

冯简显然不明白这个常识。他露出意外的表情，随后目不转睛地盯着她，似乎想确认是否是玩笑。

宛云是真的想笑。她想打趣他对人际关系的毫无信心，想讥讽他此刻拼命掩饰的表情——然而当自己奔到医院，一眼看到那个男人独自低头坐在塑料椅子上，周围没有任何人时——内心骤然涌上的那种心情，绝对不是想嘲笑。

非常熟悉又非常陌生的强烈感觉，是这个男人带给她的。

宛云柔声道："我一直都是很有契约精神的人。婚姻期间，我不会离开你的。你想逃都逃不掉。"

冯简垂下眼睛："了解。你陪我坐一会儿吧。"

但宛云身后出现了另外一个人。

馆长满身异味，扶墙摇摇晃晃走进来："十五分钟从机场开车过来是什么感觉，冯简你有生之年可以尝试一番。"

　　馆长用冯简的领带擦他呕吐过后的嘴，得知实情后，他并没有弹开，而是继续用冯简的西服抹光头上的汗。

第 七 章

傲 慢

Chapters 07

宛云低声安慰宛今，仔细询问事情经过。

馆长叫了一份外卖来医院。冯简坐在他旁边，两人喝冰镇可乐，切热气腾腾的比萨吃。走过的护士和医生纷纷瞪他们。

馆长边嚼着比萨边含糊地问："你的戒指怎么还戴在手上？不是说刚才扔给疤头了吗？"

冯简眼皮都没抬："摘了后，我难道不会再重新戴回去？"

男士戒指也镶嵌钻石的好吗？价格很贵的好吗！

受伤这事虽然发生在半夜，但豪门没有秘密。

第三个闻讯赶来医院的是李氏的最高精神领袖，她裹着皮草赶到了医院。

在场的人应该都能理解宛今为何不敢给何泷打电话，卸完浓妆后的何泷比她真实年龄显得更年轻，像从冰柜而不是从床上爬起来的。

何泷朝宛云点头，再牵起宛今的手，微笑地把浑身发抖的小姑娘拽上车。整个过程不超过十五秒，豪车随之驶离。

冯简沉默片刻，对她们的背影说："我很好，多谢关心。"

华锋在天亮之前带来一个好消息。

三个月前，卫生部门为流浪人口免费体检，疤头三的档案显示他没有感染。

疤头三被警方拘留，冯简却撤销了报案。

雷恩不满："老板，就这么放过他？"

冯简冷冷道："明面上必须放过，否则，记者就会闻讯赶来。你安排个人，拿笔现钱去琳琅街。至于引起的争端，就让他们用自己的方式解决。"

生命比任何财产都要宝贵，伤人者罪大恶极。但对成熟的生意人来说，生意和风险都要考虑，而和自己无关的事情都要果断放下。

冯简不会蠢到想改变别人。他的生活中有埋伏，有地雷，有意外……总要时刻保持清醒、理智，妥善处理一切才能活得长久。

冯简独自撑着台面，望着窗户外的城市发呆。因为叔叔的关系，他厌倦独自在医院里待着，但现在，宛云和馆长都陪着他，那滋味也不赖。

任何法律都要承认婚姻关系。冯简用力地往比萨上挤蛋黄酱，他感谢钻戒，感谢孟德斯鸠。

做完最后一次检查，冯简穿上外套走出门。正好听到宛云在走廊拐角处说："昨晚的机票和后几日的行程，都取消。损失从那人的账户里扣。"

冯简不由得停住脚步。

"不像你作风啊，小云云，"馆长压低声音，"你是不是还挺喜欢你丈夫的？"

墙壁挡着宛云的身影，冯简下意识地咳嗽一声，走出来。

车驶离医院，天也就蒙蒙亮。

一夜未睡的宛云，整张脸上像是只剩极大的眼睛。她嘱咐司机先回别墅，自己往跨海大桥驶去。

"刚经历此事，不要着急立刻回家，总要到净地去晦气才好。"

"什么乱七八糟，我要回家，我很困。"

冯简倒在座位上小睡，再睁开眼，发现到的是曾经上香的寺庙。

晨钟犹响，僧侣早课。昨夜落叶堆砌阶旁，异常静谧。

冯简对此处印象不佳，不耐烦道："我在这里站会儿就可以，这次不需要捐钱和问签吧。"

宛云笑道："你自己去烧炷香吧，等我片刻。"

她走到曾经的问签室，正在擦拭桌椅的小和尚正是上次那位，见到她后一愣。

小和尚张嘴就想喊师父，宛云却放缓声音："小师父，这次又要麻烦你，我想求签。这次我不作弊。"

外面的冯简马马虎虎地朝神像拜了拜。他被香火熏得难受，走出来在庭院里闲逛。

石桥下的流水里有锦鲤，池塘中的鱼已经被香客喂惯，见到人影便浮上水面。过了一会儿，他突然感到肩上有人轻轻一拍。

"施主看到了什么？"

冯简随口道："池底堆满硬币，怎么也没人捞？"

方丈愣住："施主认为原因是什么？"

冯简想了想，做出科学解释："硬币放在水里，会释放出铜离子，因此造成孑孓死亡。所以，这是贵庙用来防蚊的？"

宛云走出来时，看到冯简正在和方丈聊天。

"硬币竖直朝下扔的话，由于水流的关系会漂离原本方向。因此，比较好的方法是将硬币横着平放，然后顺势扔出，这样就能准确地落入既定位置。"

方丈沉思片刻，夸赞道："施主真有佛性。"

临走前，方丈亲自为他们挂上姻缘顺利符。

冯简皱眉："上次我们不是挂了一次？"

宛云只道："你怎么又把方丈哄得那么开心？"

冯简不清楚，他连自己在说什么都不清楚。折腾一晚，此刻头疼脑晕，催着宛云回去补觉。

再回半山别墅已经是中午，早不见何泷和宛今的踪影。

冯简径直走进房间先沐浴，随后发现浴巾和睡袍都在外间。他犹豫一会儿，忽视浴室里的呼叫铃，试探性地道："李宛云？"

喊了好几声，宛云在外无奈道："怎么了？"

递来浴巾时，赤裸身体的对方居然很诡异地在雾气蒙蒙中对她微笑。

宛云皱眉道："浴缸里捡到钱了？"

冯简立刻不笑了。

冯简擦干头发，宛云已把窗帘拉下，将阳光阻挡在外，把床铺收好。他坐在床上："你也会亲自干这个，我还以为都是用人干。"

宛云笑了笑，转身把湿的浴巾放下，准备走出去。

冯简问："你要去哪里？"

"我也要洗澡啊大少爷。"宛云看着冯简因为这称呼而皱眉，他依旧盯着自己，似乎不想让她离开，便笑道，"我待会儿来侍寝。"

冯简便向后躺在床上："那你多带几个爱妃来。"

一个小时之后，整理干净的宛云在门外止步，不确定她是否该主动去对面的房间。然而轻轻推开门，工作狂正撑着头，戴着眼镜，无精打采地看文件。

"你还没睡？"宛云惊奇道。

冯简摘下眼镜："马上。"

宛云掀开被子，躺在冯简身边。床的另一侧压下，冯简在她旁边控制着呼吸。

宛云睡得迷糊间，听到冯简说："我之前在医院，听到了你和馆长的对话……"

她的睡意顿时消散些，睁大眼睛，继续等冯简说下去。

冯简字斟句酌："你跟他说……取消机票的费用都从我账户里扣，是真的？"

"你有意见？"

冯简喃喃道："还行吧，还行吧。"

又过了一会儿，他张张嘴还想再问，然而身边的呼吸轻微均匀，宛云已经疲倦睡去。

冯简只好再长长地呼口气。

宛云的长发刚吹干，发梢处随手用皮筋绑着，临睡前忘记解开，散发湿漉漉的香气。冯简抬起她的头取下皮筋，再轻轻放在柜子上。

刚才不是想问她这个。

冯简的头脑已经昏沉，他咳嗽几声，无声地演练了一遍，随后才发出声音。

"昨晚，你能第一时间赶来医院，李宛云，"冯简低声说，"谢谢你。"

接下来是周末，冯简连续休息了两天，周一中午才准备去公司。

他难得地睡了午觉，睁眼发现何泷远远坐在卧室床前的沙发上，一时间他还以为在什么噩梦里。

两日不见，何泷居然隐隐有了双下巴，脸如满月，更显得蛾眉纤细。

那天何泷拉着筛糠般的宛今回家，路上面无表情地听完经过，冷着脸把她丢去浴室，嘱咐用人为三小姐清洗身体。

没顾上教训宛今，何泷第二个见的人是管家，她让厨房半夜开伙。

在何泷众多想杀死冯简的理由里，进食是一条。他吃饭总是皱着眉，速度又快，数落他都找不到时间，连带何泷对吃饭都兴趣缺缺。

她也不想和女儿女婿住了。

对面臭小子的模样依旧讨人厌，何泷直奔主题："我在家里找不到云云，这事也不用告诉她，我跟你讲一声，宛今下周的机票，我会伴她去英国小住。我们走之前，我希望你和她不要单独见面。"

冯简默不作声地看着她。

何泷仿佛根本没意识到，身处女婿的私人房间是多么侵犯隐私的事情。

"那个瘪三出现的时间如此之巧，太蹊跷，你私下留神些。"她沉吟道，"还有，我给你们年轻人一句忠告，千万别因为现在的生活顺了，便觉得有资格对过去宽容。那些人曾经想毁了你的生活，他们还会继续努力。你永不要心软，永不要忘记该怎么摆脱他们。"

冯简淡淡说了句："我自己心里有数。"

何泷冷笑一声，叩叩烟盒，燃起一支烟。与宛云的优雅相比，何泷吸烟的姿态反而是冯简熟悉的。舞女散场后都会用这般姿态吸烟，妆感极重的脸庞上，浓重的风尘味和疲倦感一闪而过。

冯简不由得想起来，他当初对何泷和李氏三女的印象分别是老鸨、头牌、打手、丫鬟。

何泷面无表情道："查清楚前，先给家里添两个保镖，至少留一个给宛云。"

冯简回过神。

"小冯，你可以按照自己的方式生活，但如今成家立业，就要对别人负责。如果那天遇到事的是宛云，你该怎么办？"

冯简随口说："不会的。"

何泷原想反讽，然而凝视冯简表情片刻，突然改口："那天是你保护了宛今？"

冯简点头。

何泷严肃道："听说你还接受了对方勒索的条件？"

如果再来一次机会，冯简还是会做相同的选择。宛今的命，比区区百万更值钱。他和律师看过宛今持有的李氏股份书，破败的豪门也是巨鲸。

何泷冷笑几声，继续道："你知道吗，小冯，刚开始你和宛云结婚，我并不喜欢你，但到了现在——"

对方面无表情地和她对望，她再道："到现在，我依然很不喜欢你。然而，男人有头脑比有礼貌更重要，多余的话我不多说，孰重孰轻，你自己有数。你可以让宛云受委屈，但你别让她再伤心，否则我会在你得艾滋病前先弄死你。"

何泷转身出门很久，冯简依旧若有所思。

旁边掩着的被子突然被掀开，宛云翻身坐起来，正对上冯简的目光。

冯简怀疑道："你妈之前那话是对我说的，还是对你说的？"

宛云来到吧台："不管怎么样，我们都听到了。"

冯简跟着她走过来，玻璃杯在手上转了几转，他在下午的阳光中眯起眼睛，缓慢喝光杯中的水，说："不过，她说得有道理。从今之后，你身边要带几个保镖。"

宛云却不接话。

他抬头时，宛云早已走出门外。

第三份健康的血液报告拿到手，冯简已经恢复工作，半山别墅也恢复了最初的寂静。

下了场雨，下班回来的冯简亲自把何泷买来的进口植物都搬到了花房。重金买来的植物也许的确有过人之处，反季节都结有花蕾，枝干笔直。

停车场那场风波留下的唯一痕迹是，冯简的表链边缘处有了道深刻划痕，送去表行说要等三天才能取回。

宛今没有再在公司出现。也许是她自己不想出现，也许是何泷阻拦。与此同时，冯简的秘书及手下都开始盼望周四早点到来，当他们老板娘周四来办公室时，她总会仁慈地让他们提早下班。

宛云靠在窗前望着天空伸懒腰，冯简伏在桌上照旧处理他的文件。

"冯简，"她回头打扰专心工作的工作狂，"过度用眼，小心提前老花。"

"那么啰唆？"冯简皱眉。

"经常熬夜的男人也容易未老先衰。"

冯简冷哼一声，终于抬头："再等我一会儿。"突然想起什么，试探道："你今天是不是收到一束花？"

宛云脸色微变。

今日她在画廊收到一束玫瑰，重瓣花朵，没有署名，香气浓重到令人厌恶的地步。她看了一眼，直接扔掉。

宛云不确定周愈在其中起到的作用，或者，她不肯想这件事。

冯简盯着她，罕见地继续追问："是不是收到了？"

正巧这时，宛灵拿着文件轻快走入冯简办公室，看到宛云在，不由得一愣。

"姐姐也在？"宛灵把文件递给冯简，眼波流转，"是来等姐夫的？"

冯简再看了眼宛云，站起身，公办公事道："李经理你出来一下，我正好还有别的事要和你商讨。"

宛灵似笑非笑道："单独拉我出去做什么，有什么不能在姐姐面前说的？"

冯简很厌烦宛灵这种看热闹不嫌事大的个性，但他没说话，率先推门走出去。宛云笑着跟宛云比画一下，跟随他出去。

冯简在走廊上低头翻看文件。

宛灵故意凑上去，用亲昵的口吻说："姐夫，你如今是防着姐姐呢，还是对今今有内疚，我可听说姐夫英雄救美的事——"

"把你叫出来，是怕你觉得我故意在你姐面前给你难堪。"冯简打断她的话，他掀开她递来的报告，指着其中的环比数据，"昨天就清楚告诉过你，交来的项目不可行，让你给我更多数据，至少也得给我个同比数据，而不是再给我三套白痴的替换方案。逻辑与语文水平堪忧。"

隔着玻璃门，宛云看到宛灵突然敛起笑容，她收回视线。

车祸后，医生下达医嘱让她静养身体，不要做任何伤脑和作息不规律的工作。如今她打起精神，从冯简这里做一点一滴补课。

宛云漫不经心地抚着小指。周愈之前的话也没有错，他们是一类人，如果想要什么，她就会变得很有力量。

宛云昨天做了个梦。梦里，冯简给她打来电话，她迅速接通，对面传来的却是有些陌生的男声。

"宛云？"对方低沉地唤她。

沉默许久，她压着内心的情绪，缓慢问道："你是？"

他带着笑意说："为什么惊讶？你当然知道我是谁。你原本以为是谁？"

宛云觉得一股烦躁在胸口涌动。梦醒后，仍然难以散去，隐隐作呕。

冯简谈完公事再走进来，蹙眉道："你这个妹妹，离她远些。她心眼不坏，但心肠颇狠，为了利益能拖任何人下水。"

宛云道："我还以为你会比较欣赏宛灵那种个性。"

冯简直接说："我不信她的人品。"

他倒什么都敢说，宛云不由得笑了。

冯简突然再问："之前问你的事情还没回答我，今天有没有收到花？"脸上有不屑，"好好地长在枝上，偏偏剪掉。"

宛云恍然大悟："今天送到画廊的玫瑰，难道是你送的？"

冯简强调："不是'我'送的，是你妈在半山别墅里种的玫瑰全开了，珍妈把花剪下，我问她有没有留一些，结果她以为……反正给你送过去了。"再研究宛云的脸色，"怎么了？"

宛云依旧难掩惊奇："我不知道那花是你送的。"

很可惜，她居然扔了。因为，给女人送花实在不像冯简的风格。

冯简怀疑地望着她，过了一会儿，他随意道："以前经常有人给你送花吗？"

宛云避而不答，只揪住一点："你今天平白无故送我玫瑰做什么？"

他扬起眉："笑话，说过不是我送的。"

宛云看着他，手指轻轻刮着他的脸："脸都红了。"

冯简眯起眼睛："那是因为外面的夕阳照的好吗？！"

再后来，两人到路边茶餐厅吃夜宵。

何泷走后，不需要专门回家吃晚餐，可以自由安排时间。

等餐的间隙，冯简看着旁边拼桌的初中生手里举着的八卦杂志封面。某某女星借片上位，巧笑嫣然。

记者总说娱乐圈脏，还喜欢讨论演员的"出身"。冯简也很看重"出身"，不过，他认为的"出身"更广泛，是人这辈子的第一桶金，第一次做出的大转变，第一个影响至深的工作，或者是第一个重要的人。

这时候，女服务员端上奶茶。

宛云戴着冯简的男士平光眼镜，捏着吸管搅拌奶茶中的碎冰。

两人相处那么久，白天黑夜都见过。然而不管在任何场景里，他依旧觉得她很美。冯简想，这很不科学。

他张口道："所以，就算你这个人不劳而获，也可以。"

宛云抬头疑惑地望着他。

冯简顿时回过神，然而话说出口，也只好继续，他咳嗽一声："你不必每周都来我办公室，不需要刻意去学东西……当然，会一些东西还是比较好的。但是有我在，不劳而获也没什么关系。"

宛云依旧不解。

冯简突然意识到，李家人中，从没用鄙夷和试探眼光看他的，除了宛今，还有另外一人。只不过，没有人能在那双眼睛的注视下，还能想太多事情。

他说："反正，是我会养你的意思。"

宛云没有被感动。她曾经收到过太多奉承，听过太多誓言，此刻只是垂眸道："如果我以后丑了，老了，胖了，什么都不会，你也愿意养我？"

冯简想了想："丑了，老了，胖了，还什么都不会。你还剩下什么？"

"比如说，灵魂？"

说实话，冯简最不喜欢灵魂了。他勉为其难地问："你的灵魂长得好看吗？"

宛云不由得笑了。

旁边的中学生突然疑惑地盯过来。

晚间娱乐电视节目放到末尾："据悉……名媛陷入丑闻……最近，记者拍摄她夜访拘留所……"宛今的模糊背影，躲躲闪闪在摄像机后。

何泷怎么管教宛今的！冯简心头大怒。

宛云也同样抬头盯着电视。

"曾经有酒驾的丑闻，被家人包庇，花钱撤销指控，然而最近……本性难移……"

冯简面无表情地看了眼中学生，对方在他的目光下眼神躲闪。

桌子很小，他对宛云低声说："戴上帽子，准备走。"

"就是曾经的社交名媛李宛云——"

冯简下意识握着宛云的手，她的手和杯子皆冰冷异常。

宛云下午在冯简办公室，她怕影响冯简工作，因此手机设了静音。再打开，有上百通未接电话。

最开始是馆长，随后是何泷，接着是亲戚，然后是传媒界的朋友，最后是很多陌生号码，一轮一轮。

宛今流出的照片并不清晰，刚开始由不知名的小报拍摄，未指名道姓。好事者追根溯源，宛今和宛云是亲姐妹，某一个角度的轮廓被当成姐姐也可信。消息最先在网络传播，新一轮的舆论风波涌起。

醉酒、闹事，配上原本就是万年噱头的豪门——发生在从未有任何负面新闻的宛云身上成了重大话题。宛云和冯简的婚姻尚刚刚起步，故事已经演变成了不良少女和小流氓相逢。更有猥琐者，说宛云早在十多年前就委身等等。

空穴来风，愈演愈烈。

城中传媒界原本都对宛云网开一面，但再压制已显刻意。利益为上，便撕破脸皮，纷纷进行追踪报道。

流言四起，全城皆沸，事情往另一个趋势发展。

三更半夜，宛今又在半山别墅中的客厅哀哀哭泣。

"我当时去拘留所，就是想问问他为什么要害冯简……没想到有人跟着我……我并不知道……"宛今完全不懂为什么事情又被自己搞糟。

唯一置身事外的宛灵抱着手，端详完房间里的摆设，给宛今递来手帕："怎么每次都哭啊？"再问宛云，"这件事有没有可能是周愈下手？"

宛云面无表情地否决："没可能。我曾经爱过的人，虽然软弱卑鄙，但不至于这么下流。"

宛灵的眼中霎时流露出了难以描述的神色。

宛云望了她一会儿，随后平淡道："宛灵，你和今今先出去，我想独自安静会儿。"

门被关上，宛云才承认自己此刻的手足无措。

她想到冯简可能会背负污名，宛今可能会承担代价——她思虑了所有保护他们的方法，这些都不是问题——但曾经出车祸的现场监控录像在电视上播放：深夜中，高速行驶的跑车受到巨大撞击，红色火光冲天，她的小指和喉咙突然开始剧痛。

宛云握紧了手。明明没有知觉，但她还是感觉过去正清晰地浮现而来。

冯简和他丈母娘在旁边的房间商量如何处置此事。

他没想取人性命，但也不打算留对方祸害人间，因此亲自把疤头三送进了拘留所——万事俱备，就差败事绰绰有余的李家人。如今不但宛今摸过去，还让记者拍了照，居然还让人认为她是宛云。

一向颐指气使的何女士此时忍受着女婿的训斥，她异常安静，异常憋屈，也异常痛苦。何泷首次理解了冯简对李家人的看法，所谓猪一般的队友还喜欢出头。

等冯简说完后，何泷才终于开口："事都发生了，我们一方面自然是要对舆论解释，索性让宛云认下整桩事，不能再牵扯宛今出来。"

有那么一刻，冯简简直怀疑，何泷是被魔鬼上了身。

何泷咬牙切齿："今今岁数太小，学都没上完。之前已经被退一次婚，这种新闻最坏名声，万一被牵扯上，这辈子怎么脱得了身？她还没嫁人。"

"那我待会儿是不是还要给宛今道歉，之前因为我，让宛今受到了惊吓？"

何泷对冯简的讽刺置若罔闻。她斩钉截铁："我跟家里长辈讨论过，他们也同意。总之，明天的新闻发布会，宛今不会出面。我和今今按原计划回英国。"

冯简难以理解："和宛今比，李宛云就成了你的过气玩具？因为她嫁人了，名声再不重要，黑锅永远让她来背？你们家还真是母女情深，姐妹情深。李宛云真是倒八辈子霉才遇到你们。"

何泷眼睛发酸："没办法。但这次，我必须要保宛今。"

冯简沉默一会儿："我不关心你们这些虚伪把戏，问题是，李宛云怎么办？谁来护着她？"

何泷深吸一口气，将手臂搭在沙发上："我想，我现在终于可以把这任务放心交给别人了。"

那个奇葩女婿下意识地顺着她的目光向身后看去："什么任务？你要交给谁？"

李氏开新闻发布会澄清的那天，何泷仔细嘱咐冯简，不可夫妻同台，否则双双成为焦点，更显得心虚而证据确凿。冯简须如常工作，单独接受电话采访，支持妻子，表示整件事为谬传。

一大早，冯简在闹钟响前先推醒宛云："你没有什么话想对我说？"

宛云打量他一会儿："你是不是最近该剪头发了？"

冯简气结。

宛云深谙出席发布会的精髓，齐膝西服套裙。她昨晚睡得极早，此刻眼睛里有巨大倦意，对着镜子望着，依旧觉得没有精神。

老实说，非常怕。对过去，对未来，对现在。

别人道她勇敢，其实她内心早已死亡一大部分。近期重新感觉到了鲜活心跳，却又碰上那么一些魑魅魍魉。

想来还是自己不好，宛云静静地扣着袖子上的雕刻扣。

出门的时候，破旧的红车不和谐地停在喷水池前。

冯简坐在驾驶座上，盯着两只重新长出绒毛的牧羊犬，像是思考问题。

宛云问："今天你送我去发布会现场吗？"

车猛地发动，冯简不理她，似乎没有想说话的心情。到了半路，他突然开口道："李宛云，我有没有跟你说过我第一个生意伙伴的事情？"

"当时，我比你更愚蠢更年轻，他又是和我从小一起长大的唯一的朋友。我很相信他，愿意为他包揽和承担一切责任，结果被骗到破产——很多事情就是那样。刚开始没有守住底线，人就会习惯性地退让，永无止境地被牵着鼻子走。所以现在，我谁都不会再相信。"

过了一会儿，宛云轻轻道："连我也不会相信？"

冯简干脆道："是的。李宛云，我至今也不相信你。不过，你可以相信我。你们李家的家事，我不会提出意见，但如果今天不想前去为宛今顶罪，就不需要去。造成的后果，我来处理。我只是想告诉你，除了犯傻，你还有其他选择。"

宛云沉默，她难以描述自己的感觉："你既然不相信我，怎么让我相信你？"

冯简突然道："你曾经说过，我可以向你问三个问题你都会如实回答。现在就是第二个问题，李宛云，你可以嫁给任何人，但当初为什么要嫁给我？"

宛云却困惑地看向窗外的车水马龙。

在这个十字路口，冯简干脆地打着方向盘，拐向与目的地相反的方向。她醒悟过来，旁边的家伙根本是故意扯东扯西。

"你现在开向哪里？半个小时内，我必须赶到发布会现场，你要带我去哪儿？"

"李宛云，你当初嫁给我应该有自己的理由。即使你不相信我，你也可以相信自己的理由。"冯简冷笑道，"但贵圈似乎总喜欢拐弯抹角。从你，再到宛今，一直都是这样放任自流。你就算了，我姑且忍耐，但宛今是李氏大股东，她首先要学会的就是承担责任。酒吧端盘子的服务员，做事不认真也会被开除。为什么要包庇她？"

宛云怒道："因为我不想让今今和我一样！我不想她也被毁掉！"

冯简皱眉："和你一样有什么不好？"

宛云沉下脸："冯简，你赶紧掉头！"

男人紧绷着嘴角，继续踩着油门。

时间一分一秒过去，车停在远离海滨的主干道。野草茂盛，海风刮起，根本不见出租车的踪影。

冯简熄灭引擎。

"今天我要在工厂待半天，你想去发布会，就自己走。我今天可没打算送你，是你自己上我车的。"他善良地补充，"这附近没有手机信号，所以，你叫不到车。"

宛云瞪着冯简，不敢相信这个无法无天的男人居然来这幼稚的一套。

她可以坐在车里和冯简讨价还价，对付他，她还是有一套的。不过宛云没有这么做。她毫不犹豫地选择下车，再用尽全力摔上车门。

随着咔嚓一声，老旧的钢铁架子虚弱抖动，突然，这扇车门哐当一声掉在地上。

冯简难以置信地盯着车子空了的一侧，脸色发青，赶紧下车查看。

宛云没有时间再继续磨蹭，一辆环城巴士停在不远处，随着宛云的招手，车缓缓地开过来。门打开，她跳上车。

这就是大美人的优势。

冯简直起身，气道："李宛云！我的车门！"

宛云和其他乘客从玻璃窗探出头，看着他那张气急败坏的脸。她发现，自己居然在微笑。

发布会比预定时间晚了半个小时。

托冯简的福，宛云赶到时，内心已经没有半分多余的负面情绪。

律师起草的声明，把该解释的事情解释清楚。记者好不容易抓住宛云本人，尖锐问题层出不穷。

"李大小姐，你口口声声说自己清白，这件事并没有其他内幕。但能解释下你为何前去拘留所吗？"

"为什么你十年前发生车祸，消息一直未被披露，这中间是否有猫腻？"

"十年前的车祸后，李大小姐养好伤，却全面淡出社交圈和商圈，请问是否还有隐情？"

还有记者出言不逊，大胆地询问她跟冯简的婚姻状况。宛云言简意赅地解释，表情温和，眼睛却没有任何笑意。

"李大小姐，你说曾经出车祸的原因不是饮酒过量，但真实原因是什么？"

"自尊心而已。"

"哦？哦？"

宛云突然伸手接过对方的话筒。她看着摄像镜头："我曾经以为，有能力把事情做到一百分的人，才有资格说自尊。而我之前太过顺利，到了傲慢的地步。之后发生车祸，基本上是一蹶不振，幸亏得到家人照料。这件事可以说是变相惩罚，一下子让我重新思考看问题的方式——我选你，是因为我曾见过你本来的样子，我知道，无论成功与否，你的内心没有改变过。我实在是很羡慕你，我希望我和你一样，所以选了你。这就是答案。"

在场的记者均迷惑不解。

正在工厂巡查，顺便撇着嘴看直播的冯简差点惊出一身冷汗，下意识把电视关闭。

这回答是说给自己听的吗？唉，整日都要防这种疯子的报复，容易吗！

与来时掀起的血雨腥风相比，宛今的离去静悄悄。

特意订的晚班飞机票，深夜的机场空荡荡的，十分冷清。何泷拉住宛云嘱咐，而冯简因为连续半个月都没睡好，在旁边无所事事地站着。宛今戴着眼镜，宽大衫帽垂下遮住半张脸，生怕再被偷拍。

冯简干巴巴地对宛今说："要走了？"

宛今有很多话想说，然而无力表述。当初一腔热血回来，阴差阳错，落得这个下场。她看着地面，来回地搓着手中的机票，没有立刻应答。

冯简爽快地放弃告别。本来就不特别擅长这些，再说宛今手里的机票已经被捏得够皱，看着都心烦。

冯简转头对何泷说："差不多该安检了，又不是什么生离死别。在英国记得约束宛今，就像养狗要拴狗链。狗链，知道吗？"

何泷张了张嘴，把勉强想对冯简说的关心的话咽了下去。她拉了一把宛今："跟你姐姐和姐夫说声再见。"

冯简说："不用告别，别待会儿又哭了。"

他自觉口气很正常，然而宛今的眼眶迅速红起来。何泷狠狠瞪了冯简一眼。

宛云送她们到登机口。在她对妹妹嘱咐的当口，何泷转头对冯简说："给你留张名片，买新车前给车行打电话。那车行老板是我老朋友，能些价钱优惠，还可以预先挑最新车型。"

冯简惊奇道："谁说我要买新车？"

他那没了门的破车，说是"车"，都侮辱了现代工业！

何泷的嘴唇张开，又紧紧闭拢，片刻后又再张开。她像是自我安慰一般道："不买没关系，你公司的车还能用。而家里，云云可以随时用我的车。"

这是一场真挚的离别，但因为离别氛围极其微弱，在场一半的人都希望速速脱离此地，尽量不要再相见。

好不容易送走气鼓鼓的丈母娘和永远热泪盈眶的小姨子，冯简觉得整个世界又都清静了。

终于。

半山别墅显得宽阔，城市的天空显得清澈，连继续追踪他和宛云的镜头都显得可爱了。

冯简没有忘记把何泷和宛今在别墅吃喝的账单寄去英国。

对于旧车的处置，宛云很看得开："那车，你想留下就留在车库。即使以后不能开出去，再把另一边的门卸掉，直接当雪橇好了。"

冯简怀疑她在讽刺。

"别墅里正好白养着两只狗，它们闲着也是闲着，正好可以拉雪橇。"

宛云看他一眼，慢慢说："家里那两只都是牧羊犬，你知道吧？"

冯简沉默。

宛云再建议他："要不要我们再去狗舍买两只雪橇犬，拉你的雪橇？"

"李宛云你够了。"

冯简自认节省，但该花的钱不能省。几日后，他还是带着名片去了车行。

华而不实的跑车自然全部被他剔除，窄小的欧洲车不适合，劳斯莱斯那种级别的太过奢华，而宛云又不喜欢粗犷的美式车，最后选来选去，居然挑了款丰田。

冯简懂车，从内饰到性能都自己挑选。这般计算下来，整车价格也是不菲。

珍妈噘着嘴，在新车前转了一圈。

“同样的价钱还不如买两辆房车。”知道价钱后，她免不了嘟嘟囔囔，“但这车感觉也蛮好，空间大，比较舒适，以后接送孩子都很方便，可以淘汰下来做保姆车。”

她这话的声音不大不小，男主人正作势用脚赶开牧羊犬，以防它们在新橡胶轮胎底下蹭来蹭去。而女主人半坐在驾驶座上，正细心给车里绑红色的平安符。他们仿佛都没听见。

试驾的时候，冯简顺便带宛云全城兜风。

下着小雨，夜风急速扑到脸上，带些寒气。这样的季节，配上路边无尽延伸的路灯，似乎格外适合回忆。

轿车在高架桥上逐渐提速，越来越快。

高速行驶而引起的晕眩感让人不适，小指末端好像又开始传来疼痛，咽喉似乎不能呼吸，心跳大得几乎盖过了风声。

宛云紧紧抓着安全带。零星的小雨顺着风飘过来，她闭上眼睛，尽力平静呼吸，抑制住喊停的念头。

冯简浑然不觉。他很少为自己购买东西，正处于试驾的乐趣中，直到无意偏头，不由得一愣。

“晕车？”得不到回答，冯简再向旁边凝神看过去，心不由得一跳。

宛云脸色苍白。

他放慢车速，再握住宛云冰冷的手掌。她软而白皙的手，因为血液循环得极其缓慢，被长久握住也不见回暖。但宛云感受到了他掌心的温度，感激地顺着冯简的手臂看向他。

身后不断有车。它们闪着灯，迅速地驶近，再迅速地远离。新车的椅套还散发着皮革的味道，提速一流的轿车在城市中缓慢地前进。

冯简单手控制着方向盘，低声说：“我找地方停车，你休息会儿。”

她的手指微微动了动，也反握住他。

他们已经距离半山别墅较远，冯简最熟悉的地方又是公司，于是他轻车熟路地回到公司，将车开入地下车库。

冯简拔出车钥匙，侧过身仔细查看宛云的脸色："我们去医院？或者，你先去我办公室躺一会儿？"

宛云轻声说不必。过了会儿，她要求冯简帮自己点一根烟。

冯简挑眉照做，在打火机的微弱火光中，他心里想她终于还是破戒了。然而宛云将香烟松松夹在手间，在烟雾缭绕中深呼吸，没有往嘴里送。

两人暂时都没有说话。

宛云难以排解的紧张和不安，在烟气中逐渐放松。从车内向外看去，车库只有很暗的灯，略显黑暗，周围没什么人，只有一排排的车依次安静摆开。而被男人放开的手，正逐渐丧失温度。

"冯简，你能再牵一会儿我的手吗？"宛云轻轻道。

冯简看她一眼。

他把她燃烧一小段的烟掐灭，扔出窗外，俯身解开她的安全带，将她从副驾驶座抱过来。下意识间，她回搂住冯简。因为想被抱着，想被安慰，因为眼前这个人也是孤独的家伙。

她听到冯简说："我若讲，十年前发生车祸都是你自找的，你根本不值得同情，李宛云，你会怎么样？"

宛云后背紧紧靠在方向盘上，她低头，男人同样正一眼不眨地看她，他眼睛里没有什么情绪。

她沉默着，对方继续道："所以还真是报应。早知如此，你生日那天，那碗汤我就不该帮你挡下。但我后悔也晚了。"

宛云握紧他的肩，努力地让自己迎视冯简的目光。

第二天清晨，冯简沉着脸，对着办公室厕所里的小圆镜打领带。

他的下唇整个青肿，上面的牙印足以向全世界的人宣称，如果不是捅了马蜂窝，就是昨晚太过"春风得意"。

宛云窝在窄小沙发里，睁开一只眼。冯简出来后满脸懊丧的样子让人忍不住想笑，她还是催促他出门替自己取衣服、倒水和找高跟鞋。

冯简被使唤得不耐烦，微微皱眉。

这女人，总是只想自己，罔顾他人。他原本想这么开口，但瞥到宛云磨破了皮的膝盖，又默默照做。过了一会儿，他再阴沉着脸进来，手里拿着一套崭新的女装。她动作慢，冯简直看不过眼，最后不得已，亲自帮她套上。

宛云就让他伺候着，懒洋洋地说："把我的头发整理好，手要轻，不准拉痛我。扣子系上，褶皱也要弄平——记得我以前怎么帮你老人家更衣的吗？这样是没有半分小费可以得的。"

冯简忍气吞声，他觉得世界上"最小气记仇者"的称号可以易主了。

在他低着头，毛手毛脚拉腰间的拉链却又几次没拉好的时候，眼前的女人微笑道："冯简，你不是什么都好，但有些地方，你是真的很好。"

这话被宛云说出来，听在耳朵里有不一般的感觉。冯简的手在她的腰上停了停，抬头看着她。他烦恼地想，眼前的女人不是宠物，不是新车，甚至不是能立刻止损的交易。面对这种迷人的未知生物，他的第一反应永远是冷处理。

因此冯简装着没听见，只继续加快手上的动作。

宛云看着他。这个男人，能够站在别人的立场思考问题，能够坚定地表明立场，能够有责任，却从不肯对别人的生活感兴趣、承担别人的命运……因此，他也难以拥有感情。

宛云已经有了心理准备，但还是失望地垂下眼睛。

临走的时候，冯简又叫住她。

他的办公室有保险柜。冯简扭动转盘，打开，柜中收藏了不少外币和重要文件，唯独一个首饰盒孤零零摆在最底层。

熟悉的盒子和熟悉的丝带。

宛云打开天丝绒盒，里面的首饰同样熟悉。鲜亮而有代表性的橙色宝石，晶莹钻石环绕镶嵌一圈，两人在会展中一眼看中的项链——鹅掌。

"这是你之前送我的项链。"冯简在旁边皱眉打量它，"你还真了解我心意，居然送我这个。谢谢你，在没人之时，我经常对着镜子试戴它。"

宛云不由得一笑。她轻轻用指尖挑起项链，随意在脖颈间略略比一下，贵重珠宝特有的光芒照亮脸庞。

冯简看着她，利落地自她手中取回项链，收盒，重新锁到保险柜。

"还以为你拿出来是要还给我呢。"宛云挑眉。

冯简低头拧保险柜上的暗锁："为什么要还给你？送了人的东西，没道理收回去。我留着没用，但我宁愿放着，现在只是让你看看我把它保存得很好而已。"沉吟一会儿，方说，"你看上去并不傻，但把名贵东西随意送人的毛病，怎么才能改？"

冯简至今都记得宛云赠他项链的场景。时至今日，他不是负担不起奢侈品，然而性格和境界使然，他绝非做出一掷千金之举只图一时痛快的性格。他觉得那做法很蠢。但他娶的人，却能漫不经心就拍下普通人一辈子都买不起的珠宝，再把它送人。冯简实在不能信任她。

"云云，你的老毛病了，做事情和说话之前从来不想后果吗？"他忍不住道。

宛云站起身："我当然想过。每次做事前，我自然会想好结局。不过……最开始，我确实是存心逗你的，也不知道结果。因为，我当初不想让自己去想这些，但现在，我已经开始了……"

她说的，究竟是送项链的事，还是，他们婚姻里她对他的心动？宛云不知道，她可能真的神志不清了，居然对冯简说这些莫名其妙的话。

冯简的目光还对着保险柜，不肯看她的脸，直到他听到身后的门轻轻合上。而眼前的保险柜传来连续的嘀声，冯简回神，原来自己无意间将密码按错。

富商定制的未完成的油画，几经风波，终于被转送到艺术馆。

馆长摇摇头，遗憾道："你亲自作画，再花钱把它买回来，什么都没得到！"

宛云笑起来："世上哪有那么多传奇故事。"

馆长撇嘴："怎么没有。比如，你和小冯。"馆长最近改了造型，戴着地瓜皮般的假发，抽着雪茄，像暴富的因纽特人。

不知道他和冯简做了什么交易，冯简居然答应接受他麾下杂志的拍摄。可惜他的生活平淡无奇，连盯着镜头的感觉都像即将发怒。

"我还想从他身上炒点新闻，帮你转移下之前的舆论视线——这人怎么烂泥扶不上墙？也就他赶来接你时表情还自然些。"

宛云皱眉望他一眼。

因之前在医院的交集，冯简和胡馆长逐渐熟悉。有时冯简出去吃夜宵，宛云不肯作陪，他就单独约馆长。吃饭的时候，馆长说那些艺术理论和富豪顾客，冯简就在旁边有一搭没一搭地听。

也不知道这两个非正常男人对着垃圾食品能讨论出什么。

馆长沾沾自喜："讨论利益啦，小云云，你生命中最重要的两个男人成了好朋友，不为我们感到高兴？"

宛云不睬他。

馆长再凑过来："你听我说起冯简时，和冯简听到你的名字时的表情一样！你俩明明互相有意思，又都不开口，是我搞不懂你们年轻人。对了，那天，我清清楚楚看到冯简钱包里有你的照片。"

宛云一愣，没有被轻易感动。不怪她小人之心，那家伙连陌生女人的照片都敢夹几年，就是为了提醒自己要时刻清醒。即使留有她的照片，谁知道他又能给出什么古怪解释。

馆长疑惑说："我看钱包里只有你一人的照片。怪不得你不喜欢他，这男人还真是土老帽。"再喜滋滋道，"我把自己的照片也顺手放进了他的钱包。"

宛云默默收拾画具。

馆长打哈欠："又要去琳琅街？我派几个学生跟着你。唉，好端端一个大小姐，总去那种腌臜地方。"

宛云道："我自然有事。"

白日里的琳琅街，退去夜色中的诡异感觉，依旧让人感觉不适。

路边没有灯，街边没有绿化，空气里依旧有隐隐难闻的烧焦味道，前些天下雨的水还积在路边，空中永远有黑黢黢一股蒸汽。街边永远坐着一群无所事事的男人，光着膀子，胸口和胳膊上都有刺青。

宛云一踏入街区，不少人停下手里的动作看她。幸好她身边有保镖，还有馆长派来的几个男学生，没有人上前骚扰。

沿着记忆，宛云走到冯简深夜带她去过的旧楼旁。她敲门，过了许久，生锈的铁门才开一条细小的缝，看到宛云身后跟着的一群男人，对方急忙关门。宛云立刻抬起戴着丝绸手套的手，用力地往外一搪。

一名脸色蜡黄的老妇探出头，警惕地上下看着宛云："老板行行好，我只是老婆子。我儿子真的不住在这里，也没有多余的钱还债，求你赶紧走！"

宛云说："要债的事今天不归我管。您认识冯昂吗？"

"他是谁，我不认识！"她提高声音，随后不耐烦地要关门。

"那您认识冯简吗？"

"冯简？"老妇露出回忆的表情，"那个……现在在外面混得很好的小冯？他们说他有出息，我早就知道，他一直是好人……"

宛云松一口气："您认识他的叔叔吗？"

作画，从不是能着急的工作。

出于安全考虑，宛云只能在保镖的陪伴下去琳琅街找素材，在他人的描述中，她缓慢地打出冯简叔叔画像最初的草稿。

宛云放下铅笔后，若有所思。

画稿上的男人，长着和冯简相同的额头和下巴。但，仅此而已。

冯叔叔的样子很普通，好像是在琳琅街远远注视宛云的那些男人中的一个，像地沟里爬出来的黑色老鼠，缩手缩脚的，做任何事都仿佛见不得光。

很难想象，冯简是被这样的人抚养长大。

她漫不经心地敲敲画笔，难道采访错了对象？但很显然，琳琅街的人对冯昂的印象就是如此。

正在这时，一只手叩叩面前的画纸。

冯简今日来接她回家。

"还需要等多久？"他似乎心情不错，"我先到楼下等你？"

男人目光下落，扫过宛云来不及藏的画纸。没有想象中的惊喜，待冯简定睛看清画面上的人物，他的整个表情就像被人抽了一耳光。

"李宛云？"冯简难以置信道，"这，你画的是我叔叔？"

这是冯简第一次真正看宛云的画。他不懂艺术，却不得不承认她很有一套。只是素描的草稿，但神态举止惟妙惟肖，跃然纸上。就像叔叔穿越十年重新站到他面前。

然而，冯简却不想承认，这是他最珍视的叔叔，他这辈子唯一的亲人。

画面上的中年男人，眼睛里满是疲惫，脸部纹路刻着算计和阴郁。亲人惯来的音容笑貌，深深地刻在脑海，但是，叔叔从未用这种猥琐目光看过被他抚养长大的侄子，从未露出过这么可鄙的神情。

这是一个和叔叔很像的陌生人。

冯简只觉得整颗心都烧了起来，冲昏理智。他一把将草稿揉皱，猛地扔到角落，再转过身朝宛云怒吼："你发什么疯？"

宛云退后一步，她从未看到过冯简这般失态。

"对不起，我曾经听你提过要雇我画你——"

"所以呢，你很好奇，你去琳琅街了？你就画他了？我之前怎么警告你的，你不懂？别人去世的亲人，就是你练笔的道具？"冯简眯起眼睛冷笑，"你是觉得自己高人一等，有资格评价别人可笑的人生？"

他的脸色太难看了，宛云只能说："你知道我没恶意，我想送给你——"

冯简粗暴地打断她："送我什么？你现在把我叔叔画成这样？还好意思说要送给我？不要自作多情！"

他再转头盯着宛云手里的铅笔。只觉得心脏剧痛，无法呼吸。叔叔……他的叔叔，不长这样子！她懂什么？

多年珍藏的感情被玷污，那幅画引起的负面情绪像一把烈火，以迅雷不及掩耳之势，从脚底蹿到胸口。

对于随后的举动，冯简不能做出合理解释。

"李宛云，谁准你自作聪明？我付你钱了？若我知道画得如此之差，我根本不会提出这要求！我叔叔是你能画的？你怎么不滚？"

还不解气，冯简折断铅笔，将画具全部打落踢到墙角。

仿佛被激怒又平静下来的野兽，做完这些后的冯简一动不动地站着。

他以为自己不需要爱和关心，看淡过去和失去，而此刻却猝不及防地被宛云的画戳中。

他咬牙切齿地想，任何人都不能复原叔叔的真实面孔。他的叔叔，根本不是画上的模样，李宛云又知道什么？她不会理解他，她为什么要试着理解他？他永远不会被任何人所理解。

过了一会儿，冯简稍微平静，身后已经无人。

定是刚才踩断画板时，宛云跑走了。

他朝她大声吼叫，她也不过苍白着脸说了一声"对不起"。

此刻宛云的羊绒外套和包还静静悬挂在椅背上。落地窗外，下着瓢泼大雨。今日傍晚台风来袭，冯简才想起为什么来接宛云。

愤怒退下后，更复杂的情绪涌上，羞愧难当。又是他搞砸一切，如果当初不是他那么努力又决绝地脱离琳琅街，如果他能不忙于事业而多陪陪叔叔，如果他能多点耐心——

门突然轻响一声。

迎着冯简失望的目光，馆长取下头上的假发，抓在手里，不安地打量满屋狼藉："你俩是因为我吵架？我不是故意要塞自己的照片到你钱包里……"

冯简突然推开馆长，疾步追出去。

皮鞋在光滑的大理石地板上发出噪音。艺术馆里每个展厅，雕塑后面的空地、地下室的仓库，他都亲自找了。

冯简自认面色无异，然而经过他的人都远远避开，不敢招惹。最后整个艺术馆都被他惊动，若不是馆长，大概他已经被保安轰走。

但宛云不在。

这时候冯简才后悔，家里应该雇几位保镖，至少能多一个人知道她在哪里。

雨幕中，他又在艺术馆四周的咖啡馆寻找一番，连喷水池旁的木椅都想掀起，随后，驱车赶到宛云自己的画廊。

依旧没有人。

他沉吟片刻，竭力控制车速和心跳，再掉头开向李氏老宅。

雨势不停，狂风来临。

老宅用人听到砸门声，披着外套开门，惊讶地打量浑身淋湿的姑爷，说大小姐很久都没回来。

他记得宛云说她偶尔不开心，会来海边散心。

天色阴沉，乌云翻滚，狂风和乱雨交集，刮得人睁不开眼睛。大海就像挂着拐杖的坏脾气老头，咆哮地冲向岸边，再心有余力不足地退下。

岩石边，果然站有一个人影，裙影飘扬。

冯简一把拉她下来。

对方是个矮胖姑娘，正在用手机拍波涛汹涌的场景。她恼火地从冯简手里抽出胳膊："先生，你疯了？"

"我，在找一个疯子——"冯简回答，但狂风之中，他仿佛没说出声音。

雨越来越大，姑娘气愤骂几句，跑走了。

之后的几小时，冯简赶到宛云可能出现的其他场所碰运气。

他显然没有运气。

两个小时后，冯简迫不得已给何泷打电话。

何泷还在英国，翘着小拇指喝下午茶，电话里还传来悠扬的提琴声。

"小冯？"她显然对女婿罕见的来电吃了一惊，"莫非宛云生病了？"

"不。"冯简简单说，"她没事。"

何泷的口气又恢复到惯常的挑剔："那你打电话不是来催账单的吧？"

他只能说起另外一件事："哦，我在你推荐的那家车行里提了新车，打电话来向你道谢。"

何泷一愣，不自在地咳嗽一声："一家人不必说两家话。对了，云云在你身边吗？让我跟她说几句话。这丫头，不主动给我电话，把电话给她。"

冯简沉默片刻："不行。"

"她睡了？你们那里应该是凌晨，的确太晚，别叫她了。"何泷突然醒悟过来，"怪不得！深夜打越洋电话是半价，所以你才给我来电——好小子！"

话虽如此，口气无甚怒意。

何泷再叹一口气："你俩啊，倔脾气，也就互相能忍受对方。你说说，我这辈子还真是造孽，养个女儿还——"

"宛云为什么要忍受我？"

"这种话还要问我，你就是白痴。"说完，何泷便挂了电话。

冯简想，真幸运，丈母娘还不知道他俩吵架了。真糟糕，丈母娘居然都不知道宛云的下落。

站在全黑的艺术馆门前，他面对静立的罗马柱，不知道下一步该去哪里寻找，甚至，不知道如何是好。

浑身湿透，他内心的迷茫多过寒冷。

深夜了，冯简想，先回半山别墅吧。宛云……应该能照顾好自己。

珍妈嫌弃地接过冯简的西服，嘟囔道："明明台风天，但姑爷是，小姐也是，个个都浑身湿漉漉地回家，也不怕——"她一跳，"姑爷？"

冯简三步并作两步地上楼，撞开书房沉重的木门。

宛云正背对着他独自作画。在她附近，堆着厚厚的，只画了一半就丢弃的画纸，数量很多，如同浮浮春雪。

冯简站住，弯腰捡起一张，上面只有几个潦草的人形轮廓。被她丢弃的大多数白纸上也是如此。

他头发上的水珠滚了一滴，在画纸上洇成一个逐渐扩大的洞。他捏紧了手。

也许是如释重负，也许是筋疲力尽，也许只是习惯了——习惯对所有激越的感情先进行冷处理。

冯简把那张轻轻拿起的画纸，重新放回到地面，问："你先回来了？"

对方抬起头："不错。"

两人的语气都不带情绪。跟在身后赶来的珍妈听不出任何端倪，她怀疑地看了眼两人，为冯简端来姜汤，再带上门。

冯简依旧站在原地，沉默片刻，继续问："怎么回来的？"

"走回来的。"宛云同样淡淡回答，朝他招招手，"你过来。"

冯简不知怎么，竟有些不敢靠近。明明前一刻还迫切寻找的人，现在，他又不知道该怎么面对。

他一言不发地走过来，咳了下："雨还挺大。"

宛云掸了下画纸上残留的铅粉，递给他，疲倦地说："这一张，我画好了，送给你。我真的已经尽了自己最大努力。"

冯简还想说什么，但低头看着画中人的瞬间，顿时失语。

同样的神态，同样的人，同样的人物肖像。这一次，冯简没有再感觉到宛云所谓高超的画技，没有再感觉到手中这幅画很像叔叔——他甚至没有感觉到这是一幅画。

隔着纸张，叔叔已经将温度传到他手中。

阔别已久的亲人，音容笑貌竟然近在眼前。不需要照片，不需要口述，这是从珍藏多年的心底走出来的亲人。也许，他的叔叔本人，就是在外人眼里轻如蝼蚁般的小人物，庸庸碌碌，少许势利，然而他看侄子的目光，仿佛是看全天下最珍视的东西。

冯简许久后出声，发现喉咙已经沙哑。

"云云？"他抬起头看着她。

宛云只丢开笔，淡淡地抱怨声："累死了。"

他们绝口不提今天发生的争执。

睡觉的时候，窗外依旧大雨，雨水冲刷玻璃，源源不断。

冯简将画像收到保险柜里，看不出表情。

宛云说："快快关灯，我实在很倦。"

冯简沉默片刻，探身过来要关这处的台灯。然而动作停了停，双臂最终撑在她身体的两侧。

宛云睁开眼睛，浓密的睫毛眨了眨，正好对上冯简的眼睛。

他很慢地把脸凑了过来。

她的心怦怦直跳，鼻尖闻到姜汤的浓郁味道，非常辣，没有丝毫甜味。珍妈一定很恨这个家伙，给他煮姜汤都不放糖。

片刻后，冯简离开她的唇，说："你的衣服和包落在了艺术馆。"

宛云同样平淡地说："明天记得提醒我取回来。"

关灯，两人皆沉默。

宛云背对着冯简，被他的唇碰到的那瞬间，她的脉搏跳得极快，与此同时，心中涌上一种复杂的感情，辛酸、安定、难过、惶恐。

自己对冯简，早已不是对契约丈夫的态度。想要从他身上得到更多，但产生这个想法，让她觉得彷徨。她下意识地想去摸床头柜上的香烟缓解，然而身后传来细微声响。

冯简扳过宛云的肩膀。在黑暗中，他准确有力地重新吻住她的嘴唇。

之后的日子还是平淡无奇地滑过。

从半山别墅到山下，开车需要十五分钟，走路需要半个小时，徒步跑步快些，牵两只狗跑步更快些。

这一天，冯简被两只狂奔的狗拖到山下，发现忘记带宠物粪便收纳袋。他在旁边的报亭买了份报纸。俯身的时候，他的动作突然停住。

于是在清晨的餐桌上，宛云看到了一份印着冯简的脸的报纸。媒体的标题依旧抓人——《冯简多次夜会神秘外籍女性，李氏独守空房，婚姻疑出现巨大危机》。

宛云边喝茶边兴致盎然地看："这个角度拍照还不错。我要收藏这份报纸，第一次看到馆长被认成女性，哈哈，外籍女性。"

"出轨者"正把报纸的广告页垫在咖啡杯下，吃手里的三明治。

珍妈不快道："姑爷，家里有专门的杯垫，你这样放报纸上去不干净。"

冯简和珍妈阴沉地互望。

他亲自下了禁令，家中向来无这种八卦杂志。但骤然在报纸上瞥到自己的脸，冯简自诩心胸再宽广，也不能用这张报纸去包宠物排泄物，只得带回来。此刻，也只好任她取笑。

"云云？"冯简放下餐具。

宛云还在翻看那张报纸，"嗯"了一声。

"我要是胡先生的朋友，就劝他每次出来和我吃饭时，打扮正常些。你会劝他什么？"

她心不在焉地说："换一个发套？金色不适合他。"

冯简瞪她一眼，珍妈碎步走过来给他再次换餐具，他也只好作罢。

冯简去公司后，宛云没有着急出门，重新看报纸的第三版。八卦娱乐版附带的经济新闻并不占多大版面。

"本城周少又购置地产……"

购房地点非常熟悉，半山别墅附近。他们家的新邻居。

宛云看了一眼，下山拐角处在装修，起重机忙碌，尘土飞扬。她觉得这景象略微奇怪。山上建筑颇有历史，构造坚固，风水绝佳。大多数人买下地产，只需要进行内部装修，并不需要在外围如此大动干戈。

原本的别墅，此刻被夷为平地。宛云心中一动，唤司机停车。

招来的工人给出意想之外的回答："这是拆除，我们负责把房子推平。"

推平之后建造新屋？好大的手笔，好闲的人！宛云冷笑。

"不是。推平后什么也不建，房主只让在原来的位置种满玫瑰。"

宛云记得，宛灵曾经好奇地问过她周愈是什么样的男人。

她当时笑着回答："骗人的时候，他是个很有魅力的男人。"

"那么不骗人的时候呢？"

"他是能轻易打动任何女人的男人。"

周愈的分寸拿捏得到位，表现得不像圈子里的任何人。宛云已经不记得曾经自己是过于沉迷假象，还是他的演技太好。

周愈似乎能在任何地方调整自己，聪明到知道别人想要什么。他追求她的时候能说出那么多理由，放弃时也能说出那么多理由。全部都振振有词。

宛云升上车窗，面无表情地嘱咐司机继续开车。

从刚开始为她朗读《安徒生童话》，再到如今买下距离半山别墅最近的两处房屋，并不居住，只吩咐推平原建筑改造成花园，种满宛云最喜欢的玫瑰。

相同的场景，相同的伎俩。

宛云只觉得荒唐。

周愈若有本事，若有闲钱，就把整座山都买下。以本城这种纬度，处于这种冬季，若没有暖房，能种出什么玫瑰？

晚上临睡前，宛云冷不丁地问冯简他如今的身家多少。

冯简的性格就这一点好。他望了眼宛云，确定对方真要询问，实事求是地回答："九位数？也许上下浮动些。"

宛云轻微蹙眉。

这些钱在普通人家看来是天文数字。只可惜，和多年家族累积财富的周愈比，九牛一毛。

冯简还在补充："我手头能挪用的现金并不是很多，结婚和半山别墅用的是现款……你又想买什么？"

她沉默片刻，试探道："冯简，如果有别人——"

冯简抬眉道："别人？"

他眼中一闪而过的厌恶表情让宛云略微一怔，她道："我只是在考虑你是否有养我的能力。"

冯简却重复："你说的'别人'是谁？"

"别人，嗯，难道没想到我可能怀孕了？"她说出口，才发现玩笑太过。

冯简像被吓住，呆滞足足几秒。

"我们一直有做措施。"宛云解释，过了会儿，好奇地问，"吓到你了？"

他立刻否认："没有。"

"我以为冯大总裁不屑骗女人。"

"稍微紧张一下。"

宛云安慰他："我并不喜欢孩子。"

冯简继续看手上的东西，过了一会儿，他收起文件，躺到宛云的身旁。

两人睡前都习惯说一会儿闲话，这一晚，却沉默很久。

"在我小时候，"冯简先用这句话开头，"一直很孤独，没有任何兄弟姐妹。我很渴望……有条狗。所以现在，家里有两条狗，也挺好的。"

宛云目光淡淡地看着他。冯简用拇指摩挲她的手，大脑里正努力找各种糟糕透顶的比喻。

"生孩子像合伙投资，你出一半钱，我也要出一半钱，但是，你和我都不是会照顾人的性格，至少我是不会。"冯简厌恶地回忆他曾经做保姆的经验，"你大概没见过刚出生的婴儿，红、丑、皱，要定时换尿布，喂米汤……"

宛云道："我没说会给你生孩子呀。"

冯简过了几秒说："如果你生孩子，我是不会照顾他，但是，我可以照顾你。"他试图在坦率表达感情和不伤害她之间找到平衡，"我对孩子没有要求。你们圈……是不是对女人有什么要求？"

宛云笑道："说过不给你生孩子。"

冯简点点头，随手关灯："随便你。"

当初决定娶一个豪门太太只是为了做生意，没有深入地去想传宗接代这种事。从这一点来说，冯简又和普通的男人不同。如果以后要迎接一个孩子，活的，还摆在和宛云相同的位置可供选择，冯简一定选后者，他宁愿和后者过二人生活。

别误会。从成本学来说，正常人通常会在已经投资的事物上继续投资。冯简认为他是正常人，一想到家里多个婴儿，比起欣喜，更多的是头皮发麻。

结婚后，冯简的生活依旧没有多大改变。

宛云没用她的那套标准来要求冯简，而以冯简的脑力，通常很难判断一百块的衣服能穿几年，一万块钱的衣服能穿几年，两者中又有什么细微区别。更多时候，冯简看到价格单，内心深处依旧会震惊。

"家里的这个玻璃杯居然要两万块？"他皱眉说。

"什么意思？"

"我是说，你手里握着两万块，我手里也握着两万块。"

宛云放下刀叉，无奈道："家里早就买了的东西，现在才想着发脾气。"

冯简解释："没发脾气，就是说这东西怎么能花两万块？"

在豪门婚姻当中，夫妻俩至少有一个人该深谙艺术品收藏，吵架的时候才可以在那些名贵摆设中迅速地进行理性判断，挑一个不怎么值钱的扔过去。

话虽如此，冯简依旧不怎么喜欢半山别墅。空间太大，装潢太华丽，闲人太多，像个博物馆。据说在没搬进来以前，李氏曾在这巨大的客厅里养鲨鱼。

"的确有此事，三叔托人买来，后来听说锦鲤有利风水，又把鲨鱼放回了。"

冯简怀疑道："我怎么听说当时还是你当家，是你做主直接拆了水晶鱼缸？"

宛云笑说："我怕鲨鱼。"

冯简皱眉说："你当时还算有头脑，后来怎么如此放任他们？"

"我不管那些公事，"她回答，"有话对我丈夫说。"

冯简怏怏："你丈夫不会是我吧？"

司机此刻正在开车，假装听不见身后夫妻俩的每日斗嘴。

轿车缓慢爬坡，半山腰又有一幢房子被黄绳围住，显示已出售。

这是周愈在半山别墅附近购买的第三幢别墅，宛云甚至不知道他动用了什么关系，才能让多年的住户搬离——能住在这里的居民并不缺钱。

她再转头看着丈夫，即使两人的关系极其亲近，宛云能感受到，本质上冯简依旧是轻视感情的。

也许，人人都轻视没有地位和权势的感情。

如果周愈用钱帛诱惑冯简，让他离开这一场婚姻，他会做什么选择？宛云曾经错估别人的付出，如今也不敢肯定别人的坚持。一辈子那么长，"我来养"这三个字不足以解决所有问题。

她并不怎么了解自己先后爱上的两个男人。

宛云从车窗外收回视线："你说你是我丈夫，总得做出点事情证明一下。"

冯简直视前方。该怎么证明？那女人不会又想买东西吧……

宛云提议："这样吧，你背我走回去。"

轿车已经行驶到半山别墅的大门口，正在等待自动门打开。司机依言，忍笑将车停下。

冯简转头吃惊看她："多大岁数了？不要那么幼稚，背什么背！"

宛云反驳道："当初你第一次来半山别墅见我，连话都没听我说完，便开车逃跑。"

冯简受不了她："怎么不说我第一次见你，你穷得连鞋都没有！"但没办法，他百般不情愿被拽下车，眼睁睁地看着轿车驶走，只得背起宛云。

以前开车或跑步还不觉得，如今他才察觉，从大门到楼前，至少要走二十分钟——光草坪就要交不少物业费。

冯简刚刚结束一天的脑力劳动工作，精神疲倦，肩膀疼，抬脚没精神。宛云虽然轻，但背久了手臂发酸。

家里那两只狗已经向他们狂奔而来，在前方兴高采烈地引路，并时时刻刻想绊死他。

"怎么停下了？"宛云在他背上问，她倒是优哉游哉的。

冯简将她下滑的身体往上一托："不是都到门口了？"

宛云抬头看一眼："才走到喷泉而已。"

"大小姐，我连珍妈在厨房炖鱼的味道都闻到了！"

"少那么没诚意，继续背我回家。"

冯简吃力地抬头看一眼："前面这楼梯至少还有十层好吗？而且，从门口到这里，全部是上坡，你走过的！那坡足有六十度角！"

宛云催促道："没有多远，快些走。"

上到一半的楼梯，冯简不得不扶住栏杆。他身体一直好，此刻却怀疑自己贫血、缺钙加营养不良，简直比跑步还累。

"你怎么这么沉？"他让宛云帮着松开他衬衫上歪斜的领带，"看着平时吃得很少，现在怎么回事？骨头压秤？"

宛云伏在冯简背上，突然开腔，说的却是别的话题："我真的不知道周愈现在究竟想干什么。"

冯简一时没反应过来："啊？嗯。"

宛云想着之前的房子，遗憾道："冯简，无论你的公司怎么发展，五年内，你本人还是没有周愈有钱，对吗？"

冯简已经忘记背上的重量，专心听宛云说话。

过了一会儿，他才谨慎又不快地说："应该没有，怎么了？"

宛云继续说："我家也没有他家有钱，所以咱俩还是有共同点的。"

冯简冷笑："等到以后，我比他更有钱，你又会怎么做？"

"怎么做？你都已经是我丈夫了，无论贫穷或富有，健康或疾病。"宛云的脸颊靠在他后背上，"穷了也不太怕吧，至少你还能背我。"

冯简怀疑，这位十指从来不沾阳春水的大小姐是否体验过艰苦生活。他嗤之以鼻："有钱还好说，如果我不幸落魄，重归贫穷，是绝对不会去背你的，省着力气背砖赚钱都不够。"

"但你背砖赚钱是为了养我吗？"

她等了半天，久久都听不到他的任何回答，伸手去捂他的眼睛。

冯简不耐烦地挪开她的手："我刚才点头了！"

冬至是好日子。

企业忙着年关事宜，圈中人忙着嫁人。

不知周愈用什么办法，半山腰的玫瑰居然在冬日的寒风里轰轰烈烈开起来。白色一片，红色一片，扎眼，满目的浮躁之气。

这一景甚至已经吸引了些游人来观看。宛云的车从他们身后开过，微微蹙眉。

赌王三女儿的订婚请帖送过来，馆长从外面赶回来，带着满身寒气，瞄了一眼请帖，再迅速收回目光要走开。

宛云挑眉："和冯简幽会完回来了？"

馆长叫屈："才怪。我最近见你老公的次数比见你还少！我也忙得很！"

宛云随手放下请帖："要不要跟我们一起去订婚仪式？"

向来爱凑热闹的馆长摇头："你知道我和梦梦的事情，不去了。"

馆长是风流人物，年轻时自负、有才华，拈花惹草，欠下不少情债，对当时的歌后一见倾心。不料，美女几个月后嫁入豪门。

馆长看着请帖："现在看到梦梦的女儿，我还是会难受。那个老王八蛋还算识趣，没自作多情地给我发邀请，哼！"

宛云问馆长恨不恨。

"其实也没什么。"他叹气，"我当初就特别喜欢梦梦，但她怎么也不喜欢我，有什么办法？后来别人把她追走了，那也是我没用。你说我如今恨谁比较好呢？梦梦对我不错，那个老王八蛋因为内疚，在我落魄的几年一直暗暗买我的画，这我也都是知道的。"

冯简听闻馆长这段初恋故事，照常是冷言冷语："你们失恋界人士怎么都喜欢迅速投身艺术圈？怪不得这行业不发达。"

宛云顺口问："如果你喜欢一个人，但她不喜欢你，怎么办？"

冯简觉得这问题异常无聊。他吩咐秘书走出去，顺手拉下百叶窗，挡住别人对宛云投来的目光："她不喜欢我，我能怎么办？嘿，她不喜欢我，那我也决不会再喜欢她。"

宛云叹道："要是馆长能像你这般想得开就好。"

冯简再想了想："不过，我心里其实还是会继续喜欢她。"

宛云微笑等他说下去，他却止住话题，皱眉："来我办公室做什么？不是说这半月我忙，不能回去。"

冯简这几日都没回半山别墅，此刻是工作日晚上八点半，他黑眼圈浓重，双颊略微凹陷，略显憔悴，低头时只剩头顶三毫米的短发。

宛云曾旁观过冯简的发型设计，堪称印象深刻，任何发型师只需要拿着电推子在他头上猛推三分钟，便大功告成。

不同于轻慢的富家子弟，冯简在工作上做事极为谨慎。大概知道没有人给自己兜底，每走一步的决定，或许都要几年，或者几十年来为此买单。接受李氏企业的拉拢只是暂时的，但冯简不甘屈于人下。长远看来，要不做李氏企业的掌门人，要不依旧自立门户。宛灵显然很早就发现冯简的威胁，虽然冯简早声称他对李氏没有兴趣，但她依然不信任他。

但冯简没有撒谎。比起权力，他有更想完成的事业。即使现在失败，五年后、十年后、二十年后，冯简依然想向相同的领域前进。而这些，是很成熟的上市企业都不敢尝试的。

宛云总结："赚钱是一辈子的事。"

这样的男人，宛云想，她把他拉到了自己生活中——这样巨大而混乱的旋涡。

冯简夹着文件，顺手给宛云找水，非常笨拙。

"我这里没茶，没咖啡，"他瞥到她带来的结婚请帖，兴趣缺缺，"婚礼什么的，一浪费就是一晚上的时间。很麻烦，不去。"

她作势要抽走他手中的文件，冯简快快道："我去不去没关系，到时候可以在报纸上看你的照片。"

宛云无声地看着他。

"你总不跟我秘书预约，就这样把请帖塞到我鼻子下面——唉。"冯简深深皱眉。

宛云说："我视为你答应了。"

这并不是冯简加班史里最漫长的一次，但宛云的到来，确实使人的心情莫名地放松。

忙到十点多，还有公事没做，冯简对旁边看书的宛云道："你先走。"

"回家吗？"

"不，你先到别的房间待着，我还有五分钟结束。但我说走就可以走，你穿衣服却很慢，给你留出磨蹭时间。"

果然，宛云还对着镜子整理风衣，冯简就从办公室走出来了。他没有公文包，偶尔会拿文件回家。

冯简随手给她取了包。

等电梯的时候，他试探地问宛云："你想不想搬家？"

宛云有些意外地抬眼。

冯简刚要说话，电梯门打开。周愈独自一人倚在电梯里，同时抬头。

冯简这辈子，最讨厌惊喜了。

不期而遇，周愈显得同样惊奇。但周公子的仪态向来好，看清来人，周愈望着宛云，嘴角慢慢有了笑意，随后再饶有兴味地将视线落回冯简身上。

"好巧。"他说。

他们乘坐的都是董事专用的电梯，对方西装笔挺，显然也是刚加完班。

冯简向他颔首示意，宛云则没有说话。

"上不上来？"周愈说。

宛云冷淡道："你先请吧。"

周愈挑眉，深深地看着宛云，不相劝，只气定神闲地笑。

在这诡异的安静中，电梯门就要自己合上。宛云刚暗松一口气，一直沉默不语盯着他俩的冯简突然伸手阻住电梯门。他走入电梯，再把宛云往里一牵，冷冷地说："一起。"

周愈微微一愣，下意识地站直身体。

电梯不大，三人显多。

气氛不怎么好。

周愈除了刚开始时，便一直没有表情。冯简向来是沉着那张脸，只有宛云不知为何心脏怦怦跳。

两个男人的对话如常。

周愈对冯简说："冯总这么晚还在忙？"

冯简说："嗯。"

周愈接着说："云云可不好养，冯总向来分清利弊。当下经济形势不好，养家糊口尚且不易。冯总在李家三姐妹中来回踌躇良久，怎么最后就选了最奢侈的一个？"

冯简平心而论："谈不上奢侈，娶老婆不是指望她帮我省钱的。"

电梯平稳下降，光洁厢壁上，映出对面两个人的面孔。男人优秀，女人优雅。

冯简冷淡地看着这对曾经的恋人，内心冒出好几句恶毒的诋毁。嗯，李宛云。十年的时间，居然连彻底分手都做不到，真是笨女人。

周愈还在接着说："不合适的婚姻就像江山，打下也不一定守得住。"

冯简打断他："周先生。"

周愈挑眉。

冯简忍着不耐烦："你知道自己每次打比喻，我都听不太懂吧？"说完，转过脸再看宛云，"李宛云，你不是还欠我最后一个问题吗？正好我现在就想问你。"

宛云措手不及。

周愈在场，气氛尴尬异常，她即使想冷处理，还要照顾冯简和周愈的合伙人关系。这团乱麻中，自己的配偶似乎还在火上浇油。

冯简没有就最后一个发问机会喋喋不休，也没有借机去问她"你还爱不爱""你以后走不走"，甚至也没向她要一个对她和周愈的旧情的表态。

冯简说："李宛云，我今天的内裤穿的什么颜色？"

宛云顿时沉默，侧头想了几秒，冷静地回答说："你不是习惯不穿内裤？"

冯简的脸顷刻间比周愈还难看："不要胡说，想一想再回答。"

"蕾丝那条吧？我很喜欢。"

冯简被她说得恼羞成怒，脸隐隐发热，斥道："你能不能好好答！"

怎么回答？她能怎么回答？袜子一团一团码的男人，内裤常年自然只有黑色。宛云知道这混蛋什么意思，他故意问这种话，来宣示某种丈夫的亲密主权。只是她不习惯这种市井小民之调，而且觉得他无比幼稚。

冯简则继续等待。

僵持间，双方蹙眉互望，彼此想到的念头倒是一样：这个家伙和馆长厮混在一起的时间太多了！

电梯门再打开，已经被忽略的周愈在旁边开腔。

他冷冷地说："云云，你现在这样很幸福？"

还没等宛云回答，冯简转过目光，冷冰冰道："周董，你也看到了，在工作场合谈论私事，就会发生刚才的尴尬。李宛云现在也算我私事的一部分，周董以后也不要再开我和她的玩笑。我妻子的事情，别的男人没有立场去讨论。"

第 八 章

动 情

Chapter 08

江湖很小，尤其是公司创始人和风险投资人，抬头不见低头见。

那天之后，冯简再次见周愈，两个男人的身边都围着许多人。

面子上，他们依旧很客气，似乎都淡忘了之前的不愉快。内心如何，也只有当事人清楚。然而，不知谁嗅觉灵敏，传两人不合。再后来谣言纷扰，公司的人开始站立场，两个男人之间演变到连点头之交都无，互相只剩下公事公办。

和盛装打扮的馆长在某下城区的酒吧见面时，冯简才把他的不满一五一十地表达出来。

对方比他还愤慨。

"你和小云云窝里斗就窝里斗，不要什么屎盆子都往老子身上扣！"馆长再古怪地望过来，"小冯，别告诉我，你现在才意识到自己有个强大的情敌。"

冯简摇晃馆长点的那杯牛奶，不屑地望他一眼。意思很明显，示意他先管好自己的事情。

馆长更不屑地看回去："我早见过周公子，人家方方面面都比你强许多，提醒你，我在你这个年龄，从样貌到财富都比你强十万八千里，却依旧失恋。你看你现在的鬼样，怎么敌得过他？"

冯简不和他计较。

馆长不了解商人，所以对自己和周愈的性格都不了解，情有可原。

馆长很快放弃八卦，又在喋喋不休说着和初恋梦梦的故事："梦梦嫁人后生了女儿，之后几年一直也怀不了孕，再之后，她就检查出癌症。"

冯简沉默地喝水，这种故事通常难以打动他。

"看过赌王女儿在报纸上的订婚照没有？女孩的眼睛和她妈妈像极。梦梦在同期生里不是最好看的，但端庄，能让别人一眼认出她。可是她喜欢别人，我又能怎样？在这方面，你又比我幸运一丁点。"

馆长将牛奶一饮而尽："姓周的那小子明显不怀好意。你要防着他，对宛云好些，不然后悔莫及。"抛下这句话，馆长潇洒离去。

冯简反应过来，很不情愿地为对方总共三十六杯的牛奶付账。

某方面，冯简能理解周愈当初选择和宛云分手，不是什么男人都能消受得了这位大小姐，但另一方面，冯简又觉得那个相貌堂堂的家伙盯着宛云的眼神，让人心起刺挠。

甚至是比刺挠更让人厌恶。

没几天，半山别墅的牧羊犬终于有了中文名字。

宛云有一次听到冯简轻声叫道："周……"

话音刚落，两只牧羊犬就跑过来拼命摇着尾巴。冯简递给它们食物，摸着它们的头，满意地"呵呵"笑。

回头发现宛云，他不由得愣了。

宛云无声盯他片刻，走回客厅。

冯简过了一会儿走进来，在房间里走来走去，并不看宛云。他自觉没什么好解释的，恶意中伤就中伤。中伤本就没有善意的。

珍妈被冯简晃得心烦，假笑："姑爷先坐下喝杯茶？还在擦地……"

冯简在对面坐下。

宛云冷冷地开口："请问，冯总为另一只狗赐的什么名？该不会姓李吧？"

他停下手里的动作："不是。"

冯简具备想象力，但是，他的想象力同芝麻一样大。家里的一只牧羊犬取名为"周愈"，另一只牧羊犬则叫作"小周愈"。

宛云听后气笑，嘴角还没弯便沉下脸，起身欲走。冯简在她出门前叫住她："这么晚还出去？"

宛云淡淡道："我去陪'周愈'和'小周愈'散会儿步啊。"

两人散步半途中，男主人的表情比外面的天还黑。

他极不耐烦地拽着狗链，两只长毛动物刚准备欢乐地跑，被硬拽回来。

宛云看不下去，强行从冯简手中夺过狗链，才发现他的手已经被狗链勒红。

她说："你傻不傻？"

冯简瞪她一眼，这才让手中的牧羊犬跑开。

他要继续往山下走，宛云拉住他，找了条比较偏僻的道路上山。冯简漫不经心地听从，心里在思索"周愈"这个话题的切入点。

他说："半山别墅虽然离公司不远，但最近好像在修路，交通不便。这几日工作忙，我想住在公司附近的公寓。"

宛云心略微一沉："你想独自搬出去住？"

冯简回头看她。路灯昏暗，空气仿佛冷得能凝结出水来。宛云临走前被珍妈裹上了厚厚的围巾，只剩大眼睛露出来。

这副模样，使冯简想起她曾经从葱茏的植物前站起来，以及曾经的寿星少女倒在自己怀里的场景。被这样漂亮的眼睛用这样的目光盯着……真让人不爽。

冯简伸出胳膊，让宛云挽住自己："我打算让你跟我一起搬过去住。但如果你不想，仍然可以留在这里。我又没有说要卖房子。"

宛云却道："谁说我不想搬？"

冯简愣住。她微笑道："就这么说定了，一起搬走。你选公寓，带我看看即可。若你不喜欢半山别墅，我们也可以常住公寓。"

冯简没有说话。

他低声呼一声，宛云猝不及防，被手里的牧羊犬强行拽着来到冯简旁边。对方顺势挽住她的腰，再接过她手里的狗链。

她哭笑不得，揶揄道："看来你对家里的周……很用心啊！"

冯简顺手拉下她的围巾，任山风呼啦吹过宛云的脸，看看她秀丽的面庞，再把她重新揽到怀里，用手臂挡住风。

能和自己开这样的玩笑，大概也不用担心她想别的。他想。

比起周愈，冯简更不理解眼前的女人。年少时失去一切，带着不光辉的过去坦然活下去，有些像他自己。当然，冯简是认为自己过得比她有意义多了。

回到家后，冯简若有所思："我刚才在山上一直想，最初为什么讨厌你。"

宛云只笑："不外乎是大手大脚和白吃白喝这两条。"

经她提醒，冯简想到隔壁保险柜里至今锁着的仿版首饰，价钱触目惊心，不置可否地冷哼一声。

宛云解释："我当时看你是喜欢鹅掌，想买下来送你。同理，如果家里人主动照顾我，我也会接受。为什么呢？因为人难得有兴致，又很容易就过去。"

冯简不吃这自然主义的一套："你的大脑永远异于我们常人。"突然想到什么，弯了弯嘴，"家里那两只狗，倒可以改名叫'大疯子'和'小疯子'。"

正在卸妆的宛云也在镜子里朝他假笑，异常好看和生动。

她早不是他曾经惊鸿一瞥的少女，但两个身影正渐渐重合。冯简不由得走过去，手搭在她肩膀处。

宛云不慌不忙地取耳边的钻石耳饰："怎么，被我的美貌倾倒了？"

冯简说："我又不瞎。"

这个回答有些微妙，不同平时的嘲讽。宛云好奇地从镜子里看他，他却固执转过脸，这次是对着窗外的月亮。

今晚的缠绵很温暾，他侧躺在宛云身边，炙热的胸膛贴着她。

宛云的脸之前被山风吹红，热度迟迟不退。她摸着冯简的喉结："我们什么时候能搬走？"

"最快明天。我之前的公寓还在租期，家具什么都有，直接入住便可。"

宛云倒挑起眉："冯总留着后路？这可不符合你的风格呀。"

冯简抚摸她的身体，小腿到小臂，她的肌肤细腻得就同身下的昂贵床单。

不必多语，不必解释，他每日投身工作，极其偶尔，才会想停下匆忙前进的脚步，那就是看到她的时候。

她就像一道风景。

宛云感觉到对方的身体温度在上升，不由得要躲。

冯简却在她耳边道："云云，其实我还有个私生子。"

宛云一愣："真的？"

"没有，但我想看看你的道德底线在哪里。"

不知道为什么，宛云每次都能被他在床上的胡说骗到。她想起来另一个问题："你现在还讨厌我吗？"

冯简低头吻了吻她的唇，可惜说出的话依旧不好听。

"我又不是你这种朝三暮四的疯子。"他说，"我们正常人，讨厌谁通常会讨厌一辈子。"顿了顿，继续说，"喜欢人，应该也是。"

搬家没有如期进行。

三叔在新加坡饮醉，又跑去赌场赌博，拿公司股份做抵押，酒醒之后想反悔，然而事已成真。对方拿着他亲笔签名的转让书，扬言要对簿公堂。

事情闹得很大，何泷飞回来处理此事。

李氏老宅，向来风流骄傲的三叔跌坐在沙发上，抱着头。

冯简刚旁听完李氏家族内又一轮没有重点的谈话，脸色不怎么好，但已经懒得动肝火。

何泷聘请了城中的顶尖律师，律师说最好的情况是能宣判转让书无效，最坏的情况是要付出大笔钱回购股份。此事最好庭下解决，拖着影响更坏。

关键是钱。临近年关，人人都收紧了钱包。如何解决剩下的账单，大家不约而同地把希望的目光对准某人。

冯简作势推门而出。

何泷冲到门口一把拉住他，沉声道："这次的钱必须你出。"

冯简冷笑："当我傻？"

于公，冯简已经忍着肉痛购置了一艘游艇，没理由再花钱；于私，冯简一月前又刚入手一辆新车，也没理由拿钱补贴大舅子——何况还不是大舅子！

何泷沉着脸开口，宛云也闻讯而来。她刚要下车，冯简却把她重新推回车上，自己也坐上去，沉着脸对司机说："走。"

宛云听完事情始末，道："妈妈想帮你。"

他讥嘲道："我懂，她向来给我极大帮助。"

宛云委婉道："这次你亲手帮了三叔，宛灵从此便不会拉拢他……三叔的股份在李氏里占了不少份额，你是在买他的份额。"

当天晚上，何泷在半山别墅里，和女婿又有了第二次会晤。

除了妻子，何泷对冯简的任何选择都不满意，包括冯简的新车——从车轮胎到外观，依旧充满浓厚的打工仔气息。

何泷摸着玉臂上的翡翠镯冷笑道："上次临走前，你还只有一辆红色的烂车。"

冯简干巴巴地回："现在的我有两辆了。"

何泷把保养得体的手往沙发上一拍，沉声道："冯简，你知道自己的问题在哪儿吗？"

"修车库？"

宛云慢半拍进来，恰好看到何泷克制着想抽冯简，而冯简依旧不合作地拧眉瞪她。

她暗中叹口气，暗道今晚不能从两人身旁走开。

何泷的算盘是借此机会拉拢三叔。毕竟，冯简在李氏中雷厉风行的改革已经逐渐深入，但董事会里也就何泷支持他。如果三叔欠下冯简的人情，那冯简在李氏会走得更顺些。

除此之外，何泷女士还有更长远的计划。

"这次事情若办得好，我便催你三叔立个遗嘱，以后由你和云云的孩子继承他的股份。反正，他也没孩子。"

宛云虽然放弃股份，不过，她身上流着的是李氏血液，她的孩子势必会记入族谱，有资格分得家产。

冯简觉得李家人操守之低，再次出乎他的想象："为股份生个孩子，像话吗？你帮我们养？"

何泷又想泼冯简满脸茶水。当初是哪个臭小子为了利益和李氏联姻？但看到冯简说完话后下意识地看了宛云一眼，她平心静气说："不能这么说。你们年轻夫妻心性都不定，外界诱惑也多，有个孩子才算真正有家。小冯你想想，如果你和云云两人有个孩子，该多么可爱。"

对面的冯简罕见地没出声。

何泷又挥挥手："老话说，爹矬矬一个，你们第一个孩子长得差点是没关系的。"

连宛云都皱眉道："妈？"

虽然这是自损八百伤敌一千的招数，但看到冯简恼羞成怒的表情，何泷的心情略微愉快了一些。她转而对宛云道："云云，明天董事会开会，我想让你代替你三叔参加。"

宛云想拒绝，但随后又答应了。

第二天早上，珍妈为宛云换衣服。

"好久没看到小姐穿正装。"珍妈俯身去调整腰线，满意道，"十年前的裙子还是能穿的。"

冯简这时从门外探过头，珍妈正背对他，冯简就朝宛云扬扬手腕，示意抓紧时间。

等他离开，珍妈为宛云整理腰带，忽地开腔："姑爷……其实是个好人。"

珍妈曾见过冯简修改后的婚前协议，对他心有芥蒂。她字斟句酌道："姑爷虽然现在普通，但十年之后，能越来越好。"

宛云不由得笑了，重复道："要十年啊？"

珍妈一辈子在豪门帮工，见多了各式各样的人。

"小姐是大家闺秀嘛，得体就够，又不缺钱，不然像二小姐那样，整日紧张忙碌，累都累趴下了。一个家，对外有男人就足够，但姑爷也太忙了些。"

宛云对这种话不置可否。

珍妈慢吞吞试探道："小姐吃的药停了吧？家里该有个孩子——"

宛云淡淡说："还不到时候。"

李氏是老牌豪门，宛灵在海外学习财务，将账务和资本运作理念引进企业，掌握财权；何泷一手掌控人事权；三叔拥有海外实业和慈兴堂的工厂，但随着其多年挥霍，在家族中的声望已经式微。

冯简走出办公室，遥遥地看着宛云被一群人簇拥着走出电梯。三叔的属下围着她，嘴动个不停，宛云只侧头倾听。

两人目光相接，她只微微笑了笑。

冯简把华锋叫过来："你去找几名……"顿了顿，"算了，这几日，你去李宛云那里工作。她有什么需要，你直接跟我说。"

然而华锋去了没多久就回来了："夫人说您这里工作忙，不好让我过去。她让您给她指派其他助理。"

冯简从文件后面冷冷地看着他，对方退了几步。

"那我再回夫人那里去。"

又过了会儿，华锋再次溜回来："会议室里不知道在做什么，拉着窗帘。李经理也在，刚刚派人找夫人。"

冯简深深皱眉。

他实在不太能理解家族企业的运转模式，一个李宛云就够受的，七大姑八大姨都在，怎么受得了。

宛云在会议室门口碰到冯简，一愣："你……"

冯简不语，率先推门进去。

会议室里坐着何泷、宛灵和律师，气氛紧张，略有沉闷。对面则是一位年轻女郎和一个西装革履的陌生人。

女郎衣着并不暴露，然而一举一动都风情万种。

宛灵走过来介绍情况："那女人是陪三叔在游艇上游玩的。那日签署转让书时情况有异，我们想让她上庭做证或者提供证词，但她似乎在维护谁。"说完，又眯着眼睛看冯简，"姐夫，你现在不是应该去听战略部的汇报会吗？"

冯简简单说："我延迟了十分钟。"

而那女郎自宛云进门后，只略微吃惊地盯着她看，过了一会儿微微喟叹："世界上果然有这许多不公平之事啊。"随后再去看冯简，带着微微的挑逗意味道，"你是她的丈夫？"

冯简拉开椅子坐下，点点头。

女郎再轻笑道："若有一天你肯来找我，凭着你妻子的这张脸，我都要为你打上八折。"

何泷冷笑一声。

冯简倒有些诧异对方的谈吐文雅，问道："原价多少钱？"

对方略微收敛笑容："一小时九千美元。"再嫣然一笑道，"包括坐在这里，也算在我的工作时间里，你们目前还有十五分钟时间发问。我待会儿有事情要做，下次预约不知道什么时候。"

坐在同一侧的被李氏聘请的裴律师，被冯简看得心里有些发毛了。

"冯总？"

冯简对他一字一顿说："你的收费是每小时五百美元吧？"

"是。"

冯简吸一口气，平静地把"白痴"两字咽下去："那你还有什么想问她的？"

宛云坐下只扫了对方一眼，随后便若有所思地望着女郎旁边安坐的年轻律师。她想，如果自己的记忆没有出错，那她曾经在艺术馆和他有过一面之缘。

周愈的手下。

他此刻顺着冯简的话笑道："是啊，你们怎么还不问我客户问题？现在只剩下十分钟时间。"

何泷正慢条斯理地喝茶，实际上热得有些冒汗。

对面的女郎相貌身材都是一等一，举止言谈也不轻浮，甚至知道带一名律师陪伴，而且要求谈话时全程录音。

几次套话，明里暗里隐含机关，却都被不痛不痒地挡回去。对方不肯透露任何内容，显然不想被拉下水。宛灵和何泷已经在两人身上耗费太多时间，仍一无所获，僵局之下，索性找来宛云。

而在冯简看来，他度过的每一秒都是自己血汗钱流逝的声音。

宛云从对方律师身上收回目光，淡淡道："我对整件事的了解也并不多，然而三叔信我，我也只好尽力。如果这位小姐不介意，现在能让我问您三个问题吗？"

对面两个人低声交谈几秒，随后女郎妩媚地笑："李大小姐请问吧，但事先声明，我不一定能全部回答你的问题。"

宛云只说："第一个问题是您的收费。一般由……嗯，我姑且称呼他们为您的客户，他们在见到您之前，需要一次付清全款，是吗？"

女郎不明白宛云为何也问起自己的收费情况，点了点头："客户把款打到账下，预约才算成功。我们这个行业……"她轻佻地朝冯简眨眨眼睛，"只是陪伴。以顾客喜欢的方式度过约定的时间，当然，我们乐意接受现金小费。"

"第二个问题，我已经看到之前三叔的账单记录——嗯，我想应该也可以调出三叔的银行记录查证。从数目上来看，三叔当天只预约了你两个小时。按照你们行业的规矩，一般都不会赠送多余时间给客人吧，时间到了就走人？"

女郎怔住，脸色微微变了："的确，一般来说是这样。但您的长辈是熟客，因此我就多……何况当时在游艇上，每一小时才定时送人离岸，并不方便迅速离开——"

宛云不睬她，又轻声问："根据船上的监控录像，你是陪了我三叔一个下午和整个通宵，甚至到他在赌场上签完股份转让书，你都在他旁边。因此，小姐你超过付费时间，一直忠诚地陪伴在他旁边，是不是？"她有些感兴趣道，"为什么呢？"

冯简冷冷在旁边接茬："也许那段时间是他人付款，让她留在三叔旁边。"

何泷笑道："唉，不会正好是诈我家老三签署股权转让书的人吧？到时不妨请求法院去调出对方的银行记录。"

女郎难以应答，说不出话。她旁边的律师脸色却渐渐难看起来："请不要诱导我当事人说——"

宛云没有继续追问，仿佛不感兴趣："我已经问完了，时间还剩下五分钟。我只是业余人士，裴律师有什么想问的，不妨继续。即使时间超过，想必这位小姐也会赠送多余时间给我们，不是吗？"

裴律师双眼发亮，抓紧突破口层层追问。宛灵坐在旁边，阴晴不定地看着宛云。

宛云拍拍冯简的胳膊，提醒道："你开会要迟到了。"

刚开始，李氏企业员工们讨论冯总不放心妻子，索性把她带来公司坐镇。后来这话慢慢不再提，说得最多的，反而是李氏大小姐又回来了。

报纸自然不放过这个机会，刻薄评论"冯简入主李氏没有任何成效，反而连累妻子"，并且预言冯简"会被董事会再一脚踢出"。

如此纷扰又忙碌，夫妻二人同一个公司，居然白天里都见不到面，到晚上，才先后脚去了冯简的公寓。

地下车库的电梯直接通到房门前。

宛云一日下来，嗓子有些沙哑。冯简打开门，率先走进去。

他的旧公寓其实很干净，但一眼望去还是凌乱。冯简的意思是，他把这里当成半山别墅外的私人仓库，而仓库只需要整洁，并不需要追求高雅不是？

幸好宛云没有挑剔。她先走到厨房，打开冰箱倒水喝。随后推开窗透气，动作自然而然，对沙发、床上、桌面摊得满满的东西视而不见。

冯简正在卧室翻箱倒柜，为宛云找了新的牙刷、毛巾、睡衣、拖鞋。此刻，他正不太熟练地更换新床单，之前甚至还找了块湿润的抹布，准备擦一擦床头柜。

不知道为什么，冯简有点紧张，大抵因为从来没有过招待客人的经验。

等宛云沐浴走出来，家里已经被擦了一遍。桌面上有杯热牛奶，某人也正罕见地站在阳台，眺望窗下的辉煌夜色。

冯简并不是多有情趣的人。半山别墅依山傍海，四周都是风景，然而他欣赏的次数还没有家里用人在天台上偷偷抽烟的次数多。

听到身后传来响动，冯简回头看了眼宛云光洁的肩膀，皱眉道："这样就出来了？"但没有赶她回去的意思。

宛云捧着热腾腾的牛奶走到他身边："牛奶没过期吧？你好像很久没住在这里了？"

对方拉长了脸："李大小姐，这是我刚刚让楼下二十四小时便利店送上来的。"想起什么，有些别扭道，"并不是特意买给你的，我自己也想喝——你笑什么？"

他说起这个公寓倒是侃侃而谈。

"有熟悉的家政人员三天来一次，需要什么东西，贴张字条在冰箱门上。要熨的衣服摆在沙发背上，如果来不及或者不会做，我帮你。"

宛云略微有些不适应。在半山别墅，冯简鲜少指使除了她以外的任何人，宛云偶尔要跟在他后面收拾东西。来到这公寓，他居然主动照顾人了。

冯简看她又是似听非听地发呆，便问起她三叔。

她叹口气："应该可以庭下和解。你看到今天的杂志了吗？"

"哼，不用看。纸上谈兵的货色，"他轻蔑道，"继续做你的事情，让他们去说。"

宛云半开玩笑："身为冯太太，我不想给冯总裁丢脸。"

他不在意："丢脸又能怎样？"

宛云沉默了一会儿又说："妈妈之前说孩子的事情……"

他这才深深地望向她："你怎么想？"

宛云不知如何反应。冯简说："我还是那个观点。没有也好，有也好，我们还年轻，不着急想这些。"

一时便再无二话，两人皆眺望夜景。公寓位于市中心，深夜仍有喧嚣传来，星空寂寥，非常安静。

"我喜欢这个公寓。"宛云轻声说。

走进卧室，这次却换宛云紧张。

陌生的床和陌生的房间，连带旁边熟悉的男人都有些陌生。

冯简疑惑道："你抓我睡衣袖子做什么？"再不耐烦道，"你睡觉时总喜欢抓东西，我之前的睡衣袖口越来越松。"

"那我的睡衣领口为什么越来越低？"

冯简看她一会儿，笑了，伸手要探进她睡衣里。

宛云立刻捂住胸口。他难得见她这模样，板起脸吓唬："这房间外可没有用人伺候，你现在叫破喉咙都没人理你。"

宛云扑哧笑出来，于是，两人顺理成章地吻起来。

冯简的过去，她越了解越唏嘘，但经历那么多的伤痛，他依旧是完整自洽的。反而是她，破了一身洞，需要他来修补。

他不会调情，只会用行为把一些敏感的情绪切断，塞给她快乐。

他很少承诺，但天大的事情在他这里，也就是一件件具体的需要完成的小事而已。

然而等一切结束后，冯简说："沙发上坐着三个女人。"

宛云原本带着浓重困意，闻后睁开眼睛。对面沙发上空空如也，她慢慢缩进他怀里："你是怎么看到的？"

他疑惑道："我是说，你放在沙发上的包相当于三个应召女郎。你今天上午听她说了，一小时几千美金。"

她戳戳他的胸口："你倒对那位小姐印象很深刻。"

冯简感慨："主要是暴利。如果让我付这笔钱，真的只能把她分尸切块。"

宛云打了个哈欠，想从他怀抱里退出来："你要是找的话，我会把你切块。"

从某种程度上说，宛云比那些女郎昂贵许多。冯简几乎都忘记妻子有热衷看各种古怪的侦探小说的癖好。

他看着她锁骨处自己咬红的皮肤出神，刚想低下头再吻个对称的，宛云眼疾手快地挡住："睡觉睡觉，在你狂野的梦里会有很多美女。"

冯简从鼻腔里哼一声，他不屑地说："我口味清淡，不做这种蠢梦。何况，有人毁了我这辈子对狂野和美女的所有想象。"

与此同时他重重地吻住她的嘴。

"你现在……变黏人了。"宛云抱怨的声音细若蚊蝇，想要咬他，被他刚冒出的胡茬扎到，便扶着他的肩膀，轻轻吻回去。

宛云三叔这件事最终没有闹上公堂。

一方糊涂，一方理亏，赔了一大笔钱后赎回股份。

如果花的不是冯简的钱，冯简也许能更加幸灾乐祸些。但这教训足够了，董事会对他如此鲁莽的态度意见同样很大，三叔自己还有些法律事务缠身，一时无法脱身，只能继续委托宛云代他行使职权。

宛云暗自叫苦。要设身处地，她才理解冯简在大企业中的难做。若他娶的是三姐妹当中的其他人，也能获得多些助力。冯简娶她是为了更大的利益，然而不知不觉间，原本并不坚定的两人都开始想站立场。

冯简罕见地开口对她抱怨："提醒你家人收敛些。"

三叔得知自己被骗钱时还能保持平静，但得知那女郎也参与此事后勃然大怒，扬言要报复。

"花钱免灾可以，买凶杀人就是犯罪了。"冯简评价说。

宛云只笑笑。三叔虽然胡闹，不至于如此疯狂。

"至于如此"的另有其人。女郎的律师那日拦住宛云的去路，脸色有些难看："李大小姐冰雪聪明，连续耍我两次。"

总被人这样暗中刁难，任谁都不愉快。

律师还继续聒噪："大小姐的利益，周先生是丁点不染指。但周先生的东西，他也不会让给别人……李大小姐其实和周先生是天生一对，这般纠纠缠缠，也苦了旁人——"

宛云打断他的废话，淡淡说："这事轮不着你跟我说。给周先生带个话，让他有空来见我。我说的有空，是指他开除了你这种庸才之后的五分钟。"

出了办公室，还有宛灵在等她。

"我怎么会胳膊肘向外拐？此事怪不到我身上。"

宛云看着她，口气平平，仿佛自言自语："若妈妈不让我代三叔行使职权，他会把这一摊子交给谁？谁对股份感兴趣？"

宛灵突然沉下脸："什么？"

宛云不语。

宛灵的脸色红一阵白一阵："我还没问姐姐，你当初为了男人放权，如今是又想为男人重新回来？招之即来，挥之即去，好大出息。"

华锋在旁边蠢蠢欲动，宛灵看他一眼，咽下其余话，转身离去。

宛云独自撑着头坐了片刻，神色如常地吩咐华锋："别把这话告诉冯简。"

华锋迟疑地点头。

宛云忍不住笑了："你刚才已经告诉他了？"

华锋讪讪地藏住手机。比起忠于老板娘，还是要最先忠于老板。然而，冯简没有问宛云此事，只是对宛灵的态度又冷淡了几分。

当娱乐报纸都忍不住写"冯总霸道护妻驳斥李氏他人，两人并无分居前兆"，还有另外一个头条是赌王女儿的婚礼。

订婚宴的排场极大。知名歌星献唱助阵，嘉宾都是政客巨贾。为着保护隐私，订婚宴是在私人岛屿举办，客人需要坐船前去。别墅也恢宏气派，甚是富丽堂皇。订婚夫妻为图喜气，礼金只象征性收取少量，其他如数退还客人。

冯简仔细观察了一下贵宾席，得出三点结论：第一，人家企业做得都很大；第二，自己算是收到请帖的比较有前途的企业家；第三，他并不太想和其他企业家说话。

冯简与身边的政府官员交谈，宛灵突然也探过身来。她今日盛装打扮，略微俯身，胸口的风景便有些呼之欲出。

几次插话下来，夹在中间的冯简便知难而退，退出谈话。

喜酒才喝到一半，新娘就已经穿上第五套名家设计的礼服。冯简心想，所以在他和宛云的婚礼上，宛云算节俭了？

远远地，周愈那张英俊到突兀的脸，若有若无地往这个方向看。

原本坐在身边的宛云不知所终。

订婚宴上不停穿插媒体人士，各种灯光乱闪。冯简又随意和几个人交谈了几句，等待许久，席上依旧没有宛云的踪影。

这女人跑哪里去了？

冯简忍不住看看周愈，对方还在席间，应该不是老情人私下见面。

又等了一会儿，宛云的电话没人接。

他不想贸然问人，有些不放心，随手拎起旁边急匆匆跑过的一个小男孩，硬将他拖到角落。

"见过这人吗？"冯简从钱包拿出宛云的照片，向他示意。

被"挟持"的小男孩六七岁，满头卷发，肌肤极白，眼睛极黑，乖宝宝的模样。

"啊，我知道这位姐姐！"

冯简合上钱包，拍拍他的头："带路。"

小男孩仰头看冯简，眼睛眨啊眨，缓慢地朝冯简钱包的方向伸出手。

什么意思？冯简只觉得这动作莫名不祥。

半小时前，宛云正独自躲在楼上的帘幕处。她早看到周愈，然而对方被围绕着，今日也不是谈话的好时机，就此作罢。

冯简正低头和他人交谈，宛云踌躇片刻，独上二楼，悠悠然欣赏各种艺术珍藏。

出神久了些，身后突然传来童声："姐姐，你衣服流血啦。"

今日是她生理周期，不应乱动。幸好宛云带了外套，略微遮挡。

家人都在楼下，坤包又在冯简处。宛云原本想向服务员求助，然而大多数人都在楼下宴厅忙碌，一时居然找不到他人。

宛云转头看着之前的小男孩，犹豫片刻："你可否帮我去盥洗室拿……"

好不容易向小男孩描述了生理用品的形状，宛云独自等待，继续欣赏着画。

突然，一阵脚步声传来。

一个男声没好气道："她在哪儿？"

宛云试探地掀起帘幕。冯简看到她精致的脸从琳琅的油画后露出来，一愣之后暗想，该死，早应该猜到她在这里。她喜欢看那些艺术品嘛。

然而，已经晚了。

男童仰着头，踮起脚，把软绵绵的小手放到冯简的西装袖子上，稚气道："叔叔，你现在看到了。带路钱呀，带路钱呀，带路钱——"

冯简假装没听见。他问明宛云情况，一时也无法帮忙，和小男孩双双站在外面等待。

"叔叔，你说好了，只要我带你找到她，你就给我五十块钱。"

小男孩的声音像魔音贯耳。

冯简被晃着胳膊，在被小男孩连番轰炸五分钟后终于投降。他不情愿地掏出钱夹，又指指房门："怎么不找她要钱？"

小男孩认真道："漂亮姐姐是漂亮姐姐，叔叔是叔叔。我对所有姐姐都不收费，盗亦有道。"

冯简干笑一声："算了，你以后好好学成语。"

小男孩的黑眼睛继续望着他："学习也需要交学费呀，叔叔要赞助我吗？"

冯简皮笑肉不笑地把小手从他的西服袖旁狠狠扒下去，曾经的黑历史在脑海中浮现：自己小的时候在琳琅街，有没有找别人无耻地要过钱？好像没有吧。倒是频繁被别人要过钱。

他方才没注意这孩子的衣着，男孩穿的小皮鞋是他从宛云那里见过的品牌，贵得匪夷所思。

"你是谁，怎么在别人家跑来跑去？"冯简问。

男孩慢吞吞回道："这不是别人家。"

咦？难道他是赌王的儿子？

男孩不肯再透露更多信息，只神色有些黯然。

冯简也不难为小孩："你管里面的人叫姐姐还是阿姨？"

"叫姐姐。"

"所以，你应该叫我哥哥还是姐姐？"

男孩停顿片刻，突然扬声道："我应该管你叫叔叔呀！叔叔！叔叔！"

冯简很想敲他的头，手刚举起来，男孩就一溜烟跑走。

后来是宛云为他解惑："并不是赌王的儿子，他最小的儿子正在西洋读初中。"顿了顿，轻声道，"他是今天新娘的儿子。"

非婚生子在本城并不罕见，但赌王家的保密工作似乎做得过于好了，冯简回忆起小男孩方才在席间穿梭，没几人主动理睬他，准新娘也不曾看他一眼。

宛云神色有些犹豫："亲生母亲从不在意他，只是把他生下来而已。这孩子地位很尴尬。平日放他独自一人在这个庄园……"

冯简掀开窗帘向外看。

白色阳台，绿色草木，整个岛屿都在脚下，当宾客不在的时候，庄园应该是小男孩统治。但小小国王找陌生人索要金钱，从头到尾都不肯露出笑容。

穷人家的孩子，讨要钞票是为了在大人中生存；富人家的孩子，讨要钞票大概只是为了收获存在感。真不知道谁的人生更可悲一点。

宛云道："连自己的人生和感情都无法负责的人，怎么能有孩子？"

冯简回头审视她。

这位家族的宠儿此刻露出几分无奈。何沅再疼宛云，并不能代替亲生母亲。常年夹在继母和妹妹之间，暗涌迭起，并不如何好受。

但宛云没有抱怨过。

从不抱怨，也许是大家风范，他佩服她。两人目光相接，各自移去。大概知道此刻并不能真正帮助小男孩，无权置评。他们也不确定，自己能不能当好父母。

宛云收回思绪，拿着换下的生理用品发愁。

华丽房间没有垃圾桶，走到大厅或盥洗室还有一段距离，难道要捏在手里？若是没遇到人还好，见了他人……

冯简开口："放我西服口袋。"

宛云下意识地缩手，冯简接了个空，皱眉看她。

她的脸隐隐发热："有没有废纸和手绢？至少外面包一下……"

他摊摊手，今日，他身上带着的唯一的废纸就是钞票。没办法，现在他就这么有钱。

宛云笑说："不然再把小孩子抓回来？问他垃圾桶在哪里。"

冯叔叔扯了下嘴角，他想到那个要钱的小小背影，在角落不由得翻了好大一个白眼。他说："多此一举，你就给我好了。"

宛云这才交给他。

赌王的财力雄厚，在不常住的别墅，奢侈古董和艺术收藏品都占据一整层长廊。字画笔砚，图章镇纸，琳琅满目。

冯简不喜欢这种收藏癖的家。

说到艺术品位，馆长的艺术馆更胜一筹；说到实用，自己的公寓更方便些。不过他也不奇怪宛云会喜欢这里。

宛云开玩笑地说："这是刻板印象。赌王的庄园、馆长那里和你的公寓都很好。只要选择适宜，符合心意就足够。如果是我，我比较喜欢你的公寓，因为有你在。"

冯简沉默了一会儿，换了话题："之前的公寓我已经租住多年。如果你也喜欢，我现在想把它买下来。"

正下楼的时候，碰到了不想碰到的人。周愈和赌王相携走上台阶，态度亲密。老者和蔼地朝两人点头，周愈则停下脚步，触到冯简的目光，扬眉笑了笑。

他对宛云比了一个打电话的手势，转身跟上赌王。

宛云面无表情，冯简是尽量让自己面无表情。

重新回到订婚宴上，宛云先去盥洗室。

准新娘已经喝完他们这桌的酒，喜宴散得早，宾客零零散散，剩宛灵独坐在冯简原先的位置。她大概喝了不少香槟，脸色微微发红。看到冯简回来，撑着下巴笑："姐夫方才是去找姐姐？"

冯简不置可否，宛灵一笑，款款靠过来。冯简皱眉避开。

她端起面前的酒杯。不同宛云，宛灵的安静并不让人放松，她靠在椅上啜酒："宛今曾经向我问起过你，说起来，我家还欠你一声对不起。"

冯简觉得这话题很乏味。

"周愈也向我问起过你——"宛灵突然离开椅子，放下酒杯，"实际上，他托我给你带话，他想和我姐姐见一面。"

冯简打量她。半晌后，他拿起酒杯，为自己倒上酒。

"我倒是不太懂李经理你。做什么都做不到位，算计宛云点到为止，热衷追求利益又舍不得撕破脸。你比她小不了多少，她给了你机会，但你至今却沦为带话角色——"冯简挡住宛灵甩耳光的手，宛灵想挣扎，但没有成功。他冷冷道，"我不是你姐姐，对你和你家的责任都有限。如不想听我说话，自己走开。"

他说完，再把手松开。

场面一时寂静，冯简继续面无表情地喝酒。宛灵脸色难看，没有服务员走到这桌来。

沉默片刻，她突然缓慢地笑道："其实，我也一直不太懂冯简你。做事到位如你，怎么就没有想过，姐姐十年来连一个追求者都无？圈子那么小，她真以为曾经的事能瞒到天衣无缝？不过是摊上了糊涂和迁就的家人！以叔叔和姑姑之前的败家速度，我家早该在六七年前就七零八落——到现在为止都没有彻底伤筋动骨，你以为托谁的福？"

冯简望着她。

宛灵冷冷道："呵，姐姐对男人有手段。当初周愈追她时，租下整条街的汽车，只是为了和她多相处。车祸事故闹那么大，还不是他暗中帮她摆平所有舆论。姐姐是真察觉不到这些细节？不见得吧。不过，她向来有傲骨，不肯原谅周愈，不肯自己出面。这次金融危机，她索性从宛今那里抢了你，让你来替她还这些烂债。"

宛灵站起身，款款为冯简续酒。他的酒杯不知何时已经空了。

"我最初就想警告你，应该老老实实娶宛今，或者胆大些，主动提出娶我。"宛灵冷冰冰地说，"宛云和周愈间的牵扯不会结束。上次你赠我的话，如今我再还给你。周愈不简单，你的娇媚妻子也同样不是简单的角色。我期待你不会像我一样，沦为带话角色。"

冯简看着宛灵离去的背影。

根据和疯癫李氏家族相处得出的经验，他们嘴里的话，对折听即可。但他要承认，自己一直都是靠别人的评论，才能勉强理解李宛云的过去、行为。

亘古不变的灵魂难题，男人愿不愿意坦然承认，女人亲近自己只是为了权力（或钱）；或者，女人愿不愿意坦然承认，男人亲近她只是为了美貌（或钱）——大部分人觉得这问题很冒犯。

但承认这种事很难吗？他们一定没在琳琅街长大，对弱肉强食的理解不到位。

冯简不觉得承认客观事实这件事很难。就像他很难想象宛云不美丽的脸，或周愈一文不名的模样。金钱和外貌都是构成一个人的重要组成部分。

周愈向宛云做出打电话的手势的场景在眼前晃来晃去，冯简觉得有必要和宛云谈谈。

但那一晚，只有他回到半山别墅。

珍妈接过冯简的外套，说大小姐被夫人拉走，让姑爷先睡。珍妈的目光游移，似乎在掩饰什么。

冯简在书房处理完公事走出来，凌晨两点四十五分，宛云还没有回来。

他独自睡觉，直到被开门的声音惊醒。

冯简默不出声地瞥了眼柜子上的表。天还没有亮，距离最早的遛狗时间也至少有一个小时。

他让自己放缓呼吸，继续平躺在床上。然而高跟鞋轻响，宛云那身晚礼服还没有换下，衣料摩挲有轻微的声音，熟悉的香水味飘来。

"冯简？"宛云轻声叫他，"冯简？"

她掀开被子依偎过来。冯简不得不停止装睡，睁开眼睛伸手抱住她。

"回来了？"他尽力控制声音。

她不答，他等待片刻，伸手打开台灯。

宛云的脸依旧美艳而镇定，只身体异常冰凉，大眼睛深深地看着他。

十五分钟后，宛云洗完澡换好睡裙，倚靠在床头。冯简走到她面前，递来热气腾腾的杯子。

宛云因为浓重的中药味蹙眉，抬头望着他。

"房间冰箱里只有冰水和酒，你又在特殊时期，我找不到茶，索性帮你冲了感冒冲剂，不小心加多了，那个旋转包装口我不太会用……"冯简咳嗽一声，开门见山，"你今晚没回家，是去见周愈了？"

宛云惊诧地摇头："没有。我如果单独见他，至少会和你说一声。"

冯简扯了扯嘴角，想今晚还不是太糟。

宛云捧着杯子，无意识地喝口苦涩的药汤，才开口："三叔在酒店里碰到那名女郎，三叔质问她不成，把她打伤了。对方跌下台阶，破相了。"

他收回"今晚还不是太糟"这句话，瞪着宛云。

"我一直在警局处理这件事。"宛云简略道，"没告诉妈妈和家里其他人，不然更乱。但这事也瞒不了多久。"

如果不是因为宛云疲倦，冯简又要对三叔进行一番刻薄的评论。他选了一个更现实的问题："保释金多少？"

宛云轻轻握着陶瓷杯，想到的却是周愈之前对她比画的手势。

也许，那不是要她给他打电话的意思。也许，那代表六千万。

正好是保释金的金额。

何泷得知三叔的事，惊怒。

李氏的荒唐事，她之前处理得多，自认有耐心。然而这一次，何泷想趁这机会拉拢三叔，让她的心肝重新回到李氏企业。表决在即，三叔早不早晚不晚地出了差错。

宛云进屋时，服侍何泷的安姐附耳道："太太在客厅，哭了。"

何泷的头靠在沙发上，用人悄无声息地帮她按摩头部。

她仪态还好，但眼圈微红，突然提高声音道："造孽！这群王八蛋，想当初你爸还在的时候——"

宛云故意打断："妈妈好像已经很少打爸爸这副牌。"

何泷嘴角勉强挤出一点笑，喃喃道："怎么总是咱家出事，这次不能再哄冯简出钱。第一次是互助，第二次是合作，第三次就成了他救济咱们，以后你们夫妻吵架，你是会落了下风的。"她摸摸宛云的手，"那臭小子在意金钱，你不要强求他。唉，你看你三叔怎么能又……圈子里的人大概都在看笑话。"

宛云拿出一张支票，放在桌上，正是六千万。

何泷看着支票的签名，没反应过来："冯简主动给你？"

宛云点头，何泷研究女儿的表情。过了一会儿，她不动声色地把支票放下："冯简不是慈善家，他现在肯出这笔钱，大概是想一次付清，以后彻底不会管咱家的事情。"

"他以后不需要管。"宛云不想多谈，站起身，"我先去接三叔。"

"云云，这次听妈的，乖乖回来。唉，更改家族信托继承之事烦琐漫长，律师和财务还在悄悄规划——"

话没说完，宛灵门也不敲就走进来，冷冷道："方才说什么？"

何泷有些心虚，不着痕迹道："哦，我刚才说什么？你三叔的保释金是冯简代交，须好好感谢你姐夫。"

宛灵讥嘲道："那位女郎特别喜欢冯简，他似乎总能和三教九流的女人搞好关系。"

何泷微笑道："不见得吧，小冯不能和所有的三教九流的女人搞好关系。你们在赌王女儿订婚宴上针锋相对，也不知道吵什么。"

宛灵的脸红一阵白一阵，她尖刻道："比起周愈，他自然是下九流——"

何泷勃然："胡说什么！"

宛灵却转向宛云："你以为我不想有番作为？闲人谁不会做？但上边有周

愈，他让我对你好些，我怎么做？只好对妈放水。我对妈放水，叔叔姑姑也都来凑热闹——你以为我这么多年不难做？"她眼圈红了，"你要重入李氏，好，召开董事会。若是我胜，你再不可与我竞争，妈也马上退休。若是你胜，我就走，不惹你和周愈那池脏水。这家，彻底地分了算了！"

她低头，摔门而去。

何泷坐回沙发上，给自己倒茶。门这个时候再打开，何泷突然发怒，举起水晶酒杯摔在地上，碎片四溅。

"都滚出去。"

冯简皱眉退后几步，这可不是他想象中的待遇。他说："我刚才看到宛灵跑出去。"

何泷谁也不理睬，独自上楼。

回家的路上，冯简开车。

旁边的女人一直保持安静，他打方向盘时主动开口："不是给你支票了吗，怎么又吵架了？我以为钱能解决你家里的一切问题。"

宛云淡淡说："世界上没有任何东西能够解决一切问题。"

啊，这话太高深。冯简诚实地承认，他不太理解。

以他的角度，李家的关系并不复杂。何泷是外姓人，没人敢给她过大的权力，因此，何泷希望借着宛云回归，拥有更多话语权。宛灵不承认自己的能力逊于任何人，却总希望生得比姐姐早，这样境遇会有不同。

至于李宛云，冯简毫不客气地指出真相，她在轻而易举得到别人盼望的美貌、家庭、财富和地位后，还追求一钱不值的真挚爱情。

而本质上，李氏疯子的集体不快乐，来源于他们热衷追求不属于他们的东西。

冯简不是享乐大于实用的感情主义者，但他也得承认，快乐这词语，也就是形容人们意外得到原本不属于他们的东西的感受。

此刻他问："被你妈和你妹一激，你不会真的在考虑重回李氏吧？"

宛云瞥了冯简一眼："有何不可？"

他有点意外："不太像你的作风。"

宛云叹口气："我身体不好，不想劳碌，只想要平静的生活，但这样子会被人欺负。她们为什么要欺负我这个弱女子呢？连冯简你都没欺负我。"

冯简哑口无言，突然间完全不担心宛云的心情了。

第二天清早，宛云和律师去接三叔。

两位律师和警局高层谈细节，交付保释金，当事人则郁郁地坐着。门旁边站着的一名小警员直勾勾看着宛云，欲言又止。

宛云礼貌地颔首，年轻人仿佛有了勇气，走上前来："是我找到了您的钱包。"

宛云看着他，不明其意。

警员带些紧张和赧然："冯先生报案后，我们很重视。我在巡逻的时候看到一位醉汉拿着女士钱包。现金都被花尽，但包里的贵重物品和钥匙都在……"

宛云听了半天突然想起来，是自己在垃圾车上丢失的包。琳琅街惊魂夜，明明感觉是很遥远的事情，其实不过几个月。

宛云笑道："多谢你的帮忙。"

警员突兀说："您怎么能去那种地方？"

宛云只说："我要取回钱包，还需要签署什么文件？"

警员一愣，略微急切道："包已经归还了，您没收到？"

律师和三叔走过来，三叔满脸倦意，狠狠瞪了警员一眼。宛云向年轻的警员道谢，迎上去。

三叔厌恶地抽动鼻子，低声道："腌臜的！我衬衫两日没换！先不回家，载我去酒店——"对上宛云的目光，尴尬道，"我就说一说，说一说。"

宛云温和道："三叔，有话回家说。"

冯简也打来电话。

"接到人了？"他那边显然很忙，能听到脚步匆匆，"记得看好他，你家三叔似乎把'大难不死必有后福'这套鬼话当人生信条，永远能突破别人想象。"

宛云让债主安心，随后道："我丢失的包，警局找到后送到你那里了？"

冯简不解："什么包？"

宛云重新找到那名小警员。

警员说失物找到后，第一时间就给李氏祖宅打去了电话，但不是宛云本人接听的——二小姐亲自签署失物返还确认文件。

宛灵？她拿我的包做什么？

回程的路上，三叔一边窥着宛云脸色，一边摆出长辈的模样和她闲聊。

"听说你和冯简要到他以前的公寓里住？这怎么行？旧公寓？唉，转身都不够！"他啧啧道，"冯简真是的，也算事业小有成就，但心胸和眼界如此窄小，怎么在城中连一套房产都没？不说宛云，他连宛今都不如！"

宛云从沉思中回过神来，淡淡道："三叔说笑了，半山别墅是冯简全款买下的房子，那便是他的房产。"

"你怎么忘记婚前协议了？半山别墅的产权文件上面抬头写的可是你的名字。"三叔扬扬自得，"看，云云，当初家族为你争来多少利益？所以说，不要为了姑爷，就和娘家生疏——"

"三叔，"宛云转过头，一字一顿，"半山别墅是冯简的房子。"

"但那的确是你的房子……"三叔看着宛云的脸色，识趣地不再说。

何泷振奋精神，准备重新帮助宛云夺权，在宅邸中和各个律师、管理层来来往往。

时值岁末，按照惯例，李氏一族原本要在老宅团聚，然而宛今远在国外，三叔刚刚保释，宛云和宛灵最近似乎吵了一架，于是人人只顾自保，全无节日气息。

报纸抓住这点由头，拼命渲染，而那女郎从医院出来，接受某周刊采访，披露三叔不少风月事。

各种事情堆积，他们搬出半山别墅的计划又搁浅。

冯简无所谓，一个行李箱就可以走了。但宛云的书和衣服太多了，画作的草稿也占据七八个箱子。

珍妈在旁边道："小姐不要理那些烦心事，和姑爷安心去住公寓。我知那房子面积小，只需给我收拾出杂物间。"

冯简倏然扭头望着她。

珍妈惊奇道："姑爷有事？"

冯简干笑两声。

等他溜走，珍妈再对宛云絮絮道："世道不同，年轻人都喜欢小房子。小房子有小房子的好，假如小姐怀孕，早期倒可在公寓住。现在家里别墅养有宠物，跑来跑去的，谁知道有没有问题……"

馆长表示他可以大公无私接走两只公牧羊犬。

"哦，对了。"馆长这才想起他打电话的目的是通风报信，"那女郎自身品行不端，证据不充分，她对你三叔的起诉可能不会成立。"

宛云不解。

"你不知道？那位小姐从医院回来后，昨日酒醉，不慎从酒店台阶跌下了。你三叔之前推她，她还只是落得轻伤，但这次摔得很重。幸好抢救得早，但据说伤到大脑了，有生命危险。"

三叔看到新闻，心情明显好起来，宛云再去时，他在家哼唱京剧："大雪满弓，世有报应，轮回不休……"

宛云在公司里截住宛灵："那女郎的事情，你知情吗？"

宛灵的眼睛从下往上，从鞋子到衣服，最后看定宛云。她这模样非常像某个人，不过没他做得那么冷酷好看。

宛灵挑眉道："你自己去问他，冯简不是最讨厌别人过问他私事吗？"

其实已经不需要答案。

宛云想起她和那名女郎见过的一面。当时对方坐在桌子另一面，口气平稳地说着谎，唯独手腕上的金表在午后的阳光下一闪一闪。

冯简没有瞒宛云。

"没错，你妹妹问我要不要做点什么，我问她有什么意见。然后，你知道了……不过幸好我赶到得早，当时没有出人命，但现在仍然重度昏迷。"他的口气隐隐不满，"先斩后奏不提，你妹妹下手真黑。你们全家除了你妈，没有一个行为举止像淑女。"

宛云没有说话，看不出表情。

冯简打量她，过了一会儿，再口气平平说："医药费由我们负责。这件事不会出什么大乱子。我那笔钱总不能白白地扣在那里，风险太大。"

宛云突然道："能不能借用你的私人保险柜？"

冯简皱眉道："什么？"

宛云解释："突然想查下当初你重新让我签署的婚前协议，我的原件弄丢了。"她道，"文件一式三份，另一份，应该放在你的保险柜里？"

冯简回过神来："是放在保险柜里面……"

"我能不能看？"

冯简表情不明地哼了一声，他摊摊手："如果你知道密码，打得开保险柜，当然可以看。"

他的保险柜要在十五秒内输两次密码，最后一道密码则是本人指纹。三次输入错误，就会自动锁住并联网报警。冯简对自己购买的极为坚固的高科技的保险柜，比对婚姻有信心。

于是他低头继续查看文件，准备在保险柜的警报响起时讥嘲宛云几句，却听到提示密码输入成功的声音。

宛云的声音随后传过来："过来按指纹。"

珍妈下午才指挥用人为书房的木地板打完亮漆，冯简迈步滑行了一段距离才走到她面前，他带出离震惊而又按捺着那股震惊的嘴脸挤出声音："你怎么知道我的保险柜密码？"

第一道密码是他叔叔的生日，宛云能猜出来，冯简对此还不算特别奇怪，好吧，他已经奇怪死了。但第二道密码……

"第二道密码是家里旧红车的车牌号吧？"宛云低着头翻看文件，"我想你留着旧车，总会有点别的原因，随手试了试，没想到运气好，猜对了。"

冯简没作声，浑身寒气四溢。

在第二份也是最终的婚前协议里，冯简更改了不少当初李氏逼迫他签署的各种苛刻条款。有一条没有变，宛云仍然是半山别墅的主人。

三叔说得没错，冯简居然把这套房子的产权留给她，无论婚姻持续与否。

当事人挥挥手，不耐烦道："当初想着几年就能结束婚姻，但看你的模样实在太可怜，没什么生存能力，更怕你年老色衰，下家丈夫找得不够好——"

宛云合上文件，她轻声道："冯简，如果当初那是同情，你现在爱我吗？"

冯简的脸上再度流露出震惊的表情，沉默片刻，他皱眉道："你今晚吃错了什么药？先查我保险柜，又问我这种鬼问题。"

"即使不爱，那你现在应该喜欢我？"

冯简只感觉背后又开始流汗。这着实不是他擅长的领域，而且再说下去又不知道讲什么。

总得想些办法才好。

"你！你的脑子能不能别整天都想着这些！"他绷着脸，滑行片刻再摔门而去。

馆长对于宛云重回企业的打算，嗤之以鼻。

"人总有责任。何况……"宛云沉吟道，想着宛灵为何拿走自己的手包。

馆长闷声闷气："所以你要和冯简共同留在企业里做夫妻档？"他板着脸，"如果你要退出，就提前规划，你的画廊还签着那么多画家——"

"目前只是帮忙，不会放弃我的生活。"宛云安慰他，"这段时间，我正好能将之前的少女油画上色。"

馆长放下心，重新高兴起来："你现在已经拥有最符合心意的事业伙伴。"

宛云笑道："正是。"

馆长想了想："其实你还选到了最符合心意的丈夫。"

宛云收起笑容。

这桩婚姻，是她强加给这个男人的。这么长时间的相处，他的态度似乎也只是由抗拒转变为不拒绝。她不知道自己是不是最符合冯简心意的妻子。通常得知答案最好的方式，是直接去问。但冯简只要聊到感情，就如临大敌。

那天宛云盯着他逃去的背影，依旧泰然自若。

还好冯简没有回头看到她正失望地用小指轻微划着纸张，这一点小动作几乎把宛云出卖了。

公司里，何泷与冯简产生了新的分歧。

冯简耐着性子听完何泷的逆袭大计，不感兴趣："我不支持李宛云回公司。"

何泷没反应过来："但是——"

冯简皱了下眉："什么但是？没有但是，我认为李宛云目前不适合管理。她取代宛灵，做宛灵现在的工作，不一定做得好。人需要适应的，管理更是要服众的，需要时间。她脱离多年，若回企业，必须短时间里树立威信。而最适合树立威信的职位，目前只有我这个位置。你要我怎么办？"

何泷目瞪口呆："什么，你，你现在是在跟你妻子争权？"

冯简望着她："这原本就是属于我的位置。李氏找我，我就要把工作做满。军无二帅，她来算怎么回事？现在危机还没过去，资金刚到位，很多岗位刚换了新人，不可频繁变动主帅。不然现在把我赶走，不然李宛云不能回来，再不然就按我说的，让她从中层做起。"

何沈简直被冯简深深折服，脑子里那根弦似乎快绷断："你有没有脑子？真把自己当这里的主人？宛云不回企业，你以为宛灵就能助你——"

冯简从鼻腔哼一声。

他不想插手李氏家事，但现在这风口浪尖上也不是回避的时候。在每天十小时的工作时间里，冯简认为，他应该选一个自己不想和她上床的女人做工作伙伴。

李宛云不行。

他直言："若是我投票，我会投她妹妹，敌人的敌人并不是朋友。你可以让李宛云回来，但我不支持，你去打别人主意。"

何沈做梦都想不到在冯简这里碰钉子。她深觉他不可理喻。但在公司会议室不能失态，一时气得浑身乱晃。

有几名下属试探性地敲门。

冯简下了逐客令，何沈压着气："姑且不要提公司，你有没有想过李宛云是你的妻子！身为丈夫，你应该全面支持她！你有没有想过她的利益以后也是你——"

冯简不耐烦道："两码事，我只做对的事情。"

何沈摔门而出。

暂且放下诸多麻烦事，后脚而来的是春节。

冯简重新坐回奇长无比的方桌前，面无表情地吃年夜饭。

这次用餐，李氏人不再针锋相对，反而客气至极，虚情假意。何沈不理冯简，和宛灵亲亲热热，一口一个"灵灵"。

好戏不能总演，人人都累。

大家庭中，活跃气氛的神器一般是儿童和麻将，可惜李氏孙辈尚无，老宅中的麻将桌被老鼠啃坏了一个腿，用餐后的剩余时间，众人在偌大房间各自散开，或低头摆弄电子产品，以避免交谈。

两人除外。

冯简的私人手机像大年夜的钟表一般冷清，只提供报时功能。但这时候忙工作不道德，冯简百无聊赖地把手放在膝盖上，瞟了下旁边。

宛云的手机不时因为贺词、短信和邮件振动，但她只漫不经心地翻着填字游戏。

注意到冯简的目光，宛云弯弯嘴角："会玩吗？"

他兴趣缺缺："不玩这种没奖励的游戏。"又说，"很多人给你发短信吗？"

宛云的社交情况并不比冯简好。虽然她有两位亲姐妹，然而与她们有隔阂。社交圈有很多地位相当的人，但皆是过眼云烟，虚假繁荣。

她亦缺少朋友。

冯简说："我可以成为你的朋友。"

宛云望他一眼。自上次后，冯简一直有点避着她。

他咳嗽一声："咱俩在某种方面，其实是朋友吧？"

宛云道："当然。"

冯简觉得之前的问题圆满解决了："身为朋友，你以后不要总问我奇怪的问题，什么情啊爱的，俗套无聊。"

宛云说："我一直把你视为我最好的朋友。等以后我和我第二任丈夫花你的钱周游世界的时候，我会向他介绍你这种好朋友。"

冯简皱眉拉住她的胳膊："哎，谈判这就破裂了？"

新麻将桌送过来，众人这才精神一振。

冯简原本无心参与，三叔却强拉他上桌。冯简脱身不得，转头问宛云平时习惯打多少。

何泷冷冷接口："小冯存着想赢的心，哪里还顾得上别人。"

如此，气氛开始热闹起来。宛云最初站在何泷后，然而冯简似借了东风，每次不是吃就是碰。何泷原本就对冯简生气，这一下脸色更难看了，她瞪了一眼女儿，怀疑她给冯简递了消息。

冯简便支开宛云："你去帮我端杯水来。"

宛云刚走到客厅门口，听到冯简很正经很喜悦的声音。他推了牌："财神，和了。"

用人迎上，递过来手机："大小姐，你的手机在台子上一直响。"

屏幕上显示一通没有号码的来电。

"新年快乐。"居然是周愈。

宛云避开喧哗，来到下沉庭院的一处安静角落，周愈依旧在电话那端等待，非常有耐心。

天知道，宛云多憎恶这种多余的耐心，浪费时间。

"云云，"他说，"你三叔之前在新加坡被赌场摆了一道，是我跟你开玩笑的。"

周愈居然直接承认自己插手这件事，宛云不由得愣住。她慢慢坐在户外沙发上，用手撑着头。

如今，宛云很简单地放下了评判，既放下了评判那场初恋，也放下了评判曾经的自己。至道无难，唯嫌拣择，但莫憎爱，洞然明白。这个男人就是，再也无法伤害到她了。

他还在继续："那天后，我在等你给我电话。"

宛云说："到底为了什么事情要找我？"

周愈坦白道："我一直想得到你。"

简直像二流电影里的台词。宛云回答："没有半点可能。"

"为什么？因为你结婚了？但是，我能轻易地毁掉你的家，也能让冯简自愿离开你，相不相信？"周愈说，"这是事实，不管那个人如何让我难堪，他也不过是个最底层的商人，事事估价而后行。"

"别侮辱冯简。"宛云淡淡说，"你侮辱他，只能让我感觉你很不自信。"

"云云，我认识很多女人，你也认识很多男人。结婚对我们这种人从不是难事，只有我们才是真正的一对。我为你付出良多，你也为我付出良多。我付出过真心，不然谎言怎么瞒过你的眼睛。"

老街上隐隐传来鞭炮声，噼里啪啦，片刻不停。

宛云感到久违的烦躁。她将手机略微移开："我的确比常人生活得更好，直到你出现。不过，你最好快点进入正题，告诉我你到底想做什么。"

"如果冯简真心喜欢你，我倒甘拜下风，从此不再骚扰你们伉俪。然而他不过是受人钱财，并不见得有真情实意。云云，你为什么委屈自己？如果你只想嫁人，为什么不考虑我？如果为了钱，十年前我就有钱，十年后我有更多；如果你是为家族，那我就把你家毁了，让他们重新依附你。但为什么你要那么固执？十年都不肯再回头。"

不知道为什么，他们突然都沉默了。

周愈说："云云，你真的忘记我们曾经在一起的日子了？"

正在这时，用人突然唤道："姑爷来了。"

门推开，冯简因为被用人骤然提高的声音吵得略微皱眉。他走进来，看到宛云站在窗前接电话，愣了愣，打手势让她继续。

然而宛云已经将手机合上，关机。她竭力装得平淡："不打牌了？"

冯简坐在身后的沙发上，宛云示意身后的用人把桂圆糖水给自己，又让用人把门合上。

她问："输了赢了？"

冯简嘴边露出一点笑意，随即恢复如常。

宛云并不意外。

冯简的心情愉快，根本没注意到宛云的异常。

"赢几把就收手，又不是赌徒，输光所有筹码才懂离开——我待会儿还要去书房看书，让你妹妹接着打。"顿了顿，他扬眉，"你到底给不给我水喝？"

宛云这才要把空举了半天的水杯递给他。然而手腕被拉住，人已经到他怀中。

她偏头避开他的唇："待会儿有人进来。"

"你家用人个个都识趣。"冯简略微再用力，把她的脸扳过来对准自己。

然而刚结束和周愈的通话，对方对冯简的评论让她心烦意乱。宛云推冯简的胸膛，男人力气大，她被他从下强吻住。

她略微失神的时间里，冯简放开她，懊丧道："卧室是在三层？"

一股烦躁突然间涌上。宛云猛地挥开冯简的手，冷冷道："冯简，若你时时刻刻欲求不满，也许该找个情妇，而不是找个妻子。"

冯简抬头看宛云，并不是察觉不到她的情绪，然而当宛云居高临下俯视他，满目丽色仿佛在那双被燃得极亮的眼睛中流淌。

他喃喃说："那，我也选你当我的情妇。"

"啪"的一声，宛云重重地给了他一巴掌："今晚不要碰我！"

她依旧坐在他腿上，两人的姿势明明暧昧至极，呼吸交错，然而气氛已经渐渐冷下来。

窗外开始燃放烟火，门口有小声的喧闹，然而并没有人进入客厅。

　　两人瞪着对方。过了会儿，他很平静地说："是因为你妈和宛灵的事，你厌恶我了？"

　　"什么？"宛云不解。

　　冯简继续平静地说："你很委屈？但李宛云，我也很委屈。我承认我开始有所图，但你家当初答应和我联姻，还不是因为认为我有那份做事的能力？商场的确尔虞我诈，也强调愿打愿挨。我已经如你们愿娶你，为你家出力，然而，我不是你们家族内部斗争的棋子，不是你妈的棋子，不是你妹妹的棋子，更不是你的棋子。我只做好分内的事情，你们别想控制我。"

　　他们说的根本就不是一件事。

　　宛云撑在他肩头，明知对方误会却又不想解释。心纷乱，身体倍感无力。

　　刚刚周愈问，为什么不肯回头。

　　为什么？

　　十年前给出的答案，是她已经决定不再爱他，自尊心作祟，她决心彻底改变自己生活的轨迹。

　　十年后，似乎又出现了一个崭新且强大的理由，那个理由让她生气，让她焦躁，让她推开情动的冯简。

　　"所以现在才讨厌我？生我气？不觉得晚了？我从没变过，以后也不会为你改变。"冯简强硬抬起她的下颚，他真恨她，也真恨自己，恨两人极度的亲密，更恨她的存在让自己开始怀疑自己的决定，"我对你家，对你，不够仁至义尽？我又有什么做错的地方？我已经足够忍耐。你以为我就喜欢这种——"

　　"啪——"宛云突然又打了他一巴掌。这次力气极轻，但冯简难以相信他被这个女人打了两次。

　　"说了并不是因为小事生气。"她又恢复那种平静的语调，带些戏谑。

　　冯简怒极："李宛云，你现在到底发什么疯——"

　　"我真的很后悔，十年前怎么没烫死你这种无聊至极的男人，冯简。"

　　冯简恶毒道："很好，想必烫死我了就能带着有趣的周愈，还有你更有趣的家人去周游世——"

　　然后，他听到宛云清晰地说："我现在已经爱上你了，冯简。"

　　果不其然，冯简听到告白后，他立刻就吓到了，面如土色。

　　他异常阴沉地瞪着她，宛云再瞪回去。

这不是她所期望的回应，然而，也不是需要避而不谈的感情。

再醒来，宛云发现她已经躺在二楼卧室的床上。

帘幕低低垂下，从缝隙中往外看去是清晨，旁边无人。

宛云尚记得，昨夜被冯简褪去半边衣衫，在反应过来准备再赏冯简第三个巴掌时，被男人轻松架住手。

其实，她昨晚也失态了。

倒并不是非要逼迫冯简接受自己的感情。十年河东，十年河西，曾经她多么看轻誓言，然而此刻却又需要这些——誓言不当真，但说出来的那一秒，至少表明对方愿意带给她某种生活。

但，冯简不说他做不到的话，不许诺不可能有的东西，见势不妙便沉默为金，习惯给生活里每件事情开价钱。这种诚实，曾经令人心安，但如今，他的诚实令人不安。

冯简曾经为危机中的宛今开出一百万的价钱，如果事情发生在她身上，他又能为自己付出多少。

想必不会超出太多。

事到如今，宛云突然想到，周愈曾经又是因为多少钱和他父亲下的赌局，像场笑话一样。

下楼吃早饭，宛云接受别人的"新年快乐"时都缺乏心情。

在餐桌前坐下，她觉得今日腹中格外饥饿，打起精神问："大家还没起？"

用人为她端来热粥，慢吞吞地说："已经不是大年初一了，大小姐。"

宛云不解地看着她。

对方字斟句酌："小姐，今日已经是大年初二。"

宛云开始没明白，忽地把筷子往桌上一放。她居然睡了一天！

用人耷拉着眼："是姑爷不要我们吵醒小姐。姑爷和太太、二小姐似乎有什么争论，后来又都出去了，半夜才回来。"

宛云过了一会儿才问："冯简人呢？又回公司了？"突然间心烦意乱，"不管他，待会儿麻烦帮我买药——"

这时门推开，冯简走进来，猝不及防和坐在餐桌前的宛云打了个照面。

两人对视，他下意识地停住脚步。

他的表情如常，略微有点疲倦，却还能平静地看着她——怎么做到的？

廊内再传来女声。

"姐夫回来了？"宛灵沿着阶梯款款走下。

自从知道冯简不支持姐姐重回公司，她的态度又回到最初那种客气。

"哦，今日初二，你还要带姐姐回门。可惜姐姐多年来赖在家中不走，这回门似乎也不必要……"突然看到宛云也在客厅，止住话题，"大姐。"

偌大客厅，宛云毫不客气地坐在主座，冯简则挑了宛云对面的位置，宛灵则在冯简旁边就座。她开口问："姐夫，听说你公司突然遇到一些困难，大半夜还要从医院赶去处理。还真是麻烦你……"

冯简见宛云抬头，他便调转视线，微微点了下头，没多谈。

何泷的到来又把早餐的尴尬气氛推至巅峰。

她进门后锐利扫了这三人一眼，先对宛灵道："灵灵，又是新年了，你怎么还像小时候一样，总惦记属于你姐姐的任何玩具——快坐到我旁边来。"

然后又对宛云笑道："云云，你舍得从床上起来了？"

不留情地数落完两个女儿，何泷看着冯简，冯简也直直地望着她。

何泷克制住口气，淡淡说："昨夜医院的事情，多谢小冯你。"

"医院有什么事？"宛云这才问。

冯简这才看着宛云。他的语气有些疲倦和阴沉："那位女郎，死了。"

那位让三叔吃官司的女郎在大年初一的夜里莫名其妙断了气，二十四岁。警方初步怀疑是医疗事故，扣住当时的主治医生和住院护士，再把三叔列为重点怀疑对象。

何泷憋了一夜怒气，听到冯简在春节期间说到"死"，在餐桌上连续狠狠"呸"几声。

"查出缘由没有？"宛云在路上追问，"怎么事发那么突然？"

她仍难以置信，一觉之后，居然发生那么多事情。

冯简握了一下她的手，宛云抓住他的袖子："她的死和三叔有关吗？"

冯简沉默片刻，仿佛自言自语："那和谁有关？"

宛云知道一个绝佳人选，可是这个时候说不出来，浑身异常寒冷。

到了警局，冯简和两名律师谈话。

警官的桌上摆着那位女郎的遗像，照片上的脸有淡淡的妆容，笑容有些腼腆，根本看不出从事什么职业。

没有人同情她。

正在这时，宛云的手机突然振动，一阵一阵。

她依旧直直站着，没有动，也没有接听。

过了一会儿，冯简找出来，皱眉道："走到哪里去？打手机也不接。"看到宛云煞白的脸色，有些吃惊，"怎么了？"

宛云被他紧搂住腰，才略微放松，发现自己几乎难以呼吸。

"事情处理得如何？"

警局坚持扣下三叔。律师安慰说，警方没掌握李先生的证据。

这时已经有大量记者闻讯来过警局，律师催他们快走。

冯简还要赶回公司，上车前，他把宛云叫过来，隔着车窗，望着她的脸。宛云摘下墨镜，看着他。

"新年快乐。"冯简终于说，"我会帮你，别想太多。"

"好。"宛云微笑看他的车开走那玫瑰般漂亮的笑容却也层层褪下，"好。"

她拿起电话，拨打了一个熟悉的号码。

对方甫一接通，她就开口："是你吧。宛灵，一直……都是你吧。"

彩龙茶室的二层，不同于大厅的喧哗，隔间异常安静。

宛灵靠窗坐，对面一壶新茶，热气缓缓腾起。她挨不住沉默，终于开口笑道："姐姐急急忙忙把我叫出来，又装神弄鬼是做什么？"

宛云把茶盅放回去，从随身包中取出一个信封放到紫檀桌上。

迎着宛灵不解的目光，她说："这是叶小姐的遗像。"

宛灵镇定地道："她突然死了，我也遗憾，但这件事和我有关吗？"

宛云沉默了一会儿："她不明不白地因你而死，多少也该给点尊敬。平时和我胡闹几次就罢，现在行事过分至此，是吃准了我不会还手？"

宛灵笑着说："我完全不知姐姐你在说什么。"

宛云抽出信封里的照片："叶小姐性格谨慎，轻易不参与陷害金主的买卖——除非有重利引诱她。"

宛云定定地看着宛灵的眼睛："所以，我就托人去银行查了她的账户。她除了现款，最喜欢房子和名车。但后两样非常高调，那么，到底哪个物事最保值不落人耳目，又可以等价当作报酬？是了，早该想到是首饰珠宝，小巧，易保存转移，来源含糊。上次我看叶小姐的衣服、鞋履、手袋都是上等货色，然而浑身上下，没有半点配饰——太谨慎，似乎怕在我们面前露富。她之前见过谁，让她如此怕露富？"

宛云的手突然往桌面一拍，宛灵的身体不由得一震。

"叶小姐手腕上戴的那钻石手镯是不是你的？这是我在她家公寓发现的照片。"

照片上的人，腕间一抹晶亮，第一眼就看到那华丽的饰品，分外突兀。

宛云冷冷道："那位叶小姐特意戴着它拍了照片，只是万万没料到是遗照。"

宛灵脸色发白："姐姐不要血口喷人，什么手镯？即使她真戴了什么，手镯在市面上成千上万，并不是——"

"那曾是妈妈收藏的首饰里的一个。据我所知在市面上独一无二，我曾亲手帮她做资产清单，亲手写下编号。妈妈原本赠予我，但我不喜欢这种，因此让她转赠你。"

宛灵倏然色变："姐姐真大方！自己讨厌的东西，居然'转赠'我！我是不是要高呼万岁？"

"我曾丢了一个包，里面没有贵重物品，单有几把钥匙和卡。我之前想那包找不回来，因此没特别提醒冯简。不久后，他在自己公司的停车场里被刺伤——这事现在都没头绪。进入停车场至少要刷三次卡，谁都不知疤头三是怎么无声无息地摸进去的。"

"也许正是他捡到你的包，然后拿着卡——"

"别再跟我嘴硬！我知道这里有你搞鬼。"宛云怒道，"我就是来最后警告你一次。李宛灵，虽然你是我妹妹，但如果敢惹恼我，我并不在乎你是谁。"

宛灵吃惊地看她。

宛云很少说这般话，此刻安安稳稳地坐着，略微挑眉，随手在拨弄茶杯。

"怎么？"宛云冷冷道，"只有你可以任意欺凌他人？"

宛灵终于放缓了语气："不，我了解姐姐。你对宛今好，对家人很好，一直对我也很好。这，我都是知道的，姐姐并不舍得……"她伸出手紧紧按住桌面的信封，"这件事是误会。手镯是妈妈赠我的，我并不想随意送人。但她一眼就相中，于是我对她说，我可以高价赎回，然而她不肯。最后我让手下的人处理这件事，但不知发生什么变故……"

宛云平平气，一时没说话。

"至于冯简的事，我只是想吓吓他，没有想伤害他。"宛灵却突然抬起头，"大姐，当我求你了……你现在可不可以和周愈在一起？"

宛云不由得一怔。

"这些年，周愈对你并不差。冯简说得对，我和周愈是与虎谋皮，但周愈只对你手下留情。大姐都能嫁给冯简，如今为什么不跟周愈？"

宛云难以置信，电光石火间，突然道："你……喜欢周愈？"

"不！我当然不喜欢他！"宛灵看着宛云，怨恨道，"其实大姐出嫁的时候，我是真的很开心。我想你嫁谁都好，随便谁都好，我只希望你赶紧从家里出去——从小到大我都这样想——即使我姓李，即使我现在也在公司，即使你现在什么都不做，然而你总在那里……除了你，我还要应付周愈，这十年来，我受够了！若是大姐嫁周愈，他消停，妈妈也消停，我也能够……"

宛灵的声音渐渐低下去。

宛云沉默看着她，没说话。后来茶都凉了，她仍然没有放开握紧茶杯的手。

良久，宛云道："再说一遍，目前我没有重进公司的打算，但是，我随时有回来的权利——我并不打算用这件事来威胁你。这些事我可以既往不咎，但有两个条件。第一，三叔案件和应召女郎葬礼的所有花费，须由你来承担。"

"好！"宛灵急切地答应。

"第二个条件，你这辈子，绝对不能当李氏的总裁。"

宛灵依旧看着宛云，仿佛不能理解她的话。

"你应该对整件事负全责。除此之外，你把三叔拉到这个境地，让家里遭受这种丑闻——我给了你十年的时间，宛灵，你太让人失望。"

看清宛云的表情并非开玩笑后，宛灵突然站起来，带翻了自己那侧的茶杯，茶水四溅。

她冷笑道："笑话，如果我不接受你的荒唐条件——"

"如果你不接受，我就亲手毁了你。你敢碰我丈夫，我就毁了你；你敢碰我，我也会毁了你。所以你最好老实点。"宛云再次重复，"之前的胡闹，我一直不理睬你，但这次是命案。何况，冯简和三叔若是知道其中真相，想必对你的看法也会有所改变。"

茶几上的水流淌，沾湿宛云的袖子，再滴到宛灵脚面。

宛灵尖声道："你明知道我一直以来的愿望就是主掌公司！我做所有的事情都是为了它！但姐姐，你到底——"她换了个角度，压抑心中的急躁和绝望，"我明明能比你，比冯简，更好地管理公司！然而我从来没有这个机会！我自己不争，谁来替我争？"

宛灵不停而快速地诉说。她的确对家族企业有自己的见解，然而宛云没用心听。

"灵灵，我知道你一直有很多想法，然而仅此而已。如果我现在还能为家族企业做点什么，我会确保你不会成为最高管理者，因为是你有错误的野心，总相信错误的人——无论是周愈承诺了你什么，还是因为你那些控制不住的下属，以及你做不到位的事情。"她温和地说，"你当下的权利、金钱和地位并不会有丝毫损失，这足够了。"

宛灵一动不动地站着，不知多久突然流下眼泪。她慌乱地说："可是，姐姐，我……"

宛云放下茶杯，转身离开。

冯简深夜回到公寓补觉，看到门口有双高跟鞋。

他心中一动，走到卧室。床上的人听到动静，翻身而起。

两人都没有说话，脸色是相同的疲倦。冯简缓慢地走上前，扯着脖子上的领带，皱眉望着她的眼："你怎么突然跑来这里？我还以为你今天依旧住在自家老宅。"

宛云挑眉。有家不回的不只是她一人。

对面的人若有所思地端详宛云的脸色，突然问道："你今天是去找宛灵摊牌了？"

宛云迟疑片刻："你怎么知道？"

答案简直太明显，冯简不由得冷笑一声，把手中的领带卷好，丢在椅上："你们全家都热衷把别人当傻子要着玩。我不过是每次都给你颜面而已。"

宛云奇道："给我颜面？"

冯简哼一声，自顾自地走进浴室，然后有水声传来。

宛云发呆片刻。

她今日心情不佳。老宅人多嘴杂，不想应酬。而回到半山别墅又要途经玫瑰园，徒增心烦。过年期间，各处喧杂，因此才想来到这个公寓独寻清净。

不料睡醒后却见到他。

冯简又是为了什么撇开众人，此刻独自来到这公寓？

宛云靠在床上向窗外看去。海面仍有烟火燃放，亮通通。她曾经见过流星，老实说它比钻石要更美丽，但从来只有置身事外的人能欣赏。

流水依旧在响，宛云想到第一次和冯简共处一室时。那时候她还不肯定冯简是怎样的人，但无意间为自己挑了一个旗鼓相当的丈夫。不，他比她更恶劣。总是抗拒，有所保留。有时候她觉得对方不知道很多事情，有时候又觉得他心里完全明白。

不多时，水声停了。

冯简擦着湿淋淋的短发，坐在她旁边。

"如果事情解决了，就别垂头丧气。如果还没解决，现在告诉我。"冯简望着她，"发什么呆？"

宛云道："我只是在想，这间公寓的窗帘很丑。"

冯简在宛云的催促中不情愿道："那你换吧。"

"床也窄。"

"换。"

"卧室的门不好看。"

"换。"

"玄关的鞋架摆不下我的鞋子。"

"换。"

"我丈夫平时都不陪我。"

"换。"

宛云忍不住微笑，冯简不以为意，讥嘲道："嘿，现在倒高兴了？"

宛云将下午和宛灵的对话告诉冯简，他沉默地听，间或发出"啧"和"哼"。

他向来是只扫自家门前雪，此刻完全不同情宛灵。宛灵有野心，但做事不择手段，不必多谈，李氏的诸位造成的复杂局面和宛云多年的放任亦有杰出贡献。

冯简再次困惑地盯着自己妻子美艳的脸，她热衷追求"感情"那种虚无缥缈的东西。人各有志，他无法干涉。

但宛云之前说，爱他……

真可怕。世界上的女人无数多，怎么他就摊上了最重感情的一个？

"眼看一件事发生，自己难以补救，这种感觉……"宛云顿了顿，"冯大总裁大概难以理解。"

这不是冯简经常会考虑的感情，此时坐在这里听她说话已经是他耐心以外的工作。

他说："我怎么不理解？知道自己结婚的时候，我便是这种感觉。"

宛云察觉到冯简的不以为意，不再多谈，随手拨弄电视的遥控器。

卧室的老式电视正播放电影《赌场传奇》，屏幕时闪时灭。剧中大佬算好筹码，抬头微微一笑。镜头靠近，对准他的表情。演员演得太好，几秒内的笑容里流露出宛云很熟悉的东西。热切或欲望，盘算却又隐藏，捕捉到猎物时的不动声色和无休止的等待，缓慢地等待利益时的贪婪表情。

宛云的手略微一紧。

旁边的人觉察到她的不安。"怎么了？"冯简看了她一眼，脸上突然闪过一丝焦虑，但也许是错觉，他戳了戳她的腰，"哎，我之前的话是开玩笑。"

宛云收回视线。她关了电视，淡淡道："我在想，这电视效果也太坏，你有没有考虑换一台？"

"白痴，你与其看电视，不如看我！毕竟你之前住在自己家，一天当中能看到正常人的时间不太多，该好好珍惜我——李宛云你疯了！"

冯简有些慌乱地抓住朝他脸扔过来的遥控器。

宛云翻身躺下，这一打岔，她忘记问他为何今日独自来公寓。当然，她也没发现冯简此刻正眼神复杂地盯着自己的背影。

之后的一段时间，宛云依旧需要应付律师以及她的画廊。宏森自动的技术收购似乎碰上难题，冯简惯来不肯透露，她也没有多问。

一切维持原样，除了，两人继续在这间公寓里住下去。

冯简在餐桌上读完报纸，将报纸卷起来，拧着眉回头："早餐已经冷了！"

宛云装扮好从盥洗间走出，看了一眼桌面："我记得这布丁今天过期？"

冯简沉默一会儿："你吃的这块还没有。你吃的是今天早上新买的。"

宛云瞪他一眼，坐下来："你也不准吃过期布丁。珍妈昨日送来的粥在哪里？"

"自己去热！"

"明天轮到我做早餐，你大概能吃点好的。"

冯简嗤之以鼻："假如世界末日，粮尽弹绝，没人伺候，大小姐你能吃什么？"

"过期布丁。"

世界末日是每天的清晨。

冯简惯例冷眼旁观宛云十指不沾阳春水的作风，她的嘴刁到开水都能喝出是沸腾过几遍的。然而他刺激她的手段有限，不得不承担所有的家务。

宛云则同样见识过，冯简在视频电话里面色凝重说完几个亿的项目，转头对菜市场老板更为凝重地说："最近你家番茄怎么那么贵？"

没有用人，宛云的装扮朴素很多。晨练时刻，冯简偶尔也会想念半山别墅外宽敞的环境。但比起他们暗自指责彼此的性格缺陷，有人对他们目前的生活状态表现出更为明显的意难平。

他俩回到半山别墅，宛云推开客厅的玻璃门。

何泷因为看到女儿而眼睛亮了一下，再因冯简暗下去。

上菜的时候，何泷来回打量坐在另一方的宛云，开口道："云云，今天你穿的衬衫很眼熟。"

宛云不以为意地笑笑。

等了一会儿，何泷终于忍不住道："总穿旧衫是为了节约？小冯和你娘家又不是买不起。再说，你的形象也是小冯的形象。"

冯简听到何泷提到自己，就从食物上抬头准备迎战。

何泷继续道："若女人平日饮食都讲究，突然间降了标准，不是丈夫克扣，就是她已经怀孕了——"

话音刚落，一阵乱响。冯简抛下餐具站起来，脸煞白，皱眉看向身后——

珍妈方才手颤了下，把整碗热汤洒在了他的裤子上。

迎着几人投来的视线，宛云的脸一红："并没有。"

冯简点了点头，脸上看不出什么表情，随珍妈走出去。

富丽的房间只留下两个人，宛云终于责备道："你平日总针对冯简，我夹在你们之间实在很难做人。以后——"

何泷却敲打桌面道："你意下如何？"

向来野心勃勃的宛灵突然对外称病，警局通知，三叔的事件下个月顺利解决，大伯和二姑正在观望形势。何泷明智到没有追问细节，但除了一件事。

"云儿你什么时候回归李氏？"何泷殷殷道，"你身体不好，要避免工作操劳。然而你也知道，你现在做的决定关乎我们的……"

何泷欲言又止的期盼眼神，宛云并不陌生，冯简似乎最近也总用这般眼神打量自己。

他的公司突然出现一名神秘收购者，大肆从散户手中购买股份。与此同时，周愈那方似也在频频向冯简施压要权。兼管两个企业，冯简在突如其来的变故前，承受的压力不可同日而语。

不过这些事情，也都是华锋在楼下偷偷告诉宛云的，当事人没有开口对她讲半句。

今日回半山别墅，山脚下的玫瑰结出了花蕾。不知是什么品种，花期如此漫长，一簇簇沿着栏杆攀爬出来。

宛云沉默的时候，坐在对面的何泷则彻底失去了耐心。

三叔之前的风波让何泷兔死狐悲，她预感到墙倒众人推和孤立无援的下场，不打算再品尝贫穷的"甜美滋味"，打定主意把一切利益都亲自握在手中，偏偏核心人物不肯配合。

何泷气恼，忍不住口出恶言，拍桌道："你倒是和那没良心的臭小子如出一辙！只做自己认为理所当然之事！自私至极，不肯为他人做出半点牺牲！也不想想，你和冯简结婚，原本各取所需，如今太平盛世，你俩还能相安无事，以后若出了什么变故，你没有个孩子或资产傍身，怕是冯简的性格能毫不犹豫地抛开你这种奢侈品！"

她刻薄说："等那时候，你就是一名被两个男人抛弃两次，名声败坏，被全城看笑话，人老珠黄、孤独绝望而死的没落阔家小姐！"

宛云忍不住笑："很早就没落了……另外，妈妈为什么总想让我回李氏？即便我重新掌权，并不一定能给妈妈比现在更多的好处。"

何泷坚持："别的不说，云云你能比现在更有势力。再说，谁不希望自家家族更兴隆长久呢？"

宛云摊手："我现在已经嫁人，冯简赚钱和我赚钱，有什么区别？"

何泷极其讽刺地叫了一声，再一拍桌面："你的意思是让冯简为了你去赚钱？去兴旺咱们家？"

宛云扮了个鬼脸，说："为什么不可以？"

和何泷的谈话到底作罢。

宛云上楼去找久未出现的冯简。男人大概过于劳累，居然靠在沙发中睡着了，新裤搭在旁边。

何泷对冯简的评价还在她耳边回响。

世界也许一直分为两派。

经济学派认为，世界上的任何东西都能够明价出卖。假若不能，只因价格不高，当价格达到某个临界点，卖方就会选择出手。社会学派认为，世界上总有些东西不能出售，任何价格都不足以买下心安。

这场婚姻以利益为起点，想寻求感情寄托有些不切实际。然而冯简……大概有些不同。她说不上来，但莫名有些信心。

宛云从来不畏惧人生重新开始，只怕十年前的噩梦会卷土重来：珍惜的人因为她所轻视的东西彻底决裂离她而去。

宛云蹲下身，轻轻摸了下冯简的脸颊。

这番动作，显然惊扰了对方辩友的好梦。他一睁眼，见宛云正骚扰自己，不禁要发作。

宛云看着他："下次我摸你的动作轻些。"

冯简皱眉："就请别摸！"

第 九 章
交 易

Chapters 09

宛云同馆长交换秘密。

有一段时间，"初恋"这个词是她的禁语。家族和企业，未来和前途，伤情和恋情，责任和义务，打算和预期等这些词语全部包括在内，馆长一个字都不能提。

很长一段时间内，宛云对来历都只字不提。直到把杂志甩在桌上，馆长才敢质问美貌又寡言的助手："你是那个李家大小姐？"

对方冷静地放下画笔："我以为你早知道我是谁。"

馆长瞠目结舌，自此以后，他经常用这句话酸溜溜地讥讽宛云。

空旷的艺术馆里，老头子不紧不慢讲他那些色彩斑斓的情史，以前只有宛云一个听众，但现在，冯简边用吸管捞水晶酒杯里的碎冰块吃，边一言不发地听。

他们刚刚讨论的话题，是来自澳大利亚的艺术家 Monica Rohan，她的作品一般售价几千美金，是艺术界的快消品，供不应求。

"我这里还有她的系列作品，之前曾经叫人去悉尼艺博会订了她三幅作品。"宛云说，"她来游学时来过我的画廊，我们商量过艺术品周边的开发。"

"小云云，不怕你丈夫半夜起床翻你的信用卡消费记录？"馆长瞥了一眼旁边的冯简，不知死活地开玩笑。

冯简从鼻孔里哼一声。

馆长饶有兴趣地看他一会儿："我说，你就打算在这里喝一晚上冰水？"

他的乌鸦嘴不幸再次言中。

在这个不如何可爱也不如何温柔的世界，冯简第一痛恨的是花钱，第二痛恨的是秘密。

很多时候，秘密代表软弱、妥协及麻烦，引发的后果不可预估。冯简认为世界上所有秘密都应该被锁在保险柜里，被埋在坑里，最后浇上硫酸毁灭。

但不幸的是，世界上人人都有秘密，世界上人人也都得花钱，世界上还有个女人对这两样事情同样擅长。

冯简想到被宛云轻松打开的保险柜就后怕。保险柜不能锁住所有东西，比如秘密或者最珍惜的东西。

冯简自认仍没有最珍惜的东西——宛云的脸出现在他面前。

"不开门吗？"她惊奇道。

冯简才发现，两人告别馆长回家，他们已经在电梯里站立良久，需要门卡才能按楼层。

"在想什么？"宛云问。

冯简脱口道："想你……"

宛云秀丽的眼睛一眨，冯简当即回神，机智地为自己补充道："妈。"

她一怔。

冯简补充整句话："我在想你妈妈的身体。"

话音落地，两人间突然出现沉默。冯简这才懊丧发现自己机智过头，说了句有歧义的话。

还有，宛云的眼睛真的很清澈美丽。

冯简下意识说："我是说，我在想你妈妈的身体健康问题，她都已经八十多岁……"

宛云微微抿嘴："我需要先把手机关了。"

被她长发挡住的手机已经传来何泷气疯的声音："什么？小王八蛋！冯简！你说谁八十多岁了！你给我说清……"

门打开，冯简追上宛云，他皱眉："你什么时候和你妈打电话的？"

宛云回头："从坐车回家开始，你并没有注意到。你这几天仿佛有心事。"

临睡前，冯简重新打开保险柜。

他隔几天都会看宛云画的那幅肖像画。画纸上，逝去的叔叔慈爱地注视着他心爱的侄子。画的页脚印有宛云的私章，如果冯简略微懂章料和雕刻，或者知道请宛云作画的价格，也许会有一丝血轻轻流下嘴角。

但冯简已经足够心烦。

上流社会的礼节在他看来是一种涂着虚伪色彩的亮壳，宛云是这座玻璃之城的杰出代表，她从任何意义上来说都符合普通男人心目中的女神标准，永远不会狼狈和愤怒。但冯简曾经挣扎于市井，他大部分时间承受了这些绝望和沉重，没办法像宛云那样，喜欢和离开一个人都那么优雅和轻松。

宛云对于他，是十年前惊鸿一瞥，后来直接成为他的妻子。冯简并非心胸宽大的男人，最初抗拒至极。随后两人相处，他终于略微打开心结，然而周愈又出现了。他看宛云的目光，冯简身为男人很清楚那意味着什么。

一时的触动有，冯简并不肯把感情放在这种轻飘飘的人身上。

他把画放回去，再拍拍保险柜，内心非常不快乐且寂寞。

虽然离八十岁大寿尚远，但何泷的千金玉体显然经不起好女婿的念叨。

她病了。

宛云急急赶到医院，跟来的冯简听到了医生的结论。

"重感冒？仅仅是感冒？何女士兴师动众地叫我们来医院探望，是来学习她生病的技巧？"

宛云谴责地望冯简一眼："我先去看看她。"

宛灵说："我给三叔他们打电话，让他们先不必来。"

医生收起病历："我去拿何女士的化验单。"

冯简说："我去大厅买瓶可乐喝。"

冯简在自动售卖机旁边的椅子上就座，决定最后再进何泷病房。这行为不尊敬，但能把何女士指着他鼻子骂的时间缩短些。

突然感到有目光好奇注视自己。随后，一个清脆至极且震耳欲聋的童声响起："叔叔？叔叔？叔叔？"

赌王女儿的私生子站在不远处，笑眯眯地看着他。

小男孩自来熟，紧挨冯简坐下，看着他手里的可乐："能给我喝一口吗？"

冯简直接拒绝："想喝就自己买。"

男孩委屈道："售卖机里最后一罐可乐被叔叔你买走了。"

冯简打量他："你到医院来看什么病？"

男孩撩开嘴唇，露出乳白的牙齿："牙。我绕开医生哥哥和保镖，准备半个小时后再回去。"

冯简"哦"了声，不接话。

小男孩很热切地注视冯简，他正处在很想引起大人注意的年纪。

"叔叔，你又把漂亮姐姐弄丢了？"男孩摇头晃脑，"我听说，如果两个人结婚，就不会把对方弄丢。外公告诉我的，因为我妈妈没和我爸爸结婚，所以互相弄丢。"沉默片刻，他说，"我妈妈不喜欢我。她告诉我，没和我爸爸结婚是因为我。她这次要结婚，也不会带我去新家……"

冯简听着男孩颠三倒四的话，过了一会儿道："别听这些人的胡说八道。"

看牙应该不传染，冯简就把可乐递给他，问要不要喝两口。

男孩安静地喝可乐。

"叔叔，你和姐姐结婚没有？"他再问。

"早结了。"冯简随口道，低头触碰到男孩失望至极的眼神，干巴巴地补充，"真不好意思，婚礼规模比较小，没邀请你来参加。"

男孩安慰他："没关系，我愿意参加姐姐下一次举办的婚礼。"

冯简抽抽嘴角："你这小孩，说话能不能学学卡通片里的小孩？"

"卡通片里又没有长成你这样的叔叔。"

男孩的脚搭在柔软的地毯上，仿佛被精心打扮的洋娃娃，但他的犀利嘴巴如果有他童真外表的十分之一，冯简就谢天谢地了。

可乐被男孩不动声色地喝完。冯简从钱包掏出钞票："和你做个生意，如果你能在我身边坐足半个小时且不准说话，我付你五百块。"

男孩刚要答应，突然意识到，立刻捂住嘴。

连冯简都被逗笑："你是貔貅变的？"

半个小时的安静对儿童来说困难至极，男孩来回抚弄可乐罐上的冰凉水珠，突然玩闹性地甩向冯简的脸。冯简握住他的手臂，不准他乱动。

"既然你不能说话，就听我讲讲话。"冯简叹口气，"除了你，我还认识一个像你一样养尊处优又满脑子坏水的大人，不……"他沉思说，"两个大人。其中一个，在几天前给我提了个要求。"

就在前几日中午，冯简被周愈叫住。周愈还是穿着那一身在女人眼里完美无缺但在冯简眼里像烧锅炉工人的纯黑色套装。

他显然也了解冯简的性格，一上来就开门见山："冯总是聪明人，和我做个交易如何？"

冯简抬眼看他，周愈说："你知道，我和云云曾经的事情。做错就是做错，并不希冀她能原谅我，但……我该有个补偿的机会。"

冯简是真的很烦，又不能得罪周愈，因此只能从他一堆话里挑出点动词帮助自己理解。

周愈笑道："并非冒犯，我向来很尊重冯总你——"

"你并不尊重我，这只是我娶到了李宛云后你对此的伪装。"冯简说，"有事直说就可，不用总提我妻子。"

周愈的修养到底好，半晌后才冷冷回答："冯总该学学怎么控制幽默感。"

冯简不想学，而且没那么多幽默感。

"谈什么？"他顿了下，勉强加了句"周先生"代表礼貌。

周愈这次倒是罕见地直爽："我想让冯总帮我安排和尊夫人单独见一面。"

冯简瞪着他。

下一秒，他上前一步，用手肘将周愈抵在墙上，但周愈依旧面不改色："地点和时间，由冯总来定，冯先生甚至可以坐在邻桌监督——我只求和云云同坐一张桌前，吃顿饭，喝喝下午茶，聊聊过去的事情。"

"我若单独约宛云，她绝对不肯见我，索性我先来征求冯总首肯。不知道冯总肯不肯赏我这个脸，劝说宛云赴我约，这就是我要跟你谈的交易。当然，为了表示我的诚意，我愿意付出代价——"

愤怒之前，冯简首先是觉得不可思议。自打结婚后，冯简越来越难判断疯子的定义。

周愈说出的，的确是比五百元多出很多的数字。多到甚至让普通人在至少五秒后，才能想起"自尊"两个字，而且，他说会放弃宏森股票的部分期权。

"冯总多少可以考虑一下，我只求和云云吃一顿饭，别的不奢望。我自然知道冯总不信任我，但冯总也是生意人，我自认这并不是一个亏本的买卖。毕竟，我只是要求吃一顿饭，还是在大庭广众之下。"周愈说到这里，突然笑了，带着轻微讽刺和不可捉摸的兴奋感看着冯简。

他的确是很英俊的男人，说出这种话都不显得猥琐。他虽然不常笑，但敛眉时会流露细微皱纹，会让人猜测他有如何意气风发的少年时代。

"……提出一个非常疯的要求，我当时拒绝了。"冯简沉默了一会儿，道，"但我知道他没有开玩笑。真是，他在开什么玩笑……"

小男孩没有听，他爬到冯简的膝盖上，来回晃着冯简的胳膊。

衬衫和西服裤都被男孩弄得皱起，他只好把钱递过去，双手将男孩再拎下去。男孩立刻欢天喜地地紧紧握着钞票。

冯简垂着眼睛打量他。男孩的毛衫一摸就是好料子，宛云的衣柜里多的是这种衣服。她在本城有私人裁缝，每季都会购买布料定制衣衫。

冯简以前不知道这些细节，现在也不太关心。他只负责看账单，然后默默买单。

十年前，富家少爷为了富家小姐，装扮成小流氓接近她——很多细节宛云不愿意谈，冯简以前不知道，现在也不知道。他所知道的是宛云并不那么好骗，也不是每个富家孩子都能放下身段去当小流氓。包括周愈对他提出的所谓"交易"，周愈对宛云的那些小动作，比起厌恶，冯简更多是不理解。

就像宛云偶尔和冯简开一些玩笑，冯简没有头绪，但宛云身边的人却能默契地笑——遇到这种难以融入的场景，他内心会浮现淡淡的难受和不安。

但，很快也就过去了。

"冯简？"宛云轻声唤他，她自走廊走到大厅，仿佛整个地方再因她亮起来，"要不要走？"

冯简意外："这就走。我不需要探视你妈妈了？"

她摇头："我才把她哄睡着，灵灵在陪她。"她这才看到冯简怀里竖着耳朵安静听他们说话的小男孩，笑问，"这又是谁？"

冯简还没来得及搭话，男孩突然清脆地唤冯简："爸爸！我先看牙去啦！"

男孩倒是有骨气，知道自己没坚持到时间，依依不舍地把手中的钱塞给脸黑的冯简，自他膝盖上跳下来，对宛云道："姐姐再见！"

宛云笑着对他的小招数摇摇头："整个医院都在找这个小滑头。"

"他为什么这么恨我。"冯简握着男孩塞回他的钱，若有所思。

宛云取笑："承认吧，你内心喜欢小孩。"

冯简沉默一会儿："喜欢又怎样，没人肯为我生。"

宛云的脸顿时红了一下："那孩子不是都叫你'爸爸'了？"

想到那声便宜的"爸爸"，冯简再度拉下脸。幸亏这是自己媳妇，要不然在医院，一个陌生小孩叫自己"爸爸"，都解释不清楚。

"那种孩子不是谁都养得起的，就像我这五百块，连买他身上一件行头都不够。"

"那你怎么不考虑多赚一些？"

"你怎么不考虑省钱！或者向你妈学习——如果生个女儿，你给她抠嫁妆；如果生个儿子，你要像你妈那样算计着夺我家产。"

宛云被他突然提高的声音吓了一跳，这话题难以继续，她索性不再说话。

下车时，冯简却把那钱给了她，宛云有些诧异。

"给你做零用。"他摆了摆手。

宛云笑道："今天客官好大方。"

冯简哼了一声。

即使宛云不说，他也知区区五百块，能在自动售卖机前买无数瓶可乐，但连一件像样的行头都不够置办。

即使暂时使计留住对方，对方回过神来，也会自己跑掉。

该走的终究不会停留。

何泷比同龄人更注意保养。

少动肝火，注意作息，附加大把银子撒出去，也算卓有成效。只可惜，冯简不幸言中，外表风华正茂的何女士拥有一颗至少八十岁的心脏：她的病毒性感冒突然间加重，转成心肌炎。

二姑来探望，顺便在隔壁病房走了一圈，回来含蓄道："报业徐家喜获麟儿。七个月前，我们才参加完他们的婚礼，随完贺礼，如今又要多串门几次。"

何泷和二姑相视微笑不语。

"不知道云云有没有好消息。"二姑笑眯眯睐向宛云。

宛云不想继续这话题，站起来将百叶窗合上。

"云云知道吧？小冯只到家族企业露了一次面，近日一直待在他自己的宏森自动。"

何沇搭话："我听到了点风声，小冯公司最近出麻烦了？听说那个小小董事会为了点股权闹得不可开交。"

二姑轻描淡写："就是此事。"

依旧是说他人闲话的姿态，浑不当事。

二姑凝视宛云："事情总该有轻重缓急，小冯当了李氏女婿，该多以咱家企业为主。家里企业好不容易好转些，云云你让小冯多费些心——我和你叔叔、伯伯，嗯，还有你妈妈都老了，就算家族企业再好，又能再享受多少，是不是？总盼企业好些，还不都是为了你们这一代，是不是？"

二姑走后，何沇望着她的背影冷冷地笑："你姑姑以前倒从来没打出过'大家老了'这副牌。还不是拍卖季快到了，手头实在没闲钱，倒是关心起正事。"

宛云沉默片刻："冯简的公司究竟是怎么一回事？"

"你也知道，这种创业企业，成熟后总要和投资方争夺经营权，最近闹得沸沸扬扬，电视上都有播……"回过神来，她道，"自家男人的事情，怎么来问我？"

宛云斟酌不答。

何沇看着她，突然灵光乍现，冷冷道："你和周家那少爷没有其他纠葛吧？"

电视上最近播放的消息多和周家有关。

城中寸土寸金，鲜少有新建筑。周愈最近向市政府提出申请，加盖城中最高的商业大厦。若这个申请获批，项目耗时三年，周氏产值会再上涨。

新楼名字更改为云楼。官方取名自"高耸入云，九霄云外"的意思，然而坊间议论纷纷，说和李家大小姐，如今的冯太太有关。

宛云最近出门深受小报记者骚扰之苦，见了冯简，也有些尴尬。

"周家那小子现在还在纠缠你？"何沇听了后也是色变，"说到周愈，唉，原本我还可能有个称心如意的女婿，但……罢了。听说那周少自你结婚后，搞了不少小动作？"

宛云冷淡道："对这种人来说，越是得不到的越是好的。"

何泷虽然对冯简有情敌喜闻乐见，然而对让宛云遭受车祸的人全无好感，皱眉道："把话说清楚，结婚了不要再牵扯其他男人，对名声无益。"想了想，补充道，"但也不要把话说死，不要得罪周少。"

宛云不答反问："家里的海外生意最近进展如何？金融危机刚过，周氏便在城中大肆购地，大概在海外损了元气，想把生意做回城里，我们倒可以看看海外剩余的机会。而周氏重回城内，城中一些小商户肯定也撑不住——妈妈看上哪家，正是收购的良机。"她抬起头，微微一笑，有些无奈，"这样的话，妈妈现在先别搅和冯简公司这浑水了吧。"

何泷目光闪动，笑道："云云在说什么？"

何泷暗中联系小股东和散户，也在收购冯简公司股份，鲜少有人知情，甚至连冯简自己都不知道匿名的何泷曾是自己公司第一批投资人。当然，何泷是误打误撞的投资，因为金额小，并没有入董事会的名单。

不知道宛云如何打探出来，竟一直不说。

"妈妈收购冯简公司的股份，一是为了赚钱，二，想必是为了想让我在冯简面前更有分量些。但如今周愈已经是他最大的投资人，妈妈还在追加股份，冯简最讨厌私事掺公——我之前的恋人，再加上妈妈你——我在冯简面前越来越难做人。"宛云苦笑，"妈妈总该知道，冯简的性子，骄傲到不留余地，怎么能容忍任何人掌控他。"

她说的是冯简，但自己又何尝不是如此。

何泷凝视着自己一手教的大小姐，做事隐忍，思维缜密，似年轻时的自己。然而至情至性的性格，又像极了曾经排除众议娶她进门的李老先生……

过了一会儿，何泷突然道："小冯平时都怎么说我的？除了'惦记'我的身体。"

宛云一怔："冯简忙得很，没有多少工夫和我说话。不过，你知道他，嘴上就是如此，内心很尊重你——"

"你总是维护他，但依我看，冯简并不是你对他好他就会感激的男人。不是我抱怨，你们结婚多长时间了，他连一声'妈'都没叫过我。"何泷挥了挥手，示意宛云不要继续说下去。

宛云感到非常抱歉。

坚持做自己的人，总会对他人造成不同程度的伤害，甚至被认为无礼。

这个圈子虚伪，连宛云自己都有许多隐瞒的事情，但冯简没有。

他的人格能经得起太阳下的暴晒。

这也是她喜欢冯简的部分，他一直是百分之百真实的。

"我只愿他对你好，云云，你知道我只希望你好。其实冯简如何对我，我无所谓。若我此刻突然死了，世界上能为我掉几滴真心泪的也只有你了。"何泷喃喃道。

宛云轻轻握住她的手。

一瞬间，何女士的确显出真实的悲伤——她鲜少谈起的舞女生涯，漫长而富有的守寡岁月，恨铁不成钢的女婿。住在海景病房，颇有一种回首人生的感觉。

馆长有朋友是某保险公司的高层，比 VIP 客人还早拿到拍卖季内部拍卖名录。

馆长给宛云打来电话："这次顶级珠宝拍卖的形式很新颖，古董珠宝都要搭配新画。很多画廊抢着供画，都想参加完珠宝拍卖，为自己的画廊沾沾喜气，随后出手的画价格也会高些。"

他说来说去，是想借之前的那幅少女素描。

宛云最近心事重重，一口拒绝，不料馆长厚着脸皮杀到两人的公寓。

"哇，我家厕所都比这里大！你还真能陪着小冯忍下去。我还是喜欢你的旧家。"馆长瞻仰完改造成书房的客房，又对着锃亮的保险柜搔首弄姿地照他的新假发，"怎么样，好看吧？特意为拍卖季设计的发型。"

冯简正躺在沙发上翻文件，半掀起眼帘，再厌恶地垂下："越南洗剪吹？"

馆长沉下脸来。

冯简对宛云皱眉道："他为什么有家里的钥匙？"

宛云讶然道："不是你为他开的门？"

两人默默对视片刻，再共同转过头盯着眼前的不速来客。

馆长在对面嘿嘿地笑起来。

最后宛云经不住馆长再三的骚扰，无奈道："画在别墅，我带你去。"

半山别墅外，架着一堆长短镜头。

宛云在车内戴上墨镜，幸好有车窗躲避话筒和闪光灯。她转过头，山下是一片花海，树立着不透明的玻璃，也不知是不是周愈所种玫瑰的颜色。

她脑仁一跳一跳地疼痛。

进屋后终于清净。珍妈为两人端上糖水，站在旁边打量宛云。

馆长也问这段时间她为何不去工作。

宛云沉默片刻："我有极大可能重回家族企业。"

"哦，冯简终于养不起你，他破产了，你要卖身还债？"馆长向来不赞成宛云重回家族企业，"和我的合约你不用担心，用画抵吧。你为这幅素描上色，我带它和另外几幅参加拍卖，就当是你退出画坛前最后的作品。"

宛云好奇地看着他："我还以为你要对我的选择发表高见。"

"最近我和小冯一起喝酒。他看上去情绪不佳。"他突然将声音放得很低，"再说周愈……当初你不是因为那个周愈放弃家族企业的？和他分手多年，便没有再恋爱过，你真正忘记他了吗？"馆长继续絮叨，"你俩家世匹配，知根知底。如今你又重新进入家族企业，以后见面的机会更多……"

她不快地说："冯简跟你说什么了？"

"这小子口风很紧，但他曾经很肯定地说过，你总有一日会重回家族企业。冯简也让我提前做好准备，说你会退出画廊的生意。"

宛云坐在沙发上，半天不出声。

阳光透过透亮玻璃射进来，明晃晃的。珍妈大概把空调关了，她隐隐晕眩和恶心，捏紧了银质的汤勺。

"冯简……好像不太信任你。"馆长有些为难，连他都看出来了，"偶尔谈起过你，说你很注重爱情和家庭，并不注重婚姻和事业。你俩追求的不是同一种东西……"

这是唯一的一次，宛云没法肯定馆长的话是真还是假。

馆长窥着宛云的脸色，有些害怕："云云，要对小冯温柔一点，他不是很有安全感。而且，并不是每个丈夫被情敌招惹还能这么大方。"

他絮絮叨叨，逃走了。

晚上，冯简回家。

开灯后，径直先走进卧室，宛云正独自发着呆，他不由得皱了皱眉："那家伙拉你喝酒了？"

宛云微笑摇头，冯简却下意识地摸了她的额头。他的手大而热。从这角度，可以看到手臂内侧的烫伤沿着袖子的开口处蜿蜒开去。

宛云微微有些黯然。

冯简再在床边转了一圈，看她无事，便要离开。

"陪我一会儿。"宛云开口。

冯简面有难色："还有工作没完成。"

"几分钟。"

"但……"

"一分钟足够。"

"秘书还在等我电话。"

两人同时沉默。宛云没有松手，冯简一动不动站在原地，也没有妥协。

再等片刻，宛云淡然道："很忙就算了。"

冯简目光微敛，突然又反手抓住她。

宛云吃疼，但面上不显露。

冯简直直瞪她。他最讨厌宛云露出这种表情，委屈又高傲，有什么话都只说一半。

他索性坐下来："我们来谈谈周愈。"

冯简鲜少主动提起周愈。他也很避讳，之前偶尔提起也是冷淡地称呼"周先生"。

宛云沉默片刻。突然间，每个人都开始跟她说起初恋。

"是你让我陪你一分钟，我随便找个话题聊。"

宛云强笑："我们难道没有别的可以聊吗？"

冯简不语。还能聊什么？聊公事，总会扯上她的家人；聊私事，免不了扯上周愈——难道聊他们的深情厚谊？哈，别搞笑。

气氛有些尴尬，宛云缓慢道："我想重回家族企业。"

冯简的神情没有半点惊讶，皱眉道："你妈逼的？"

他的语气十分认真，将宛云噎住。这是在骂人吗？

冯简意识自己说了什么，半天没有言语，"哼"了声。

但脸色也骤然苍白。

宛云道："我想听听你的意见。"

"我的意见？你不妨再多考虑，你家企业现在状况虽然依旧不稳定，但已经有所好转。宛灵最近已经开始……"冯简理智地分析她回李氏企业的困难，足足十五分钟。

这并非宛云想要听的话。然而她没来得及打断，床头的电话响起来。

正平静说话的冯简突然站起来，将电话远远砸到地面——动作干净，利落。只一下，座机冲撞到墙角，碎成了好几块。

话铃不响了。

"冯简？"宛云讶然道。

电话被冯简扔到了墙角，响了几声，她心头也一跳。

从未见过他暴躁的一面，除了那次涉及死去的亲人。周愈这次又做了什么？冯简又遭遇了什么？

冯简表情依旧冷静，只是呼吸急促了些。

"其实，李宛云，你不回去工作也可以。我们两人中，只要有一个人能赚钱就够了。有我在，我怎么对待宏森，也会怎么对待李氏。"

谈话到后面有点不愉快。

宛云坚持自己的想法，冯简听后，也只是点头："随便你。"

他这样说着，再站了站，随后便推门走了。这一夜，他很晚才从书房再回来躺在她身边。

当天疲倦得出奇，夜里却睡不着。

宛云想起最初冯简送的伞，站在街边递来一小束白花，湿淋淋推门冲进来的表情，听到自己依旧决定回李氏后，瞬间流露出的复杂神色。

宛云心下百转，希望冯简能和她谈一谈，但对方的态度依旧闪躲。

他对馆长，对何泷，甚至是对周愈的信任都更多。也许，她自己从未走入过冯简的心门。

身边的神秘先生在梦里翻了个身，紧紧蹙着眉。宛云拍拍他的脸，没有摇醒他。她希望自己的介入能让冯简以后的日子略微好过一些，以及早点结束另一人的美梦。

何泷在病房里得知宛云的决定，如同过年。她的喜悦已经感染到了医生和护士，他们同样快乐地准备将何女士送出院。

"我去将刘律师叫过来，你曾经的部下如今在你姑姑麾下，以及——"她喋喋不休，"风水轮流转啊，我终于熬到你回来的日子。"

宛云微笑着，仿佛回到站在浪尖高处别无选择的日子。

宛云回半山别墅里取许久不用的私印。

珍妈头一次对宛云有怨言，边说边端来酸梅汤："小姐回公司做什么？生活好好的，又要操心——"

宛云摇头道："先不喝了，待会儿我需要去医院空腹抽血。"

珍妈两眼放光："抽血？医院？小姐你——"

体检而已。

宛云当初退出李氏，对外称主要是身体缘由，也确实是。车祸可能引发癫痫，她不能负担繁忙的工作。

何泷心思缜密，提前让宛云检查身体。

原本安排的上午，正好撞见徐家的长媳妇。

宛云避嫌，改到下午。

回去途中，她算着自己上次月经来的时间，越算越心惊，有几分怀疑，然而又不确定。司机问她是否去医院，这时冯简打来电话。

他的语气如常，仿佛忘记昨晚的事情。

"在做什么？"并没有等她回答，他接着道，"晚上出来吃饭。"

宛云笑道："你请客？"

"有没有想去的地方？"

宛云随口报了罗士美老街的西餐馆："那家座位少，生意火爆，不一定能预订到。"

"有位子。"冯简说，"会有位子。没有也无碍，陪你去吃什么茶餐厅。"

冯简肯这样表态，她不是不触动。如果冯简肯主动牵起宛云的手，她愿意在任何时间陪在他身边。

"到时候见。"

冯简挂断电话，不小心没有摆好话筒，过了一会儿，座机发出嘀嘀的警告声。

这次没有再把座机掷向墙上。他将话筒放好，站起身，自办公室落地窗往外看。桌面上摆着周愈签过字的支票和股权转让初步协议书。

再独自坐了一会儿，冯简将和宛云约定的西餐馆的地址和时间传给周愈。订位的问题，周愈必有办法，不是自己要考虑的问题。

"云云大概还不知道你的状况——假若我突然撤资，董事会会议上一通过，你大概会成为第一个被自己公司开除的老板。"周愈当时就坐在他面前，气定神闲地坐着，"冯总做事很到位，然而你大概也知道，你并不招一些大投资人的喜欢，做事风格也得罪过一干业内人士，不然也不会找李氏做靠山——言尽于此，冯总不妨再考虑考虑我的建议。"

"什么建议？让我太太陪你吃饭来换我公司？"冯简嘲讽地说。

"我们都是商人，互相交换手中的筹码有什么不对？你若嫌我卑鄙，拒绝就是，又或者——"周愈笑了笑，"又或者，你觉得我的条件可以考虑，我先提出来，你反而松了口气？哈哈，年轻时的我和现在的冯先生有些相像。"

冯简想，不，他如今依旧不太想成为乖张狠戾、阴阳怪气的人渣。他强耐着性子："我再说一遍，李宛云见不见你，由她——"

周愈抬眼看住他："冯简，你还真是不通丁点人情世故，你就从不好奇云云为何这么多年，一直躲着不肯见我？"

冯简实在想朝那张英俊的脸挥上一拳，但一吸气，瞥到周愈的西服。他此刻还穿着那身华贵笔挺的定制外衫，衣领外有一圈金丝线。

自从娶了豪门小姐，冯简对衣着的认知不断提升。周愈此刻身上的西服，那一抹金丝线熟悉得很。

宛云曾陪他选了全套定制西服，同样的金丝线，在袖口处密密麻麻缝上。当时他和秘书曾鼓捣了半天无果，最后不得不让宛灵处理。

据说是品牌裁缝的特殊针法。

冯简盯着那西服，脑中千军万马的想法瞬间而去，最后只有一个留在原地。

也许，宛云还隐隐留情于周愈。她对自己的示好，也只是移情。如今宛云要重回李氏，早不回晚不回，偏挑这时候回。

宛云曾经说不想主动见周愈，因为不想再卷入游戏。那究竟是怎样的游戏？世界上也许只有两个人知道。

半山别墅外的草坪绿荫，安静美丽，仿佛另一个世界。普通人的挣扎和生存，痛苦和得失，在有些人眼里只像游戏。

辛苦奋斗的企业，赖以生存的大环境，不见硝烟的战场，胜利果实般的金钱，深思熟虑后的感情——在有些人眼里只是游戏筹码。就像宛云轻飘飘说出口的所谓"喜欢"和"爱"，因此便可以抛弃整个家族、前途和未来。

也许那是聪明人才会玩的游戏。他在这方面一直不聪明。

冯简曾经问过宛云可不可以不要回去，他觉得此生从未这般无力，也从未这般平静。

不错，周愈是个卑鄙的男人，冯简很瞧不起他。但周愈之前说得没错，自己现在急需的东西，他有。而周愈现在想换取的，不过是一个再靠近宛云的机会。

冯简冷漠地思索，假若宛云已经放下周愈，和他再见一面有何妨？

一顿饭而已，她自己身上长着腿。那位大小姐脾气又大，吃不高兴了，回来就是。

做生意，要摆脱偏见，要客观冷静。

冯简终于答应了周愈，签下合同。他对自己和自己的决定都非常满意。

现在要做的，只是等待宛云回家。

那一晚，钟表嘀嗒，最后，时针分针双双指着十二。

冯简陷在沙发里昏昏欲睡，门响的时候，他立刻抬起手腕再看了一眼表。

公寓的沙发笔直地对着大门，按照风水，该用屏风遮一遮。宛云曾随口说过一次，当时他没有听。

现在他有些后悔，从这角度，能一览无余看到门口宛云的脸。

她捏着门卡，臂弯搭着大衣，长发垂肩，整个人流光溢彩，但面无表情。

冯简站起来。

她今晚见到周愈，说了什么？吃完饭后去了哪里？为什么到现在才回来？她现在很生气，生气也是应该的，自己把她卖给周愈——姑且用"卖"这个字。

等待的时候，冯简有种古怪的镇静与麻木，仿佛事不关己，还能思考很多东西。

委实没什么好担心的。

那是一家极为知名的中餐馆；当晚有别的名流食客；吃顿饭而已；自家司机在门口跟着宛云；他的手机一直保持畅通；安排了别的人保护——满以为安排得很妥当，此刻见到宛云回家，冯简发现自己有点站不起来。

他真憎恶这种感觉，他憎恶突如其来就闯入自己生命中而又无法掌控的任何东西。

宛云站在玄关处，一动不动。

冯简不知为什么嗓音沙哑："回来了？"

宛云终于抬头望他一眼，平静地说："我从今日起会搬回别墅。"

冯简一愣。

"司机在楼下等我，我上来与你说一声。"她淡淡道，"早些睡吧。"

冯简赶在大堂电梯门打开时，拦住她。

他方才连奔下二十多楼，此刻却感觉不到任何心跳："今晚的事情，你，你听我解释。"

宛云想也不想："好。"

她这样干脆，反而让冯简一愣。

他曾预料过宛云的反应，或者继续隐忍，或者冷漠翻脸，但宛云没有。她的目光干净清澈，没有恼怒，冰冷十足。

这样的女人，相信所有不牢靠的东西，还说她喜欢他。冯简一直不表态不质疑，仿佛是最后的自尊。但此刻，他知道无论如何都要面对。

他整理着思绪。

"云云，你听我说，最近我的公司——"

"直接解释今晚。"

"嗯，你家的企业——"

"只解释今晚。"宛云冷冷地重复，"我现在不需要一个经济学家，你知道我在难过什么。"

冯简沉默许久，再度张嘴时瞥到电梯内镶嵌的电视。

滚动字幕是八卦小消息：

沈安联手 period 组合，推出新专辑。

郭善京新电影十号全城上映。

城中名媛李宛云今晚在城中某餐厅独坐至深夜，其夫并没露面，疑似之前婚变传言属实。

冯简非常吃惊："什么，你今晚没见到他？"

宛云反问："见谁？"

他一窒，脑中飞速运转，变话题："那你今晚都去了哪里？这么晚为什么不回家？"

宛云口气依旧淡淡的："冯简，这就是你的解释？"她讥嘲道，"虽然周愈今晚没有见我，但我想，他答应你的条件会兑现。不管怎样，他一直很遵守游戏规则。冯总用我做的这笔买卖不会吃亏，无须担心。"

冯简望她半晌，难以置信。

周愈找到自己，花了如此高昂的代价，费那么多心血，拥有了和宛云见面的机会，却没有出现。怎么回事？

一个声音在他脑海提醒，因为，这不过是游戏。周愈想证明，用金钱可以购买任何事情，包括她的丈夫。

在以前，冯简举双手双脚认同这理论，万事万物自有其价格。但现在，他不能看宛云的眼睛。

他对周愈的妥协，周愈没有现身的耻辱，宛云此刻失望的表情，突然间像深秋被打碎的镜子，他低头的时候，那抹寒气和尖锐，完整地返还到自己身上。

宛云骨子里是一个苛刻的完美主义者，她越崇尚清高和美好，周愈就越是要毁掉。他要让她精心选择的事情，到头来全部毁灭。这对宛云是一种莫大的羞辱。冯简想，而自己是帮凶。

等待片刻，宛云平静地说："你大概没有想解释的事情了。"

她转身再想走，冯简突然问："还喜欢周愈吗？"

宛云讽刺地笑："我和周愈已没有任何关系。"

冯简根本不相信。世界上没有一个人就能做成的买卖，世界上也没有一个人就能玩得下去的游戏。

"即使现在不喜欢，以前大概也是动过心，还有留恋。不然现在为什么不肯见他？你俩之间的游戏到底是什么？以李大小姐你的聪明才智，当初肯退出家族企业，也是早预料周愈会内疚，会照顾你家企业？你选择和我结婚，只是为了——"

宛云怒极反笑，不知道是为冯简迟到的怀疑，还是因为他居然还对她发脾气。

"冯总希望我怎么证明我和周愈无关呢？让时间倒流，让我重新回到十八岁，让我见到周愈后立刻给他一个耳光？"

冯简突然喝道："对！必须让时间倒流，你回到十八岁，见到他后立刻给他一个耳光。别掺杂那么多事，别招惹那么多人！你只要老老实实当你的大小姐——不准出大门，不准见生人，不准说话，不准想，你只需要等我——或者等随便哪个男人来娶你！"

声音太大，大堂打瞌睡的保安被惊醒，试探走到附近，被冯简的目光吓走。

宛云呆呆看他。冯简从未见过宛云有这般伤心和难过的表情，不由得愣住，但转瞬，那表情就化成一抹极冷淡的笑。

"刚开始结婚，我就对你说过，如果你要利用我，请随意——这话至今是有效的。是我自己变了……"顿了顿，她淡淡道，"但现在来指责我，冯简，你有什么资格？"

珍妈正在客厅擦鱼缸玻璃，见到深夜回来的宛云后，吓到退后一步："小姐这时候回来了？"

宛云独自回到卧室。

折腾一夜，半山别墅内卧室里的窗帘依旧低垂。

宛云走到窗前，玻璃上那张面孔苍白竟不似自己。

她靠在窗前。

从小，家人怕她染上骄躁之气，任何闲杂人等不准靠近她。没有玩伴的她常常倚在窗边，安静听两个妹妹隐隐的笑声，注视窗外流逝的风景。终有一日，封闭的窗户被叩响，她跟着那少年奔出去。可惜高墙外的世界足够精彩，也足够心碎。

如今呢？

宛云独自坐在餐厅里等冯简，以为那家伙因为工作惯性迟到，也懒得催。但一等就是很久，最后等到的是周愈的电话。

他愉快地说："云云，你丈夫真是生意奇才。猜一猜，他把你卖了多少钱？"

宛云擦了下眼睛。

"珍妈，我有些饿，让厨房早饭提前些好吗？请端进房间里来。"

她的声音不大，然而门口立刻有回应。

"好好，马上就好。"

很快，食物被端上，床桌被摆满，几位女佣用托盘托着精致餐点不断走进屋。

珍妈带着比以往更过分的细心，赶在宛云开口前道："新到的大吉岭的茶叶，成套茶具也是新购入的——小姐你看设计得多巧妙，茶杯把手向左扭。"

宛云习惯性用右手端茶，摸了个空。杯体很烫，她用另一只手扶，晚了一步，半杯滚水溅到手背。

珍妈脸色煞白，几乎跳将起来，呼人又拿冰袋又取药膏，迭声询问："小姐有没有——傻站着做什么，还不快给周医生打电话！"

宛云制止住珍妈。

珍妈极其心痛，仔细检查宛云的手，先红了眼睛："还说没事，都怪我——小姐的脸色现在怎么这样，很痛吗？"

"是我不长教训。"她自嘲地笑了笑。

早不是充满憧憬的十八岁少女，冯简最初对她的评语，还冷冷在耳边：和十八岁一样，没有丝毫成长。

撤了早餐，宛云疲倦地睡下。

自以为难以合眼，但居然睡着了。没多久，被外面的电话吵醒。

珍妈在拐角轻手轻脚地接听："是，回来了……好的，我会照顾她……姑爷也要照顾身体，按时吃饭……不需要我带话吗……"

宛云让女佣把门合上。

她在半山别墅待了两日，记着和馆长的约定，着手为少女肖像铺色。

冯简并没有追到别墅苦苦解释，那不是他的作风。这反而让宛云心里一阵轻松，像回到没出嫁的日子，她没有什么需要等待，没有什么需要牵挂。除了自己，什么都不用在乎。

第三日，宛云出门去公司。好巧不巧，一进地下车库，看到冯简的车。

宛云有意让司机慢一些，然而走到电梯前，冯简按着按钮一直在等。

她停住脚步。

冯简再等了几分钟，终于撑不住，语气软下来："你看，碰都碰上了……"

宛云走进电梯。

一直很静，直到冯简开口："我已经签好离婚协议，就放在公寓保险柜里。"

宛云抬头望他。她的脑子迟钝到惊讶的表情都慢一拍，第一个念头，居然是这男人还穿着那天晚上的西服。

她说："这也是周愈给你开出的条件吗？"

冯简一皱眉，缓慢道："不是，但我想，嗯，我已经对你做出这样的事，如果你真的生了气——"

宛云有体贴的一面，但好歹是家人娇惯出来的，若不是真喜欢，哪里会次次都管别人的处境？对方倒是干干脆脆地将离婚协议签了，明明是贪财重利的人，却每次都摆出不占她便宜的模样。

宛云提高声音："真厉害，你伤害了我，还将离婚协议也先签出来给我。冯总做事永远从容至极。"

冯简终于松口："我也并不好受。"

但也就这么一句话，又不肯再解释。

电梯还在升，宛云的心却更快沉到冰冷谷底。

她略微定神："冯总如今也算有头有脸的人物，手头真有那么缺钱？几千万不是都拿出来了？不是说事事都靠自己？究竟周愈给你提了什么条件，你公司遇到了什么问题？居然让你把我当筹码都拿出来标价？"

冯简蓦然抬头："周愈？那天晚上，你不是没有和他见面——"

宛云突然动气，"啪"，狠狠一个耳光。

冯简的脸侧偏着，没说话，只盯着电梯门缝。

"我没有筹码。你和周愈才有筹码，我的确没有。即使有，也是这场婚姻。但现在，我将它还给你。什么时候想结束，由你来决定——"

"啪"，宛云又给了他一记耳光。打完后，她仿佛撑不住身体，向后扶住墙，只冷冷看他。

冯简似乎感觉不到疼。

"除了我叔叔，你是世上待我最好的人，但很多东西没那么简单。不，对你李宛云来说很简单。"他说，"李宛云，你很幸运，有你母亲，有家人，还有很多东西。即使人生低谷，仍然有运气碰上馆长。你看，我只有自己。我需要对自己和很多人负责。我没有轻而易举就能得到的东西，也不指望有。我不喜欢玩，也不喜欢赌，更讨厌你说的那些靠不住的感情。"

宛云重回李氏后产生的利益冲突，她和周愈似明非明的现状，李氏各种复杂的关系。太多的东西，太多的风险，太强烈的不安。

冯简知道自己应付不来。

以前，他也许有这个信心，那时他认为妻子是宛今、宛灵，或世界上任何一个女人。

也许潜意识里，他盼望他和宛云有个糟糕的结局。不然真怕自己变成和宛云一样的人物，认为感情能左右一切。

电梯到了。

"我的想法就是这样。"冯简直直走出去。

宛云打的耳光根本不疼，但他在电梯里无声地站着，看她黯然的表情，简直要窒息了。

自此，算是两人真正意义上的疏远。

浑然不觉的馆长来到别墅骚扰宛云："冯简把我从公寓门口踹出来了。呃，云云，你心情好像也不怎么好……"

宛云拍拍手，随着她的制止，两只正全力驱赶不速之客的牧羊犬停住脚步，亲热地跑回她身边。

馆长很怕狗，远远地站着。

"李宛云，做人不要太嚣张，我来分享一个惊天秘密。最近拍卖市场上最引人注目的是什么？是一条叫'鹅掌'的项链，它的设计图已经丢了，真品几十年没露面，最近才露面。你不知道？哈哈哈。你和小冯吵架，心情不好，我不怪你。"馆长紧皱眉头看她，再压低声音，"我说云云，你昨天是不是去了妇产科，报纸一直没报。你以为谁帮你压着消息？"

宛云任他打量。

馆长从宛云脸上看不出任何东西，试探道："小冯是不是曾经差点感染艾滋，如今你再检查——哎呀，不是诅咒你们，你可千万别不识我吕洞宾——"

宛云将馆长赶出去。

那晚，宛云在餐厅久候一夜，敏感的媒体查到餐厅当晚的预订名单，发现神秘订餐人是周少，喜出望外。随各种蛛丝马迹一路查出去，再加上新近那个楼盘的命名，城中顿时再掀轩然大波。

夜会情人，旧梦重温，宛云再度被推到风口浪尖。

比起穷小子和富家女，王子公主的童话更值得千古传颂。所有人都在津津乐道地讨论。

动静这般大，何泷也问了句。

"你最近去见周愈了？"何女士的切入点向来与众不同，而且双重标准，"云云做事总该小心点，怎能和男人晚上见面？见面就算了，保密工作做得这般差——我早跟冯简说给你派新保镖，我得再跟他讲——对了，你和周少好聚好散了？"

对于宛云搬回半山别墅，何女士也依旧乐观："当然要搬回去啊！陪冯简住那种小房子作甚，运势都坏了……"接着就继续跟宛云热切地讨论回李氏的具体事宜。

珍妈一直在家盯着自家小姐的一举一动。

她站在画室门口，终于忍不住："小姐回来多日，姑爷在哪里？他最喜欢吃海鲜粥，厨房最近有鲜海贝。"

宛云拿着颜料，淡淡道："珍妈可以把粥做好给他送过去。"

珍妈又自言自语："姑爷一个男人，知不知道把公寓收拾好。"

宛云停下手："怎么，珍妈在我这里操的心还不够多吗？"

珍妈张张嘴，在宛云锐利的目光里没言语。之后几日，她也一直避开宛云。宛云不去管其他事，她抓紧为油画上色。

距离拍卖还有一个月，这大概是自己最后的闲暇时光。

晚上临睡前，宛云对珍妈道："我有脱手这宅子的打算。"

珍妈吃了一惊。

宛云静静道："家里向来人口分散，妈妈和宛灵都有独院，等宛今毕业后，自己也会添置房产。这别墅早就想出售，但因为我结婚，又留下来。"

珍妈怔怔道："小姐想彻底搬到姑爷公寓里住？"

宛云温和说："珍妈是想留在别墅跟新主人，还是回妈妈那里？"

珍妈吓得魂飞魄散，眼圈都红了："大小姐不嫌我人老手笨，多管闲事……我自然只跟着小姐走。不然……我一个老婆子，又能去哪儿……"

宛云握着她的手："珍妈，我也不瞒你，最近想必你听到了不少风声……我和冯简之间的确出了些问题。说实话，很多事情我没有决定，也暂时不想让他人知道。"

珍妈一怔，心思转了很多圈。

她在李家做了很多年，李家常出妖孽，她什么荒唐事没见过。此刻珍妈擦眼泪，发狠道："说句不中听的话，我一直将小姐当自家女儿养。不管小姐搬去哪儿，身边又是谁，再做了什么——只要小姐还需要我，我就绝不会说半个不字。"

宛云缓慢道："珍妈，我一直信你。"

珍妈凝视自家小姐，终于没再继续追问。她只长长叹了一口气，随后紧紧闭了嘴。

听到宛云出去后，珍妈狠踹一脚对面冯简房间的门。

宛云想笑，又根本笑不出来。

正在这时，手机铃声响起来，周愈的号码。

当初宛云在餐厅等得实在不耐烦，准备催冯简。周愈打电话直言不讳地把和冯简签订的条约告诉她，剩下她冰冷彻骨地坐在原地。

纵使鄙夷，宛云也不得不承认，周愈很会玩。

"你搬回别墅了？"他在电话那端悠闲地说，一副事不关己的口气。

宛云冷漠道："有事？"

周愈道："云云，我很担心你。"

宛云原本厌烦得想直接挂上电话，听到这话，手略微一抖。

她到底有多久没听到这种关心的话了？有人永远不会说，总是臭着一张脸；有人永远没真心；有人对女人有一两分真心维护，但仅此而已；有人好不容易说几句中听话，又做出更伤人心的事情。

宛云挂了周愈的电话，转而给冯简手机打过去。

无人接听。

办公室同样无人。

她坐在床上，将珍妈喊来，借了手机。

这次一下就打通了。

"为什么不接我电话？"宛云简直气得不行。

冯简不能说他不敢接宛云的来电，隔了一会儿才问："云云？你用谁的手机？你在哪儿？"

"把离婚协议给我送过来。"宛云决定不跟他生气，直接道，"冯总不是已经签好自己名字了？"

真是怕什么来什么。冯简非常不乐意，但也不能挂电话。

"三更半夜……"隔了一会儿，他试探道，"我现在开车来见你？我们聊聊。"

宛云不想见他："把你那份离婚协议明天带到公司。"

他想也不想："我明天休假，不去公司。"再补充，"我秘书也休，你找不到我们。"

宛云笑道："休假？哦，对了，冯总大概是想清算卖完人之后，能有多少利润。"

听着她的讥嘲，话筒里只有轻微的呼吸声，冯简一句话也没反驳。

宛云难过又失望，最后只冰冷道："算了，冯总既然说签了，大概也不会出尔反尔。"

冯简这才又开口："你现在在家？"

宛云皱眉道："与你无关，我要挂电话了……"

虽然这么说，但并没有动作。

不料冯简在那端犹豫片刻，说了句"我知道了"，居然真的将电话挂了。

若不是握着珍妈的手机，宛云颇想学学冯简曾经摔手机的举动。她胸口发闷，索性先睡了。

第二天早晨，珍妈告诉宛云，姑爷昨夜回到了半山别墅。

宛云讶然。

"只回房间匆匆取了几件西服，然后在小姐的床前像鬼似的站了几小时。小姐那时还在睡，姑爷一和我打照面，没打招呼便开车走了，做贼似的。"

周愈开始大张旗鼓地摆出追宛云的架势。

每日清晨都有大量玫瑰被送到李氏，非常招摇，但宛云只看到过一次。

其他时候，妖娆的花不知道被谁处理了。

对比冯简的态度，再看山脚下周愈种的不败玫瑰，她心中有些感慨，周愈曾经是她人生中浓墨重彩的一笔。离开他后，她也有很长时间的寂寞。

非常令人害怕的那种寂寞，像缺乏听众的聒噪收音机。

何泷命令宛云和冯简多参加些社交活动。她皱眉道："云云你近期和小冯多出去闲逛，多出去吃饭，要展示出恩爱的姿态。到时让相熟的记者多拍照，看报纸还怎么乱写。"

私下，何泷也开始埋怨宛云："那些报道都是真的？你真在餐厅等了周愈一夜？云云，你还真是旧情不忘？不是我说，你总得给冯简留点颜面，男人很注重这些……"

宛云只一味答应。

冯简也惊奇："你没将内情告诉你妈妈？"

想也知道没有，不然何泷要是知道真相，大概能一刀刀细细剐了自己。

宛云不语，将手上的信封递给冯简，他没接。

"这是什么？"

"草拟的售房合同。"

冯简这才打开信封："你想将半山别墅出售？"

"冯总如此缺钱，自己住陋居。如今我独自一人住豪宅，过意不去。索性售出套现，如此冯总手上多些闲钱，大概会对身边人好些。"

冯简没说话。两人平日的角色仿佛调换了。

宛云淡淡道："当初我放弃的条约签得严密，即使重新回李氏，也只能当高级打工仔。需要重新换个房子，小些的，我负担得起的。"

冯简曾经陪宛云看过几部好莱坞爱情剧。

男主角深情在屏幕上表白："露碧斯，虽然我无法给你金钱、珠宝和豪宅，但我会用尽一生关心你——"

冯简当时善意地替女主角回答："不如算了吧。"

如今他的回答依旧如此。

冯简将信封还给宛云："好好住你的房子，不需要搬。"

"在这关头出售别墅，外面又会怎么说？"他略微放松口气，"你不是准备重管家业？多生事端更不好。如果不喜欢住别墅，我的公寓让给你。云云，你不要总感情用事。"

何泷恰好从办公室走出来，推搡他们："去去去，有话到大街上去说，让别人看你们夫妻和谐，不要总堵在我门口。周六津勤审计所老总会来，小冯你记得留意。"又对宛云道，"今晚小冯要去参加一个晚宴，云云你陪他去。"

冯简拒绝："无关紧要的场合，不需要——"

出乎意料，宛云答应了。

她说："为什么不去？冯总不要感情用事。"

当晚在晚宴上，面对多方含蓄的询问和凝视，宛云只微笑。

"怎么可能？大家都是生意伙伴。那晚周先生约我们夫妻进餐，但不知道这两人为何没去，只剩下我一人。当中有些许误会，不方便透露，不过我也的确很生气。"

"婚变？那也应该担心这位才对。"

她说着这些鬼话，自然地挽起冯简的手臂，再附送一个嘲笑的表情。

冯简不知道说什么。

不断有人走来和两人搭讪，他渐渐走到一边去。

他明明按照自己的价值观办事，也一直竭尽全力避免复杂，然而陷入泥潭感越来越强。

有人和他搭讪。

年轻的女人脖子上挂着三圈海水珍珠，穿乌色旗袍；神情有些冷漠，略上挑的眼睛非常熟悉。

"我和你曾经喝过一杯酒。"她淡淡道。

冯简不记得她。

对方和他并排站着，看向人群中的宛云："那些流言蜚语，我是不信的。我见过你几次的场合，你的目光一直没离开过她。"

冯简灵光一现，喝了一杯酒。那只能是婚宴上，她是赌王的女儿！

眼前的女人和订婚宴上满身华贵的新娘相差颇多。冯简想提醒她，多回去照料笑里藏刀的小男孩，以免孩子在造孽路上越走越远。话到临头又识趣闭嘴。

对方似乎看出冯简的想法："那孩子和他爸爸长得像。当初他爸爸得了病，和我分手，自己偷偷跑去治疗，到死都没再联系我。"她举着酒杯打量冯简，"今天是他的祭日。"

冯简特别不开心，也有点警惕，生怕对方说自己长得和那逝去的孩子爹很像。

但她安静喝完剩下半杯酒，笑了笑："祝你们幸福。"

转身走了。

晚宴还有一小时才结束，冯简提前离席，宛云跟随。

两人按照何泷要求，故意先摆出几个造型让记者拍，冯简只记得宛云的手很凉。到了只剩两人时，她又把手抽回来。

车内很静，霓虹灯光从两人脸上流动闪过。

冯简找话题："今晚赌王的女儿来和我说话。"

"我看到你们站在一起。"宛云笑了，"可惜她已经订婚，不然冯总是可以考虑下次的联姻对象。"

冯简沉默了一会儿："我是不会再结婚的。"顿了顿，主动道，"也没说什么，我只是觉得她家的小孩有些可怜。"

宛云转过头。

冯简几乎被她的目光盯得心里发毛："怎么了？你认识她的前任？"

宛云再凝视他片刻，让司机停车："太挤了，我胸口难受。想吐。"

今晚这辆车里再摆张麻将桌都绰绰有余。冯简一愣，低声说："你和我在一起有那么难受？"

是，很难受，非常难受。

她拉开车门，冯简却拽住她："你别下车了。我坐的士走，正好要回公司。"

此刻，宾利车已经在山脚下。

冯简下车后，环视四周："那些玫瑰，都是周愈给你种的？"

"现在才问这些，会不会太晚了？"

"他为你做那么多，你从不表态。我只是很讨厌被你们当成傻瓜。"

她却问："我从没有表态过？"

冯简看着她。

他心中一直有两个形象。一个是十年前静止不动的精致少女，另一个是总招惹他，花他钱，还有无数秘密的女人。

他可以冷漠拒绝第一个，但第二个忽视不了，明明又是同一个人——冯简怀疑自己也要被她逼成疯子。

宛云看冯简退后一步，又想离去。

她叫住他："离婚协议可以先放在你那里。之前你提过婚姻维持两年……还是三年？等期满后再签字。那时候结束，对你自己的公司和我家都有好处。至于你我的关系……"

车没有声息地等在身后，灯将两人的影子拉长，针刺一样。

辗转，失望，苦笑，全都没有。

宛云勉强说："当普通朋友吧。"

冯简不出声，随后，他极尽讽刺道："普通朋友？是周愈那样的普通朋友？"

"冯总以后不要总牵挂利益，多少也该提高下个人修养。"

"我再没有修养也不会脚踏两只船。"

"谁将我主动往另一只船上送的？"宛云再次动怒，"为什么总那么嘴硬？知错就改，善莫大焉。半山别墅要出售，里面的藏书我全部赠给冯总。"

冯简气得说不出话来。

"无论如何，夫妻一场，我再教冯总一个道理。如果习惯嘴硬，索性维持。不要偶尔说好听的话，做体贴的事，不要总盘问女人以前的事情，不要把自己的房子登记在女人名下——别看轻自己，如果对女人没有更多要求，不要这么做。别像周愈，因为有趣，做些无谓举动……"

冯简冷笑："别拿我和他比。"

"你俩不同。他至少还曾让我开心过，"宛云沉默，突然笑了，"跟你说这些，你大概不会听也不会懂的。之前我对冯总说的那些话，喜欢和爱什么的，就当我感情用事吧。"

宛云没走几步，眼前一晃。冯简赶在她之前跨上车。

他反锁车门，冷冷道："别坐车了，你不是想走路回家吗？"

司机是冯简公司的人，在冯简连声催促下，司机把车开走了。

第二日清晨，冯简收到快递。

两个箱子，沉甸甸的，来自半山别墅。据说是宛云回去连夜收拾的，大概是他之前留在别墅内的衣物。

他没有打开，直接将箱子踢到墙角，眼不见心不烦。

没几日，公寓里飘荡一股恶臭。

这晚刚进屋就被熏得头晕眼花，冯简连夜叫人打扫屋子。

他坐在沙发上，略微疑惑。宛云住进来之前，公寓里除了自己没有任何一个会喘气的生物。她随手在阳台养了几盆植物，冯简现在没事往里面浇浇开水——莫非是那东西散发的味道？

冯简刚准备走到阳台，清洁工把他叫住，问可不可以打开那箱子。

冯简顺着对方的目光，看到宛云送来的快递。

箱子里，只有最下一层装着他为数不多的衣服，上面整层是海货和新鲜水果——现在已经不再是了。温度升高，食物彻底腐烂，汁水外溢，箱子里的衣服算是彻底报废。

甜蜜水果和腥臭海货的味道交织，被空调一吹，蹲着开箱子的清洁工突然喉咙"咕咕"两声，转头吐在宛云之前买的昂贵地毯上。

第二日，宛云和何泷坐在公司没多久，门被敲响，正是赶来兴师问罪的冯简。

何泷向外挥挥手："如果找云云是谈小两口的私事，再寻时间吧。"

冯简的脸比他还黑，临走前忍不住回头："水果和海货，你送的？"

他的衣服全被毁掉了，不得不大换血购买新的西服。

宛云仿佛才想起来："珍妈一直唠叨我，让我给你捎些食物，她的心意你收到没？你要尽早食用，夏天食物容易变质，冯总小心身体。"

冯简冷笑："你知道我不会立刻打开箱子！"

宛云摊摊手："冯总城府那么深，我怎么能猜到你的想法？"

这时门开了，几个理事交谈着走进来。冯简气得用手指一下她，转身走了。

会议中途，何泷压低声问："你俩最近又在闹什么？"

宛云看着手下的资料。过了会儿，她淡淡道："闹离婚吧。"

何泷只当开玩笑。

与此同时，周愈的电话越来越频繁。

"你到底想要什么？"宛云终于烦不胜烦，"十年前，你已经赢了我，现在要破坏我和冯简的婚姻，恭喜你已经做到了。你到底还想从我这里得到什么？就算是游戏，你也要说奖品是什么。"

"云云，我只是想让你承认，世界上没有什么真正纯净的东西，不如我们一起游戏人间。你说呢？"

宛云说："那我可以对你说句话，再见。"

近墨者黑，最近她的脾气变得非常不好，有时候开会都走神，不知他人讲什么。

直到旁边的冯简突然狠撞她一下，面无表情地推来一张字条。

宛云沉默片刻，照着字条把数据念出来。

何泷看在眼里。她有私心，希望宛云幸福。但此一时彼一时，宛云重新入主企业，利益重新分配，和冯简的关系的确不能总是亲密无间，有些争执也是好的。太遗憾了，是不是？母女都做不到坦诚相处，更不要说夫妻。

完美关系只出现在画里。

馆长来参观宛云将近完工的画。

画室只开了两盏灯，画的背景是稠密的黑，眼睛略微适应了一阵才看到沉静羞怯的少女。被宛云上色后，仿佛水汽般附在油画表面，散发珍珠般的光辉。

少女带着美到不真实的温柔冰冷，在朦胧的画布中，用媲美加勒比海蓝的眼眸深深注视来客。一时间，天地仿佛都被画中人的心事抚慰。

馆长痴痴地看着这幅画，久久不能移开目光："要是你现在死掉，这幅画成为你的遗作，价格能再翻一倍……你居然肯卖出这幅画，真是稀奇。"

宛云曾经更倾向于自己珍藏。并不是每个人都能碰到纯净的感情而且幸运到参与其中。自己没有得到过，至少可以目睹别人拥有。

馆长提醒她还没有取名。

"顺便帮我取个名吧。"熟悉的油画颜料味道令宛云作呕，她丢下锡管颜料，逃出屋子。

最终，那幅少女肖像油画被宛云取名为《希望》。

她在下面写着裴多菲·山陀尔的诗句：

希望是什么？希望是娼妓，

她对谁都蛊惑，将一切都献予；

待你牺牲了极多的宝贝——

你的青春——她就抛弃你。

馆长带走油画，油画再配上隐藏的故事，加上馆长的巧舌如簧，想必在拍卖会上会有一个好价格。

宛云回到卧室便睡了。最近她总是很困，大概因为烦恼和心事太多，偶尔做梦，看到自己有着满手的好牌，却坐在规则不明的牌桌面前。

第 十 章
鹅 掌

Chapters 10

半山别墅的确需要变卖，不过如冯简所言，无须着急。

宛云让房产经理先打探消息，自己也要先安排好用人的去向。

她望着大宅。上一次独自守，也是等待买主。那时候，宛云认为能让人相聚在一起的地方就是家。她对自己的前途和未来有信心，但并无规划，能心无旁骛地修剪绿植枝叶。

然后冯简的车开进来，他说要来找她妹妹。

恍如隔世。

卖了也罢。冯简一直不是特别喜欢这别墅，如果那男人能再矫情一些，大概会说"半山别墅并不是我的家，它只是属于我的房子"。

冯简只说："现在它是属于你的房子。"

任何场景下都不留情面的人，居然还嫌自己的家冷冰冰的，没有人情味。她微微弯起嘴角笑了。

李家人再次聚在一起，颇为振奋。宛云终于做出重回企业的决定，应该会大展宏图。

三叔慷慨出馊主意："我不是和你妈妈商量好了吗？以后云云的孩子跟着姓李，过继到我门下，我的财产将来也是他的……"

何泷非常尴尬，宛灵嘲讽道："三叔忒不公平！"

"那宛灵也赶紧结婚去！"

宛灵之前和马来橡胶的公子约会，据说进展不错。她的眼光极高，普通富家子弟根本不入眼。

大伯慢条斯理道："小谢家的长子不是才回城？"

何浼扫来白眼："他离过婚，而且做的是酒业生意，认识的人也杂……"

二姑看着宛云，惊奇道："云云吃了好多零嘴！"

宛云放下果脯："听你们说话入了迷，没注意吃了那么多。"

二姑道："小冯这次又没跟你回来？听说他因为在公司是否签对赌协议上，和投资人有了重大分歧。现在股权架构麻烦得哇，一个搞不好，创始人在自己的公司都能被赶出局。"

宛云有些吃惊地看着她。

宛灵笑吟吟地拈起一块蜜枣果脯："姐姐的拿手好戏永远是扮演路人……"没说完，皱眉将嘴中的东西吐出来，"这是什么，又酸又苦！把茶端来！"

宛云解释："中医讲这是养生驻颜之妙物，像早上含的参片，我便多吃了些。"

怕死又爱美的李家人听闻，纷纷吃了一口，但都露出一言难尽的表情。

何浼勉强评价："不太可口啊……云云你临走前从你大伯那里拿些红参，别吃这些。"

宛云先离开。宛灵送她到门口，靠在门上，似笑非笑："姐姐和姐夫吵架了吧？"

宛云最近很容易疲倦，只说："他很忙，我也很忙。如果你说这是吵架，那是你太闲了。"

"姐夫这几晚有应酬，按照礼仪来说都应该带妻子出席，但他没有。利益婚姻，能有多少感情。"宛灵连珠炮似的说了很多。

"我和你一起长大，你对我的感情似乎也不多。"宛云偏着头，淡淡说，"我自然知道冯简今晚去应酬。"

"哦？那姐姐说说看，姐夫今晚参加哪方面人士的饭局？"

宛云微微不耐烦地说："因为我俩考虑要孩子，所以他并不想我去参加无关人等的饭局。"

冯简曾经嘲笑过她虚伪，擅长在不同人面前演戏。宛云一直不以为意，然而如今才知道他的话是真的。

宛灵果然愣住，一时间无话可说。

宛云镇静道："我先走了。如果想赶在我之前争到三叔的遗产，要多加努力。"

宛云坐到车上，之前吃的东西从舌尖慢慢泛出苦味。

两个人产生的罅隙和矛盾，目前没有让外人知道的必要。她下午还询问过冯简，是否能陪她回老宅，但对方拒绝。

他说要一个人加班。

宛云让大脑保持空白的状态。

宛灵的挑拨并不是什么了不起的事情，但她情愿冯简将实话告诉她。已经不是第一次，他对她缺少解释，他让她等了那么久。

不问不代表可以一直隐忍，婚姻到这一步真的已经很没意思。

这情绪也许应该克制住的。明明早知道冯简的性格，现在还为此生气，还产生情绪，其实非常不合适。

"带我去找冯简。"

在酒店后门外的停车场，冯简的身形有些不稳，略微扶着秘书的手，匆匆地走出来。

司机正在离车很远的位置抽烟，似乎有点手足无措，见到冯简后，也不急着过来开车，反而一直偷偷指里面。

宛云从隔壁的车上下来，看到他的样子也略微扬眉。

"我有话想对你讲。"她说。

冯简原本的脸色很不好看，看到她后愣住几秒，挥手让秘书和身边的人先走。

他仿佛松了口气，扯开领带，略微踉跄地握住宛云的手："进车里说。"

男人的力气很大，宛云闻到冯简身上的酒味，只觉气闷至极。

她甩开他，冷淡道："这就是你跟我说的加班？你要是不想陪我回家，直接说就可以。"

冯简疲倦道："云云，你的问题是真多啊。"又是这种口吻。

她压着气："即使是合作伙伴也要坦诚。听说你公司最近不太平，冯总大概以为我是傻子，任何事情想瞒就——"

冯简的手一直撑着车门，他大概的确有些醉了，看着宛云，突然打断："对，我是不想让你来跟我应酬。"

宛云没想到他立刻直白地回答，她甚至没想到他又给出这种回答。

"我讨厌别人盯着你看，讨厌你打扮得花枝招展，讨厌你和别的男人说话，所以不愿意让你来。"他平和地说，"怎么，因为这个不高兴了？"嘲讽道，"也是，众星捧月的感觉，李大小姐生怕落下一次。"

宛云轻声道："不是让你少说谎——"

"我没说谎，我可不像你们那个圈子里的人。我讨厌你见别的男人，因此不想带你社交，以后也会少带你来这种地方。有意见？抱歉，我们现在还没离婚。"

冯简再冷漠地望她一眼，坐回车里。

宛云突然将车门关上，一下子夹中他的手。剧痛中，冯简的酒意终于消散了些。

"每次说完这种话后转身就走。冯简，你还真是——"

"非常无聊。"另一个声音从两人身后传来。

漆黑的皮鞋停下。

周愈一手插兜，一手晃着跑车钥匙，显然也从刚才的晚宴上走出，此刻饶有兴趣地看着两个人。

这并非社交的好时机。

周愈的目光一直望着宛云。冯简皱眉，慢慢自车里走出，严密地挡在她面前。手上的伤口流着血，他连捂都没捂。

但过了一会儿，冯简也顺着周愈的目光，若有所思地望了眼宛云。

宛云心中一跳，微微苦笑。怎么这么巧，偏偏在这里碰上周愈。冯简不会以为她是特意来见周愈的吧？

周愈只说了一句，便含笑不言。地下车库极静，一时间只能听到他甩着钥匙的咔咔声。

宛云吸一口气，就要走上前。

冯简突然拉住她。

"刚才我对你说的话没听懂？我说过，我讨厌你见别的男人。李宛云，你现在还是我的妻子，你现在……"他顿了顿，似乎在想说服她的理由。片刻后，显然找到了，他冷冷道："你现在还住在我给你买的房子里，还需要我帮你家企业，用着我的钱——"

宛云的脚步停住，她有些难以置信地看向冯简。

周愈停止摇动手上的钥匙，他走上前来："冯总说得对，你做这一切，自然是有所价值的。有价值，也自然有价格。冯总不如再开一个价格，我来替宛云还。"他笑，"反正，也不是第一次交易。"

冯简轻蔑道："你是谁？给我滚。"

因为宛云还在面前，周愈的脸色略微难看起来："冯总，别误会，自从云云和你结婚后，她已经和我划清界限。电话不接，见面也不肯，我做什么她都无动于衷。不知道冯总拥有这样的妻子，还发什么邪火？"

冯简冷笑："你倒了解她。"

周愈再笑了，带点得意地道："不错，我很幸运，因为我是云云的第一个男人。"

冯简沉默，随后一拳就朝周愈脸上挥去。

周愈猝不及防，身体踉跄，猛地向后撞在车上。冯简面无表情，甩手走过去准备查看新车是否被跑车钥匙挂出划痕，想再补一刀。

周愈迅速扶着车站起来。他没有情绪地擦着嘴角的血迹："冯总好大的脾气，卖妻求荣的事情都做得出，打人也是家常便饭。"

冯简脸色一沉，然而周愈突然发力，砰的一声回了一拳。

冯简鼻子处火辣辣，脸上暂时失去知觉。冯简心中雪亮，周愈手里依旧握着车钥匙，被金属击中，脸恐怕会立刻青肿。

还没站稳，周愈要逼近。然而宛云坚定地挡在冯简前，她说："足够了。"

之前两人打起来的瞬间，她的脸色煞白。

像噩梦一样的场景，偏偏又真实地在眼前发生。

有生以来第一次，宛云想自己所做的坚持是否全部错了。但，到底是哪里出了错？

周愈的嘴角破了，他连连冷笑着："什么东西。"

在宛云冰冷的目光注视下，他放下拳头。

冯简在她身后，呼吸中混合酒气和血腥气，但他根本不看她，只眯着眼睛打量周愈。

两个男人之间依旧剑拔弩张。

沉默片刻，宛云转过身，对冯简说："你走吧。"

冯简一怔，周愈眼睛一亮。

宛云淡淡道："我有话对他说。冯总已经醉了，还是先告辞吧。"

冯简只难以置信地望着宛云："李宛云你再讲一遍！你现在还是我老婆。"

"我让你走。"宛云压抑着情绪，她的声音很冷淡，"我之前跟你讲过，有些话，不能负责任就不要乱说。冯总留在这里容易牵扯别人，你走吧。"

周愈讥嘲开口："冯总？听懂人话否？云云让你走。"

宛云轻声道："聋了吗？给我一个你留下的理由，或者走。"

冯简深深看住宛云，周愈站在她身后。

也许是今晚的醉意，也许是被打和打人后的晕眩，冯简看到他们嘴唇在动，说的仿佛是另一种语言。

眼前这两人，同样的富有、美丽，睥睨一切，不曾经历过任何生活的苦楚与挣扎。

冯简想，不错，他才应该走。

宛云看着冯简目光几番变化，直到最后没有任何波澜。他没说什么，用受伤的手掏出手机，站在原地给司机打电话。

几分钟后，又是冯简公司那个倒霉的司机，一副灰败的脸色跑过来开车。

冯简走了。

宛云良久后转过身，看着周愈，淡淡道："你也走。"

周愈挑眉道："你没有话想对我说？"

宛云面无表情："如果你记性好，记得我早说过这辈子都不想见你。"

"那你现在不想见的人里，还有冯简吧。"

宛云没工夫跟他斗嘴。她只沉默，沉默到周愈有些色变。

"云云？"他察觉不对，"脸色怎么这么白？"

宛云厌恶地躲开他的手。

刚才在等司机来，冯简的脸部除了肿胀，表情毫无异样。

他是怎么做到的？宛云并不懂他。说真的，她从来不懂他，但她希望他能懂她。

这也许就是自己的问题。

心，从方才开始，上不着天下不着地，喉咙里的苦味越来越重。宛云身体摇晃了一下，她扶着柱子，把在老宅吃的零食全部呕了出来。

周愈边给医院拨电话，边抚着她的肩低声安抚，一时居然有些恍惚。

十年前，周愈发现玩笑越开越大。他在笑得不可自抑的父亲面前跑出去追少女的车。

他当时也驾驶着跑车。然而，前方那辆白色的超跑就像疯狂的天鹅，越开越快。接着，剧烈冲撞，前方出现火光。

当时也是周愈费尽力气，将丧失知觉的宛云从即将燃烧的车里拖出来，迅速报警。但在警车和救护车赶来之前，他仓皇跑走。

"云云，这次我陪在你身边。"他轻声道。

声音太小，他想提高声音说一遍。宛云正好这个时候抬起脸，周愈怔怔停住手。

她哭了。

宛云被扶着坐在车上，模模糊糊听电台里说台风会再次前来。

周愈坐在宛云对面，叹了一口气："这可不是我希望的和你见面的场景。"他掏出烟和打火机，想到什么，又征询地看宛云。

宛云略微点头示意无碍。

"不好意思，总忘记你戒烟了。"周愈点上火，淡淡地嘲讽，"他让你戒的？"

周愈手里的是几经辗转的熟悉的打火机。

为什么当初突然戒烟？宛云记得冯简也问过自己这个话题。

因为她喜欢他，她当时想努力活下去，知道自己身体不是很好，想健康活下去，多活几年。

带有这种想法，试着和冯简在一起相处。

现在也会想，如果把感情只停留在那个阶段多好。

到医院后，除了常规检查，宛云拒绝进一步诊断。

女医生走进病房，闻到烟味一皱眉，多看了几眼手拿冰袋敷鼻的周愈。

英俊、富有，显而易见的气派，手上没有戒指。他一直注视的那个美丽女人，低垂着眼，隔很远地坐着。

医生出去后，周愈说："都已经下半夜，在此休息一晚也无妨。"见她犹豫，又淡淡道，"这家私人医院并非周氏产业，你放心。"

这句补充原是废话，宛云已疲惫到不愿怀疑。

病房再次剩下两人，周愈再点一根烟。

"在我十三岁生日的时候，我父亲的确问我，生日礼物愿意要一辆新跑车，还是入股投资一所医院。"周愈的声音很低，听不出怀念，也听不出感慨，"云云，要是你会怎么选？"

宛云没有抬眼，一口一口吃掉医院的白粥。

"当时，我问我父亲该怎么选。他说，选你认为有价值的东西。那是我第一辆车，开起来速度非常快……但偶尔我会想，这原本也可以是属于我的医院。"

宛云放下碗，冷冷开口："令尊让你做出选择，也许就是想教你所谓的'选择'，是挑选一个就必须放弃另一个，为自己负责，而不是事后后悔。"

周愈沉默。父亲的确说过这样的话。

只见过一面，苛刻的父亲便对少女盛赞不已："你若有那女孩一半沉稳有多好。"宛云伤情未愈，周愈告诉父亲车祸始末，父亲却挑眉："幸亏她是女孩，幸亏你是我儿子。"他冷冷放下扬起的手，立即送周愈出国，严令禁止儿子再联系伤愈后的宛云。直到父亲去世，他回城，得知宛云结婚。

周愈收回纷杂的思绪："你的话总有很多道理，可当时看不出我对你虚情假意？"

宛云平静说："请你今后不要再纠缠我。"

周愈缓慢走过来，盯着她。

宛云脸色苍白，眼角微微抬起，微卷鬓发散了几缕在脸上。十年前，她躺在病床上，无比虚弱，医生下的最坏诊断是瘫痪或者死亡。

"云云……"周愈想抚摸她的脸。

宛云索性闭眼不再理他。

周愈收回手。

他并非从小被宠坏的孩子，自身也有很强的能力。这些年来生意场上死敌不少，但他觉得至大对手，却是眼前这个十年前就退出战场的女人。

周愈沉默良久，突然笑了："我们的游戏还没有结束。"

一夜无梦。

宛云出院原本非常谨慎，生怕遇到媒体记者，然而一个人也没有。

她先回到半山别墅。

珍妈说："姑爷昨天又来了，深夜冒雨送来一个箱子。"

再见他是两日后。

冯简的眼角还贴着创可贴，穿着一身明显是乱买的西服，略有些傻气。他和身边的人低声说话，一群人呼啦从她身边走过去，视若无睹，面无表情。

外人居然没有察觉到两人之间如降到冰点的气氛。

平时像雷达般敏锐的何浤也只是抱怨："小王八蛋假正经起来，连妻子的颜面都不给。"但并无更大怒意。

冯简从没有向任何人妥协过，为什么要对妻子例外？何况，所有人都认为冯简对她不差。

宛云以前觉得，冯简这种作风是性格原因，是公私分明。现在想起，他滴水不漏的承诺，戛然而止的流露，向来回避的感情，有借有还的行为……从头到尾，十分真诚。怪不得李氏要拉拢他，他将来一定更会赚钱。

周愈也建议道："云云，你有空不妨收集下冯简的资料。他生长在那种环境下，不是每个人都能混到现在这个地位。为了见你，你丈夫让我签的协议有多刁钻？这种小人……"

之后，周愈开始频繁而肆无忌惮地靠近宛云。

他送来的玫瑰重新出现在公司大厅里，没人再去扔掉。半山别墅的卧室重新整理干净，没人不小心弄脏娇贵的木地板。门房里一把全新的雨伞摆在原位，被牧羊犬咬到口水淋淋的狗链——这就是冯简带来再留下的所有东西。

世上没有不透风的墙。

没过两天，媒体就再次开始指名道姓。新一轮流言又起，不少人眼神异样地看着宛云。

冯简也被记者拦住过一次。他冷冷甩去一句话："管好你自己。"

听说还掷了话筒。

宛云为躲清净，只身来到艺术馆。

看到周愈的车。

宛云对两人"偶遇"已经见怪不怪。

想到什么，宛云走过去问他："今天早晨你在哪里？"

周愈笑说："怎么？现在就开始着急对我查岗了？"

今晨出门散步，宛云清楚看到一辆车泊在半山别墅门口，似乎等待良久。可惜山间雾大，只能看清楚车的颜色，待她走过去，那辆车转眼间已经不见了。

正在这时，对街突然跳出几个记者，对准两人咔嚓咔嚓一阵拍。

宛云还没来得及反应，周愈拉开车门，推她进去："先上车。"

车风驰电掣而过，身后几个人正追拍车牌——简直可以预想到明日的新闻头条。

周愈仿佛知道她的担心，在旁安慰："没关系，我可以压住那些新闻。"

宛云看着周愈，等待他继续说下去。

二人委实太熟悉。

曾经他们形影不离，如今分别十年又相遇，几乎可算另类老友。

宛云终于能问，当初为什么这般捉弄自己。周愈想了想："我实在太想讨我父亲欢心。你之前讲对了一点，我父亲曾经并不太信任我。我以为和你在一起是个契机——"

宛云淡淡笑："所以是因为钱。"

周愈辩解："你也是家族企业培养的人，应该懂我的处境。那时我的日子也不好过，看上一个新项目，然而无人支持——"

宛云替他补充："所以，你当时实在很缺钱。"

真真可笑，周公子居然说缺钱。为钱能折腰至此。

周愈被宛云嘴角讥嘲的笑容刺痛。他沉默半晌："本质上的确是钱的原因。和你分手后，父亲当初承诺给我追加的启动资金，如今再加两倍，正好是我付给冯简的价钱。"

周愈一字一顿："云云，你脑筋如此好？品性如此高洁？记不记得你的丈夫也因为钱出卖了你？你又凭什么轻视曾经的我？"

宛云笑着说："怎么能一样？我和冯简，原本就是商业婚姻。"

周愈冷笑："两位之前可默契得紧啊。"

"我天生会演戏。"她还能对他气定神闲地笑，周愈也有些半信半疑。

但他嘴角的伤口还疼，那夜挑衅完毕，冯简挥来拳头的瞬间是真正暴怒和被触犯到底线的神情。

周愈了解她，但是，又不那么了解她。

宛云中途返回半山别墅。

大概走得太快了些，手不知在哪个地方被剐了一道大口子，早就无知觉的小指开始流血。

宛云站在屋子中间。冯简送来的箱子就在面前，她深吸一口气打开。箱子很轻，只装了几张纸——冯简送来的离婚协议。

以两人的性格，这大概代表婚姻结束了。

宛云站在原地足有一小时之久。她意识到自己又在无意识地凝视着窗外，然而窗外明明什么都没有。

她终于合上箱子，站起身。珍妈轻手轻脚走过来："小姐，有人说依时间来看房。"

半山别墅的买家是位做实业的厂长，年纪很大，皮肤黑，四环素牙。他的夫人穿碎花连衣裙，比丈夫要高一个头，手上戴一枚极粗的金戒指。

两人对半山别墅非常满意。

"在山上，环境真好，地方敞亮，可惜附近都是杂草。等我们买下来后，屋后搭个葡萄架，旁边弄个菜园子，到时种菜给小明、小青吃。"

厂长绷着脸斥夫人："还种什么菜！"转头对宛云道，"小明、小青是我们的孙子孙女。她嫌以前的家不够大，非要买新居……"

宛云笑着说："孩子们想必也很爱自己的奶奶。"

那夫人高兴起来，走过来挽着宛云的手。

厂长看中别墅内宛云的藏书，主动将价格提高，只求将书房里的书留下来。宛云如实相告相关情况，然而厂长非常坚持，到后来甚至说，留一半藏书可以加钱。

他的夫人也在旁边劝："能否成人之美呢？你看看，我们年纪都这么大了，钱不是问题，只希望喜欢的人和东西都留在身边。"

宛云没精神，房产经理没来，她强撑着陪同，此刻索性答应。

交易没有半分讨价还价，皆大欢喜。合同起草完交给律师，老夫妻欢喜地坐黑色劳斯莱斯走了。

珍妈迟疑地问宛云："小姐，会不会太着急了？用不用跟姑爷先讲一声？"

宛云想着箱子里的离婚协议，笑了笑。她的丈夫比她还要着急。

第二日散会后，宛云说："妈妈，我想去海外工作。"

何泷一愣。主座上的冯简依旧垂眸看他的笔记本电脑，接收邮件。

何泷反应过来："那么突然——"

"重回李氏，我需要机会磨炼。企业重心业务增加海外项目，与其派遣别人前去，不如让我来试试。"

何泷心思一动。冯简去年空降管理层，他仍遭遇不小阻力，今年若想再把已退出企业管理的宛云强插进去不太容易。十年人事变更，集结老臣组织新团队需要时间。以退为进，将宛云派遣出国……

"冯简并不需要伴我出国。他在内，我在外。"宛云沉吟道，"妈给我一年半的时间，看看我能在海外做出什么样子。"

何泷不由得颔首，的确是好主意。但如此一来，夫妻就要分隔异地。她转头征询："小冯，你什么意思？"

冯简胡乱地关上笔记本。

门突然被推开。宛灵走进来，举起手机，挑眉对冯简说："姐夫，你把你本月的行程邮件给我，什么意思？"

何泷冷笑："灵灵，进门敲门是基本——"

话音没落，冯简的秘书破门而入。

华锋苦着脸："冯总，您电脑中毒了？还是系统问题？我刚刚发给您的日程，您好像转发给全公司了？"

这是机密文件，算是秘书工作的重大失误。

冯简站起来，有些烦躁。他说："我没看。"

宛云坐上电梯，门即将合上的时候突然伸进一只手。

冯简只想将电梯拦住，却忘记手曾经受伤，又被狠狠夹了一记。但他走进来，宛云也只是淡淡看了一眼。

"几层？"她问。

冯简按住宛云的手："真要出国？"

宛云盯着冯简光秃秃的手指，自嘲地笑笑："已经将婚戒摘了？"

不料，他举起另外一只手："之前受伤，为方便医生换药，我移到另一只手上了。"

宛云蹙眉想挣脱，冯简强调了句"手还很疼"，她索性也就由他握着。

"是，我要出国，这样对我们两人都好。两年后我回城，正好能以夫妻感情疏远等原因解除婚姻。"

冯简沉默了一会儿："你看到离婚协议了？先冷静一下，那天我被气糊涂了……"

"半山别墅我已经出售。一半的款项，我会打进你账户。"

"你全留着花吧。"

宛云说："既然如此，那就谢谢。"

冯简张了张嘴，他说："不用这样吧。"

两人只顾说话，电梯门再打开，之前开会的何泷、宛灵以及一些高层正站在外面。

何泷只用眼角瞥了下，看到二人姿势，身上迅速起了鸡皮疙瘩。

冯简只好咳嗽一声，松开宛云的手。他往里站站："进来吗？"

大家纷纷表示太客气不必了。

电梯平稳地向下降落，两人一时都没说话。

过了一会儿，宛云听到冯简试探地问："你，那天和周愈单独留下，都干什么了？"

她冷笑道："和你无关。"

冯简沉默半晌，又道："之后几天，你回别墅时间很晚，和周愈在一起？"

宛云简直气得手在发抖。他们之间的距离总是如此，永远如此。亲密不能拉近，争吵不能拉近。世界上没有单方面维持的感情，即使她没有指望冯简交出真心，但至少希望现在不需要忍受这种无端指责。

冯简低声说："咱俩就当扯平吧，你不要走。我们一切好说。"

宛云被彻底激怒："你和周愈，其实一样地自私，不知天高地厚。但冯简，我宁愿天天面对周愈，也不想再看到你的脸。"

电梯门开了，冯简紧跟在宛云后面。

人来人往，他的声音不能太高，太低又按捺不住："不是之前还怪我把你扔给他？但你那天晚上又赶我走……"

宛云猛地回身，冯简怕撞到她，在光亮的大理石地面又收不住脚，跌了个元宝大翻身，终于勃然大怒："李宛云！"

宛云居高临下地看他。过了一会儿，她挑起嘴角，脱下手套，将手上的婚戒非常慢地摘下来，摔在冯简的脸上："冯总，祝你和你自己的那张嘴，百年好合，财源滚滚！"

宛云快步走出去，身后的冯简似乎摔得不轻，被几个保安扶起来，要再追出来。

一番发作，她非常虚弱和难过。

这时，正好，非常巧合，周愈的车停下来。还没等他降下车窗，宛云拉开门坐了上去。

冯简的脸在后视镜里越来越小，直到看不见。

旁边的周愈笑着说："哎，我今天真不是来'遇见'你。我要到那座大厦谈生意。"

宛云呆呆看着窗外。周愈看着她，心里也不知道什么滋味。

"有那么难受？每次和他吵完架，脸色都如此难看。"他说，"其实冯简只是个普通男人，他这一生，能得到的都是他早知道自己有能力得到的。有些东西离他远得很，他在不确定之前一点风险都不肯冒。你是完全不一样的女人，云云。"

"知道我为什么总说游戏吗？即使十年前我玩弄了你的感情，让你伤心，但我现在依然还有财富、地位，我的生活完全没有缺失。感情真的一钱不值，只能当休闲玩具而已。"周愈叹口气，"算了，你难过，听不进去我的忠告。记得吗？你曾经高价卖给我一批画，我要重新把它们送回你的艺术馆，你要不要去看看？"

他果真陪她来到艺术馆。

门口碰到馆长锃亮的鲜红敞篷跑车。馆长见到周愈，一愣，但什么也没说。

周愈朝他点了点头，对宛云道："我先进去等你。"

他一走，宛云就扶着车门。

周愈的男士香水味真是非常令人腻烦，还有他的话。

馆长阴郁地提醒说这是他的车，宛云要吐的话离车远点。

宛云看到放在后面的迷彩行李袋。

馆长说："这周末，有一场私人拍卖会邀请我前去坐镇，我决定给自己放个小假。你没事别找我，有事也别找我。当然啦，你可以跟我去。"

两个小时后，馆长坐在头等舱，眼睁睁看着珍妈为宛云打开小型加湿器。

他说："唉，其实，我只是想跟你客气下。"

起飞前，宛云给何泷发去一条短信：前段时间一直在公司，这三天把画廊的工作进行最后交接，就当我最后任性地休个假。

然后，将手机关上。

航班时间并不是很长，时差仅一小时。宛云的黑眼圈连最细腻的粉底都遮盖不住。

馆长在旁吞寿司，里面有生鱼片。她扫了一眼，皱了皱眉，没说话。

馆长抗议："干吗一副想吐的样子？"

"羡慕您胃口好。"宛云若无其事地说，"拍卖会的竞品单让我看看。"

接来宣传册，她的眸子一闪。

扉页最显眼的拍卖品图片，是一条极为华丽的钻石项链。

主钻石超过六十克拉，旁边的香槟色钻石也重达十六克拉。那么大的钻石却不显笨重，耀眼的光辉，巧妙的设计，天工般的镶嵌，昂贵至极的价格，取自神话的标题。

是"鹅掌"的真品。

但在图片下，用粗笔的黑体字写着"sold out"，它被划出了拍卖名单。

馆长酸溜溜地说："听说，项链昨日被神秘的买家拍走，主办方没办法，将找来另一件替代品，安抚买家的心。唉，顶级珠宝一经问世便成了有钱人的玩具，这次拍卖会上估计看不到真品。谁会买这种天价的鬼东西？每年要给保险公司交一大笔钱也是巨大烦恼。你说是吧？"

宛云笑说："倘若有机会，我挺想感受一下这种巨大烦恼。"

馆长也跟着点头。

飞机的降落地点是帕劳，这里有全世界透明度最高的海域。

海水无穷，几近透明。

他们乘艇去酒店，司机怂恿珍妈去潜水，宛云就着潮湿的海风呼吸，心绪反而慢慢平静下来。

关机前，收到最后一条短信，来自冯简：你先回来，我们需要谈谈。

什么事情都可以坐下来当面谈，剖析哪里出了问题，应该怎么解决，但感情不可以。

相信真爱的人失去了对爱的信仰的时候，是会让整个世界陷入疯狂倒转的。

周愈那一番话竟是对的。她内心越来越渴望得不到的东西，不能容忍一点瑕疵和犹豫。

馆长喝着酒，顺便抒发感情："我想留下做一名渔民——"但想了想说，"还是算了。如果做了渔民，平日打鱼不如别人多，我依旧会伤心。"

馆长隐晦问过她行程需不需要告知别人，她说："暂时不需要，陪你参加完拍卖会，我要去新加坡做个小手术。"

馆长一副"你别说我很懂"的样子："你不会要抽脂吧？"

宛云的目光往远处看："不是抽脂，是割肉。"说完咬住嘴唇，以防诉苦。

馆长带她去看软珊瑚和瀑布。

景色非常美，除了本地导游外，再无第三个人。高处的水珠形成细小水雾，将宛云的长发末端润湿成微卷。

馆长兴致勃勃跟随向导去爬山，宛云在原地等候。

万籁俱寂，四周只有水声。阳光普照，天空中的浮云倒映在水面上，飞快滑过。

宛云一时起了玩心，脱去鞋袜，试探地伸出一只脚踩入水底。骤然接触到冰冷彻骨的温度，腿突然抽筋，她站立不稳，往水中倒去。

正在这时，有人伸手到她肋下，轻轻将她抱回岸边。

宛云惊魂未定。周愈将她抱在怀中，动作十分轻柔。他仔细看了看她的神色："表情怎么像见鬼一样。"

宛云问他怎么来了。

"我那日在艺术馆等足你三个小时。"周愈笑着说,"如果一个人不想找你,他只会动动嘴皮。但如果我想寻找你,上天入地,无论如何也都会把你找出来。看看,我只比你晚了两个航班。"

宛云无言以对,勉强抬抬手指,拍拍周愈的胸口,示意他将自己放下。

周愈坚持将她抱到酒店。

馆长随后匆匆回来,眉头紧锁:"我收到电话,展出的画出了些问题。"

大型拍卖会一般都设立在繁华大城市,但近年掀起古董热,一些价格昂贵但罕为人知的首饰在拍卖前会格外注重噱头,不然也不会在有"彩虹尽头"之称的岛屿举办。

馆长恼火地对宛云说:"我本来把你的画安排在这次拍卖的艺术品名单里,但被主办方临时撤下,他们宁愿违约!"

按道理,拍卖标物就是为了让人竞价,价高者得。哪有没拍之前便早早预订的道理。若不是购买者关系极硬或者出的价格极高,主办方断不会冒着违反行规的风险去这么做。

但宛云并不好奇。她并不想公开展示自己的画,能和自己亲手作的画一同来到这如诗如画般的岛屿,也算不虚此行。

之后一天,馆长忙着处理此事,宛云索性一天都没出现,悠闲观光,而周愈在她身边陪伴。

他非常大方,还跟她聊到冯简近况:"不知出了什么差错,工作日程转发到全公司,再由人泄露到媒体。不是我多嘴,你家里实在太压榨人。那日程那么密,排到那么晚,想做死人吗?"

宛云缓慢摇头:"兼管两方,这么高强度的工作是必需的。我曾劝过冯简不必如此,至少先舍弃一个。"

周愈说:"世界上像你这般轻视物质的人并不多。"

她半开玩笑:"我也会计算利益。想当初,我被扔去私人银行,没日没夜地工作。而你只要和我假恋爱一次,便可以收到资金。是,我完全不能原谅你。"

并非轻视物质。很长一段时间内,宛云自己的生活就是这般强度,她了解那种寂寞和压力。

她轻松地说起他们的往事,在彻底不爱后,就能这么云淡风轻。

周愈沉默说："我注意到，你现在手上没有戒指。"

他边说边掏出一个首饰盒，里面的一枚钻戒大得惊人，闪得刺目，像个虚假的水晶，堪称何泷梦想之物。

宛云依旧微笑，她说："钻戒很美。但是，和我无关。"然后，她撑着阳伞，若无其事地继续走。

《希望》没有在拍卖会展出。拍卖会主办方赔偿一大笔钱，希望息事宁人。

宛云联系上保险公司，打算等明天拍卖彻底结束后，把画送到新的城市，新的地址。

馆长得知后大惊："你不回城了？"

宛云笑了笑："明天去新加坡做手术，然后，我会去新的国家工作。"

馆长一时难以接受，试探地问："为了小冯，还是为了你现在身边这位？"

宛云笑了："为了躲开这两位。"

馆长沉默片刻："我不能给你任何建议。说实话，活到这么大年纪，对于很多问题，我依旧处理得非常青涩。"

宛云说："我一直很敬佩您。"

馆长说："表情别那么惨淡，今晚和我一起出去。"

宛云兴致阑珊："不去酒吧，我的麻烦已经够多。"

"什么酒吧？"馆长眉飞色舞说，"我带你去另一场拍卖会上见识见识。"

拍卖会是在一个中型游艇上举行，在公海上，戒备森严。

上了船，居然看到熟悉的面孔。

周愈笑着说："没想到你也来了。"

身边的馆长和周愈都是识货人，几次隐秘叫价，分别淘到沙皇时期的茶具和清雍正年间的瓷碗。宛云多看了一眼蜡梅白底的粉彩碗，周愈也帮她买下。

宛云索性不再关注，只来回翻着那简陋的拍卖单，在某一页停下了手。

一直关注她的周愈看过来，他眯着眼睛："看上什么？"

宛云合上画册。她有些憋闷。大概是船在摇晃，帽子又压得很低的缘故。

周愈压低声音说："云云，你考虑我那天的建议没有？"

宛云皱眉看着他，她花了一段时间适应穿西装的周愈。

"想一想，云云，嫁给我。"

宛云望着周愈，直到确定他是认真的。她终于起了一丝好奇心："为什么想娶我？你多少应该换一个主角。"

周愈望着前方，过了会儿，笑道："游戏讲究的是棋逢对手。我也试过，但没有女人像你一样。"

像她一样？宛云不明白，她的人生真的谈不上多成功。

周愈的眼眸很深沉，看不出任何情绪。

"听说你准备将半山别墅出售？真可惜。那里的房价已经见涨。我推平了几所别墅种花，物以稀为贵，剩在手头的房子足够加三倍的价格卖出去。

"我们结婚，对你百利而无一害。你的名声不会太坏，你可以维护你的画廊，继续做任何想做的事情。我不在乎你嫁过人，你也不需要原谅我。我们最初就应该结婚的，这也许是我父亲预想的结局。我和冯简一样，希望自己有个漂亮、大方、得体的妻子。

"你问我如今又玩什么游戏，我只想证明，即使没有感情，我也能和你相处得很好。这对你来说并不吃亏，是不是？你愿不愿意玩？我会给你正式的婚礼，当作以前的补偿。

"你不爱我，我也不怎么爱你。但我们互相了解，和我在一起，你不会伤心和失望。"

宛云应该扇他一巴掌，泼他一杯冰水，或者迎战，总之让眼前这个人带着他无聊的游戏滚开。

但最后一句话打动了她。

冯简曾问过她，周愈失约那天晚上，她去了哪里。

宛云把司机支走，独自坐在街心花园。

在餐厅久等一个人，但他没有来。而另一个人只是为了玩笑，也不肯来。如今住的这座小岛，风景那么美，她却很难过。这种场景下，连眼前周愈的脸看起来都似乎可靠了些。

拍卖师正好叫到拍卖品的号数："526 号，天然珠宝镶嵌，仿品，品质精良。名字取自希腊神话——"

馆长凑过来："呀，这项链！云云，就是咱俩看到的宣传册上面那个……"

"因为镶嵌的特殊工艺，很难达到正品的相似度。主体是钻石和橙色宝石，仿品一般无法达到原石的纯净度，只好用相似的代替。但这项链算得上仿品中的上流——"

周愈眯着眼睛："项链的名字叫什么？鹅掌？怪得很。取自宙斯和丽达的典故？"

馆长翻了个白眼："是，也不是。我特意查过设计资料，希腊神话中的宙斯化身天鹅，为了追求丽达。在场的人没有察觉异常，除了丽达的一位侍女。她发现一行人的脚步走进河里，接着却是天鹅的脚印从河中走上来的。她借此推断那天鹅有蹊跷。不过那名侍女还没来得及阻止，天鹅已经和丽达好了。珠宝设计师大概想表达感情中有盲目性和伪装性吧……反正取了这么个怪名字。"

周愈若有所思："倒很有新意。"他转头对宛云说，"喜欢？"

竞价开始。初始标价三十万美金，五倍起加价。

有不少人竞标，价格很快水涨船高。然而仿得再精致也是仿品，总有价格区间。当叫价到了八十万，只有三四个人跟随。

周愈不停地举牌子，嘴角勾出个不动声色的弧度，他的眼神都在笑，笑得十分得意。

宛云能感觉出，他享受这个过程。这男人一直异常热衷于各种游戏，残酷的、精彩的、曲折的、与众不同。如果缺少别有用心的追逐和志在必得的筹码，周愈的生活可能一片苍白。

"等我把项链拍下来，你要收下。"他志得意满，"你还看上什么？"

宛云不作声。

船舱的入口处，有名黑人姑娘偷偷掀起帘子往拍卖会场里面偷瞄。守在门口的五大三粗的黑人保镖不客气地敲打她的头警示。而姑娘吐舌头伸回脖子前，保镖低头轻轻吻了下对方的脸。

简单干净的感情。

宛云的目光重新看回主台。实际上，她从没见过鹅掌真品，只见过仿品。

这是第二次。

眼前这颗仿品的宝石更小些，但依旧精致美丽。

周愈之前的话冷冷地环绕在耳边。他说他的人生非常完整，有着财富和地位，其他没有任何缺失。宛云又想起曾经有那么一个相似的场景，对面的男人沉着脸说："云云，你不要总感情用事。"

宛云向身边人要了根烟。点火，熟悉的烟草气息迅速盖过窗外的海洋腥气和船舱内的污浊气息，她居然很有些怀念。

宛云夹着烟，过了一会儿，轻轻笑了。她说："好，周愈，我和你玩游戏。"

"云云？"周愈一怔，带着几分惊奇。

她也惊奇于他会有几分惊奇。

竞价已经到了最后关头。

"九十五万元一次，九十五万元两次——"

"四百万元。"

这次掀开帘子走进来的人，不是面容狡黠的黑人姑娘。

整个船舱的人回头看声音来源，对方依旧非常煞风景。他皱眉说："是需要举拍卖牌子？"

冯简没怎么费劲便看到了角落里的宛云，见到她手上的烟和旁边坐的人后，眉头一皱。

"李宛云，你好大的本事。"他冷笑连连，大步走过来。

周愈冷着脸站起来，馆长将自己的椅子向后搬。

"冯先生——"周愈说。

冯简根本不看周愈，他劈手夺过宛云的烟，再用脚狠狠踩碎。

"你不是戒烟了？现在又抽上了？"冯简讥嘲道，"我不是让你回去先跟我谈？你倒好，飞到这鬼地方。我真佩服你，李宛云，就算你铁心离婚，就算你铁心出国工作，依旧能先把自己搞得这么有情调！你真虚伪，真矫情，真无聊！胡先生，我早知道你非常不靠谱，但也没想到你居然带她来这种地方，又和这种人渣坐在一起。实在太过分！"

这番话，得罪三个人。

如果在场的其他人懂中文，大概会得罪整场人。

馆长有些不太高兴，宛云一言不发地站起，准备向外走。

周愈挑眉："人渣？还需要'人渣'赏你多少钱，你才能彻底放过云云？"

他使了个眼色，早就充满警惕的私人保镖走上前准备推搡冯简。但动作没有冯简快，他一脚踹倒周愈身边的椅子。

维护场内治安的保镖迅速赶来，拍卖会被迫中止。

混乱好不容易结束，周愈被保镖搀扶走出。他略微晃一下脑袋，依旧有隐痛——但冯简也没占太大便宜就是。

宛云和馆长早就站在甲板上等待快艇。她身后是海，宽广无垠，只剩一轮皎洁的明月全部碎在波浪里。海风不断吹拂她的长发，仿佛所有的东西都从她身边擦过，飞速后退。

她安静地看着远方，仿佛内心的什么东西也被彻底带走。

周愈的心里不知为何一紧。他走上前，柔声道："云云？"

宛云抬头看他一眼："走吧。"

下楼梯的时候，冯简追上来一把拉住宛云，皱眉道："站住，你敢跟他走？"

周愈这辈子都没如此厌恶另一个男人，他冷冷喝道："放手！"

宛云同样很冷淡："冯先生还有什么高见，想继续指教我？"

冯简说："对不起。"

她挑眉："为什么？"

冯简想了想，他说："全部。"

宛云一声不响地看着他。冯简却非常镇定，和方才暴徒般的模样判若两人。过了一会儿，他缓慢从口袋里掏出一个很小的首饰盒。

锁扣打开，很凉的金属亮晶晶地摊在他手心。

正是之前拍下的鹅掌。

他低声对宛云说："送给你。"

周愈在旁嘲弄："嘿，不过一个仿品。"

宛云脸上没什么表情，没有伸手来接。

看她这般，周愈索性作壁上观。但比她固执的还大有人在，冯简维持递给她的姿势，一动不动。

海风猎猎，仿佛吹得人骨头隐隐作痛，那极细的项链伴随风剧烈摇摆。

宛云望着冯简良久，自他手上取过项链。

冯简没来得及松口气，下一秒，宛云就将那项链扔到了身后的大海里。落水声响细微，甚至连抛物线轨迹都没看清。

在场人都明显怔了怔，冯简反应过来后，不可思议地看着她。

"当我收下了。"宛云淡淡说，"我可以走了吗，冯先生？"

不料，冯简又上前几步，拦住她。

"你又想做什么？"周愈讥嘲道。

仿佛变魔术般，冯简再次从手中变出一个小首饰盒。重新打开，里面居然是和宛云之前扔到海里的一模一样的项链。

馆长不由得"咦"一声。

宛云一眼就认出来，这是自己最初从拍卖行买下来送冯简的那一条项链。冯简自己不可能戴，也从不让她戴，一直留在保险柜里。

项链上宝石的光芒，在月光下微微闪烁，就像二人曾经拥有的美好时光。

宛云终于抬头，她仔细地看冯简。

大概因为长途飞行的疲倦，男人罕见地很憔悴，胡子也没有刮，眼角的伤有很淡的血迹，脸色和她一般苍白。西装皱皱巴巴，衬衫领口也被磨脏。

"送给你的，云云。"他再次说。

海风，还在他们之间空荡地吹。

波浪，一遍遍在海平面席卷。

宛云只觉得，那项链在眼前来回摇摆，像孤独的同义词。迎合着大海、船和月亮，晃得人心都碎了。

不该如此。

她的人生从不缺少谎言和伤害。

现在在异国，在深夜，谁知道这是不是他又一次心血来潮和偶尔的温情。等生活重新开始，他又会因为更有价值的东西走掉。

宛云已经疲倦，想，游戏也许是不错的选择。

"我不需要它。你说得对，珠宝本身没有任何意义。"她轻声说。

冯简置若罔闻，只重复一句话："送给你。"

如此推托几次，他根本不放手。宛云心头那一股长久的怒气无论如何按捺不住，她接过冯简手里的项链，不假思索地扬手，再次将这条项链远远地丢进大海。

随着她的举动，全场再无声息。

两条项链虽然是仿品，但只仿造设计，上面所镶嵌的都是品质极高极纯净的顶级钻石，购买价格已经非常离谱，此刻如银子落江，多少钱都没了。

连周愈都微微色变，暗中示意保镖靠近，生怕冯简暴怒伤人。

但，他没有。冯简沉默片刻，面无表情。

须臾，他将一直紧握的拳头松开。

第三条项链，从他掌心，倏然流泻出来。

没有特殊灯光，没有首饰盒。宝石表面带有凌乱指纹，样式依旧和前两条相同——不，并不相同。顶级的大颗钻石极透极纯净，伴随罕见的橙色宝石，隐约透着粉色调，浓郁到收拢世间所有暖意。仿品已然巧夺天工，但在真品面前只是玩具。

"鹅掌"，美到仿佛夕阳里最后一抹流光，只能驻足以挽留，冯简用相同的手势，第三次将项链递给宛云。

"这是真的'鹅掌'，"他简单地说，"我想送给你。你别扔。"

即使在生活最艰难的时刻，冯简也没有特别绝望。

如果有，那一定是这天晚上。

因为打架，眼眶和腿很疼；穿得很少，差点被热带海风给吹走。尽量不去想之前被宛云轻松就扔掉的项链……价值连城，难以理解，不可饶恕。

诸事不顺。

现在，他站在回程的火车过道上，到最近的城市才能转乘国际航班。公事手机不停地响，如同爆炸。

冯简说到口干舌燥，在彻底丧失耐心前，最后一个电话拨打人是何泷。

"找到宛云没有？"

他"嗯"一声。

何泷满肚子的火，她压着声音："把电话给她，你还'嗯'？'嗯'什么？你俩到底又闹什么？一个个话都不说就直接走掉！有趣？当自己三岁小孩？公司不要？企业不要？这里事情有多少？最近台风，家里的温室倒了，保险公司需要你的亲笔签名……冯简？你有没有在听？我若是生了孩子如你，非亲手烧死他！"

对面没有传来女婿熟悉的挂电话声。

冯简揉着眉心："一切等我回去处理，"咳嗽了一声，说，"妈？"

这称呼十分别扭和陌生，冯简只试探叫了一声，便觉得非常难堪。

何沆也被震撼，沉默了十五秒。

等冯简挂掉电话，何沆还在说话："你和云云几点回城？凌晨两点，我到时让司机去接你们。算了，我开车来接你们——喂？臭小子？喂？冯简！"

冯简在过道独自站了片刻，推门走进包间。

里面居然有了第三人。

一个外国人正试图以第五种蹩脚的语言搭讪对面的宛云。见冯简走进来，脸色异常不善，识趣地举起手，夸张道："先生，我什么都没有做。"

冯简没吭声，伸手朝外面指了指。

"开什么玩笑？座位又不是你的！"

冯简用英文回击："是我的。"他好心提醒，"我已经买下包间的所有卡座。"

待他把人哄出去，宛云说："冯总真有钱。"

冯简反锁上门，抬臂看一眼表："火车三个小时后到站，记得别睡过头。"

宛云冷冷说道："火车？开什么玩笑。不知冯总身上还留有几个肾，够不够我待会儿支付头等舱机票？"

冯简脸色一沉："好你个牙尖嘴利的李宛云！"

宛云只问："怎么知道我在这里？"

"我自然有我的消息渠道。"

"我以为，冯总认为世界上只有自己最重要。"

冯简一声不响地脱去外套，坐回她身边，头靠在她的肩膀处。

宛云惊讶道："做什么？"

"台风围城，我原地等了三天，连直通航班都没有。"冯简解释硕大的黑眼圈的来历，"来时就坐这破火车，二十四小时没闭眼。你现在安静点，我需要休息。"

宛云推他："哪里来的钱？"

冯简瞥了一眼她脖子上的鹅掌，再次感觉心脏滴血，心痛地移开目光。他平静地说："我把自己公司的股份卖了。"

宛云早有预料。

"并没有全部脱手，但公司经营权大概不在我手里了，等股东大会表决吧。

这几天一直在处理财产分割，还要分心找你。你走之前在大堂和我吵架，又坐上周愈的车，让我沦为笑柄。啧，李家大小姐脾气还真不可小觑——"

她沉默片刻："为什么要来找我？"

冯简还在盘点："借你之前吉言，也许不久后，我就和十年前被你泼汤的小伙计没区别了，又穷又苦。半山别墅是一定要卖的，到时情况不佳，大概还要逼你将这新项链典当了才能勉强生存。唉，李宛云你完全不懂生存。你这人非常卑鄙，你扔掉老子两条项链。"

宛云轻声说："冯简，很难吗？想要你对我说那三个字，真的很难？"

他喝道："说什么？李宛云，你到底想让我说什么？现在拜你所赐，我什么都没了。我对你如此之好，你还敢问我怎么对你？你真不知——"

"我不知道！我不懂！我向来笨得很，我讨厌绕圈子，我要听你这混蛋亲口告诉我！"

冯简"啧啧"两声："一日不见，如隔三秋。李大小姐什么时候学会用混蛋这字眼了？你似乎比较喜欢炫耀你们上流社会的华丽辞藻。"

"冯简！"宛云突然变得很脆弱，她眼泪汨汨地流下。

冯简终于闭嘴，转开视线。

她哭什么？多日来，他才非常疲倦。

这是一个令人自顾不暇又随时令人失望的世界，他们明明不是一个世界的人。冯简自小的价值观向来如此，也自认没有做错，但长时间以来的烦躁和不安却堆积如山。

他恨周愈，恨宛云，恨他们要的所有的花腔和无谓的举动，他更讨厌被这些人当傻瓜——世界上怎么会有那么多因为无聊感情引发的蠢事？还发生在自己身上。仔细想想，非常可怕。

他碰上多个疯子，难道，疯可以传染？

这件事发展到此，似乎只能有一个解释。

冯简说："李宛云，如果'我爱你'是正确答案，那么以后，你能不能别总问我这个问题？"

宛云看着他。

"你明明心里都明白。"他顿了顿，"但总是要我说好话来哄你，真是大小姐作风。我说完了，你现在满意了？"

怎么可能满意？宛云握紧胸口的项链，简直像从地狱边缘走回来。

如今，她需要重新认识自己，也需要重新了解冯简。

那男人的毛病比预想中更多。势利、自私、嘴坏、傲慢、胆小、顽固、品味差、不解风情，一害羞就咒人去死……

"我爱你，"冯简喃喃说，"但我实在还有更多话想继续问你。"

"不要客气。"

冯简张了张嘴。他有很多问题，但又觉得早就隐隐得到过答案。

他们只是需要更多、更多的时间。

此刻，完全没有乐观轻松的心情。想到以后还要面对的事，冯简喃喃说："李宛云啊李宛云，我有没有说过，特别佩服你……"他缓慢靠在她身上，"我现在非常头疼，我得睡一会儿。"

宛云笑了。

她擦干眼泪，将冯简的手贴在自己的小腹："睡醒后，我还有另外一件更头疼的事情必须告诉你，想必那时，你会更佩服我。"

冯简哼了两声，不甚感兴趣地合上眼皮。

- 完 -

Afterword

《鹅掌》中，其实冯简是当之无愧的主角。

当初起《鹅掌》这个名字，有一点是想说"天鹅在水面优雅前行，鹅掌却在水面下不知疲倦地奔波"，但功夫在诗外，"鹅掌"的努力无人可知。

当然，《鹅掌》主旨是改编了丽达和宙斯的神话。还有一个隐含寓意是李宛云残废的手，曾经的情伤让她止步不前。但是无论如何，人确实还是得往前走。因为不前进的话，就没法判断曾经是对了还是错了。

《鹅掌》剧情有个问题，在连载时期吵得很凶。我略微看了下，大家讨论宛云放弃家族的栽培，自我放逐，是否亏欠家族，甚至争论这件事是否有意义。

我很难定义"意义"，深信意义这件事因人而异。我没有看到宛云迷失在旧情中，也没有看到她迷失在物质里。我看到的宛云只是清清醒醒地放逐自己，失去了热情。

那么换个角度说热情吧。

"几乎每个人年轻的时候都有热情，有些人年纪大了，不是热情没了，而是明白了一个道理，热情是生活的意义，而不是被操纵的工具。"一个人做的事情，最好还是要像他自己一点。

帘重

人人都说
我爱你

恋钟

LIAN ZHONG